JN195618

●安達眞弓●押野素子●瀬尾具実子●ハーン小路恭子●山崎美紀 訳

ザ・メモリー・ライブラリアン

『ダーティー・コンピューター』にまつわる5つの話

ジャネール・モネイ

ポプラ社

ザ・メモリー・ライブラリアン
『ダーティー・コンピューター』にまつわる５つの話

THE MEMORY LIBRARIAN
by Janelle Monae
Copyright © 2022 by Jane Lee LLC.

Japanese translation published by arrangement with JaneLee, LLC c/o William Morris Endeavor Entertainment, LLC. through The English Agency (Japan) Ltd.

Jacket design by Holly Macdonald © HarperCollinsPublishers Ltd 2022
Jacket illustration © Alexis Tsegba 2022
Jacket photograph of Janelle Monáe (front cover) © JUCO Photo / AUGUST

Japanese jacket design by 森敬太（合同会社 飛ぶ教室）

Breaking Dawn
―夜明けを裂く

著：ジャネール・モネイ

訳：安達眞弓

夜明《ドーン》けを裂く
あたしはアメリカの悪夢じゃない。
あたしはアメリカの夢《アメリカン・ドリーム》だ。
〈クレイジー、クラシック、ライフ〉より

国家の新体制《ニュー・ドーン》は、ときに闇をはらむ。シルクのフードをすっぽりかぶって首元をキュッと締めたような闇。日食のような闇。あのときもそうだった。

うちらは自発的に闇へと分け入った。何せこちらは、官僚やハイテク起業家と、恵まれた地位《ポジション》が与えられるのが当然と信じて疑わない、万能感でいっぱいの支配者階級出身者ばかり。相次ぐ内戦や他国との戦争に疲弊し、陸続きの他国から不意に押し寄せてくる、雨あられの銃弾、爆撃の煙に散々おびえたあげく、空におわすという〈目〉の存在に、強く引き寄せられてしまったのだ……うちらを、うちらが住む世界を、きっと救ってくださると。都市が網《ウエブ》に覆い尽くされている状況に何の違和感も覚えず、自分たちの目で見た情報が当局に筒抜けであるのにも鈍感になってしまった。自宅にも、携帯電話にも、バッジにも、ドローンにもカメラが設置され、街のあらゆるところから監視されていることにも。

新世代のハイテク帝国主義者である彼らも、現実を直視するときが来た。彼らが盤石の監視体制を敷いても、国家をすみずみまで瞬時に把握することなどできなかったのだ。社会にはまだ見ぬ領域がある。ずっと目の奥にとどめてきた、懐かしき残像。信頼できる、愛すべき人の前でのみ、炎のように輝くことができる、魔法のような記憶。

この新たな富裕層である〈夜明け《ドーン》〉が、あらゆる記憶データをどん欲に採取する動きを、国家としても手をこまねいて見ていたわけではなかった。彼らが苦心して集めたデータの中には、一貫性に欠け、標準からも逸脱しているとの理由で、価値がないとみなされるものもあった。こうしたデータはやがて、彼らの目に触れるべきではないとの理由で〈ダーティ〉と呼ばれようになった。〈夜明け《ドーン》〉が取得した記憶の情報量が増えると、いきおい、暗号化された〈ダーティ〉、すなわち秘密のネットワークから得た、愛と感情表現、好奇心と欲望をつかさどる情報も増えていく。当局が監視するデータは上澄みであり、その下層には、人々を魅了してやまないバグがある。〈ダーティ・コンピューター〉だ。

都市に住む主流派には安全な環境が確保されていた。情報が整備され、標準的な市民であることに慣れきってしまっていて、〈夜明け《ドーン》〉が見せる映像は、まさに自分たちが目で見たそのものだと感じた。認知レベルでは、たしかにそうだ。貴重なデータではないし、独自の別コードを組んでもいないから、隠し立てすることはないと決めてかかった。そのほうが都合がよかった。だが〈夜明け《ドーン》〉は情報に飢え、データ集めに躍起になり、ついには民衆の記憶を手当たり次第に食《は》むようになった。記憶採取システムは、セキュリティ保護のために築いた暗号化ファイアウォールを突き破り、軽微なエラーと感情《エモ》の宝庫に手を突っ込んだ。自分の出自、これまで出会ってきた人たちについての、断片的な記憶、未来を展望する際に指針となる、人間の遺伝情報を記録する領域に侵入したのだ。瑕疵《かし》のないきれいな未来を国家が迎えられるよう、都合の悪い記憶は除去する。これが新体制、〈新しい夜明け《ニュー・ドーン》〉が掲げた目標だ。国家があまねく画一であるよう、国民に記憶を消せと強いるような体制は、〈夜明け《ドーン》〉が出現する前にもあったが、国家の意に反するとの理由で処罰される者たちは、そのころからすでにいた。〈夜明け《ドーン》〉体制下、記憶はただのデータとなった。書き換えるか、消去あるのみのデータに。

〈新しい夜明け《ニュー・ドーン》〉が短期間で驚異的な発展を遂げたのは、旧体制下の当局の監視網の外にいたからだ。逸脱している、手間がかかるとの理由で、政府当局が存在を消すと脅そうが、民衆は秘密裏に集まっては、怪しげな情報をやり取りした。未来という肌から消えたシミやソバカスが深層へと追い込まれれば、当然のごとく火の手が上がり、あかあかと燃えさかった。一部地域で暴動や反乱が勃発し、一部地域では言論が封鎖された。

反乱の兆しを察しはしても、己の目で確認できず、〈新しい夜明け《ニュー・ドーン》〉当局は歯がゆさに涙した。気づかなかったこと、目が届かなかったことへの無念も、記憶の洗浄という大波に飲みこまれて消えた。深層記憶に保管されていたデータは〈ネヴァーマインド〉によって破壊された。

一瞬で、未来へと続く記憶の道筋を失ってしまった。

人の記憶は持続性を失い、儚《はかな》いものとなってしまった。

記憶を守るには、人生として与えられた時間にとらわれることなく生きる時代が到来した。

記憶と時間という音をつなげて和音を作れば、この世界への疑問に対する答えが聞こえるのか、今見えている世界以外にも生きる場所はあると伝える音色が聞こえるのか——それとも、一本の線となった時間軸で、限られた視点しか与えられない現実から逃げたいと願っても、逃げ道は見つからないというのか。

コンピューターでも到達できない、時間と記憶を超えた場所。夢を見るとはそういうことだ。

The Memory Librarian

—記憶のアーキビスト

著：ジャネール・モネイ＆アラヤ・ドーン・ジョンソン
訳：安達眞弓

リトル・デルタの光が、皿に盛った捧げ物のようにセシャトの前に広がる。今夜降りる暗闇はどんな記憶を連れていき、朝を迎えると、どんな作物が実をつけるのだろう。やまない悲劇、終わらない不実、満たされない飢えはあるのだろうか。セシャトが支配する都市が放つ白光が、彼女の暗い執務室に、外科手術のような緻密さで格子柄を描く。顔と左右の目を分かち、頬と下顎を横一線に切り落とすように走る光。額にはかろうじて確認できるほどの細いしわが、いくつか平行に伸びている。セシャトは方尖塔《オベリスク》の主、公電書館長《チーフ・アーキビスト》にして、リトル・デルタの〈女王〉だ。しかし本人は、都市を母親のように慈《いつく》しむ者でありたいと思っている。

今夜、セシャトは寝ずの番を務める。異変が起こってから幾週、いや、幾度月がめぐっただろうか、セシャトはその正体を突き止めた。突き止めたならば探し出し、解決させるのが彼女の仕事だ。十年前にリトル・デルタ公電書館の館長に任命されてから、ずっとその務めを果たしてきた。栄誉ある官職に就き、宝石のように美しい小都市を一望できる立場を手に入れた。高い塔から見える都市は、セシャトの手のひらにすっぽりおさまってしまうほど小さい。セシャトが見たこの都市は、映像記憶系神経をめぐって記憶となる。意識下にある監視記憶をすり抜け、気づかぬうちにセシャトの左手が親指を包みこむように拳を握る。兄弟の後ろにいる赤ん坊のように。

セシャトはこの都市の象徴でもある。侵入した潜在意識がどんな反乱を召喚しようが、記憶を破滅に導くものが雪崩《なだれ》を打って、ノイズのない新しい記憶の流れを食い止めようが、手を出すことはない。

記憶には不具合のパターンがいくつか確認できたが、どの記憶とも違う冒瀆《ぼうとく》的なものだった。セシャトの作業は、朝食にバターを塗ったパンを食べるような（ビーンズとコーンブレッドの組みあわせでもいい）単純作業だと考えてほしい。保管されている記憶のデータをシャベルでひとすくいして、記憶庫《リポジトリ》に移し替える、そんなものだ。小気味よいストライプが彩る最新型のエアカーが車線に飛びこんできた瞬間に感じた、憤怒《ふんぬ》の念。葛《くず》をはたいたような埃《ほこり》が乗った、ハイウェイのフェンスの裏側を紅く染める、日暮れ時のいつもの風景。真夜中、ベッドにもぐりこんできた恋人とのキス（こんな時間までどこにいたんだと不審に思っても、決して尋ねはしない）。だが今、エアカーが真っぷたつに折れ、シャーシは卵の殻のように砕け散り、冷却器は下向きの通気口から弓なりに変形し、まるで屹立した男根を想起させる怪しげな姿となり、鴉《からす》の群れはフェンスから一斉に飛び立ち、西へと向かった。政府転覆をもくろむ猥褻《わいせつ》な歌詞との理由で、ひと昔前に禁制となった曲をさえずりながら。下唇を噛《か》まれ、口の中が傷つき、血と毒にあふれたところでささやく声がする。**わたしだけじゃないから。**

　これは記憶ではない、記憶データに見せかけたものがフィルタをすり抜けたのだ。こうしたデータがいったん通過してしまうと、混獲記憶やジャンク記憶が渾然一体となって記憶網を満たし、正規のデータが入る余地がなくなる。〈新たな夜明け《ニュー・ドーン》〉と呼ばれる組織が起こした、栄えあるクーデターの日から、リトル・デルタの澄んだ上流で獲れたての記憶は、この街の経済を支えてきた。アメリカ合衆国の中西部、いわゆるラストベルトの片隅で、過疎化が進む寂《さび》れた炭鉱の町だったのが、街にたむろする薬物依存者らに時間当たりの報酬を払ってグラフィティ・アートを描かせ、大道芸をやらせていくうち、模範的な都市へと変わっていった。そんな中、〈新たな夜明け《ニュー・ドーン》〉当局が支配する人民――もとい、市民だ（由緒正しい市民だ）――に掲げた公約のうち、最初に実現したのが、秩序ある美しき街、厳格に守られた平和、そして、木もれ日が差しつづける静かな環境だ。データの隠匿者より身分が低いのは、被差別階層であるダーティ・コンピューター、セシャトだけで、ほぼ完結している集合。つまりはワンオペである。

二十年前の革命で倉庫街が大火で焼け野原と化し、グラフィティ・アーティストや自由闊達なミュージシャンが逃げ出したため、新たな出発を図ったリトル・デルタには、市民の記憶を一手に管理するアーキビストがいなかった。そしてセシャトがアーキビストとして終身在職権を拝命した。以降、記憶監視システムはついぞ不具合を起こしたことがない。ただの一度も。その記録も二か月前に破られた。当初、データが一時的に変動を見せたが、案ずるほどではなかった。夢魔がうっかりデータ網に引っかかったが、すぐに逃げた程度のトラブルで済んだ。ところが、そのトラブルが予想以上に短期間でセシャトを悩ませる大問題と化した。一件のデータが発端となり、データベースが氾濫したのだ。誰かが気づいていたはずなのに、どこからも報告がなかった。〈新たな夜明け《ニュー・ドーン》〉が監視しているというのに。これはリトル・デルタだけの問題ではない。この記憶庫《リポジトリ》だけの不祥事では済まされない。セシャト自身の進退にかかわることでもある。未知なる記憶の隠匿者を、偽《いつわ》りの記憶を流出させた張本人を、夢を操る呪術師を、テロリストを食い止めなければ、あれだけ頑張って守ってきた、この街にセシャトはいられなくなる。

セシャトは〈新たな夜明け《ニュー・ドーン》〉が支援してきた何もかもが信じられなくなっていた。自分を信じられなくてどうする。それに、今までよくやってきたと自分を高く評価していたじゃないか。彼女が就任以降、市民は方尖塔《オベリスク》を好意的なまなざしで見ていた。セシャトがどう思おうと、わかっていることがひとつあった。世の中を悪くしたのは、わたしをこの役目につけた者たちだ。

胃が捻《ねじ》れるように痛むが、瞳をらんらんと輝かせ、断固たる決意が魂をつまびらかにする唯一の手段だとでも思ったのか、セシャトは自分に背を向ける——死ぬまでつづく自己逃避だ——先端をちらりとのぞかせているが、海面下に広がる、壮大な氷山の存在を見なかったことにする。

あいつらにやられてなるものか、あいつらのルールで勝負を挑まれたとしても、必ず勝ってやる。

セシャトは記憶の改変と学習を許され、並みの人間の数百倍に相当する記憶力を身につけた。鳥かごのように組んだ骨に閉じこめられ雄叫びを上げる、いくつもの魂から、つるりと押し出された、最前列に並んだささやき。

わたしだけじゃないから。

ドアをノックする音。セシャトは返事をしないが、肩を下げ、顎を上げ、まっすぐ見据えた冷静なまなざしで、絶望が悟られないよう努めた。セシャトは記憶のアーキビスト、セシャトは記憶データを管理する責任者。その名にちなんだ、聖なるエジプトの神のごとく、セシャトはその神性に値する存在、智慧《ちえ》と記憶の女神である。管理者になってずいぶん経ったせいか、堂に入っている。ドアの向こう側に面会人の人影が見えると、混沌とした女型《めがた》の塊がセシャトのあるべき姿へと戻る。

「お客様です、館長！」さえずるような声で、ディーがかいがいしく働いている。「記憶をいくつか回収しておきますか？」

セシャトはため息をつく。記憶管理AIの電源スイッチを夜間に切るのはかわいそうかもしれないが、朝になり、業務が本格的に動きだすまでディーを稼働させるのは無駄だし、半休止状態でも、プロセッサは相当量のエネルギーを消費する。ディーはシステムを遮断されるのをいやがる。せっかく考える時間を楽しんでいるのに、と。**わたしを邪魔するのが楽しいくせに。**セシャトは不機嫌になる。

「その必要はありません」セシャトはいった。「彼の記憶データはもう取得済みなので」内なる動揺を悟られぬよう、うわべは冷静を取り繕《つくろ》う。〈新たな夜明け《ニュー・ドーン》〉以降、黒人女性では数少ない要人のひとりとして二十年勤め上げたが、いくら申し分のない実績を積み重ねようとも、就任当初からダーティ・コンピューターも同然と冷遇されてきたおかげで、カーボンスチールのように強くしたたかな処世術を身につけてきた。

セシャトが机上のボタンを押すと、ドアは木枠の壁沿いに開く。そこにはノックをしようとかまえたままで、ジョーダンが立っていた。廊下の照明が背後から彼を照らし、まるで後光が差しているようだ。セシャトはまぶしくて目を細める。

「こんな夜中にまたですか、セシャト館長？」

セシャトは舌打ちする。「用があるなら入りなさい。照明の無駄遣いです」

「そうでした」ジョーダンがいい終わらないうちに、セシャトがたたみかける。「視界がさえぎられます」そこで彼女は笑みを浮かべる。お気に入りの部下にはどうしても甘くなる。引き戸を閉めると、セシャトは瞳孔が半分開き、ぼやけてよく見えないまま彼を見やる。ディーは毎度のごとく、かたくななまでに一人前気取りで、周囲の照明輝度を最低レベルに設定する。夜になり勤務が終わったジョーダンは、カーキ色のチノパン、ブルーのボタンダウンシャツ、ローファーと、ふだん着に着替えている。〈新たな夜明け《ニュー・ドーン》〉の黄金期によくいた、洒落《しやれ》た白人青年の装いだ。

模範的市民だから、自分の名前に番号が付与されることもなく、その数字の組みあわせから、治安攪乱者《かくらん》か造反者の子ども、国の被後見人、社会福祉の支援対象、永年の被疑者であることが一目瞭然であることも知らない。

セシャトは自分の身分を隠そうとは思わないし、それほどヤワではない。彼女はこのところ、足元まで届く黄金のかぶり物と官衣を着る職務から離れようと思っている。自分たちのような階層には決して与ることのできない身分を得るのを待つことなく、そういった制度から距離を置こうと決めたのだ。だがジョーダンは若い。

「どうしてまだいるの、ジョーダン？　帰りなさい。寝なさい。職場のことはいったん忘れて」

「冗談のつもりですか？」眉間にしわを寄せると、ジョーダンは実際の年齢より幼く見える。抱きしめてやりたいか、ひっぱたいてやりたいと思うぐらいに。この子の親御さんもそうだろうか。あまりの屈託のなさにあきれ果て、息子を躾《しつ》け直そうとは思わなかったのか。父親も、母親も。だがそんな思いは今やデータの氾濫に呑みこまれてしまった。セシャトは脚の震えをごまかそうと、デスクのへりに身を預ける。

「記憶のアーキビストの戯《ざ》れ言です」セシャトは真面目くさった顔でいう。ひと呼吸置いてから、ジョーダンの顔に笑みが浮かぶ。

「あなたも」と、ジョーダン。「寝たほうがいいです」

「大丈夫、ジョーダン。忘れているようなのでここで念を押しておきましょう、わたしはあなたの上司です。こちらのことは気にしないでよろしい」

ジョーダンはもう一歩執務室の中に足を踏み入れたが、ひとりもの思いにふけるセシャトの邪魔になったのではと思ったのか、そこで止まった。代わりに言葉で間合いを詰めようとする。

「様子が変です」

薄暗がりの中、ジョーダンの物憂げな顔にしばし目をやるうち、セシャトは心臓を握り締められたような衝撃に襲われる。**やっぱりそうだ、当局がジョーダンを差し向けたんだ、偽の記憶に気づいていて、当局に報告するつもりだ。その先はどうなるか、わかっていたはずだ、どうなるかは——**

胸の痛みはやがておさまり、呼吸が楽になってくる。セシャトの異変に気づいたのだろうか、ジョーダンの眉間のしわがさらに深くなった。この子につらい思いをさせたくはない。わたしのことはいいから、もう戻ってこなくていいから、といってやりたい。

「様子が変って……どこが?」セシャトはそういうのが精いっぱいだった。口が過ぎる、セシャト。いくらここの居心地がいいからといって。

ジョーダンは背筋を伸ばした。「働き過ぎです、館長。みんな知ってます」

セシャトの声が頼りなくなる。「へえ、そう?」

彼は首を横に振った。「うまく隠してらっしゃいましたが、ぼくはわかってました。ほかの職員もみんな知ってます。データが氾濫する兆候があったのを職員たちに悟られないよう、ずっと気を配ってましたよね」

「ご忠告ありがとう、ジョーダン。わたしにそこまで気を遣ってくれるとは。わたしは今、すぐにでもカウンセリングを受けたほうがいいかもしれない」

「カウンセリング? 公電書館長が? 館長、ぼくはただ――」

「わたしの精神状態があきらかに職務に支障をきたしているのなら――」

「職務は立派に果たしてらっしゃいます、セシャト!」

役職ではなく、いきなりセシャト呼ばわりされると、平手打ちを食らったように感じる。セシャトは左右の眉毛を上げ、目をしばたたかせた。ジョーダンは、そのくすんだ緑の眼でセシャトの瞳をつかのま見据えたが、かずかずの修羅場をくぐり抜けてきた、彼女の強いまなざしには勝てず、小枝のようにあっさりと折れ、視線をそらせた。

「ぼくは……すみません、館長」

セシャトはため息をつき、目をそらした。組織にはつきものの、こういった駆け引きは嫌いだ。ジョーダンが相手なら、なおのことそうだ。五年前からずっと彼をかばってきた。職務に向いていない館員がひとりいれば、ほかの職員にも目を向けなければいけないから。

「何か不満でもあるのですか、ジョーダン」

「もっと外に出ていただきたい。都市の現状を見てください」

「都市ならここからでも監視できます」

「高いところから見下ろすのではなく、市民と同じ視点に立ってほしいんです」

「わたしは公電書館長です」セシャトは〝館長〟のところを強く強調するようにいう。意外なことに、ジョーダンはまたセシャトの目をじっと見つめた。勇敢だこと。獰猛《どうもう》な母獅子のように、セシャトは若者の気丈さを買った。

「知り合いの女性がいます。友人の友人です。館長もきっとお気に召すかと。僭越《せんえつ》ながら……そろそろ話し相手をおそばに置いてもいいころでは。心を許せる友を」

またわたしの気に障《さわ》るようなことを。ジョーダンがひとこと多いのはかねてから気にはなっていたが、彼の記憶が監視対象にあるなら、いらぬ口を挟むべきではないと慎《つつし》んでいた——市民の記憶はすべて監視されているのだから。

「友ならおります」

「誰です?」

セシャトは息を呑む。「あなた、ディー、アーカイブ庁長官のテリー」

名前が挙がるたび、ジョーダンは指を折って数える。「担当事務官、記憶管理AI、直属の上司？　パートナーとは呼べませんよ。ましてや恋人などとは」

口を慎みなさい、ジョーダン。セシャトは冷ややかな声でいう。「あなたに何がわかるというのです?」

ジョーダンも譲らない。「ご自身以上にあなたを案じております」

ふたりは目をあわせたまま、心に刃をかまえ、四つに組んで闘う姿勢を取った。セシャトは首を横に振る。胸の鼓動が早鐘のように鳴る。

「ジョーダン」セシャトは穏やかな声で呼びかける。「それより。記憶の氾濫を食い止めるよう動かなければ」

「それはわかっています。どうぞおつづけください。ただお伝えしたかっただけです。あなたが心配なんです、館長。下界が、外の世界がどうなっているか、今一度、ご自身の目で確かめていただきたい」

「わたしは外の世界を誰よりも案じております。民の記憶をお預かりする立場ですので」

「ですがセシャト」ジョーダンがまた名前で呼ぶ。今度は自分の名が耳に心地よく聞こえる。

「あなた自身はどうしたいんです？」

リトル・デルタの市街地には区画が五つあり、店舗、レストラン、バー、クラブは〈新たな夜明け《ニュー・ドーン》〉当局から、しかるべき許可を得て営業している。小さな街だが管理が行き届いているとの評価が高く、当局が許可したファッションで身を固め、平日のハードワークをこなした自分へのご褒美として、週末になると周辺の都市から客が集まり、隣接する駐車場は自家用車でいっぱいになる。週末の夜、記憶回収所で記憶をポイントと交換すると、カードの限度額を上げられることから、ショッピングの第二ラウンドへと繰り出す観光客が群れを成し、回収所の前には決まって長蛇の列ができる。

どうか悪目立ちしませんようにと願いながら、セシャトはそんな人たちの間をすり抜けるように歩いている。金曜の夜、公電書館の館長がまさか喧騒にまぎれ、しかもホープ・ストリートにできたばかりのバーを探していると、誰が思おうか。服装はジョーダンがコーディネートした。

「やたらに流行を追わず、どこに出しても恥ずかしくない装いです。悪目立ちせず、かといって、どこにいるのかわからない、というほど平凡でもなく」

セシャトはため息をついた。「商業地区にいる黒人女性が、こんな立派な身なりでいるものですか。これでは悪目立ちしたくなくても目立ってしまう」晴れの舞台だ。大声で宣言するようなことではなかった。

ジョーダンは〈新たな夜明け《ニュー・ドーン》〉の当局がセシャトの事務官に選んだエリートだが、本人は堅苦しい立場になかなか馴染めずにいる。彼は苦笑いを漏らした。「いいえ、スポットライトの下で身を隠すような服装を選んだのは、そのためなんです」

ジョーダンがネイビーブルーのベレー帽を選び、短く刈り上げたセシャトの頭に斜めにかぶらせたのも、そういう演出なのだろう。周囲の人たちがセシャトの顔ではなく装いに目が行くよう、コーディネートの最後の仕上げとして。

人でごった返したビアガーデンの外に立つ数名の若くむくつけき男たちは、視線で骨を折る気かと思うほど、セシャトを強くにらみつけている。胸を張り、顔を軽く反らせ、足早に通り過ぎようとすると、男たちがひじで互いをつついてニヤニヤしている。世襲で受け継がれてきた

〈聖堂《テンプル》〉の清掃人ですら消すことのできない、セシャトの身体に刻まれた原始の記憶がよみがえり、胸の鼓動は次第に高まる。「おい！」男たちのひとりが呼び止めるが、セシャトは無視して立ち去ろうとした。〈クロノバンド〉に表示された地図によると、バーは、この街区の突き当たりにあるらしい。

笑い声のボリュームが増し、有刺鉄線の先端のように鋭く突き刺さる。「おい！　おまえだよ！　セシャト館長！」

セシャトは一瞬立ちどまったが、毅然とした面持ちであごを上げ、男たちに向かっていく。パステルカラーのシャツを着た、白人の少年たちの姿がぼんやりと見える。折り重なるように立ち、苦しみをこらえるかのように目を細くし、唇をすぼめている。「公電書館長、セシャト！」多勢に乗じて粋がっている少年のひとりが名指しで呼ぶ。「今夜、おれにとびきりの記憶を分けちゃくれねぇか？」

セシャトは彼を知らない。ならば、脳内でひしめく幾多の記憶の中から、彼のデータを取り出せるわけがない。動揺と恐怖のせいで、〈ネヴァーマインド〉で肺を満たしたように、白人の少年たちの意識になかなか到達できない。あの連中を誰ひとりとして知らない。何もわからない。運を天に任せるしかない。すると、隣のテーブルにいた女性が――台湾系アメリカ人、建築家、三十代半ば。去年セシャトのカウンセリングを受け、元カレと後味の悪い別れ方をしたので、あいつの記憶をきれいさっぱり消してしまいたいというので、そのとおりにした――身体をリズミカルに揺すりながら男たちのほうへと歩いていくと、勢いよく音を立て、ビールのジョッキをテーブルに置く。メープルシロップで色づけしたビールの泡が、ジョッキの両側からこぼれ落ちる。

「この方にうかつにからむんじゃない、底辺のガキどもが！」

最初、この建築家は自分に恩義を感じて守ってくれたのだろうとセシャトは思っていた。だが、実際に会ってはいなかったのを思い出した。この地区を統括する当局の警備員がようやく出動してきたので、連中は決まり悪そうに虚勢を張りながら、バカ笑いとともに去っていった。こんな情けない態度を取るのはいつも白人の若い男たちだ。身分を明かすのがちょっと遅すぎたのはわかっている。あいつらはセシャトが何者かまったくわかっていない。彼女が黒人だというだけで十分すぎるのだ。セシャトはゾッとするような威厳をたたえて建築家に会釈すると（警告はしても、あのガキどもと一緒に笑っていた規制当局の警備員には挨拶《あいさつ》すらしなかった）、いつもの落ち着いた足どりに戻った。両腕を振って歩けば、ひどく動揺し、手が震えているのを悟られずに済む。誰も信じないだろうが、セシャトは公電書館長だ。その任を解かれる日まで、顔を上げて気丈に振る舞うのだ。

セシャトは常に心がけている。タカのように鋭く、ジャガーのように潔く、女神のように気高く。ホープ・ストリートに足を踏み入れると、流行の最先端にいる新体制派の人々が彼女に会いにきた。

その女性はひとりでいた。脚を組み、クロームメッキの長いバーテーブルの端で、クロロフィル・ベースのグリーンのドリンクを少量口に含むその姿は、心臓が止まるかと思うほど美しかった。セシャトは今回初めて彼女と顔をあわせる。セシャトが覚えている都市の記憶の中にも登録されていない。それでもセシャトは知っている。彼女だ。処刑人の斧《おの》を振るう人。セシャトが死ぬ間際に一礼する相手。


彼女の名はアレシア56934。付与された番号から、逸脱者であるとわかったが、社会への完全再導入の条件を満たしてもいる。リトル・デルタに来たのは四年前。「心機一転を図りたかった」何やらワケありの様子で、アレシアは顔をしかめる。それ以上聞かないほうがいいとセシャトも思った。「ピンカートン化粧品の薬剤師枠に空きがあって、ツイてた」

「だけど、あなたの番号は……」セシャトは言葉を濁《にご》らせる。それまで感情豊かに話していたアレシアが一瞬で無表情になったの見て、しまったと後悔した。だが、聞くべきことは訊かなければならない。一緒にいるところを〈新たな夜明け《ニュー・ドーン》〉の民に見られたかもしれない。

「うちはトランスジェンダーだよ」アレシアはぶっきらぼうに、事実をありのまま述べた。「適合手術は数年前に終わってる。何か問題でも？」

無遠慮な質問を恥じ、セシャトはバーテーブルの下にもぐって身を隠したくなる。「まさか、問題だなんて。ただ、公電書館長として――」こういう情報はジョーダンが事前に提供するはずなのに。豆のさやを口に含んだように、セシャトは歯切れの悪い受け答えをした。

アレシアの笑みは苦く、ジンのように魅惑的だ。「誰だってみんな、妥協して生きてんじゃない？」といって身を乗り出した。「もっと面白い話をしてよ。どうしてここに来たのか」

セシャトは身構えた。気を失わないのが不思議なほど心拍数が上がっている。頼んだドリンクに手を伸ばし――〈藍色の炎〉みたいな名の、禍々《まがまが》しいほど強烈に青い色をしたドリンク――セシャトは一気にグラス半分ほど飲んだ。オレンジのような、海藻のような味がする。「リトル・デルタにはいつから？」とアレシアに訊く。

アレシアはセシャトに話の先を促すようにうなずいた。セシャトは咳《せき》払いをしてから深呼吸する。ここまで心が騒ぐことはなかった。二十年前、最初の恋人と出会ったときよりも、ずっと。ふたりはともに新人アーキビストで、過去の記憶をすべて消去し、新しい記憶をふたりで築いていこうとする矢先だった。

「わたしがここに配属されたのが、」セシャトはようやく口を開く。「十八年前」それから人生の半分をここで過ごした。方尖塔《オベリスク》が温かな光を放つ下に再建された格子状の都市を、彼女はずっと見守ってきた。

「この街が好き？」

セシャトはアレシアを見つめた。太い眉、明るいブラウンの肌、彫刻かと思うほど美しい頬骨、上唇よりも豊かな下唇。「好き……とは？」

太い眉をひそめ、アレシアはおどけたように困り顔を見せた。「住む場所として」

「ああ」アレシアの左の耳たぶにはほくろがひとつ。イヤリングを着けていないのですぐわかる。セシャトはそこにキスしたくなる。耳たぶを嚙んで、強く引っ張りたくなる。「この街にはわたしの記憶がすべて保管されている。この街を去る選択肢があっても、そうしたいとはぜんぜん思わない」

セシャトはまもなく、規範当局《スタンダード・オーソリティーズ》に知られたら即座に懲戒措置が下るほどの国家機密を自分が漏らしてしまったのに気づいた。とんでもないことを聞いたとアレシアがひどく面食らってくれたので、セシャトはそのすきに落ち着きを取り戻す。どんな仕事をしているのかとアレシアに訊くと、一日中白衣姿でスキンクリームを調合しているという。セシャトはアレシアの申し分のない美しい肌を褒め、挑発してやろうと考える——「あなたにはスキンクリームなんて必要ないのでは？」とか。そんなことといえるわけがない。公電書館長がそんな野暮な真似をするなんて。セシャトは自分を戒めた。舌がじっとりと濡れ、口の中で重たくなっていくのを感じる。彼女は生娘のように臆病で、記憶をひた隠しにしているかのように無口だ。舌がじっとりと濡れ、口の中で重たくなっていくのを感じる。こんな女性がなぜ、わたしに話しかけてくるのだろう。セシャトがとうの昔に見失った、内なる自分を見透かすように、笑みを浮かべながら。

セシャトはカクテルを飲み終えた。

「おかわりをもらう？」アレシアが訊く。何を考えているかわからないが、案ずるような顔で、こちらを横目で見ているのがセシャトは気になってしょうがない。今夜ずっと感じていた妙な緊張感がようやくほどけていく。

セシャトは重たい四角形のカクテルグラスを持ち上げた。グラスの底にはカクテルの残滓《ざんし》が名残惜しそうに溜まり、氷が溶けた液体の中で、厚みのあるブルーグリーンの果肉が、ゆらりゆらりと揺れている。セシャトはアレシアのカラメルブラウンの瞳と視線をからませる。見つめあい、火花が散る。アレシアが一向に視線をそらそうとせず、なおも深く見つめてくるので、セシャトは声を上げて笑う。

アレシアがいった。「もっとうまい酒が飲める店に連れていくから、そこで飲み直そうよ」

アレシアの馴染みの店、いかがわしげなバーの名は〈カズン・スキーズ〉という。東の果て、オールド・タウンと呼ばれる場所にあるウールワース・ビルディングから一ブロック隣にあり、ここから先は、ダーティ・コンピューターのアーティストらに不法占拠され、クラックの取引所が立ち並ぶ地域だということぐらい、セシャトも知っている。規範当局《スタンダード・オーソリティーズ》によると、区画整理を終えてからは政府が所有権を放棄したそうだが、市街地と境を接する薄暗がりの向こう側では、違法の闇取引の記憶をセシャトは何度となく見てきた。雑居ビル街は要所要所取り壊され、乱ぐい歯のような有様だが、かつては派手やかな原色に彩られ、ひびだらけの歩道にはグラフィティがスカートを広げたように描き散らしてあったのを、アレシアは覚えているだろうか。セシャトはふと思った。希望《ホープ》などかけらもないホープ・ストリートのカクテルバーで出迎えてくれた、冷静で非の打ち所がないあの女性は、セシャトと同じく、この界隈では浮いた存在であるはずなのに、ふたりが〈カズン・スキーズ〉に入るなり、バーカウンターの裏にいた男性が「レーテ【訳註／ギリシャ神話で忘却の神の名】!」と声を上げ、拳を突きあわせて彼女を出迎えた。

「今までどこにいたんだ?」男はなれた手つきでシンクのカクテル・シェイカーに手を伸ばす。ラベルがなく、安っぽいプラスチックの注ぎ口をつけたボトルを手に取り、透明な液体をシェイカーに注ぐと、やはりラベルのない三本のボトルの中身を混ぜ、氷をいくつか投げこんでシェイカーを振る。その間ずっとバーテンダーに甘ったるい笑みを向けているアレシアを見ていると、セシャトは足の裏の一番柔らかいところを刺されたような痛みを感じた。

「働いてたよ、スキー」流行《はや》りのバーにいる女性とも、ふだんの彼女とも違う声でアレシアは答える。「研修を受けてたのは知ってるくせに」

「金回りはよさそうだ」アレシアが身に着けているブランドものの靴とバッグに目をやると、スキーがいった。アレシアは軽く肩をすくめる。スキーの強面な表情がゆるむ。大げさな身ぶりでカクテルをグラスに注ぎ、バーテーブルの手前へとグラスを押す。

「当店特製、〈マ〝スキー〟リータ〉、お待たせ」

アレシアは顔をしかめる。「まだそんなダサい名前で呼んでるんだ」

「〝まだ〟とはお生憎だな。ずっとこの名前だ、その昔、あんたが――」

「あんときそう命名したのはあんたじゃない」アレシアはバーカウンターに身を預け、作り笑いを浮かべる。ガラスのように険しい表情で。スキーは少し手を止める。そしてようやくセシャトに気づくが、彼女を見るなり心のシャッターを下ろす。**黒人のようだな、おれたちの仲間じゃない**。セシャトが何者かわかっていない。察しがついてもいいはずなのに。

「お友だちには何を出そうか？」

セシャトは身体を少し傾け、バースツールに身を落ち着ける。「〈マ〝スキー〟リータ〉を」

アレシアはびっくりして笑いだす。セシャトはゾクッとする。スキーはニヤリとする。「十ポイントだ」

「貨幣で払ってもいい?」セシャトは訊く。立場上、通貨が使えるか確かめる必要もあったし、新旧入り混じったカオスな店なので、ひとまず訊いておくべきだと思ったからだ。

スキーはセシャトをまじまじと見やる。アレシアも目を細め、何ともいえない表情でセシャトを見る。あの大きなブラウンの瞳の裏に別の女性が入り込み、共存しているかのようだ。あんな冷ややかな目でジロジロ見たり、たわいのないことで笑ったり、穏やかに微笑んだりと、いったいどんな記憶がそうさせているのか知りたくてたまらないが、方尖塔《オベリスク》に戻って記憶庫《リポジトリ》で確かめないかぎり、セシャトにはどうすることもできない。

スキーはふたりに背を向け、肩をすくめると、カクテルをまた作りはじめる。「ここで見たことは記憶回収ボックスには入れるな。小切手を現金化したいなら、角を曲がったところにある。たまにしか開いてないがね」

スキーのいったとおりだった。街の中心から外れるにつれ、記憶回収ボックスの設置場所は少なくなる。だが、オールド・タウンと境を接するあたりまで来ると、運転を休止したボックスが、かなりある。ヘッドセットやルーターを破壊されてから、規範当局《スタンダード・オーソリティーズ》がドローンや自動操縦式監視カメラを導入してからも、どうしたわけか、壊した当の本人の顔や音声、彼らの記憶情報が取得できない。セシャトはこのところずっと不思議に思っていた。だが、この界隈にどんな連中がいるかわかれば、突っこんだ調査を命じるまでもないとも感じていた。〈新たな夜明け《ニュー・ドーン》〉当局の上層部からも問いあわせはない。

セシャトは財布を開き、五ポイント硬貨をふたつ置くと、カウンターの上を滑らせるようにして、スキーのそばまで押しやった。

スキーはシェイカーから注いだばかりのマルガリータのグラスをセシャトのほうへと滑らせる。できたてで、表面に泡が浮いている。ふたりは目をあわせる。こうして相手の心を探るゲームはセシャトの十八番《おはこ》だが、どうもうまく集中できない。彼女の脇で好奇心旺盛なアレシアが気になってしょうがないからだ。

スキーのほうが先に根負けし、肩をすくめて首をかしげる。「あんたはあの方尖塔《オベリスク》で働いてるのか、ミズ……」

セシャトは軽く微笑《ほほえ》んでみせる。「知って後悔したんじゃない？」


午前零時をすぎたバーは新しい客でごった返していた。客層はリトル・デルタのダウンタウンとは違い（方尖塔《オベリスク》の廊下ですれ違う職員たちとはあきらかに違う）、最年長は七十代、最年少はティーンエイジャーといったところで、褐色、黒、黄色と肌の色もさまざま、ドレス姿の男性、仕立てのよいスーツ姿の女性、ジェンダーのお仕着せに敢然と立ち向かう人たちが集まっている。セシャトは関心のないふりをする。〈新たな夜明け《ニュー・ドーン》〉が統治する現在、性の概念にとらわれない人たちには、逸脱の印として――ダーティ・コンピューターとみなし、即時浄化が推奨される――個人番号が付与される。今夜ここにいる誰に対しても、セシャトはそのフラグを立てる気はない。顔見知りが数名いる。今はセシャトの取り巻きだが、いつ敵に回るかわからない連中だ。それ以外は懲りない記憶の隠匿者で、ドローンの回収機が降りてきては困ると、ダウンタウンを歩こうともしない。ドローンはアブのように小さく、彼らのこめかみに噛み付いてジャンク記憶を吸い取るが、吸い取られる側の人間はただおとなしく、ドローンが腹一杯になったのを示すライトが点灯するのをじっと待っている。セシャトが記憶を吸われる連中を案じていても、吸われた当事者たちは、セシャトのそんな思いを知るよしもない。方尖塔《オベリスク》の〝目〟は一望監視式【訳註／円形の建物の中心に監視施設を置き、一点管理が可能な建築様式】だが、それですべてを掌握したつもりになってはいけない――セシャトは人を見抜く力を身につけてきた。

　そして今、セシャトは淫猥な連中が満ち満ちた場所にいて、彼らを観察し、逆に彼らから観察されている。何とも形容しがたい興奮を鎮めようと、セシャトはひたすら酒を飲みつづける。〈マ〝スキー〟リータ〉を三杯あおると、記憶の隠匿者がひとり増えようが、逸脱がひとつ増えようが、どうでもよくなってくる。自分自身の記憶収集を、もう数か月ほど怠《おこた》っている――誰かに訊かれれば職務上の重圧が理由だと訴えるつもりだが、誰も訊いてこない。本音をいえば、記憶が隠匿される感覚をセシャトは楽しんでいる。たとえつかのまでも、自分ひとりで何かを隠し持つ気分は、残りもののハロウィーン・キャンディのように甘美だ。バーに集まってきた人々はドラッグのようなものでハイになり、声を揃え、聞いたこともない歌を歌っているが、エンディングはてんでんばらばらだ。その中のひとり、カフェオレ色の肌をした少年は、思い出せないけど誰かに似ている。年配の男性と星のモチーフのステンシルがプリントしてあるベースボールキャップをすっ飛ばすと、セシャトの肩をつかんで踊りだし、記憶を消されたセシャトの魂を見据えるかのように、彼女の瞳をのぞきこむ。そして高笑いし、「フル」だか「ブル」だか、何かいうと――新しい客が持ちこんだ音楽が騒々しくて聞き取れない――くるりと身を翻《ひるがえ》してセシャトから離れていく。そのとき、球をひとつ沈めたアレシアがビリヤード台から振り返ってこちらを見た。少年はその場で動きを止める。アレシアは左右の眉をくいと上げる。少年は口を開いてまた閉じる。ごめん、あんたには用はないの、といいたげに軽く肩をすくめると、アレシアがセシャトのほうに向かって歩いてきた。

「ねえ」耳元で大声を出したのに、アレシアの声が低くてセクシーだったので、セシャトはまるで、ささやかれたように感じた。「うちの家に来ない？」

セシャトはもう、ほかのことはどうでもよくなる――記憶の隠匿者も、記憶の流出者も、ここにいる有象無象の連中が誰であっても、オールド・タウンで開かれた禁断のパーティーとやらから抜け出し、境界線を越えて侵入したのがほぼ間違いない事実であることも。もう彼女はセシャトではない。公電書館長でも、リトル・デルタに隔離された女王でもない。アルコールのせいで気がゆるみ、人の記憶を預かる負担から解放され、温かい肌と肌とが触れ合うことへの欲望を募らせる、ひとりの女だ。

アレシアの部屋は、ここから歩いて十五分ほどのところにあるワンルームで、経済的に困窮し――あるいは番号が付与されたせいで――優良物件が契約できない若い専門職が、匿名で契約を結べる住宅棟にある。ロビーには記憶回収ボックスが設置され、脇に〈ご利用は控えめに〉という掲示がある（セシャトは注意する気はなかったのだが、あえてこう書いてある）。カーペット、カウチ、壁紙と、このアパートメントはベージュを基調とした色使いだ。壁にかけられた写真は、花、風船、バンコクの漁船と、色使いはビビッドだが、デザインはミニマリズムを踏襲している。詮索されることもなく、オーナーのカラーが際立つでもなく、趣味のよさをなんとなく察してもらえればいいという程度の主張がある。ホープ・ストリートで会った、化粧品会社に勤務するおとなしそうな薬剤師がいかにも住んでいそうな物件だが、センスが鋭角的で、大鉈を振るうように豪快に笑う、〈カズン・スキーズ〉で会ったアレシアには不似合いな場所だ。ベッドルームに入って、セシャトはようやくアレシアと顔をあわせる。まず目に飛びこんできたのが、アレシアのひそやかな笑みにも似た、口紅《ルージュ》のごとき深紅のベッドカバーだ。誰かと過ごした痕跡を匂わせるかのように乱れており、詮索しても疲れるだけだとわかっているのに、セシャトはまた、記憶の映像を巻き戻す。彼女は確かに公電書館長かもしれないが、この女性の記憶を頭に保存していなければ、ふたりはお互いを知るため、太古の昔からある手段を試す、ふたりの人間にすぎない。化膿した傷口に塩水を注ぐように神経に障るが、じらされると心が落ち着くのもまた事実だ。新たな発見が持つスリル、そして悦《よろこ》び。

「あんたに訊きたいことがある」左右の手のひらをセシャトのこめかみにあてがい、アレシアはもったいぶったキスをしながら尋ねる。「あんたと会うのは今日が初めてなのに、もううちの心に入りこんでいる、最初からここに居場所があったみたいに」

ベージュの空間を切り開くように広がる、深紅のベッドカバーの上にふたりは倒れる。身体を寄せ合い、さらに奥へ、奥へと探りを入れる。

翌日、セシャトが出勤すると、事務室でジョーダンとビリーが彼女を待っていた。装いから、昨夜の放蕩《ほうとう》はまず悟られないだろうが、定時から五分遅刻している。毎週土曜日、〈新たな夜明け《ニュー・ドーン》〉の関連事務所は午前中勤務なのだが、記憶庫《リポジトリ》の事務室のように、土曜日に毎週必ず出勤する部署はほとんどない。いずれにせよ、セシャトは丸一日休暇を取った記憶がついぞない。ジョーダンはヘッドセットの上からVRグラスを斜めにかぶり、つばを深く下げ、今朝の仕事に集中しているふりを装っている。ビリーは生え際まで届かんばかりに左右の眉を上げ、苦笑いする。セシャトはふたりの様子に、わざと気づかぬふりでいる。ジョーダンはよくやっていると思うが、病的なまでにゴシップ好きで、ビリーは事務係の中でジョーダンと一番仲がよい。セシャトはジョーダンを疑ってかかるべきだった。今朝の自分のデータ報告書が届いたか、セシャトはふたりに訊く。不審なデータ要素にいくつかフラグを立てておきました、あと二十分で執務室にレポートを持っていきます。ジョーダンはVRグラスを目深にかぶったまま答える。ジョーダンは気づかないだろうが、セシャトはわかったという代わりにうなずき、パレードの山車《フロート》より速く歩く気はないといいたげに、落ち着いた様子で廊下に出た。パスキーを唱えると音声認識で執務室のドアが開き、セシャトは中に入る。やっとひとりになる。

セシャトが吸った息が、秋風に舞う枯れ葉のように肺の中で揺らぐ。手の甲を両目に当て、痛みを鎮めようとする。三時間しか寝ていない。今しみじみと味わえるゆうべの記憶がなければ、時間を無駄にした、自分さえよければと、子どもじみた罰《ばち》当たりなことをしたと後悔しただろう。

朝日を浴びると、アレシアの顔は方尖塔《オベリスク》と同じ金色《こんじき》に染まる。ピローケースはどこもかしこもルージュとマスカラで汚れ、眠っていても目は半分開き、両手のひらを上に向け、シーツいっぱいに手を伸ばす。あの静寂の瞬間、セシャトは交差路にたどり着いたけれども、彼らを置きざりにしたことは覚えている。彼女の人生は、〈新たな夜明け《ニュー・ドーン》〉の先人たちが考え出した通過儀礼より、はるかに深遠な分かれ道を見つけた。アレシアよりも先に、セシャトの番だ。

たとえそうでも、悩みごとはゆうべのあの場所に置いてきた。

「セシャト」ディーの声がする。デスクの右側に置いた大型モニターが点灯する。暗いトンネルからしずしずと近づいてくるように、ディーの顔がゆっくりとクローズアップされる。「セシャト? 困ったことでもありましたか? セシャト?」

カリブ海のように真っ青で神秘的な、大きな瞳のディーは、まぶたをギュッと閉じた。この映像は遊園地のびっくりハウスにある鏡のように、時間、記憶、判断に応じてゆがむようにできている。セシャトは自分の焦げ茶色の瞳を嫌い、お店で売っているお人形のように、ヘッドセットに登録されている子どもたちのように、青い瞳がほしいと願い、その願望がディーの姿として再現されている。このプログラムには、セシャトと同じ黒い肌、縮れた毛髪の人物は存在しない。プログラムの中の少女は、歩くたびに毛先にあしらったビーズが揺れ、カチカチと音を立てるブレイズ・ヘアに憧れていた。夜になっても青い空のように輝く瞳に憧れていた。

セシャトが受けた〈儀式〉の記憶はもちろん消去してある。だが十年後、彼女が公電書館長に就任すると、当局の長老たちはセシャトに記憶を戻した。死んだ女性の、死んだ記憶を。それまでセシャトは自分の本来の名すら覚えていなかった。副館長に任じられたとき、記憶管理ＡＩの運用権限を付与され、好きなシード記憶を選んで強化できるようになった。セシャトは、あの死んだ女性の幼いころの記憶を、見ず知らずの人物に、もはや自分のものではなくなった記憶を委《ゆだ》ねた。

「どうして不具合が起きたと思う？　ディー」セシャトは穏やかに尋ねる。セシャトが誰の目にも動揺しているのがわかったからか、ディーの挙動は不安定だ。

「今朝は〈半夢《はんむ》〉も見たわ。いい夢だったけど、テリーはそうは思わないでしょう」

都市の中西部域を統括するアーカイブ庁長官のテリーは、セシャトの直属の上司だ。セシャトは胃を誰かにつかまれたような痛みを覚えた。吐きそうになってくる。そのまま時が経つ。呼吸を荒くして、セシャトはモニターのそばにあるアルコーブに設けた自分のワークステーションに行き、革張りの椅子に身を落ち着ける。ジョーダンら事務係は、この場所をセシャトの玉座と呼んでいる。彼女の目の前では決していわないが。

「あなたはどうしてそう思ったの？」セシャトは尋ねる。個人の記憶を管理させるシステムは、〈新たな夜明け《ニュー・ドーン》〉体制が生んだ最先端のテクノロジーだ。公電書館を管理する存在と呼んでもいいかもしれない。セシャトはそうするべきだと思っているし、その考えはずっと前から変わっていない。それでも彼女はディーに信頼を寄せてきた。

「例の〈半夢《はんむ》〉の一件を報告するようにとテリーから指示されてます。あなたについても」

金色のヘッドセットがこめかみからするりと落ち、セシャトの首筋で固定される。頭部を覆ったネット状の装置に締めつけられ、毛髪から頭皮まで圧がかかっていく。電気信号で脳がチクチクする感覚につづいて、部屋にいたはずのセシャトの意識が深層記憶域へと入っていく。最後にVRグラスが装着されると、セシャトの傍らにディーが浮かび上がる。ふたりとも子どもの姿になり、意識は肉体から切り離され、今朝起こった記憶の氾濫源をながめている。

「テリーに何を報告したの？」

動かそうと努力はしても、唇が動かない。記憶空間と接続してしまえば、どうせ発声せずに話ができるけれども。

「〈半夢《はんむ》〉現象は街の全域で発生し、たくさんの夢想者が出たと報告しました。羽目を外した者もいれば、美しい夢を見た者もいたとの報告がありました。もっと夢を上手にコントロールすべきだとも報告しておきました。わたしはそのほうが楽しいから」

記憶空間のセシャトが勢いよく振り返ると、ディーは骨張った膝を抱えて座っていた。セシャトはここ数年、自分の記憶を管理するＡＩにまったく手を加えてこなかった。ＡＩの人格やデータの変動も調整していない。もしかしたらテリーも、ディーの風変わりな個性には目をつぶってきたのかもしれないとセシャトは思った。

「あなたの様子を見てこいといったのはテリーです」ディーは話をつづける。「告げ口するようで気が引けたんですけど、しょうがありませんよね、テリーはあなたより輝いているから。だから報告書を詩のスタイルで語りましたよ！　問題ないですよね、セシャト？」

現実世界では、セシャトが椅子に座って虚空を指でなぞる。記憶空間では、ジョーダンが作成した異常事態報告書をいったんつかみ取ってから、平原の境界へと押しやる。読まなくても内容はわかるし、テリーもそう処理したはずだ。〈新たな夜明け《ニュー・ドーン》〉の基幹都市で公電書館長を長年勤めた人間なら、この社会の仕組みはほぼ掌握している。出世欲にまみれていた若き日、エリートの権力を手に入れ、頂点に立ちたいと願った。それがエリートというシステムの証だから。誰よりも賢く世わたりし、エリートの座を手放すものかと思った。だがセシャトはもう若くはなく、今、何をおいても手に入れたいのは、ゆうべアレシアの瞳に見た輝きで、〈新たな夜明け《ニュー・ドーン》〉にかけられた、黄金の出世の梯子《はしご》を登り、次の段に足をかけることではない。だからといって、梯子を転げ落ち、奈落に落ちたいわけでもない。

「あなたはどんな詩を書いたの、ディー?」

こんな愛があるなんて知らなかった
あのひとは違った
わたしの心に忍びこんだあのひとは違った
歴史はライムを刻めないといった
回転ドアに挟まれるなよともいった

ディーはそこで黙った。ゆうべの記憶が波となってふたりの前に押し寄せ、頂点に達してから砕ける。

「大丈夫？　セシャト」引き潮に足を取られそうになり、ディーが訊く。

「大丈夫だよ、ディー」

大丈夫であってほしいとセシャトは願った。


交響曲の解釈がオーケストラによって違うように、記憶にはさまざまなバリエーションがあって、同じ記憶の断片が、その人その人に応じた色で蓄積される。曲で記憶が想起されることもある。ディーがさぞ好きそうな、裏拍が強い記憶はあまりに真に迫っていて、セシャトは吐きそうになる。記憶という楽曲のオープニングは暗く、やがて見事なコーラスへと展開する。金色の光が全方位にあふれ出て、落ちていくそばから炎が上がる。花火？　いや、この光は方尖塔《オベリスク》そのものが放っている。しかもセシャトが知っている、市街地のビジネス街や、都市へと向かうハイウエイから見たものではない。廃駅からの、倉庫街からの、オールド・タウンのうらぶれた通りから見た景色だ。慈悲深く慎重なセシャトのまなざしだったものが、屹立した男根と化し、禍々《まがまが》しく成長して、都市の力を借り、燃えるものには片っ端から火をつける。炎が近づいてくる、近づいてくる、気をつけて、こっちに来る！――今まで一度も耳にしたことがなかった曲の、コーラス部分だ。

ディーは今や宙に浮かび、上へ、上へと向かい、黒々と影を落とす方尖塔《オベリスク》の頂《いただき》にある、小さなピラミッドの高さにまで達し、炎と並ぶ。この高さからなら、炎に包まれたリトル・デルタの街並みが見わたせる。仕事に急ぐ人、舗道でくつろぐ人、カフェでうわさ話に興じる人、子どもと遊ぶ人。記憶庫《リポジトリ》で最も象徴的な風景が灼熱の場と化し、炎を噴く。白熱のナパーム弾が降りそそぎ、着弾した場所からシューという音が上がる。なのにリトル・デルタの市民はそこには目もくれず、にこやかな顔でいる。街が火の海と化しているのに。

「あぶない！」

煙を吸い、記憶の声は低く、しゃがれている。若者が怒っているのはわかるが、すり替えられた記憶の存在と感情をつかさどるマーカーの信頼性は特に低いという。改ざんされたものとあきらかにわかる記憶なら、なおのこと。方尖塔《オベリスク》は本来持ちあわせていたもうひとつの概念、金色の巨大な包茎ペニスへと姿を変え、白金の精子を宙に放つ。ベスビオ火山をポルノグラフィーで表出した、とでもいおうか。

「セシャト、おお、セシャト！」若者の声が聞こえる。

記憶空間で実体を失ったセシャトは、精神世界の内側へと突き進んでいく。この力を与えると、記憶の再生が止まる仕組みになっている。だがもはや、記憶が雪崩を打って放出されるのは避けられなくなり、十年前に彼女が目撃したときと同じように、白熱した炎がセシャトに襲いかかり、眼下の都市へと降りそそいでいく。

惨事に拍車をかけるように、コール・アンド・レスポンスがセシャトの耳に鳴り響く。「セシャト館長！　おれたちに何をした？」

「セシャト、炎が近づいてきます！」

「あぶない！」

＊

「やあ、セシャト、毎度のことで聞き飽きただろうが、きみと会うのは実に愉《たの》しい」

セシャトのディスプレイに映し出されたテリーは、ポータブル・ヘッドセットとゲーミング・グローブをさりげなく肩にかけ、〈新たな夜明け《ニュー・ドーン》〉の本部にある執務室でカウチに座っている。Tシャツと色をあわせたブルーのソックスは新品のように見えるが、数十年前に放映されたアダルトアニメのキャラクターグッズで、ヴィンテージ品だ（このソックスを気に入っているのも趣味が悪い）。昼休み中だからと遠慮もせず、テリーはプライバシーコードをあっさりと書き換え、セシャトのディスプレイにいきなり顔を出した。セシャトはすでに席に着き、レポートを作成中だった。スピーカーからテリーの声が聞こえてきても、彼女は驚きもせず、ひるみもしない。手にしたタブレットを置き、にっこり微笑むだけだ。

今回の大事件はセシャトにとっても予想外の出来事だったが、彼女がリトル・デルタの公電書館長の職を解かれることはなく、組織内の主導権も握っている。

そもそも彼女はテリーのことを悪く思ってはいない。

「わたしもそうだといいのですが、テリー。アーカイブ庁長官の官衣はお召しにならないのですか？」

テリーは笑うと年相応に見える——どう考えても六十歳をすぎているはずだが、セルフレームのメガネをかけ、永遠の三十歳で押し通そうとしている。

「在任中は着ないつもりだ、セシャト。官衣は庶民に向かって権威を見せびらかすためだけのものさ」

セシャトが何かいおうとすると、テリーが制する。「正式な報告書を書いても無駄だというのか？　騒動のことはすでにぼくの耳に入っているからという理由で。わたしはその報告書で――」

「それは皮肉のおつもりですか？　今朝になってそんなことをおっしゃるなら、わたしも昨晩、あの場所に集った庶民の輪に入りましょうとあなたをお誘いすればよかった。とても心躍る体験でした」

ナイスショットを決めたテニスプレイヤーに賞賛を送る観客のように、テリーは手を叩いた。

「同感だ！　庶民の記憶にあっさりと巻きこまれてしまったな、違うか？　あれほどの数の庶民がいたことなど、すぐ忘れてしまう」

セシャトは首をかしげる。「わたしもゆうべ、そう思いました」

テリーは驚いたふりもせず、ゆうべ何をしていたとセシャトに尋ねたりもしない。彼女が何をしていたか、すべて知っているからだ。

セシャトが訊かれると思っていないなら、こちらから訊くまでだ。

「ゆうべは愉しかったようだね？　セシャト」

あんな不思議な夜は生まれて初めてだった、この記憶を奪われるものか。

「とてもいい気晴らしになりました、テリー」真珠のようになめらかな声に、少しうんざりした感情を乗せてセシャトは答えた。ただ聞いただけでは、ゆうべ何があったか、テリーにはわかるまい。とあるバーで女性ふたりが出会い、別の場所で一緒にしたたか酔った。深夜に集った大勢の人々と一緒に踊り、歌ってから、片方の自宅に帰り、愛を交わした。記憶のアーキビストは皆の尊敬を集める存在だが、だからといって、純潔をかたくなに守る義務などない。〈新たな夜明け《ニュー・ドーン》〉体制下の潔癖な市民は、同性愛を存分に満喫する気などさらさらないだろうが、その禁を破った初の公人がセシャトであろうはずもない。彼女がもちろん、リトル・デルタ唯一の同性愛者でもない。胸の内側ではじけ飛ぶ欲情、アレシアの声を聞きたくて、アレシアと呼びたくて、もどかしげに動く指。前の晩、セシャトに何があったか、テリーにわかるはずがない。何があったかという事実しかわからない。セシャトの記憶に強引に踏みこめば話は別だが――テリーの侵入を阻むためなら、セシャトはどんな手でも使うつもりだった。記憶のアーキビストとして民の信頼を得るには、それなりの危険を伴うものだ。

一瞬気まずい沈黙があったが、テリーはやり過ごした。セシャトのほうは、彼が次に何を訊いてくるか、しばし様子を見ることにした。片方の眉毛をゆっくりと上げながら。

テリーは首を横に振りながら、含み笑いを漏らす。「ああ、セシャト。ぼくらの会話はいつも、とても愉快だ。きみのような人物は空前にして絶後だ。さて、今日ここに来たのには理由がある。偽りの記憶が彼の地の記憶収集システムを崩壊させた報告が耳に入ったが、あれはどうなった？責任者が誰か知ってるかね？」

「いいえ」

テリーは不審そうに目を細め、首をかしげる。彼が善人面をしないところをセシャトは気に入っているし、本音でぶつかってくるテリーとの議論も楽しんでいる。彼がヘビ並みに食えない男だということも――そうでなければこんな要職には就けなかっただろうし、指導者がこれほど頻繁に代わる体制下では、悪人でなければ生き残れない。それでも――とりあえず今のところは――テリーは自分の邪悪なところを巧妙に使いこなしながら、セシャトを支えている。彼の気がいつ代わっても、なんとか乗り越えられるだろうと、セシャトは楽観視している。

「ぼくはね、」テリーは南部のイントネーションで話しだした。だがイントネーションよりも、アイスティーにノーカロリーの人工甘味料を入れ、しっかりと甘くするところが、いかにも南部出身者らしい。「原因を早急に究明してほしいんだよ」

「担当者に調べさせています。はっきりしたことがわかればすぐご報告します」

テリーはまばたきし、唇に笑みをたたえてセシャトを見やる。「またクスリがらみの騒ぎか、セシャト？　〈ネヴァーマインド〉がストリートで流通しているのか？　五年前、きみがあの呪術医を取り逃がしたのは残念だった」

動揺を悟られぬよう、セシャトはなんとか平静を保つ。だがテリーが、いい気味だといわんばかりに満足げな顔をしているところを見ると、どうやら見抜かれたようだ。セシャトがドク・ヤングと伝説のＤＪ、ＭＣヘイズに精神崩壊寸前まで追いこまれたのが五年前のこと。リトル・デルタが、アンダーグラウンド界隈で猥雑なパーティーと、ストリートで流通する粗悪な〈ネヴァーマインド〉の聖地として名が知れだしたころだ。記憶にまがいものの夢を足し、音を見て、色を聴くエフェクトを足して共有する。ドク・ヤングとその下にいるリミキサーは取り逃がしたが、彼らの信奉者《フォロワー》であるダーティ・コンピューター数百名を逮捕し、記憶を押収した。そのうち十名ほどを〈聖堂《テンプル》〉に送りこみ、見せしめとして記憶を全消去したこともあった。ドク・ヤングとMCヘイズは街から逃げ、消息を絶った。あいつらが戻ってきた？　あの日からずっと、二度と顔を見たくないと思っていた。とはいえ、二度と顔をあわせずに済むともいい切れずにいた。

「知りません……。あれは逸脱した記憶です。わたしの下にいる記憶管理官が――」

「ああ、ディーとかいう若い子？　かわいい娘《こ》だよね？」

めまいが波のように押し寄せてくる。額が重く感じられる。テリーに悟られてはいけない。

「ディーは人工知能です。外見は便宜上設定されたもので、ディーにはジェンダーはありません」

「ああ、そうだった。すまんな、ディー」

セシャトは額を流れる汗をぬぐおうともしない。ディーは反応すらしない。テリーがわざわざ口に出していうことではない。五年前に起きた不祥事まがいの出来事も、記憶庫《リポジトリ》のデータ逸脱も、セクシャリティも、人種も、自我も――その気になれば、首を吊るロープとなって、セシャトが自ら死を選ぶよう追い詰めるだけの力を持っている。ドク・ヤングとMCヘイズとの一件で揉めていたころ、テリーから降格処分にされないか、僻地の記憶庫《リポジトリ》に左遷されないかと、セシャトはずっとおびえていた。こんな想像もつかない運命も、きっといつかは天からの贈り物になると信じていた。この苦境を乗り切れなければ、テリーは何のためらいもなく、セシャトを炎上させてしまうだろう。

テリーは十五年もの間、理解者《アライ》としてセシャトを支えてきたが、それは彼の禍々しい偽善者の一面にすぎないのもセシャトは知っている。

セシャトはディスプレイから離れ、椅子に身を預ける。「先ほど申しましたが、わたしの下にいる記憶管理官は、あの現象を〈半夢《はんむ》〉と呼んでいます。記憶でもなければ健全な夢でもなく、フィルタで捕捉できずに逃してしまうこともあります。五年前……こうした〈半夢《はんむ》〉をひとつも拾えませんでした」

反論は聞かないよとセシャトを制するように、テリーは指を振った。「当時は未知の存在だった。あのリミキサーには十分な時間があった」

セシャトはゆっくりと首を横に振る。「今回もMCヘイズの犯行かもしれませんが、彼女のリミックスはすべて〈ネヴァーマインド〉の影響下にあります。しかし、あの記憶は……」

「〝しかし〟、とは？」

セシャトはなすすべもなく肩をすくめる。「これはわたしの勘ですが、〈ネヴァーマインド〉とは関係のない現象ではないかと」

ドラッグで意識を鎮静するでもなく、何かを強制したわけでもなく、記憶を無断で奪ってもいない。

アニメ柄の青いソックスを履き、くるぶしが見える丈の短いパンツ姿のテリーが、二本の光沢のあるパープルのビニールで、かろうじて乳首を覆っただけの、アニメの女悪役っぽい姿のディーに目が釘付けになっているのは、傍目にはほほえましく見えるかもしれないが、セシャトはとうてい笑える気分になれない。

「だったらその勘とやらを働かせ、首謀者を突き止めて被害を未然に食い止めなさい。本件は政府上層部の一部の耳にも伝わっている」

またもや言葉がすぎた。テリーは心からセシャトに同情を寄せるような顔をして、目を細める。

「これでわかりあえたってところかな、セシャト?」

プライドがそうさせたとしかいえないが、セシャトはなんとなく作り笑いした。「完璧です、テリー」

テリーはうなずくと、クリック音とともにディスプレイから消える。

セシャトはそのまま座っている。玉のような汗が額を伝ってあごまで届き、ポタポタとデスクに落ちる。


洪水、高波、雪崩、嵐。どれでもいい、災害を思い浮かべてほしい。ただし、発生から大型化するまで同じ災害であること。発生時は目立たず、問題視もされず、取るに足らない存在であり、大型化しても死の危険にさらされるまで気づかない。指数関数的に拡大する災害の恐ろしいのは、こういうところだ。スクリーンドアにいるバッタ二匹と『出エジプト記』第八の災い【訳註/古代エジプトで囚われの身にあったイスラエル人を救うため、神が与えた十の災いのひとつで、バッタを放つこと】とは話がぜんぜん違う。

アラビア砂漠の居住に適さないベルト地帯に季節外れのサイクロンが発生し、砂漠に大量の雨が降ったせいで、砂漠のバッタに未曽有《みぞう》の繁殖期がもたらされた事実に気づかないままでいると、十か月後、度肝を抜くほどの黄色いバッタの大群が雲のようにあなたの国へとやってきて、トウモロコシ畑に壊滅的な打撃をもたらすかもしれない。

セシャトが目撃した騒ぎの中には、カズン・スキーもいた。アレシアもいた。セシャトの肩をつかみ、「フル」（ウール？　それともビューティフルの聞きまちがい？）といって、一緒に踊った少年もいた。セシャトがオールド・タウンの混乱に十分な配慮を示さぬうちに、ドク・ヤングは逃げ切ってしまった。スキーのバーがある東部も含め、セシャトは境界区域のモニタリングを怠っていた。

なぜ気づかなかったのか。境界周辺域にはらむ危険を誰よりも知り尽くした、聡明なセシャトが。記憶の王国の国母になりたいと願う、女王セシャトが。なぜだ。この街の住民を掌握していたのではないのか。ただひとつ汚点がある。彼女はあの日、民よりも大事な存在に心を奪われていた。〈新たな夜明け《ニュー・ドーン》〉の中枢部はトラブルとは縁のないよう対策を打ち、管理してきた。だが周縁部には、社会に適応できない市民には目が行き届いていなかった。セシャトと同じ匂いがするのに、セシャトとは違う世界に住む人たちを。

セシャト館長、おれらのために何をしてくれた？

うそ、知らないわけがないだろうに。気づいてさえいないなんて信じられない。聡明なセシャトが、慈悲深きセシャトが、権力があやうくなってからも、都市のために尽くしてきたのに。

彼女には現実が見えていなかった。

ああ、哀れなりセシャトよ、危機は今、汝《なんじ》の双肩にあり。テリーらが気づいていなくても、すぐに災禍が訪れるだろう。〈ネヴァーマインド〉の新たなリミックスか、ハッキングか、それとも別の原因か。今回の〈半夢《はんむ》〉がどんな経緯で生まれようとも、砂漠を越えて近づいてくる、群れを成し、あふれんばかりに。

今朝の災禍に比べれば確かにスケールは小さかったが、セシャトは発酵した酢を飲み下したときのように、チリチリとした不安が沸きたつのを感じる。

「ディー」と呼ぶとき、語尾が子どものように不安げに揺れる。「ディー、ほんとうにこれで終わるの？」

「申し訳ありません、セシャト」ディーの声には苦悩がにじむが、ディスプレイに映った表情はいつもと変わらない。「この対象はこれ以上の調査が必要とのフラグが立っていません。キャッシュに残ったただの記憶です」

「アレシアは睡眠用のヘッドセットを持っていた」

「昨夜使用されたという記録は残っていません」

セシャトは口元に人知れず笑みを浮かべる。データが残っているわけがない。笑みはさらに大きくなる。「システムのゴミ箱をもう一度チェックした？」

「標準のメンテナンスに従い、今朝の四時半でゴミ箱のデータはすべて消去されています」

「アレシアのカウンセリング履歴は？」

「重大事象《インシデント》なく三年が経過した場合、初回セッションの記録と最終レポートのみを保管します。チェルシー首相のプライバシー改革令を導入後、あなたが第一号だったのですからよくご存じでしょう。思い出せないのならサポートしますが？」

ディーは六年前からの関連記憶をあらかじめ引き出していた。複数あるディスプレイのひとつにスイッチが入り、音声と映像の再現データが再生される。正規の式服をまとい、緊張した面持ちのセシャトとテリーがいる。テリーの冗談を笑ったあと、政府改革案を発表するため、ふたりは演壇に立った。

ヘッドセットの感覚統合がまだ終わっていないのに、セシャトはあの日の自分の視点に立ち帰る。短命に終わった〈新たな夜明け《ニュー・ドーン》〉の改革運動の先駆者となった自分を誇らしく思う、若き日の自分に。

年齢を重ねてかたくなになったセシャトは首を横に振り、再生を停止する。

「必要ありません、ディー」

ディーはしばし何もいわずにいたあと、がっかりしたような無気力な声で話しだす。「アレシアにフラグを立てますか、セシャト？」

セシャトは眉をひそめる。ディーには個性や基本的な思考能力が自主的に発達するようプログラミングされ——テリーや彼の上司は危惧《きぐ》していたが——〈新たな夜明け《ニュー・ドーン》〉で展開されている記憶管理ＡＩの標準として運用されている。早熟な子ども程度の処理能力はあるものの、成人レベルの道義的な判断は下せない。その記憶管理ＡＩがなぜセシャトに失望するのだろうか。

セシャトはひとまず抗弁する。「ほかにデータは？　ディー。アレシアの情報がほしい、以前の……」**わたしが彼女に心を奪われる前の。**

わたしが自分を抑えきれなくなる前の。

ディーの自立心と応用力をうっとうしく感じるが、記憶管理AIのパラメーターをひと目盛り強化したのは自分じゃないかとセシャトが後悔していると、ディーはセシャトのディスプレイに五つの異なる記憶を表示させ、音声を消して一度に再生する。頭上をドローンが旋回し、境界の壁のそばで、父親にお別れのハグをするティーンエイジャーのアレシア。試験管がずらりと並ぶ実験室でひとり、化学薬品を計量するアレシア。スーツケースふたつと湯沸かしケトルだけを持ってアパートメントに引っ越してきたアレシア。規範当局《スタンダード・オーソリティーズ》が運営する公園のベンチに座り、人工池を泳ぐ鴨にえさをやるアレシア。セシャトの執務室の真下、方尖塔《オベリスク》の展望デッキから、雲に覆われた都市をながめるアレシア。いつの記憶だろう。三年前だなんて。セシャトは驚きのあまり、心臓が飛び出しそうになる。彼女とこんな近くですれ違っていたとは。だけど、あれは本物のアレシアだろうか。〈カズン・スキーズ〉にいた〝レーテ〟はどこにいるのだろう。あのキレのいいユーモアはどこに行ったのだろう。家具備えつけアパートメントのベージュの調度に短剣を突き刺し、流れた血のように紅いベッドカバーは？　〝不浄な行い〟により、彼女の父親は十五年前に市民権を失ったという記録は残っているが、アレシアはなぜ、その後もずっとひとりでいるのだろうか。

「ディー、これが全記録？」

「だって、館長が――」

「わたしが何を？」

ディーはため息をつく。「これが規範当局《スタンダード・オーソリティーズ》の所有する全記録です」

「対象者の記憶をあなたはどう分析する？」

ディーに顔を見せてほしいとセシャトは思った。今までセシャトの前で顔を隠そうとしたこと
は一度もなかったから。

「変なにおいがしますね」

「ディー、真面目に答えなさい」

だが、この日のディーはふだん以上に頑固だ。会話を歌に切り替えてくる。

そんなつもりじゃなかった
時間をどこで偽装したかと訊かれても
やめなきゃいけないのはわかっていた
最初の秋風が吹くまでには

「もういい！」

セシャトが叫んだとたん、緊迫した沈黙があたりを支配する。

涙がこみ上げてくる。謝りたいという気持ちに駆り立てられる。なんてバカなことをしたのだ

ろう。

「彼女にフラグを立てなさい、ディー」自分を恥じているのをAIに悟られぬよう、いくぶん強い調子でセシャトは命じた。「公営の記憶収集所か、アレシアの今夜のヘッドセットから拾える最後の記憶は、ひとつ残らずわたしに送ること」

　生活をともにするようになってから初めて、ディーがロボットらしい音声を出して答える。

「かしこまりました、セシャト。アレシア５６９３４に逸脱の疑いあり、高優先度のフラグを立てました」


　カウンセリング棟は方尖塔《オベリスク》の向かい、市役所の庭園内にあり、土日と祝祭日には、一般市民も利用できる。木立の葉が落ち丸坊主になった庭園の脇にある通用口を抜けるとき、慌てて飛び出してきた警備員とすれ違い、セシャトは会釈して中へと入った。夕暮れ時の職員用廊下に人はおらず、それでも一般向け図書室と待合室には、カウンセラーとその日最後の面会希望者が数名残っていた。セシャトはここにはなるべく来ないようにしている。対人問題のアーキビストとは、新人時代から距離を置いている。あとで役に立つかもしれないからという理由だけで、自分が記憶を監視している人々と定期的に対面でカウンセリングが義務づけられるのは、自分が切除した内臓をもてあそぶ外科医のようで、セシャトはどうにも我慢できなかった。助けを求める人たちが一定の数、カウンセラーのところに集まる——当局が評価した点数を上げ、名前に付与された番号を変更したい人たちも来る。カウンセリング希望者の情報は、当然セシャトのところにも回ってくる。興味のある案件なら、セシャトは自分から案件にかかわり、その人が負担に感じる理由を究明することも、抑圧や不安を増大させる記憶を抽出することも、人格を微調整するという、煩雑《はんざつ》で繊細な作業に喜びを見いだすことだってある。カウンセリングのセッションで記憶を育むのには、かなり高い能力が求められる。特に、〈新たな夜明け《ニュー・ドーン》〉当局の監視作業での有効性が高いという点は、アーキビストの主な仕事がもたらすプラスの副作用にすぎない。

そんなことが夢物語にすぎないのは、セシャトも、カウンセリング室を統括する、対人記憶部の副部長もわかっているが、この都市に新たに居住するようになった人たちが対象の研修で、こんな夢物語を吹きこんで記憶を改ざんすれば、偽りの記憶が正しいと、ずっと信じて生きていく。このように、セシャトは偽りの記憶を正しいものとして、市民に強いる活動に長く携わってきた。

結局、夢物語から現実に引き戻されて複雑な思いをするより、安易に手に入る幸せを信じたほうがいいに決まっている。

執務室では副部長がひとりで、壁掛け式ディスプレイに映し出された三本のカウンセリング・セッション動画を視聴していた。彼がセシャトに挨拶しようと振り返ると、装着していたヘッドセットが夕暮れ時の日の光をとらえ、きらめいた。副部長のキースは、セシャトがひとりで訪ねてきたのを意外に感じたのか、作り笑顔を見せると、自分のデスクの前にある椅子を勧めた。セシャトは感情を表に出さず、キースをしばらく見つめたまま、堂々たる威厳を保つよう気をつけながら、はめ殺し窓に面したカウチに座った。キースとセシャトの執務室はほぼ同じ広さだ。あちらは組織で幅を利かせている部門の副部長で、金色の髪に青い瞳、〈新たな夜明け《ニュー・ドーン》〉の立ち上げに貢献した一族の三代目。異端児ながらリトル・デルタの権力者にのし上がったセシャトを目の敵にして、彼女の記憶を消してやりたいと願う、一部の対抗派閥から気に入られ、後継者候補と目されている人物でもある。セシャトのような社会の周縁に属する者を、一度は自分たちの一員として受け入れたが、そんな彼女が支配者の側に回るのはまかりならぬ！　ということなのだ。

キースはいらだたしげにカウチに視線を投げる。一拍置いて、また作り笑いを浮かべると、ヘッドセットを外し、セシャトが座ったカウチと向かいあう場所にある椅子に座った。

「わざわざ足をお運びいただき光栄です、館長。ちょうどあなたに提出する報告書を作成していたところでした」

「あなたが報告書を書いてるんですか？　副部長」相手の気を悪くしない程度に好奇心が伝わるような声で尋ねたが、セシャトの心中は穏やかではなかった。例の記憶の氾濫がキースの耳に入っている。セシャトが罷免《ひめん》されるのは、あと数時間？　それとも数日後？　キースは次期公電書館長のポストを得るための足固めを始めているようだ。

キースは膝に手を置いて身を乗り出し、心配そうに眉をひそめてはいるが、内心は怒っているのだろう、唇の端が引きつっている。彼は前から表情をコントロールするのが下手だった。いずれにせよ、腹芸を使わなくても要職に就ける家柄の男だが。

「まあ、今さらいうまでもありませんが、セシャト館長」心配そうとも、あざ笑っているともつかない顔でキースがいった。「これだけの大災害をあなたひとりで対処させるわけにはいきません。仕事内容に違いはあるといえ、わたしたちは皆、アーキビストです。記憶庫《リポジトリ》を守るために働いている……〈新たな夜明け《ニュー・ドーン》〉の体制下で生きるとは、そういうことです！　そうですよね、館長？」

当局は海面下で待ち受ける、血に飢えた若きサメたちからセシャトを守っている。セシャトがまるで、同世代の優秀な男性たちにはかなわないといわんばかりの態度。もうセシャトを守る必要がないとも取れる。彼女はため息をつく。「明朝、報告書を拝見するのを楽しみにしております、副部長。いずれにせよ、カウンセリング室の記憶を使わせていただくことはないはずです」

対人記憶部の副部長はセシャトの管理対象にあるはずだが、網にかかった魚はみんな同じだと思っているようだ。「アーカイブした記憶はすべて、わたしの記憶管理AIが確認中です――」

セシャトがずっと強いまなざしを向けているのにようやく気づいて、キースは口をつぐんだ。セシャトはうなずいてから口を開く。「僭越ながら、副部長には本件を掌握する十分な経験が……不足しており、オールド・タウン出身者でカウンセリングにつながった者もおりません。今回のような記憶の捏造があった場合は、偽の情報に振り回されない資質の持ち主が求められます。カウンセリング部門はリトル・デルタの健全な環境を監視するための組織です。ですが、病巣を徹底的に叩くには、副部長、別の手段が必要です」

キースは息を呑む。あの青い瞳の奥でパニックの火花が散る様を頭に浮かべると、キースが対応しないなら、セシャトは館長の座に留まり、彼が罷免されるのを見届けられるかもしれないと、今さらながら実感する。

「それはどういうことですか？　セシャト館長」さっきまでの得意げな態度はどこへやら、だ。

「ジャンク記憶です。あなたの管轄下ですよね、違いますか?」

キースは眉をひそめ、首を横に振る。「ジャンク記憶とは! 信頼性の欠如にかけては指折りの組織です。わたしの記憶管理担当者に命じれば、月の半分は現地で待機しますよ。被疑者をつかまえようと当局がわたしを尾行しているなら、なおのこと自分から出ていかなければ——」

セシャトはしなやかな身のこなしでカウチから立ち上がると、自分が本気で怒っているのがキースに伝わるよう、断固とした口調でいった。「キース、話をちゃんと聞いていましたか? 今回の記憶の氾濫は犯罪行為です。本件の首謀者は、システムに何らかのタグをつけたに違いないとわたしはにらんでいます。ただ、そう簡単には特定できないでしょう。不審な記録にはすべて、逸脱のフラグをつけ、公電書館までお送りいただきたい。公共交通を遮断し、周辺域を航行するドローンも停止させ、市境の外、食料品店、小切手を現金化する店、質屋などに設置した回収ボックスの記憶はすべて、逸脱のフラグをつけて回収します。それに……」キースはもはやよそ行きの表情を作る気などさらさらない。ご機嫌斜めの子どものように、下唇を突き出していった。

「それに?」

機嫌を損ねたキースには目もくれず、セシャトは庭園に沈みゆく太陽を見ている。こんな口論を繰り返すのかと思うと胸が痛むが、やるべきことはやろうと思い直した。「ドク・ヤングやMCヘイズへの警戒は怠らないよう、お願いします。あいつらが戻ってくるかもしれませんから」

アルコールをはらんで霞《かすみ》がかかった記憶の中から、アーキビストならではの手腕で回収した記憶を再生する。〈カズン・スキーズ〉で彼女と一緒に踊った少年の白い肌、ドラッグに侵され、夜の空のように黒々とした瞳孔。**あんたはフルだ。**聞き覚えのない音楽が耳をつんざく中、少年がセシャトに歌いかける。**あんたは獣のようにフルだから、容赦しない。**

お腹空いてる？　わたし、餓死寸前:)　A

セシャトのプライベート・チャンネルに一行メッセージが届く。今夜は夜通し、記憶庫《リポジトリ》で過ごすことになりそうだ。ほかの副館長の報告書に目を通し、手がかりを探し、ディーにもっとデータを持ってこさせなければ。

だがセシャトはジョーダンが着用を認めたストリートファッションに着替えると、アレシアに会うため、彼女のアパートメントにほど近い、小さなイタリアンレストランへと急ぐ。逸脱のフラグを立てられたアレシアを気遣って、衆人の前では友人のふりをしていても、テーブルの下でお互いに触れる。ふたりでワインとガーリックブレッドを分け合い（「一緒に食べなきゃ」アレシアは鼻先でパンを振りながらいう。「でなければ、この人うちとキスしたくないんだって怒るぞ」セシャトは操り人形のようにぎこちなくうなずくと、赤ワインをふたたびグビリと飲み下す。）レストランに入る前にアレシアが記憶回収ボックスで〈トライカード〉に数ポイントチャージし、ふたりは中に入った。

「今夜はうちがおごる番だから」断固として譲らないセシャトに、アレシアは片眉を上げて制する。空腹だと悟られませんようにと願いながら、セシャトは記憶回収ボックスを見つめ、肩をすくめる。

料理は絶品だが、ニンニクがかなり利いていたのが笑いのツボに入ったか、デザートをオーダーしながらふたりは大笑いして「これってガーリック・パンナコッタかな？　ガーリック・グラッパを飲んでみようか？」と、小声で冗談をいう。

それからふたりはデザートワインを飲みながら時を過ごす。ワインはほんのりアニスの香りと、何だかわからないが根菜の味がする。

「あんたたちアーキビストって、どこに出しても恥ずかしくない記憶を持ってるっていうじゃない。じゃあ、最初の記憶って何？」アレシアはセシャトのへこんだ生え際を指でなぞる。アレシアの指の感触が、セシャトの足の裏まで伝わってくる。目を閉じ、もっと強くと求める。

「わたしの回復室は〈聖堂《テンプル》〉にあって、白と金色の部屋。背後には広告塔《トーチ》が立っている。『転生おめでとう、新人アーキビストよ。おまえの名はセシャトだ』」

アレシアの指がこめかみから離れる。喪失感。セシャトは動けなくなる。

「そいつらに記憶を全部消されたの？」おびえた声にならないよう、アレシアは気を遣いながら訊く。セシャトは肩をすくめた。「〈儀式〉では必ずこうすることになってる」

「名前の由来は？〈新たな夜明け《ニュー・ドーン》〉体制下では珍しいよね。古代エジプトの女神の名だなんて」

アレシアの疑問にセシャトは笑って答える。「わたしたちには新しい名前を選ぶ権利が与えられてる。過去のわたしは自分がどこまで高い地位に就きたいか知ってて、それを確かめたかったんだろうね」

アレシアはふっと笑う。セシャトの心拍が軽く一回飛び、激しく乱れる。

「なるほど、そこも一緒だね」アレシアがいう。「うちも自分で名前を選んだ。申し立てが認められたとき、うちは十六歳だった」

セシャトは不思議に思っていた。〈新たな夜明け《ニュー・ドーン》〉当局の思想はかなりリベラルだが、性別移行をそうやすやすと認めてはいない。

「ご両親は納得してるの？」セシャトは訊く。幼少期の記憶はディーのＡＩに支障なく格納されているのに、この質問をすると胸がうずき、心のバランスが乱れる。

セシャトの異変にあわせるように、アレシアの目が点滅し、うつむいて、ワイングラスにたまった澱《おり》を見つめる。「うちはずっとパパのかわいい娘だった。ママは……」アレシアは首を振り、まるで大事なもののようにグラスを置く。「悔いが残らなければそうしなさいといった。うちのしたいように人生を選ばせてくれた」

同じ境遇だが、セシャトはあれこれ聞き出そうとはしない。

そんな必要はない。

セシャトは思い出している、非の打ち所がない自分の記憶の中で、いつまでもつづくループとして、アレシアが記憶回収ボックスから出てきたときにいったこと。「うちの見ていないところでお会計を済ませないでよ、いい？」笑っていたが、不安げな目をしていた。「あんたには特権がある」

アレシアの部屋にまた誘われると、彼女の声ににじむ熱情や心もとなさに気づかないふりをする。ふたりの格差をこれほどまでに明確に断言した、あの言葉を深読みしないようにする。**「あんたには特権がある」**特権があるなら、セシャトはどうすればいいのか。特権を捨てればいいのか。まったく面識のない女性と向き合い、すべてをさらけ出すというのに、わたしは自分らしくいてはいけないのか。じゃあ、いったいどうすればいいのか。公電書館長の職務をなげうったように見えないのがいけないのか。アレシアのほうがセシャトを傷つけたがっているとしたら？ アレシアはレジスタンス勢力の工作員だったら？

でも、抵抗する相手は誰？ 内なる声がセシャトに訊く。

その声を振り切るように、セシャトはアレシアのアパートメントの戸口で彼女に熱いキスをする。アレシアの固くなった黒い乳首を指で愛撫する。アレシアの背筋がのけぞり、つま先に快感が走る。アレシアのベッドの紅いカンヴァスの上、ふたりの身体はカリグラフィー文字のような曲線を描き、セシャトは息ができなくなり、考えることもできなくなり、記憶が混乱をきたす。これほど生々しいほどの情欲を感じたことはなかった。だが、彼女が後悔したのは、ふたりで紡いだ情熱のことではない。行為のあと、アレシアの腕に抱かれて心地よい眠りに落ちる前、アレシアがセシャトの左手首の裏側にそっと口づけて残した、不名誉の印だ。

セシャトが二十年前に捨ててきた女性の人格なら、贈り物として大事にしただろう。では、アレシアの瞳に映った女性はどちらだったのか。公電書館長のセシャトか、セシャトになるために命を奪った、あの女の幽霊なのか。

アレシアに睡眠用ヘッドセットが装着されているのを確かめてから、セシャトは部屋を出た。ふたりでワインのボトルを一本空けた。主導権を握ったのはセシャトよりも自分のほうだとアレシアは思っているのだろう。冷静な声で「あんたには特権がある」といった。それが何だというのだ。館長級の役職に就く者は誰だって、少なからず手を汚している。

午前三時、セシャトは自腹でエアカーを呼び、記憶庫《リポジトリ》へと戻った。一睡もできなかったのに神経が高ぶり、神経線維《シナプス》がパチパチと音を立てている。秋の空気で肺を満たし、眠れる都市は脈動とともにセシャトの身体をめぐり、彼女に寄り添う者は誰もいないのだと、セシャトは今一度、思い知らされる。

翌日の早朝、キースが素っ気ないメッセージを寄こしてきた。彼の記憶管理ＡＩが何かを見つけたという。二日前、都市の南端で回収した少量のジャンク記憶を送ってきた。すべて未登録ユーザーから採取したものだ。

アレシアの夢と記憶が途切れることなく押し寄せ、はち切れそうになり、吐き気を催し、セシャトはこの日も眠れず、吸血鬼のように目をらんらんとさせている。ドラッグを摂取して記憶の流入を断ち切ると、十年後、方尖塔《オベリスク》の頂で、彼女を追い落とすかもしれない危機に備えなければと、強制的に意識を切り替える。キースが日曜出勤しても、彼女の負担が減ることはない。

「ディー」自分との戦いに負けそうになり、セシャトはＡＩを呼び出す。「この案件の解明を手伝ってほしい」

セシャトに一番近いところのディスプレイに、ディーの顔がようやく表示される。機嫌を損ねた子どものようなふくれっ面で。

「その顔は、今日の任務はもう終わったっていいたいわけ？」

ディーは回答を複数用意してきたが、順を追うごとに守りの姿勢が強くなっていく。ただ、ディーはしょせん人工知能であり、セシャト本人が捨てたジャンク記憶で構築した仮想の助手にすぎない。苦情を気にするいわれもない。

なのでセシャトはキースから送られてきたジャンク記憶をダウンロードして再生する。ジャンク記憶の常として、やはりこれも継ぎあわせの劣化データだったので、フルフェイスのヘッドセットは必要ない。ドラッグの力を借りることもあるが、必然的に絶望も伴う。

記憶はどれもオールド・タウンのどこかで開かれたパーティーがらみのものだ。トンネルがいくつかあり、白と黒のタイルを張り巡らせてあるが、セシャトには何の模様か見当もつかず、剥がれ落ちたタイルは足元で卵の殻のように割れている。トンネルの終着地は広々とした空間で、一段低くなった通路を伴う、大きなプラットフォームが一台ある。目立たぬ位置に設けた裂け目から照明が漏れ、時折、ひときわ明るくなる。嗅覚系情報が劣化したデータがあり、綿あめと乾いた尿の匂いがディーの身体を経由し、ほのかに臭ってくる。ストリートで流通している〈ネヴァーマインド〉にはさまざまなフレーバーのバージョンがあるが、キャンディ・リミックスは八年前からあったはずだ。ドク・ヤングの主要アイテムで、短時間でガツンとハイになり、直近の記憶がどれもこれも、甘美に感じられる。MCヘイズにとって初の大ヒットとなり、アンダーグラウンドの有象無象のリミキサーだった彼女を一躍スターダムにのし上げたという、いわく付きのドラッグだ。再生用として用意された記憶はディーがデータを圧縮し、ディテールの解像度を上げてあった。ディスプレイ上の光の点滅が天井を照らす。逆さまになった黒い方尖塔《オベリスク》の脇で、年配の男性が椅子に座り、手のひらを上にして両手を掲げる。男性の頭部と両手の間に光があつまり、やがて彼の額から、ひとつの星が飛び出てくる。男の姿が忽然と消え、光を受けて輝く文字だけが残される。

ドク・ヤングの精神破壊

再生をつづける記憶がいくつかあるが、セシャトはここで止める。「ここは昔の鉄道駅です、セシャト」張り詰めた空気を破るようにディーがいう。「北プラットフォームです」自信のなさそうな声。だが、ディーのいうとおりだ――この記憶はセシャトのもので、どちらも、どんな意味があるかは彼女がよくわかっている。

「あのクソじじい」毎度のことだが、セシャトはまたしても彼に後れを取ってしまった。午前中ずっと我慢していた眠気に襲われ、彼女は自分の椅子にドサリと倒れこむ。

「ディー、当局のオフィスに電話してくれる？」

「襲撃を要請するんですか？」ディーは心配そうな声でいう。「あのとき何があったか、あなたは覚えているはずなのに」

このとき百名の身柄を拘束。そのうち約十名がダーティ・コンピューターの烙印を押され、友人や家族には死亡通知がわたった。なんだ、わたし、ちゃんと覚えてるじゃない。だが、自分がどんな進路を選んだかは、セシャトの記憶には残されていない。

　ドク・ヤングが戻ってきた。

＊

日中の襲撃で、記憶の断片がいくつかあきらかになる。路上生活者から取得した逸脱記憶。セシャトが法医学教室に送る、〈ネヴァーマインド〉のリミックス吸引者が投棄した記憶。ステンシルで適当に描いた、ドク・ヤングの新しいロゴ。ゼウスの頭からアテナが生まれたように、ドク・ヤングの頭を突き破って飛び出してくる星。セシャトは当局のトップにステルス・ドローンの夜間配備を継続し、記憶を取得する者がほかにいないか確認するよう要請する。ドク・ヤングは巡業先として同じクラブは二度と回らないが、興味を持った第三者がいつ立ち寄るかわからない。

　今回、記憶が氾濫したのは新しい記憶のリミックスに失敗したせいなのか、確認はできていないが、ドク・ヤングが五年ぶりに姿を不意に見せたこととの関連性は高いとセシャトは見ている。もしそうだとしても、テリーら当局の長老が何を言い出すか考えたくもない。前回当局は不問に付したが、二度目となると、彼らが今回も物わかりがいい態度を取るかは疑問だ。

その晩ジョーダンが、ビールとカレーをまるで盾と剣のように持ち、セシャトの執務室に立ち寄った。「今日一日何も食べてないですよね」といい、彼はそそくさと会議テーブルの上に食事を並べる。

「ずっとわたしを見張ってたってこと?」ジョーダンがテイクアウト用の使い捨て容器やナイフやフォークを手際よく並べるのをながめながら、セシャトはしかめっ面でいう。セシャトが自分を追い出そうとするきっかけを見つける前にジョーダンは準備を終えようとしているようだ。

「日曜日なのに、どうしてここにいるわけ?」

「あなたが心配だったんですよ」といいながら、ジョーダンはカレーのテイクアウト用容器の蓋を開いた。ジャマイカ風ジャークチキンの匂いが強烈で、殴られたかと思うほどだ。自分はろくな睡眠を取っていないこと、そしてジョーダンがいうとおり、今朝からプロテインバー一本しか食べていないのをあらためて思い出した。

そしてため息をつく。「あなたこそ十分な休息を取ってる?」

ジョーダンはニヤリと笑う。セシャトが気が引けるほどありがたい差し入れで、おまけにもうひとつ別のカレーを取り出した。「こっちは念のため、です」

昼の間は目が回るほど忙しく、セシャトは途中から官服を脱いでおり、その下に着ていた白いチュニックと金色のレギンスだけの姿で、事務官と食事を取っている。極度の疲労や死の恐怖から解放され、公電書館長としての執務中、職場ではずっと慎んでいた、気の置けない時間を過ごしている。ジョーダンは案の定、儀礼用の官服がカウチに広げてあり、まるでクッションのように見えても、ボスには何も訊こうとしなかった。ボスが食事をあらかた終えてから事情を訊こうとジョーダンが待ち受けているのを察し、セシャトは彼の好きにさせてやろうと思う。

「で、アレシアとはどうなんですか?」

最後に口に入れたジャークチキンを喉に詰まらせ、セシャトはビールで飲み下して事なきを得る。

「どうして?」かんに障る質問だった。「彼女が何かいってた?」

ジョーダンは首を横に振る。「もっと楽な仕事に就いてほしいんじゃないかと、ぼくが勝手に思っただけです」

「仕事!」セシャトは大笑いしたあと、なぜだか泣きたくなる。

ジョーダンも今にも泣きそうな顔になっている。「館長」視線をセシャトからターメリックにまみれたライスに移してジョーダンはいう。「せめて今日ぐらい、ぼくに頼ってください。館長とアレシアは特別な仲じゃないかと思いますが」

こんな風にわきまえない口を利くのはジョーダンらしくない。部下というより友だちのようだ。だが、アーキビスト同士が友人になるとは考えがたい。

「ジョーダン……」セシャトは語気を強めて注意しようとするが、ジョーダンは駄々っ子のように首を振るばかりだ。

「詮索されたくなければ、ぼくの記憶を遮断してください。自分の記憶はずっとモニタリングできてたから」

セシャトは驚いて目をぱちくりさせる。「あなた……モニタリングを誰から教わったの？」

モニタリングは他人の記憶の変更点を検知し、記憶の操作もする高度な技術だ。通常は副部長級のみが研修の対象となるが、理解ある上司の下にいれば、一般職のアーキビストも研修を受講できる。

ジョーダンは、セシャトが思いもよらない苦々しげな顔で笑うと、涙をぬぐう。「研修受講が認められたんです、館長」

誰が許可したのか訊こうとしたが、口に出す直前でやめた。知ってどうする。キースがセシャトの側近の事務官を買収したのだろうか。それとも、ずっと彼女に親切だったテリーが、裏でずる賢く立ち回っていたということだろうか。

「わたしにどうしてほしいわけ？　ジョーダン」ここでセシャトが不信感をあらわにした声で問いただしても、ジョーダンが耳を貸すわけがない。

「館長。セシャト」ジョーダンはセシャトの心臓に杭を打ちこみ、とどめを刺すかのような口調で彼女の名を呼ぶ。「すべてあなたの思いどおりに行くとはかぎりませんよ」

セシャトは身を硬くする。「別にわたしは――」

彼は強い調子でたたみかける。「もしそれが愛なら好きにすればいいです。でも、考え直してほしい」

夜になり、アレシアを訪ねたが、セシャトはジョーダンから忠告されたのをまだ気にしている。

大事なのはそこではないのもわかっていた。ジョーダンだけではない、ディーも、セシャトがアレシアと会うのをよく思っていない。人工知能なのに子ども返りしたような態度を見せるとは、どこに不具合があるのだろうか。

「今朝はさびしかった」アパートメントの戸口でキスしながらアレシアがいう。笑ってはいるが目は赤く腫れ、くまができている。ノーメイクでも、オーダーメイドの服を着なくても、アレシアの美しさは真に迫ったものとして感じられる。おそらくゆうべと同じ、着古したTシャツとパジャマのパンツ姿。セシャトをリビングルームに通してから、アレシアは玄関の鍵をすべてかけた。リビングルームもキッチンも、ブラインドは皆下りている。アレシアの様子から、セシャトはどうしても、ブラインドを上げて灯りを消そうとはいえなかった。ヤシの枝を模した大きめのパイプを手に取ると、アレシアはライターの蓋を指ではじいて開いた。

「頼むから通報しないっていって」アレシアの顔は笑っているが、その目は切羽詰まっていた。

セシャトは場の雰囲気を和ませようと努めた。「マリファナを吸わせてくれたら考えてもいい」

マリファナの経験は片手で数える程度――なぜかすべてテリーが一緒で、彼が持っている、ヴィンテージの洒落たペン型の電子タバコのコレクションから選んで、銃撃戦やグロシーンが満載で、ストーリーがめちゃくちゃな年代物のテレビゲームをふたりでプレイしながら吸った。だが今回は、アレシアが恐怖におびえた声を出さずに済むようにと、セシャトが自分から進んで吸おうと決めた。

アレシアの左右の小鼻から、白い煙がゆるやかな渦を巻きながら出てくる。**えっ、歯のすき間**

からも煙が……、セシャトは口には出さずに驚いた。アレシアは黙ったまま、パイプとライターをセシャトに手わたす。幾多の他人の記憶を通して見てきたので吸い方は知っているが、初々しい芳香を放って立ちのぼる炎に導かれ、それまで隠れていた、セシャトの古い記憶が呼び覚まされる。幼女が落ち葉と戯《たわむ》れながら、熊手を掃くリズミカルな動きにあわせて揺れる、大好きな人の、豊かな腰つきをながめている。燃える落ち葉の匂い、炎が空に描く印。

現世の煙、現世、現世の名前を持つセシャトは今、マリファナにむせて咳きこむ。あの記憶はいつのものだろう？　セシャト自身の記憶だ、この身に染みついているのがよくわかる。幼女時代のあの記憶は、遠い昔に忘れてしまった。誰よりも愛していた、熊手を手にしたあの女性と家に戻る記憶を。

アレシアはセシャトの背中をそっと叩くと、彼女をカウチに座らせた。アレシアから手わたされた、グラスいっぱいの冷たい水を飲んだら、熱を持った気管支がようやく落ち着く。セシャトは目をこすり、「何があったか、わからない」とつぶやくと、パイプをテーブルに置く。

アレシアは眉毛を上下に動かし、機嫌を損ねたような声でいう。「うちがそばにいると、息をするのもつらいんだ」

その言葉にセシャトも傷つく。カウチに寄りかかって目を閉じ、天井の蛍光灯のまばゆい光も、愛する人のまばゆい笑みも遮断する。

「疲れてるんだよ」アレシアがいう。「今日も仕事？」

「わたしの立場では、休暇など取れやしない。あなたは？」

「うち……ラボに出勤したよ。進行中のプロジェクトがあるから……どっちにしろ残業はしなかったけど」

セシャトはカッと目を開く。ブラインドの向こう側にある窓が見えるかのように、じっと見つめて考えこんでいる。

「何かあった？」ゆうべ軽はずみなことをしてしまったのだろうか。アレシアの夢や記憶にリアルタイムで飛びこんだせいで、彼女の心のバランスが崩れてしまったのか。睡眠用のヘッドセットには夢に侵入できる機能が装備されているが、被検者の副作用をきわめ細やかに捕捉できる専用設備が完備した拘留施設以外での利用は推奨されていない。罪悪感にさいなまれ、呼び出したくもなかった記憶を変えることもできない。公電書館長として振る舞うのと、自分の心のおもむくまま行動するのは歴然たる差がある。かつてのセシャトなら、そこをわきまえていた。もう少しで思い出すところだったのに、少しずつゆっくりと忘却の淵へと滑り落ち、やがて、消えていった。

アレシアは目の前のハエを追い払うように頭を激しく振った。「じゃあ、今日はどんな一日だったか聞かせて。できたらでいいけど。誰かの記憶を吹っ飛ばした？」セシャトは座り直して背筋を伸ばす。「誰の記憶も消してはいない――」

アレシアは手のひらを上にして両手を上げ、お手上げのポーズを取る。「ごめんごめん。冗談だってば。あんたはこの小さな街の公電書館長さんなんだよ。市民の記憶を消すことがあっても不思議じゃない」

「やむなく強制捜査を命じることはある、我らがコミュニティのために――」

「だから命じたんだ」

「そんなこといってない――」

アレシアに笑われ、セシャトはひるむ。「それで捕まった連中はお気の毒さまだね。〈聖堂《テンプル》〉にまた、追悼の灯《ともしび》がたくさん捧げられる」

「アレシア」落ち着こうと自分にいい聞かせながらも、セシャトは高いところから身を投げたように不安になる。「わたしがどんな人間か知ってるでしょうに」

アレシアはマリファナの煙をもう一服吐き出した。誰かが自室のドアの鍵を開け、また閉める音が遠くで聞こえる。アパートメントの通路に人の気配がなくなるまで待ってから、アレシアは口を開いた。

「うん、知ってる。誰だかわかればもっとよかったけど」

「どういうこと?」

アレシアはパイプの灰を直にコーヒーテーブルの上に落とすと、次のマリファナを詰めた。

「あんたは誰なの、背番号なしのセシャトさん? 公電書館長でなきゃ、あんた、どんなキャラだったんだろう。うちらの運命はどう変わったんだろうね?」

めまいがどんどんひどくなる。どうやらマリファナが効いてきたようだ。「どうしてそんなこと訊くの? アレシア」

セシャトがアレシアをにらんでも、彼女は目をあわせようとはせず、ブラインドが下りた窓をじっと見つめたままでいる。「だって……あんたは評価されている、違う？　あんたほど……情け深い人はそういないよ。〈カズン・スキーズ〉で会ったあの晩、みんな無事だった。あわよくばあんたの恩恵に浴することができるかもしれないと、うちはあんたをこの部屋に連れてきた」

セシャトは気分が悪くなってきた。「あの店にいた人たちはどうなると思った？」

アレシアはようやくセシャトと目をあわせたが、とまどいと不信感を悟られないようにと、今度はセシャトのほうが目をそらせてしまう。「わからないよ、セシャト。逆にこっちが訊きたい。あんたたちの強制捜査で捕まったら、うち、どうなってたか」

「あの日、ドク・ヤングのパーティーにいた全員がカウンセリングを受けてたよ、アレシア！」

アレシアがひるむが、セシャトはさらにいいつのった。「確かに記憶も消去した。市民のためにね」

アレシアはフンと鼻を鳴らす。「市民のため、ねえ」あざ笑うようにそういった。「幻滅だね、当局と同じことをいうんだ」

わたしも〈当局〉の一員だ、セシャトはアレシアに食ってかかりそうになる。そして安酒をあおる。セシャトは長老として委員会のメンバーにいつ名を連ねてもおかしくはないが〈新たな夜明け《ニュー・ドーン》〉の頂点でおごり高ぶっていたくもない。アレシアの気持ちもよくわかる。

「アレシア、今何が起こってるの？　今日何があった？　どうして今日はそんなに機嫌が悪いわけ？」

「たぶん、これがうちの本当の姿なんだよ、セシャト。あんたの夢のお姫様なんかじゃない。あんたの思いどおりになる女じゃないんだ……」

アレシアは腕を組み、その中に顔を埋めた。セシャトはうろたえ、彼女の肩に手をかける。

「帰れよ」顔を伏せ、声がくぐもっていたので、セシャトはアレシアの声が聞こえないふりをした。だが彼女はすぐに顔を上げ、夜明けの光のようにはっきりといい放った。

「出てけよ、セシャト」


アレシアがあんなひどいことをいうのは、わたしが公電書館長だから、背番号なしのセシャト、古代エジプトの知恵をつかさどる女神の名をつけられた以上、当局からの期待を裏切るわけにはいかない。アレシアに何をいわれようとも、セシャトはひるまなかった。

結果はどうあれ、常識にもとづいた報告書の上では、強制捜査に乗り出さなかったセシャトと、乗り出したセシャトとを線引きしている——人の上に立ち、その結果の生じたリスクを引き受け、道義的バランスを取った上で一線を越える。〈新たな夜明け《ニュー・ドーン》〉の体制下で、当局のトップに立つとは、そういうことだ。セシャトは自分がその頂点にあると自負している。

今、アレシアの記憶という、海水とノイズの波に飲みこまれる直前、砂の上に丁寧に描いた一本の線。それがセシャトを現実に引き止める。

セシャトは愛と憧憬《しょうけい》の狭間のようなところから、自分を見ている。堂々とした物腰なのに、おずおずとして口下手で、それでいてまなざしは雄弁で、もう若くはないが、永遠の命を授かった長身の女性。その女性が、アレシアのアパートメントに入っていく。痛々しい笑みを浮かべ、彼女はいう。**マリファナを吸わせてくれたら考えてもいい。**

セシャトはその記憶を手に取って、**押す**。アレシアがこれまで生きてきて、最もつらかった時期まで時を巻き戻す。市境の壁の裏側で父親を亡くしたときの悲しみ。母親をがんで亡くしたとき、不名誉と愛とが入り混じった葛藤を覚えたこと。物心がついたころまでさかのぼり、自分が人から男の子と思われていると知ったときのこと。そしてさらにさかのぼり、産声を上げた瞬間のこと。母の子宮、羊水に浸かって誕生を待っていたころのこと。もう一度押し、あの晩、アレシアが睡眠用のヘッドセットを装着した記憶を呼び出すと、彼女は応答し、数時間前にふたりが会っていた記憶が自分の意識下に残らないよう抜き取るだろう。〈ネヴァーマインド〉のように記憶を完全には消去できないが、じゅうぶん代わりを務めている。セシャトに一度記憶を抑制されると、自分の手で記憶を取り戻すことはもうできなくなる。彼女がそのメカニズムを知っているのは周知の事実だ。皆、何も覚えていない。だから、つらすぎて思い出したくない記憶があれば、忘れ去る候補として選べばいい。

セシャトはただ、意識に入りこもうとするものから身を守るすべとして、市民ひとりひとりが築いた心の壁をうまく活用してほしいと願っているだけにすぎない。テリーが持っている昔のテレビゲームで、お宝の安全な隠し場所として出てくる、炎の壁のようなものだ。この炎の壁は裏ワザとして使える。自分の恥の意識を燃料として燃えさかる炎は、たとえ死の恐怖にさらされようとも、熱をものともせず立ち向かっていけるのだ。

*

セシャトはVRグラスを装着したまま、自分のワークステーションでしばらく眠っていた。記憶に支配された彼女の超現実的空間と仮想空間の氾濫原との区別がつかない、夢の世界にいた。セシャトには、自分が何を夢見ているのかわからない。根の深い恥辱と後悔にとらわれている。違和感だらけの目覚めにつづいて待っていたのは、夢というより、どういうわけだか記憶が吐き出され、形となったような光景だった。セシャトが葉を揺らすたびに揺れる母、そして女たちの尻。草原の少女。パチパチと音を立てて燃える火。

「ディー」セシャトはふとAIを呼ぶ。諍《いさか》いを起こしたことなど、遠い昔のようだ。吐き気を催し、意識がもうろうとしている今のセシャトに筋のとおった思考はできない。恋に落ちた女性とゆうべいい争ったせいで、二日酔いにも似た不快感にさいなまれている。

「具合が悪そうですね、セシャト」

セシャトは笑おうとするが、水を吸った炭に火がつかないのと同じで、今の彼女はとても笑える精神状態にはなかった。ディーは記憶が氾濫を起こし、今や空っぽになった場所で遊ぶ子どもとなって、朝の収穫を待っている。ディーは自分のために子どものふりをしているのか、どこかの誰かの慰みものとして、子どもを演じているのか、セシャトにはわからない。

「ディー」記憶の氾濫原が干上がって生じた泥が空中に舞い、埃っぽくなった空気にむせ、セシャトは涙を流しながらディーを呼んだ。わたしのそばにいたら苦しくて、息をするのもつらかったろうに。どんな記憶が彼女を支配しようとも、アレシアはもう、セシャトと過ごした日々を思い出すことはない。「わたしの古い記憶を見せてくれる？　母の記憶を表示してほしい」

キューピー人形のように奇矯《ききょう》な目を広げてディーがいう。「いいんですか？　絶対見たくないと思ってた」

「少しずつ……思い出している。幼少期のことを」

「無理だと思いますよ、原初の記憶から消去されてるんですから。例外が……ああ、セシャト」

セシャトは思った。自分はディーの厚意や彼女の優しさを受けるに値する人間ではない。原則として、〈新たな夜明け《ニュー・ドーン》〉が作ったプロトコルで制約された人工知能だとしても、理解力は人類を凌駕《りようが》している。

「わたしは記憶を抑制されてたはず」ディーは初めて公然といい放った。「〈ネヴァーマインド〉で人間から消去された記憶ですから」

自分に都合の悪い記憶を抑制するのはよくあることだ。ずっとそうやって切り抜けてきた。そうでなければ、ＶＲヘッドセットが自動的に再生を拒否する。〈ネヴァーマインド〉は幻覚を見せるきっかけを与える、ただのドラッグにすぎないのだろう。〈新たな夜明け《ニュー・ドーン》〉の当局が、自分たちに都合よくドラッグの効能を兵器化したのは、人間がその日その日をただ生き延びるがために、都合の悪い記憶を忘れようとしているからではない。過去のセシャトがもしそうだったとしても、別に意外なことではない。だがなぜ、こんなに時間が経ってから思い出したのか。

余計なことはいわず、ディーはある記憶を引き出すと、五感のフル洗浄に取りかかった。ああ、セシャトはこの作業がいつも好きだった。彼女は八歳、母親は目的を告げずに行った海外への旅から戻ってきたばかり。母はお宝でぎっしりのスーツケースをひとつ持ち帰り、現地で手に入れた品々を幼いデイドラにひとつひとつ見せていった。ビーチで、デイドラとそう変わらない年ごろの少年から買った子安貝のネックレス。胴体はトウモロコシの皮、目に黒豆を差しこんで作ったお人形。これはね、クリーム色の用紙に赤いインクで印刷したオペラの上演プログラム。誰かのコロンの香りが残っている。

「いい骨休みになったわ、デイドラ」母はいつもの口癖を繰り返す。「あなたの記憶はあなたのもの」

「ママ、わたしをいつ一緒に連れていってくれるの？」

「あなたが大きくなったらね。もっと安全な世の中になったら」

そのころのデイドラには、母の言葉に秘めた意味がわからなかった。やがて両親は不仲になり、母は旅に出るのをやめ、おみやげを持ち帰らなくなった。それから一年も経たぬ間に、母は父とデイドラを捨てた。

記憶の粒が次々とつながって鎖を編む。脱水中に必ず止まる古い洗濯機に悪態をつく、洗濯中の母。デイドラに子守歌を歌って聞かせる母。覚えておきなさい、記憶より先に勝手に覚えた曲は、赤ん坊のときに握り締めていたコインのようなもの。丘のてっぺんで、声をかぎりに叫ぶ母。

「わたしは自分だけの魂を持って生きる！」

「母はどうしてわたしたちを捨てたんだろう、ディー？」現代のセシャトがディーに尋ねるが、デイドラという、この幼女が自分だったことがまったく思い出せない。

ディーは記憶の投影を遮断した。「れっきとした理由があったからこそ、その道を選ばれたんです、セシャト。わたしにはわかります」

テリーがお忍びでリトル・デルタに来る。その知らせは、決壊したダムのような勢いで方尖塔《オベリスク》に伝わってきたが、セシャトは執務室で寝ていたため、知ったのは関係者でも最後のほうだった。セシャトに伝えたのはもちろんジョーダンだ。ドアモニター越しで五分間呼んでも返事がなかったので、ディーがようやくセシャトを起こした。

「まったく」ジョーダンがぼやく。「亡くなられたかと心配になったじゃないですか」

「もしわたしが死んでも、ドアモニターがきみを入れていたはず」セシャトはあくびをしながら答える。ゆうべ着ていた街着のままだが、見た目も――体臭も――数日ずっと着ていたかのような、ひどい有様だ。

ジョーダンは顔をしかめる。「きみのいったとおりだった。ありがとう、ディー」

「どういたしまして、ジョーダン！」ディーが大げさに喜んでみせる。ディーは誰にでも愛嬌を振りまくほうではない――警戒したセシャトが最初にそう設定しておいた――だがジョーダンは、ディーが気さくに接する数少ない人間リストに入れておいた。テリーが来館すると通知すれば、セシャトはこのあとずっと起きて待っているだろうし、気を遣ってコーヒーを差し入れする必要もない。いずれにせよ、テリーが来たらコーヒーを飲むことになるのだから。

「テリーの滞在時間は?」

「三十分」ジョーダンがいう。「カウンセリング棟の視察が目的だそうです」

それを聞くとセシャトはすぐ目を閉じた。キースとの面会が先か。伝えたいことがあって来るのだろうが、何せテリーのこと、キースを有頂天にさせ、セシャトを自己卑下に追いこむだろう。

「ところで今朝の記憶回収率は?」

ジョーダンは即答を避けた。

「報告しなさい、ジョーダン。悪化しているとは思えないけど」

「五十パーセント以上がジャンク記憶です」この結果がいまだに納得できないのか、ジョーダンは小声で答えた。「理由は不明です、館長、ただ一週間足らずで、ごく少数からシステムに負荷がかかるほどの量まで増大しています」懸念材料はそれだけじゃないとセシャトは思った。「増え方が急激だね、致命的」

セシャトは執務室に備えつけのブースでシャワーを浴び、クローゼットに吊しておいた予備の官衣に着替えた。テリーに思いつきでいきなり訪ねてこられても困るので、前もって準備などせずにいる。一時間後、セシャトは官衣をまとい、どこから見ても冷静沈着なリトル・デルタの公電書館長としてテリーを出迎える。

アーカイブ庁長官の帽子をかぶってはいるが、テリーの首から下は、ひと昔前の企業ブランドをありがたがる、時代の寵児《ちょうじ》を皮肉った格好だった。アタリのTシャツ、コーデュロイのパンツ、Vansのピンクのスニーカーというコーディネート。この日ばかりはセシャトも彼の演出を認めざるを得ない。この風変わりな服装で方尖塔《オベリスク》の廊下を歩くと、官衣姿よりもあきらかに目立つからだ。

「セシャト！」テリーが声を上げる。「朗報だ！　以前話したことを覚えてるだろ、『ファイナルファンタジーⅢ』の日本語版オリジナルを手に入れたぞ」

セシャトは目をぱちくりさせながらテリーを見やる。「おめでとう、というべきですかね？」彼女の目の前でテリーがプレイしていたゲームタイトルをいちいち全部覚えてはいられないが、ひとまず興味があるふりをして、会話を盛り上げる努力はしている。マリファナの力を借りて。

テリーはセシャトの部屋にあるアームチェアに腰を落ち着けると、左足を右の膝に載せ、ピンクのスニーカーのつま先に円錐型の赤い帽子を置き、帽子が倒れないようバランスを取っている。

「この足でグリーンフライアーズに直接向かうのが一番なんだが、休暇を取るのはもう少し様子を見てからにしよう。きみは仕事に忙殺されているだろうしな。ぼくのことは気にするな、きみの顔を見に来ただけだから」

グリーンフライアーズとは、〈新たな夜明け《ニュー・ドーン》〉が建設したリゾート施設のひとつで、街から一時間ほど離れた場所にあり、当局の職員やその家族、紹介があった友人のみが利用できる。セシャトは一度も行ったことがない。

「どうも、テリー。ちょうどお茶を頼んだところです。一緒に召し上がりませんか？」

〈新たな夜明け《ニュー・ドーン》〉の印章を模した模様の中に、金と瑠璃色の金線模様が施された、陶器製の揃いのカップをふたつ用意して、セシャトはお茶を注いだ。水色は緑、刈ったばかりの青草のような芳香のお茶なので、彼女は砂糖を添えなかった。テリーはふだん、プロテインパウダーを足してミルクシェイクのようにドロドロにしたアイスコーヒーしか飲まない。彼はあざけるように左右の眉を上げ、セシャトからカップを受け取った。

「お茶ね、そりゃあいい。で……どんな状況だ?」

セシャトは単刀直入に切りこんだ。「ドク・ヤングがこの街に戻ってきました。当局が派遣した潜入捜査の続報を待っているところです」

「よろしい。ところで、ドク・ヤングのリミキサーは誰だ?」

「MCヘイズが一緒かどうかは確認していませんが、可能性はあります」

テリーはおそるおそるお茶に口をつけるが、顔をしかめる。「そうか、きみの手腕でまもなく解決することだろう」

セシャトは何気ないそぶりでカップをソーサーに置いたが、心は乱れていた。テリーはなぜ、急に訪ねてきて、しかもやんわりと釘を刺すようなことをいうのか。わたしの手で解決できると確信しているなら、どうしてわざわざひとりでここに来たのだろうか。テリーはリトル・デルタを嫌っているのに。「信頼してくださり、ありがとうございます」

テリーは自慢の娘を見るようにニコニコしている。そのせいか、彼が急に年老いて見えた。

「きみならやれるさ! だからきみに知らせたくて、ぼくはわざわざ足を運んだんだよ。きみがここで終身在職権を取ったのはすばらしいと、ぼくたちは皆で喜んでいるんだ。そりゃあ、きみの昇進を快く思っていない連中もいたさ。任命の際にはひと揉めあったのは知ってのとおりだが、きみは実によくやっている。きみは〈新たな夜明け《ニュー・ドーン》〉の価値観《エートス》、『秩序、標準、優秀』を体現する存在だ」

テリーはわざともったいぶった顔をする。「きみは優秀だ、いうまでもなく」

セシャトは表情を悟られないようカップを顔の高さまで持ち上げた。「いうまでもなく、ですか。わざわざリトル・デルタまでいらっしゃって、それをわたしに伝えたかったのですか？」

思っていた以上に辛辣《しんらつ》なものいいになってしまった。テリーはここ十年以上彼女の味方だったが、セシャトの心を乱そうとするのは昔から変わらない。

動揺を鎮めようと、テリーはお茶をもうひと口あおった。「ほかでもない、今日はきみに用事があったんだ。当局はきみの昇進を検討している。ミネアポリスで館長のポストが空いた。大都市で、ここと勝手が違うかもしれないが、意欲あるアーキビストにはチャンスが山のようにある。きみがこの都市に愛着を持ったというのはもちろんわかってるよ。その記憶を消去するべきだね。決していいことじゃない、だが、きみはまだ四十歳になったばかりだし、脳の回復力はまだまだ十分ある。きみのプライベートな記憶はもちろん残しておけるよ。それできみを不審に思うやつらはいない」

驚きのあまり頭が真っ白になり、セシャトはとっさに言葉が口をついて出た。「ミネアポリス？　テリー、あなた、ミネアポリスの公電書館長でしたよね？」

「そうだよ！　だったら話が早い、セシャト、きみにはすばらしい未来が待っているんだ。まさかきみが後任になるとはなあ。今回の記憶の災厄を解決に導きたい。率直にいえば、きみの昇進は決まったも同然だ」

きれいな食器でえさをもらった猫かと思うほど満足げに、テリーはティーカップを置いた。

「これで交渉は成立かな、セシャト?」

彼女はうなずいた。「もちろんですとも、テリー」


セシャトの予想どおり、潜入捜査班はドク・ヤングが翌日に開くパーティーに集まる輩《やから》どもに網を張っていた。身柄を確保した被疑者の記憶を読み取ったところ、システムを氾濫させた〈半《はん》夢《む》〉をばらまいた者がいた。被疑者ことレオン７５４１１の供述によると、記憶の氾濫や次にリミックスがいつあるかなど知らない、別のパーティーで声をかけられ、面識のない複数の連中と〈マインド・メルド〉【訳註/『スタートレック』の登場人物、ミスター・スポックの能力。思考を他者とシェアできる】をしただけだという。マインド・メルドの相手とは面識がなく、もう一度会っても特定できない、とも語った。レオンは規範局長官が直々に尋問している。一捜査官としての見解だが、と前置きした上で、この少年は真実を語っていると長官はセシャトに語った。とはいえ、レオンの記憶から何らかの手がかりが得られる可能性はまだ残っている。そこでセシャトは被疑者を昏睡状態にして、ありったけの記憶を回収するよう提案した。ところが、ワークステーションに届いた記憶を目にしたセシャトは、驚きのあまり身を硬くした。少年には見覚えがあった。レオン７５４１１、下っ端の記憶隠匿者、反社会的分子。〈ドク・ヤングの精神破壊〉とステンシルで描いたベースボールキャップをかぶり、〈カズン・スキーズ〉のダンスフロアでセシャトと一緒だった、カフェオレ色の肌をした、あの少年だ。

こみ上げてくる吐き気とともに、セシャトは彼を見て、とっさによみがえった記憶がひとつあったのを思い出した。実母の死後、父が再婚した相手との間に生まれた異母弟。ふたりは折り合いがあまりよくなかった。

アレシアは、セシャトをあのバーに連れていったことがあったといっていた。だが、セシャトの記憶とは違う。少年を騙したわけではない——あの子は自分から罠にかかってきたのだ。アレシアとの愛は本物だと信じたくても、レオンの最初の記憶に目を向けるのは耐えがたかった。そこで記憶の予備解析を今日中に終わらせるようディーに命じた。

アレシアに会いたい、ゆうべ彼女を傷つけたことの埋めあわせをして、やり直したい。

だが、セシャトが部屋に行くと、アレシアはかなり取り乱していた様子だった。ドアを押さえていたテーブルをどけ、彼女は解錠した。

「階段を上るとき、誰かに追けられてなかった？」ボトムスは二日前と同じパジャマだったが、トップスは漂白剤が飛び散ったあとが残ったTシャツに着替えていた。

「誰もいなかったよ」というと、セシャトはアレシアの身体とドアとのすき間をすり抜けて中に入った。あの日の精神的ショックがコンクリートブロックのように重くのしかかり、アレシアは憔悴し、何かに取り憑かれたような表情を見せた。

「ゆうべは会えなくてさびしかった」アレシアの言葉が胸にこたえ、セシャトはどうしたらいいかわからなくなる。微笑んでアレシアを抱きしめ、気まずさを覆い隠す。そのほうがいい。やり直すのだ、忘れるために争ったんじゃない、何もなかったことにするために争ったのだから。アレシアはセシャトの腕にすがり、震えていたが、力を振り絞ってセシャトから離れた。

「レーテ」セシャトはもうひとつの名でアレシアを呼んだ。「大丈夫？　何があった？」

だがアレシアは返事をせず、こめかみや頭を指で押しながらキッチンへと向かった。コーヒーメーカーにセットしたポットはドリップが終わり、シンクにはフィルタがいくつも捨ててある。アレシアはマグに自分の分のコーヒーを注いでから、別のマグにも注ぎ、セシャトにわたした。

「コーヒーを飲むには遅い時間だよ」セシャトは諭す。

アレシアは肩をすくめる。「どうせ眠らないし」

「眠れないのはそのせいだから！　今日何杯コーヒー飲んだ？」

「そうじゃなくて、自分から寝ないようにしてるんだ。最近ひどい夢ばかり見てるから」アレシアは首を横に振り、身震いした。「安いヘッドセットを買いに行こうと思ったのもそういうこと。みんなあの、クソうざいソーシャルポイントのせいだよ。まともに動きやしないのに、あんたたち当局はなんであんなもんを認可したの？」

アレシアは大きな音を立てて、空になったマグをカウンターに置く。セシャトは驚いて身をすくませる。

「ごめん」アレシアがいう。「そんなつもりじゃなくて。ここんとこ気が立ってる。あんたはどう？　仕事のほうは？」アレシアは引きつった顔で笑うとカウンタートップに身を乗り出し、つかのま明るくて気ままな表情を見せた。「今日は誰の記憶を消した？」

レオンのことがどうしても気になって、セシャトはアレシアに訊いたが、自分を偽るのはお手のもの、アレシアは臆面もなく真顔を通した。彼女は事件の一部始終を知っている。どこで何が起こったかもわかっている、話の落としどころも。この人を「レーテ」と呼べるようになるまで何年かかっただろう。セシャトはこの名前を舌で味わうように、もう一度口にした。「誰の記憶も消してないよ。わたしは公電書館長、暴君じゃないから」

アレシアは目を閉じた。そのまぶたの奥で誰を見ているのだろうとセシャトは思った。アレシアのように自分を見つめてみたいとも思った。堂々と、でも不器用に。力強く、でも優しく。

アレシアはゆっくりとうなずいた。「自分の立場を忘れないで、わかった？」

どういうことだろう。「わかった」とはいったものの、アレシアが訊きたかったことにちゃんと答えていないのもわかっていた。「じゃあ、どうすればいいか教えて」

アレシアは顔を引きつらせて笑った。「助けてほしい。うちを信じてくれる？　セシャト」

「もちろん」アレシアが真実を語るとはかぎらないが、真実も語るはずだ。

ゆうべきみと会った。きみたちが盛ったドラッグのおかげで、誰にやられたかわからなくなったと思ったようだが、あいつらなら、どこにいてもわかるよ。だってきみがそうだから。わたしの生き霊、わたしが無くした天才、かわいいヘイズちゃん。何のおとがめもなく済むと思ってたんだ、わたしから金をふんだくり、世の中をガラリと変えてくれるどころか、ぜんぜん使えないヤクを調合しても。だけどそもそも、スキーズに戻ってきたのが間違いだったね。ピンカートン化粧品の上司に本当のことをいうよ、今まできみが何をやってたか。きみは自分が幸せで、まともな暮らしができてるって思ってるのか？　カウンセリングに通って改心し、社会の一員になれたとでも？　わたしの両親は〈新たな夜明け《ニュー・ドーン》〉の同志だよ、クソ女。全部バラしてやる。

それがいやなら、戻ってきて、約束した例のリミックスを完成させるんだ。その指にはまだ、不思議な力とやらが宿ってるんだろ？

きみに三日あげよう。わたしがどこにいるかは知っているはずだ。

この手紙には署名がなかった。署名など必要ないとでもいいたいのか。

アレシアは頭を膝に載せ、カウチの端で身体を丸めている。燃えさかる建物から助け出されたばかりの子どものように、肺がいっぱいになるほど大きく息を吸った。火をつけたのはあなたじゃない——セシャトは思った。

「あなたがＭＣヘイズだったとは」セシャトは自分の声がどこか遠いところから聞こえてくるように感じた。自分じゃない女性になり、窓の外から傍観しているように感じながら、セシャトはカウチでパニックを起こしているアレシアのすぐ脇にそっと腰を下ろし、アレシアのワークステーションに置いてあった、つたない筆跡の手紙を繰り返し読んだ。日曜の朝、彼女がラボに出勤したのを誰も目撃していないはずだ。

「ＭＣヘイズだった」アレシアが声を押し殺す。「その記憶は除去した」

「手術を受けた？」

「うちがヘイズだってわかったら、手術は失敗だよ」

「あの……仲間の金を手術代に充《あ》てたの？」

アレシアは不信感をあらわにして、痛々しい声を出して笑った。「何か問題ある？」

「どんなドラッグで記憶を消したの？」

「あんたには一ミリも関係ないだろ」

「彼は誰？」

「男って特定できるの？」

「答えなさい」

アレシアはハアと息をつく。「ヴァンス・フォックスって男だよ」

セシャトは驚きのあまり身を凍らせる。原則として〈新たな夜明け《ニュー・ドーン》〉では名字を名乗る必要がない。反面、一部の名家が幅を利かせている。キースはフォックス家の出だが、あとを継ぐ子どもがいない。いとこか甥が後継者になるはずだ。

「五年前、ドク・ヤングのパーティーで、あなたのリミックスがわたしの記憶を破壊したって記憶は残ってる？」

アレシアは不吉なまでに赤い目を片方だけセシャトに向けた。「まあね、五年前、あんたの一斉検挙でボコられたおかげで、うちは廃人同然になった。ダチも大勢やられた。生存率は五分五分だったといってもいいかな。あんたはまだあの方尖塔《オベリスク》のてっぺんにいるけど、うちは……」アレシアは涙をこらえた。

「なぜカウンセリングを受けなかった？」

アレシアは不満げに鼻を鳴らす。「自分の記憶をうまく偽って生きていかなきゃ、〈ネヴァーマインド〉の調合なんてできないんだよ。うちは、あちらさんの希望にぴったりの人格になるよう、自分で記憶を改ざんしたんだ」

「じゃあ、わたしは？」セシャトは訊いた。彼女の身体は今や天井より高く浮かび、アレシアの部屋を遠く離れ、星に向かって飛んでいる。

「あんたは自分の意思で記憶を改ざんしたんじゃなかったんだ……」アレシアの言葉がおぼつかなくなってくる。「え、うちってハニートラップみたいなもんだったんだ？」と、ずばりと人を傷つけるような指摘もする。「うちなら本物のハニーになれるわ。うちはずっと素のままを見せてきたよ、セシャト。あんたは本当のうちと会ってきたんだ」

「じゃあ、なぜ……」

「知るかよ！　あんたを見かけたことがある、暴徒が南下して、ドクとうちらが慌てて移動してたときにね。ダウンタウンではパレードの真っ最中で、なんで今、パレードなんだよ、って、腹立たしかった。うちの人生をこれ以上台無しにすんなら、とことんまでやってくれよって、やぶれかぶれになった。で、ドローンに見つからないよう、リミックスのマスクを自作して、あんたに会いに行った。あんたは演壇とやらに上って、官衣を着て、マネキンみたいに立って、その脇にはあんたよりずっと偉い高官がグダグダくっちゃべってた。規範だ、命令だ、功徳だと。ちょうどその場にうちはいたんだ。群衆をかき分けて最前列まで進んだ、覚えてる？　あのグダグダじじいの前で目をグルってやって、うぜえなって顔してやったのに、あんたは棒みたいに突っ立ってて、顔色ひとつ変えなかった。んで、あのじじいがほざいたんだよ、『皆がずっとここに住みつづけていられるのは、〈新たな夜明け《ニュー・ドーン》〉のおかげです』と。やってらんねって、笑った。さすがにやべぇから、くしゃみしたフリをしたけど、今だからいうよ、あんたがこっちを見たとき、うち、どんだけ怖かったか。あんた、うちをずっと見ていた。で、あんた、笑ったんだよ、セシャト。ほんの一瞬だったけど、あの笑顔ですべてわかった」

「すべてわかったって、何を、アレシア？」

「『あなただけじゃないから』」

「彼女のことをどこで知ったの？」

自分の居住スペースにいたジョーダンを問い詰めた。セシャトは青ざめ、ほかのことには目もくれず、バンシー【訳註／叫び声を上げ、人の死を予言するスコットランド・アイルランドの妖精】のように怒り狂っていた。アレシアはMCヘイズだった。テリーが偏向的な大演説を行ったあの日、アレシアはあの群衆の中にいた。誰もがあくびひとつ、お世辞笑いひとつできなかったあの中に。それより始末に負えないのは、――あまりに頭にきていて、矛盾があるのをセシャト自身がまだ気づいていないけれども――アレシアの発言は事実なのに、セシャトにはそのときの記憶がないことだった。二十年前に受けた〈儀式〉以降の記憶はすべて覚えているはずと、セシャトは自信を持ってそういえたのに。

ジョーダンの居住スペースは、アーキビストの事務官にあてがわれた狭い空間にあった。鋼のフレームのツインベッド、洗面台ふたつ分ぐらいの簡易台所、ディスプレイ一台とヘッドセットが備えつけられたデスクを置くだけで精いっぱいの広さだ。こんなつましい生活をしていて、アレシアとのデート代をどうやって捻出したのだろうかと、セシャトの好奇心が頭の片隅でもたげた。なけなしの貯金をはたいた？　それとも資金を援助してくれるパトロンがいるのだろうか。

もう寝間着に着替えていたジョーダンは、セシャトを見てあわてふためき、よろけてつんのめり、両ひざをついた。

「それはいえません、館長」ジョーダンは泣きながら答えた。彼の上腕部にある、十字形の古傷が寝間着のすき間から見えた。どこで負った傷だろうか。自分はこの都市で権力者の座にあるが、ケアすべき人々と接すると、まるで子どものように無力なのだと、セシャトはあらためてそう感じた。ジョーダンが傷を負った経緯を知るべきだ。アレシアが身の危険をものともせず、セシャトと会った理由を知るべきだ。苦悩で眠れず、ボロボロになっても、セシャトは一般市民のようにカウンセリングを受けることができない。自分にとって大事な仲間が、セシャトの力が及ばないところで予想外のことをした場合も、彼女がいくら権力を行使しても十分とはいえない。

「それはいえません？」不信を募《つの》らせ、セシャトはジョーダンの言葉を繰り返す。

彼は首を横に振った。「いわないって約束しましたから」

「その約束は本職就任時の宣誓よりも優先されるの？」

ジョーダンは目をそらし、肩を震わせた。

「それまで面識はないも同然だったんじゃない？　どこかからの指示でアレシアと接触した、違う？　誰の支持？　ジョーダン。誰が仲介に入ったかいいなさい！」

ジョーダンは首を振るばかりで、お仕置きを待つ犬のように泣きじゃくっている。

テリーだ。テリーに決まっている。そうでなければジョーダンがこんなにおびえるはずがない。キースのような意気地無しではないことだけは確かだ。愛想をつかした目で一瞥《いちべつ》してから、セシャトはジョーダンに背中を向けた。おびえる部下の姿をもうこれ以上見たくはなかった。

「立って」セシャトはジョーダンに命じた。「あなた、明朝、勤務がありますよね」

「セシャト――」

セシャトは手を挙げて部下を制した。「あなたを信じて任せられる仕事は何もありません」

セシャトが公電書館長に就任してからこのかた、ドク・ヤングは同志と反社会的集団を形成し、世界各地を点々としてきた。いや、巷で耳にする逸話が本当なら、彼の活動歴はもっと長くなる。革命を成功に導いた〈新たな夜明け《ニュー・ドーン》〉当局の抵抗勢力のリーダーを少年時代から務めてきた男だ。〈アルファ・アメリカ〉党の母体が規範局なる組織を設立し、あらゆる〝反社会的逸脱行為〟を撲滅して、記憶監視体制を確立させる前のこと。ドク・ヤングが党派を引き連れ、世界各地を回っているのは、〈新たな夜明け《ニュー・ドーン》〉が無料提供している記憶監視技術に未対応の国を潜伏先にしているからともいわれている。セシャトの記憶にあるかぎり、彼女の母親が失踪する前に好んで旅した国ばかりだ。ドク・ヤングの影響力はリトル・デルタを上回るが、それは彼のほんの一部にすぎない。リトル・デルタはドク・ヤングの生地であり、ドラッグを愛し、音楽を愛し、羽目を外して面白おかしく暮らした土地でもある。太陽への接近を試みる彗星のごとく、ドク・ヤングはここ数十年、リトル・デルタに何度も帰省している。舞い戻ってくるたび、都市の記憶の流れを混乱に陥れ、星から輝きを奪い、民を惑わせ、恐怖の底に突き落とし、混乱へと巻きこむところも彗星と同じだ。

いや、ドクは今回、セシャトに会いに来たのだ。

自分がＭＣへイズだとアレシアから打ち明けられ、身も凍るような思いでベージュのカウチに座り、張り地の化学繊維がレギンス越しにチクチクと肌を刺激するのを感じながら、絶好のチャンスだとひらめいたのは、たぶんそのせいだ。

「ヴァンス・フォックスと一緒にあなたを助けてあげる」彼女はアレシアにいった。「ただし、あなたがわたしをドク・ヤングに会わせてくれたらの話」

アレシアはしばらく黙っていた。「ドクの身柄を拘束しないと約束してくれるなら」

「彼らがリトル・デルタから脱出できるよう、時間は十分確保しましょう。それでどう？」

セシャトが交換条件をあといくつ持ち出すか、様子を見ているのだろう、アレシアは目を細めて考えている。ややあって、彼女は両手を広げ、天井に掲げていった。「交渉成立」

ヴァンス・フォックスへの最終通達期限が切れる前日の晩、使用停止からかなりの時間が経過した今になって、都市計画を自ら手がけたセシャトの裏をかき、秘密のトンネルから、やつらは市民の前に這い出してきた――手荒な真似はせず、よそ者のふりをして、慎重に。ドク・ヤングらは世界でも屈指の長期間にわたってレイヴ形式の市民抵抗運動を展開しており、今回彼らは、次回開催候補地のひとつとして、リトル・デルタに潜入したのだ。例のトンネルには人ひとりおらず、前方から音楽が聞こえてくると、セシャトは胸騒ぎを覚えた。ドク・ヤングはレイヴ開催の情報をどうやって市民に通知したのか。潜入に使ったトンネルはどういうものか。アレシアはなぜリミックスを始めたのか。そしてなぜやめたのか――セシャトには疑問が山ほどあったが、沈黙を通すことにした。アレシアの肩は緊張でこわばっていた。

短いはしご段を上り切ったところにあったのは、廃屋と化したハイスクールの体育館で、無数の小さなライトが星のように上から照らしている。塗装したのか、板を張ったのか、アーチ形の窓から外の光は入ってこないようになっている。木の床は表面が硬くなり、ネズミに嚙まれ、このハイスクールのトレードマークなのだろう、跳ねる雄牛のイラストがかろうじて識別できる程度に残っている。崩れた観客席には数十名ほどが座っていた。VRグラスをかけ、マリファナを回し飲みする五人グループは、トリップが見せている深遠な幻覚の世界に指を震わせている。錆びたバスケットゴールのすぐ脇、一段高くなったところで、バンドがトランス系のリズミカルな通奏低音を響かせている。セシャトは音楽がまったくわからないが、〈新たな夜明け《ニュー・ドーン》〉が認可したジャズだろう。彼女が聴いたことのある唯一のジャンルだ。ほかのバスケットゴールは、光と煙、そして、ひらひらした布のカーテンで目隠ししてある。

セシャトは不審そうにあたりを見わたす。「あんまり人が集まっていないね」

アレシアが両方の眉毛を上げる。「どういうこと、ゴーゴーでも踊るって思ってたわけ？」

「ゴーゴーって何？」

「気にしないで。いつもならもっと人が来るんだけど、時間も遅いし。レイヴは今朝始まったばかりだし」

「今朝！」

「ドク、時差ぼけの調整に手間取ってさ」

アレシアはセシャトの先に立ち、フロアを横切ってカーテンのところまで来た。煙の合間から銀色のスーツを着た大柄な男がふたり、彼女たちの前に立ちはだかる。

アレシアは手を挙げ、黒く、上下が反転した方尖塔《オベリスク》の図案が描かれたカードをかざすと、男たちは流れるように自然に脇にどいたが、男のひとりはまだ鋭い目でアレシアを見ている。彼女は気づかないふりを通した。

カーテンの裏では年配の男性が、セシャトのワークステーションに置いてあるものと似たデザインの椅子に座っていた。こちらは本物の玉座で、ステージの後ろから撮った映像を映したスクリーンをながめている。スクリーンの下にある薄いパレット板の上で、ＶＲグラスを装着した三人が寝そべっている。セシャトは足を止め、ＶＲグラスの映像に目をやる。どうやら床に寝そべっている三人の脳内イメージをディスプレイに表示させているようだ。

「アレシア」小声だが厳かな口調でセシャトは呼びかける。「すごいねアレシア、あれはネヴァーマインド《ネヴァーマインド》が見せる幻覚？」

アレシアはセシャトの手を取ると、ギュッと握った。「夢見心地リミックス《ソーニャドール》だよ」

「あなたが調合したリミックス？」

アレシアは誇らしげに、ちょっと笑ってみせた。「うちが作ったやつ」

上下が反転した黒い方尖塔《オベリスク》の象徴、かつて新たな王座をめぐってセシャトと争った男は、ふたりが入ってくるのをずっと見ていた。彼がこの集団の王なら、リトル・デルタの女王として、アレシアから着ろといわれていた、黒くて地味な官衣を着てくればよかったとセシャトは後悔した。金糸の刺繍が入った官衣を着れば、女王としての威厳が保てただろう。ドク・ヤングは大柄で、引き締まった筋肉質の身体を若いころからずっと保っている。ガタイのよさもさることながら、彼のまなざしも立派なもので、独自の基準で品定めして、取るに足らない相手かを判断する。四角いメガネの奥に見える目は年齢を感じさせず、疲れてはいるようだが、好奇心で輝いている。

「セシャト館長」ドクは帝王然とした堂々たる態度でうなずく。「今度こそ、あんたに見つかるだろうと思ってはいた」

ドクのそばに控える銀色のスーツ軍団のひとりが、驚いたような目でセシャトを二度見する。ドクが微笑むと、目元と口元のしわがより深く刻まれる。黒人ならあんなしわはできない――と、セシャトは心の中でつぶやく。命尽きるそのときまで。ドクの絵画のように整った顔立ちは昔のままだ。

「上下逆転の王国へようこそ」ドクは両手を広げた。「安全なルートを確保して要人を連れてきたようだな。おかえり、アレシア」

ドクに目礼し、片膝をついて敬意を表するアレシアの姿にセシャトは衝撃を受けた。「ご無沙汰しています、ドク」

「おまえにも事情というものがあるだろう。立て。そんなポーズはおまえらしくない」

アレシアは微笑むと、両の目に浮かんだ涙をそっとぬぐった。「それはあなたが偉大だからです。ドク、わたしたち――セシャトとわたしは――あなたにお訊きしたいことがあります」

ドクは興味津々な顔でセシャトを見やると、指をパチリと鳴らした。「ベン、ヘンリー、間仕切りの用意を」

銀色のスーツ軍団ふたりが、ドク・ヤングの玉座の後ろにある柱から、アコーディオン型の黒い間仕切りを引き出した。ドク、セシャト、アレシアの三人を取り囲むように円を描き、間仕切りはブーンと低い音を立てながら、紫のかすかな光を放った。パーティー会場の環境音が遮断された。

「さて、これで人払いができた」ドクがいった。「レーテ、おまえは危険をものともせずここに来た。新しい顔を得てからも、おまえだとわかるのはおれ以外にもいるというのに」

「わかっております、ドク。もう手遅れです。ヴァンスに見つかりました。彼はわたしが始めた騒動を終わらせようとしています」

ドクは言葉を失った。「おれの手助けは要らないというのか？」

アレシアはかすかに笑った。「今は平気です。あなたがセシャトに協力するのを条件で、彼女からの支援を確保しましたから。ですので……」

「セシャトの支援を確保？」ふたりの顔を代わる代わる見るうちに、ドクは事情を理解していった。そして、不満げに鼻を鳴らす。「おまえがそこまで変わるとはな、レーテ。リスクがあれば避けてとおるやつだったのに」

アレシアは両手をゆっくり広げて太ももに当てた。「あんなこともありましたし、ドク」

ドクはアレシアをしばらく見つめていた。彼が口をつぐむと、なぜだか心の不安が和らぎ、彼がいてくれれば言葉で説明せずとも理解できるような気がした。ドクはメガネを取り、スカーフで汚れをぬぐうと、さらに冷ややかな顔でセシャトをまじまじと見つめた。

「あんたのせいで、ここに居づらくなっちまったんだよ、館長。あんたは大事な友人をおれから奪った。それなのに、おれが戻ってきたからって、なんでみんなして頼み事ばかりしてくんだよ」

セシャトは深く息を吸い、ゆっくり吐いた。彼女は今やドク・ヤングの手中にある。〈新たな夜明け《ニュー・ドーン》〉の権力を代表する者として、ドクが開いた影の法廷に立つセシャトは、〈新たな夜明け《ニュー・ドーン》〉の——彼女の——過去の行いを正当なものと主張する立場にあるが、彼女は当局の忠実な公僕であったことは一度もなく、最も有能な人材だったにすぎなかった。

セシャトは肩をすくめた。「昔の話です」

「〈新たな夜明け《ニュー・ドーン》〉当局は方針を変えたのか」

「集団とは時を経て変わるものです。民を率いてきたあなたたちなら、よくおわかりでしょうに」

「ならばどのように変わったんだ、館長殿？　変わったのはリトル・デルタだけなのか？　それとも……」ドクは身を乗り出した。「……ひょっとしたら……」彼は太くて無骨な指を上に向けた。「……変わったのはあんただけか、セシャト？」

　五年前、潜入捜査が大詰めを迎えたところでドク・ヤングに逃げられ、セシャトは怒り狂った。できることなら自分が直々にドクをパトカーに押しこめ、〈聖堂《テンプル》〉に連れていきたいとまで思った。だが、そんな職務上の怒りはそう長くはつづかなかったし、怒りがいつ冷めたか、具体的な時期も覚えていない。彼女には背負うべき記憶も、面倒を見るべき民も、リトル・デルタという都市で目を配るべき範囲も広すぎて、オールド・タウンの見放された人々に怪しげな違法薬物を売りさばく、裏社会のボスに恨みを持ちつづける暇などなかったのだ。

　それが〝変わった〟ということなのか？　変わってどこが悪い？　善良なユング信奉者のように、セシャトは自分よりも優れた何かに惹かれている自覚はある。

「そうかもしれませんね」セシャトは答えた。

　そして、リトル・デルタ公電書館のシステムでデータの渋滞を招いた〈半夢《はんむ》〉のこと、急激な拡大を招いた原因がいまだ特定できていないことをドクに詳しく説明した。

「都市の長老たちはあなたを犯人に仕立て上げようとしていますが、記憶データの大波を生み出すようなことを、あなたはここでなさっていません。〈新たな夜明け《ニュー・ドーン》〉の関係者が数か月かけて準備し、記憶回収ボックスにデータを蓄積していったのではないかと考えます」セシャトは口ごもった。キースに告げる気はなかったのに、ついうっかり伝えてしまったせいで、先週はずっと罪悪感にさいなまれることになってしまった。だが、ここでドク・ヤングに正直に話さなければ、彼の力を借りた甲斐がない。「首謀者らは、あなたがたが住む界隈の出身者という可能性は否定できません。ただ、あの氾濫は……記憶を消去して無害化した人々が住む地区から発生しています。わたしたちが背番号を付与して行動を追跡した結果、わたしたちが集積した記憶データは、彼らの手によって使いものにならなくなりました。あなたがたの手口とは違いますが、あなたは首謀者をご存じなのでは。この異常事態が起きたきっかけぐらいは小耳にはさんでいないかと」

ドクはセシャトをしばらくまじまじと見ていたが、突然手で膝を叩くと、玉座が揺れるほど豪快に笑った。「あんたたちのような記憶の吸血鬼らを出し抜くような真似をする連中がやっと出てきたっつうのに、なんでおれがあんたと一緒に、そいつらの息の根を止める側に回るわけがねぇだろうが、セシャト館長さんよ。あの方尖塔《オベリスク》がガラガラと崩れ去るのを、おれは二十年も前から、ずっと待っていたんだよ。確かにおれは前任者より、あんたの能力を買っているかもしれないが、懇意であるとはいえないね」

「それはそうです」セシャトは答えた。「でも、わたしはアレシアの友人です」

「アレシアを人質に取ったつもりか？」

「彼女はわたしの後ろ盾ではあります。アレシアはいつでもあなたの力を借りられますから。それにわたしはフォックス家のこともよく知っています。わたしと手を組めば、そちらにもメリットがあるのではないでしょうか」

アレシアは強くうなずいて同意を示した。ドク・ヤングがVRグラスを調整するしぐさが、妙に頼もしく感じられた。

「レーテのためだ、調べてみよう。何があったかわかったら連絡する、暴動が起こった経緯もわかったら伝えよう。ただし、首謀者についてはノーコメントだ。こんな形で仲間《ブラザーズ》を裏切りたくはない」

「仲間もね《シスターズ》」ミソジニー発言にあきれ、アレシアは目を回してみせた。

「仲間もな《シスターズ》」ドク・ヤングはものわかりがよさそうな顔をして、うなずきながら元敏腕リミキサーに答えた。

「交渉成立」セシャトはすぐさまいった。経緯がつかめさえすれば、首謀者はおのずとわかる。

「ただしその前に見返りがほしい」と、ドクがいった。

セシャトはうろんな目でドクを見た。彼が何をほしがっているかはだいたいわかる。「見返りとは？」

「夢だ、セシャト、白い街の女王よ。あんたはおれたちの記憶を盗み、おれらは地下組織で夢を取り引きしている。あんたの夢をひとつくれないか。卵から黄身を取り出すように、夢をひとつ掬ってくれ。調査結果は、それと引き換えにわたそうじゃないか」

バッタの大量発生による自然災害、いわゆる蝗害《こうがい》は、大規模なバッタがとてつもない距離を移動し、苛烈なまでの被害をもたらした末に収束する。その勢いは衰えることなく、途方もない規模へと拡大し、バッタたちは羽音を震わせ、大地を完膚《かんぷ》なきまでに荒廃に追い込むまで、その場に留まる。

彼らはセシャトの出方を見ているのだろうか。金色の方尖塔《オベリスク》が、ついに悪と対峙することとなった今、彼女がどんな手を打つか、お手並み拝見というところだろうか。だが、いくら公電書館長といっても、買いかぶりすぎだと彼女は感じる。記憶の改ざん者だろうが夢の創作者だろうが、誰がどう名乗ろうがかまわないが、小さな街の公電書館長にたまたま任じられた人物を退陣に追いこむだけでは飽き足らないほどの野望を彼らは持っている。

アレシアにいやがらせをしてきた連中への対処は簡単だ。キースに会って、ドク・ヤングのパーティーで取り引きされるジャンク記憶で、アレシアがリミックスした〈ネヴァーマインド〉の取り引きを、あなたのいとこから受託したといえばいい。テリーにチクる気はさらさらないが、直近の危機的な状況を考慮すると、この話を形だけでもテリーの耳に入れずにいられるか、自信はない。

キースは激怒し、声を詰まらせながら、いとこのヴァンスに正規の取り引きをさせると確約した。

その後アレシアのもとに、ヴァンス・フォックスからの連絡は一度も来ていない。あと数日で彼女は仕事に復帰する。

レオン７５４１１は昏睡状態から脱した。レオンの記憶はかなり損傷していたが、〈聖堂《テンプル》〉で記憶データを全件洗浄すれば、本人も楽になるだろうとの見解に達した。全検索の結果、〈半《はん》夢《む》〉をばらまいた一味であるとの可能性が高い人物数名の顔データが得られたが、いずれも未登録で、ジャンク記憶をもう一段細かく検索したけれども、それ以上の成果は上がらなかった。これで解決するとはセシャトも思ってはいない。データ氾濫のパターンがあきらかになり、セシャトが最も恐れていたことが起こっていたのがわかった。〈半夢《はんむ》〉が蔓延した対象者の大半が、そもそもが対人記憶のスコアが高く、社会的信用を得た市民だったのだ。ふだんは監視網から除外されている層だ。ドク・ヤングは氾濫の発生源をすでに突き止めただろうか。だが、ドクに確認するのはセシャトが十分な数の〈半夢《はんむ》〉データを学習し、取りまとめてからのことだ。

一週間がすぎ、寒波が到来した。紅葉は茶色く色を変えたあと、ほぼ一夜にして枯れ、はらはらと地面に落ちた。セシャトとアレシアが風に押され、忍び笑いを漏らしながら落ち葉をバリバリと踏み締めて歩いていると、路上清掃車が通過し、白い舗道が掃き清められる。白い街の女王――ドク・ヤングは彼女をそう呼んだ。あの言葉が頭にこびりついている。

仕事を終えて夜を迎え、アレシアはセシャトにリミックスした夢を見る手順を教える。まずはシンプルなものから。アレシアが初期に手がけた中から、〈デイルマーク〉を選んだ。

「この名の由来は?」セシャトが尋ねる。

アレシアは頰を染める。「ガキのころに好きだったファンタジーの王国の名。うちはかなりのブラック・ナードだった。今もだけどさ、たぶん」

セシャトは趣味というものにかまけたことが一度もない。彼女はアレシアにキスした。

このリミックスは、最初は穏やかに受け入れられるところがエクスタシーに似ているが、記憶を盗んでいくところが違う。記憶はハチミツがハチの巣をしたたるように、甘く、ゆったりと流れる。だがこれは覚醒時の記憶ではない、そのはずがない。夢が見せる記憶だ。辛抱強く待っていると、夢は糖蜜のキャンディを指でひねるように引き延ばされ、別のものに変えられる。リミックスが燃え尽きたあともずっと、温かい気分で夜を過ごせるように。

「リラックスして、セシャト」冷たい指先でセシャトの腕をトントンと叩きながら、アレシアがいう。「時間はたっぷりあるから」

「あれから一週間経ってる。ドクに夢を届けないと」

「あの人の神経を逆なでするものを届けちゃいけない。大きく深呼吸して。夢は記憶じゃない。これは夢の声だから」

「どういうこと？」

「記憶に歌わせないと」

セシャトが予想していた以上に熱のこもったセッションになったので、その後ふたりは冗談めかして、このプロセスを〈歌のおけいこ〉と名づけた。〈デイルマーク〉で見た夢を思い出そうとする様子を、セシャトは当惑しながら、ありきたりなたとえ話で表現した。セシャトが全裸で方尖塔《オベリスク》の展望デッキに立つと、リトル・デルタの市民が方尖塔《オベリスク》の足元に火を放つ――といったものだ。アレシアはセシャトと諍いを起こしたあの日のことを思い出しながら、失った信頼を取り戻したいなら、セシャトは世界中の失われた記憶をすべて見つけなければいけないといった（この記憶はアレシアと分かち合ってはいないはずだ）。

オールド・タウンを逃げまどうセシャト。白い街の住民は皆、セシャトには普段目もくれないくせに、誰もが皆、彼女を身ぐるみ剝いでしまいたいと思っている（セシャトは決して忘れはしない）。

「こんな夢を見せてどうするつもり！」セシャトは数年ぶりに本気で泣いた。この夢をどれほどまでに思い出したくなかったか、すっかり忘れていた。

「あいつらの好きにさせればいい」アレシアは十五回は同じことをいった。彼女は睡眠を奪われ、ご機嫌斜めだった。彼女のアパートメントは焦げたコーヒーと焦げたタイヤの臭いがした。そして彼らはあの賢者に火を放ち、コーヒーとタイヤの臭いを消そうとした。

セシャトはもう一度試した。アレシアの夢が潮の流れのようにしぶとく戻ってきた。だがもうセシャトは落ち着いていた。アレシアと手をつなぐと、セシャトは流れに身を任せるパワーを感じた。そして変化が起こった。夢の記憶が動きだした。夢の世界のセシャトはエアカーに乗りこみ、ビーチをドライブする。貝殻、砂浜に打ち上げられたガラスの破片の内側にあるのが記憶だ。セシャトは砂浜に膝をつき、ひとつずつ拾い集める。終わりの見えない作業だが、セシャトの心は穏やかだ。

アレシアは、セシャトが夢の記憶と同期《シンクロ》したのを確認した。「さあ」アレシアは満足げな教師のように指示する。「共有するよ」

ふたりはヘッドセットで夢にハッキングしているので、方尖塔《オベリスク》のデータストリームに接続していない。アレシアがどんな手を使ったか、セシャトはあえて尋ねなかった。彼女は別人のように見えたが、セシャトはどう形容していいかわからなかった。いつになく慈悲深かった。こんな風に見えるのも、こんなに愛しく思えるのも、ふたりが愛を交わしたときですら一度も感じたことがなかった。アレシアが自分から離れていくのではという不安を覚えずにはいられなかった。

「この夢から覚めたら、あなた、山に消えてしまうんじゃないでしょうね」ふたりで初めて一緒に夢を見ながら、セシャトは冗談めかしてアレシアに訊いた。

「うちはゴブリンの王【訳註／トレーディングカードゲーム『マジック：ザ・ギャザリング』に登場するキャラクター】じゃないってば」アレシアはキレ気味にいった。そしていくぶん穏やかな口調に戻した。「今は一緒にいよう、いいよね、セシャト？」

今は彼女の言葉を信じようとセシャトは思った。

ふたりで開いたリミックスはペパーミントの味がした――後味は焦げたタイヤだったが（アレシアは苦虫をかみつぶしたような顔で「確かにうちは若かったね？」といった）――そして、ふたりの夢を仮想空間に投影した。アレシアが見るオールド・タウンの夢をセシャトも見た。怖くもなければ現実離れしているわけでもなく、謎を秘め、刺激的で、自由だった。グラフィティに覆われたストリートの下、方尖塔《オベリスク》の中にドク・ヤングの姿を見かける。岩のように大柄で、大地を揺るがすような声がした。セシャトの顔は巨大なハチの身体の上にある。王座を持たない女王だ。これがアレシアが見たわたしの姿？

夢の世界はリミックスが増幅し、意識で制御する。人が複数揃えば夢の素材が増えるが、基本概念は変わらない。意思の疎通は言葉を使わず、無意識下で歌う歌の断片や表象のみを使い、双方が望むものを組み立てていく。〈新たな夜明け《ニュー・ドーン》〉は市民全員のもの、価値があると当局が認める、一部の人々のものではない。都市の中心、金融街の高層ビルから離れた場所で躍動するグラフィティ。遊歩道の上でマルガリータを売りさばくスキー。顔から汗を流しながら懸命にライムを決める、小柄な女性の後ろ、以前セシャトをからかった白人の少年たちが縛られて目隠しをされて列を成す。これほど生々しい才能のほとばしりを感じたのは、セシャトにとって生まれて初めての経験だった。この感動を実感することなく、よくここまで生きてこられたものだ。夢は記憶を食い、記憶に勝る。

「いつもと違いますね、セシャト」

ディーがひどくためらいがちに話しかけてくる。セシャトは記憶管理ＡＩのアバターに微笑んで答えた。「そう？」

「アレシアとうまくいってるんですか？」

意外な問いかけにセシャトは目をぱちくりさせる。ディーがプライベートな話題に口を出すことはほとんどなかったのに。「それはもう」自然と笑顔になる。一週間以上に及んだ〈ネヴァーマインド〉のリミックスのおかげで神経回路が組み換わったらしく、自分でもその存在を知ることがなかった経路が開けた。記憶の氾濫が起こった原因究明のため、ドク・ヤングに夢を譲るのをやめたくなるほどのすばらしい体験だった。ただ、アレシアと一緒に〈ネヴァーマインド〉を使用した件について、どんないいわけをすればいいだろうか。セシャトは公電書館長だ。記憶の氾濫という危機的状況を乗り切れば、ミネアポリス全域の公電書館を統括するトップの座に就くことができる。そうすれば、十年も経たないうちにアーカイブ庁長官の椅子に着くだろう。アーカイブ庁長官がストリートで流通している、リミックス済みの〈ネヴァーマインド〉をキメたりはしない。

一部に愛用者がいる可能性も否定しないが。

もう日が傾いている。朝、ジョーダンが報告書を執務室まで持ってきた。上司と部下という距離感を厳密に保つ彼の様子にセシャトの心はかなり痛んだが、だからといって、彼との断絶を埋められるとも思えなかった。この報告書によると、収穫した記憶のうち〈半夢《はんむ》〉の比率は五十パーセントで安定している。この不具合はテリーら長老筋が注視している。セシャトがパニックを起こしそうなほど落ち着かなくなるのも当然だ。むしろ彼女は歌っていたい。

あなたのことはあなたが一番よく知っている、わたしの運命の人。ゆうべ、ようやく寝る段になって、セシャトはアレシアにこういった。アレシアは首を横に振り、無言のまま、ただ微笑んだ。

「セシャト」ディーがまたセシャトを凝視する。

「どうしました、ディー？」

「提案があります、よろしいでしょうか」

セシャトは怪訝な顔になる。ディーが提案するなど別に珍しいことではない。なぜわざわざ断りを入れるのだろう。「つづけて」

「ご自身の記憶をモニタリングしようとお考えになったことはありますか？」

セシャトは背筋を伸ばした。なぜそんなことを訊くのかと反射的に尋ねようとしたが、ディーは当局から監視され、命令されたとおりにしゃべっているのだと思い直す。〈新たな夜明け《ニュー・ドーン》〉当局は、記憶監視を任意で選択するよう定めており、必須ではない。

「それはいい考えです」セシャトはそういってから、自分のワークステーションに着いた。

そして正規の仮想空間にアクセスし、ディーとの会話を外部から遮断した。

「わたしの記憶がすでに操作されているから？」ヘッドセットによって離人感があるにもかかわらず、セシャトは自分の心拍数が急に上がるのを実感できた。

「そのとおり。どうしてあなたがもっと頻繁にご自分の記憶をモニタリングしないのか、わたしには理解できません。アレシアをご覧なさい」

「アレシアがどうしました？」

「彼女と初めて会った日のことを思い出してください」

冷静でいられなくなり、セシャトはあの日の晩、ホープ・ストリートでの記憶を巻き戻して再生した。冷やかしてくる白人の少年たちをかわし、バーのドアを開き、震えが止まらない手が重く感じて、そして――

あの気味の悪い緑のカクテルを飲みながら、アレシアは古くからの友人のようにセシャトと視線をあわせた。

穴、崖の縁、〈ネヴァーマインド〉を使っていて作った切り傷の痛み、抑制が利きすぎて起こった空虚感――記憶の片隅に、まぎれもなく改ざんされた形跡があるのを感じる。だが……

「これがすべてです、ディー。誰も改ざんしていません」

「いいえ」ディーがいった。「重大な問題です、セシャト。アレシアがいってませんでしたか？会ってすぐに」

「アレシアは――」そこでようやく、セシャトはアレシアが何をおいても自分と会おうとした理由を思い出す。そのとき、〈新たな夜明け《ニュー・ドーン》〉主催のパレードで、アレシアと一緒にはしゃいだという、五年前の偽の記憶が頭に浮かび、さらに大きな疑問が浮かぶ。

「ディー、アレシアがわたしに話したことがどうしてわかるの？」

「それをわたしの口からあなたに話すのを許さない人たちがいます、セシャト。それが誰か、あなたなら察しがつくはず」

「彼ら――ああ」仮想空間では目を閉じることができないが、セシャトは、遠い昔に体験したはずの痛ましい現実の記憶へと没入していく。ディーはいつも手の内をすべて見せようとしない。セシャトの子ども時代の記憶を回収し、増強したのは間違いだった。セシャト以外の公電書館長は、ディーが常軌を逸していると見ている。セシャトもその理由がようやくわかった。自分の記憶が子ども時代に改ざんされたと疑うわけがない。あの、青く美しい瞳のディー《少女》に、記憶は毎日必ず削除しなさい、記憶とは距離を置きなさい、記憶として手に負えなくなったら、適宜別の記憶と交換しなさいと、どうやって教えればいいのだ。ディーは、心当たりの中で最も身近な人物を情報提供者としてテリーに紹介した。まさかテリーがジョーダンに手を焼いているとは、ディーも予測がつかなかったのだ。

「気を悪くしないでくださいね、セシャト」ディーは小声でいう。「彼らの命令は絶対ですから」

「そりゃあそうでしょう」セシャトはいう。頭がクラクラする。「わたしだってそうです」

「だけど、いわれたままでは済ませませんでしたよ！　あなたの記憶の中でもたいしたことなさそうなものばかりを片っ端からコピーしてわたしたので、お偉方もわざわざ探そうという気にならなかったでしょう。アレシアの情報はほとんど伝わってません」

「今のわたしたちの会話は？」

「大丈夫、あの人たちが仮想空間のあなたの記憶など気にしてませんって。あなたがここでわたしと話しているとは夢にも思ってませんから。みんなそうです」

ディーがあまりに熱のこもった目でこちらを見るので、彼女が人工知能であり、アバターに見つめられているのを忘れそうになる。ディーが何を見て、本当は何を考えているか、セシャトにわかるはずがなかった。

生身の人間ではないとわかっていても、やはりディーはセシャトにとって心を許せる友なのだ。

「わたしとアレシアのなれそめの記憶も保存してるの？」セシャトは尋ねた。

「いいえ」と、ディー。

そこで、セシャトは先週やるべきだったのに怖くてできなかった、自分の記憶をさかのぼることにした。眼前をパレードが進む中、演壇に上ったときの記憶が鮮明によみがえる。首筋に襟《えり》が当たってイライラする感覚、気温が摂氏三十二度まで上がり、肌着に染み出る汗、〝すばらしき市民と〝、〈新たな夜明け《ニュー・ドーン》〉建設の柱となる公約について、活き活きと語るテリーの姿。彼はあちこちにいい顔をして、偽善者であることを楽しんでいる。そんな彼にあきれて目を回してしまいたいところだが、立場上、感情を閉ざすと身体的につらくなったのをセシャトは思い出した。

それなのにアレシアのことが思い出せない。

だが彼女は、小さいが決して見逃すことがない穴を見つける――そこだ！　ある時点で、記憶から感情や色が根こそぎ奪われてしまっていた。記憶が抑制されている。感心すると同時に、恐ろしくなるほど正確なまでに。アレシアに関する直近の記憶は、たしかにどれもはっきりしていた。

ほんのわずかとはいえ、間違いなく、誰かがセシャトの記憶に手を加えている。誰が？　ディーがのちのち話すだろうが、セシャトには心当たりがあった。あの記憶のことを知っているのはアレシアだけだ。こんなどうでもいい瞬間をここまで正確に抑制してしまおうと考えるのは、アレシアをおいてほかにいない。テリーではない。ディーがうそをついていないなら、アレシアが隠してきた人格を〈新たな夜明け《ニュー・ドーン》〉当局が知るわけがない。もし知っていたとして、今週の別の日ではなく、あの瞬間になぜ抑制したのだろう。

だが、リミックスされた〈ネヴァーマインド〉を使い、当局に登録されていないヘッドセットでアレシアに力を貸した人物がいる。人を信じて疑わない、アレシアのまっすぐな心に入りこみ、ほんの少しひねりを加えた人物がいる。

大慌てでワークステーションから抜け出したせいで、頭をぶつける。痛みなどどうでもいい。

この痛みは、選ぶつもりがなかった道に標識がひとつ増えたようなものだ。セシャトは答えがほしかった。

彼女の願いをかなえられる人物はひとりしかいない。

ドク・ヤングは一回限りの通話トークンをセシャトにわたしていた。夢が見たければおれに連絡しろ、と。これを使うのは今しかない。怒りが白熱し——燃え尽きて黒い炭と化したかもしれない——心が炎に完全に支配され、セシャトは手のひらに表示させた仮想マップが指し示す場所へと向かった。リミックスにはあらかじめ対策を講じてあった。猜疑心が強くなり、人や物にあたり構わず当たり散らすという副次的な効果がある（効果といっていいだろう）。夕方以降は休みを取ると事務官には伝えてある。アレシアにも同じ内容のショートメッセージを送っておいた。生活をともにするようになって初めて、セシャトはディーの脳内へのアクセスを遮断した。その後、全身黒ずくめの服に着替え、セシャトは一般市民のような顔をして街角を延々と歩き、何度も越えたことがあるようにさりげなく、標識も何もない都市南端の境界を越え、オールド・タウンに足を踏み入れた。

〈新たな夜明け《ニュー・ドーン》〉の体制を、安全で管理の行き届いたものにするため、セシャトは欠陥をいくつも受け入れてきた。それなのに、この黄金の壁で遮断された都市の安寧は完全に失われた。彼女は明日にでも〈広告塔《トーチ》〉を受け入れ、ミネアポリス全域を支配下に置くことができたはずなのに。

だが——アレシアは何を考えていたのか。ふたりの関係をセシャトがうまくリードできなくても、アレシアにとって精神的崩壊が必然であっても、その前にセシャトは何らかの兆候を得ることができたはずだ。野望ががれきのごとく崩れ去った今、アレシアがこの地で生きていくには知識を持つことが大事なのかもしれない。

×印がついているのは旧市街の歩道沿いにある公園で、付近のどの場所にアクセスしても、ここに引き戻される。もう一度見てみると、使い古したチェステーブルが四台現れ、テーブルトップにはチェスの駒がいつでも使えるように配置されている。そこにはドク・ヤングがひとりで座っていた。セシャトがテーブルをはさんで座ると、ドクはチェスの駒を動かす。ドクがチェスをするのは別に意外でもなく、その発祥は古代エジプトまでさかのぼるという、〈セネト〉なるチェスを用意しており、セシャトは彼に少し敬意を覚える。金色と漆黒の方尖塔《オベリスク》がチェスでいうルークの駒だが、ドク・ヤングは着席した王の駒に交換した。首の長い女王はセシャトに似ている。偶然かもしれないが、わざと選んだのかもしれない。

「夢は手に入れました」セシャトはいう。「チェスをする前に質問があります」

ドクはポーンを前に進める。「聞こうじゃないか」

セシャトは眉をひそめる。「白が先行では？」

「何をいっている、あんたはもう権力を手に入れたじゃないか」

セシャトもポーンを前に進めた。「ここはあなたの陣地《テリトリー》です」

女王《クイーン》が歩兵《ポーン》を進めるとは。ドクがうなずく。「レーテのことが訊きたいんだろう」

自分とまったく同じことをしたからとアレシアにひどく腹を立てるとは、わたしもテリーに負けず劣らずの偽善者だ、と、セシャトはふと思った。残念ながら、今の自分は論理的な思考がまったくできないと感じる。いつも冷静で、理にかなった振る舞いができていたのに。この一週間、彼女はアレシアの監視をゆるめていた。セシャトが間違っていた。

あまり考えもせず、セシャトはクイーンの駒を動かす。「街を去る前、アレシアは何をしてたんです？　あのヴァンス・フォックスとかいう男は、どうして彼女を街に連れ戻そうとしたのでしょう？」

ドクはキングの定位置だったところにルークを置こうか迷った末、ナイトを置く。ポーンは持ち駒であるクイーンのひとつ離れた場所に滑らせる。「あいつから聞いてないのか？」

セシャトはクイーンを動かしてドクのポーンを取る。敵の懐深く入り、今や勝てる見こみはないのに。それでもかまわない。「昔のことはどうでもいいといっていました」

ドクは鼻を鳴らし、ほかに打てる手を考える。自分の持ち駒である方尖塔《オベリスク》を、指で前後に揺らしている。防寒対策としてキャップをかぶり、彼の雄弁な瞳がひさしに隠れて見えない。「レーテはリワインドと呼んでたな」と、穏やかな声でいう。ふたりの間を一陣の風が吹く。墓場かと思うほど寒い。

「あいつは毎度、名前をつけるのがうまかった。リミックスはそれほどじゃなかったけどな。あれはリミックスじゃなかった。解毒剤だ。フォックス家のあのガキはレーテに資金を提供していた。いい考えじゃないと忠告したんだが、レーテは聞く耳を持たなかった。あいつは世界を変える気でいた。それどころか、あいつはあやうく死ぬところだった」

「解毒剤？　何の？」

ドクは黒い方尖塔《オベリスク》の駒で、首の長いクイーンの駒を倒すと、上目遣いでセシャトをにらむ。「〈ネヴァーマインド〉のだ。記憶を完全消去した直後にあんたが夢を手放せば、記憶の大半を取り戻せるだろうとレーテは考えた。さて、これはドラッグか、それとも爆弾か」

セシャトは椅子の縁を握りしめる。「でもアレシアは解毒剤を作る前に逃げた」だが彼女はもうアレシアを信じることはできなかった。**解毒剤**……作れるのだろうか？

「それはヴァンスが大事な情報を漏らしたからだろう。解毒剤が効いたとわかったとたん、彼は死ぬと悟ったんだ。だから所属先のラボを破壊して逃げた」

リワインド。〈新たな夜明け《ニュー・ドーン》〉体制下で最も起こってほしくはない災厄。リワインドと記憶の氾濫との間で、統治の——**管理の**——基盤は損なわれたまま、元には戻らないだろう。

持ち駒のキングを動かしたが、セシャトはもう、あの黄金の方尖塔《オベリスク》がドクの手にわたったかどうかもわからなくなっていた。「じゃあ、記憶の氾濫は？」とドクに訊くと、セシャトは宗教儀式に則《のっと》った形で動物を解体するように、チェス盤の中央にある駒を進める。「原因は究明されたのですか？」

ドクは盤の脇からナイトを叩きつけるように置く。「あんたがおれに夢をわたすほうが先だ」

ほかの誰でも見られるよう、ドクはセシャトの夢を建物の脇に投影する。そんなことをしてセシャトがどう思うか、考えもせずに。セシャトはリミックスを口に放りこむと、夢の世界へと入っていく。戦に臨む戦士のような気分だ。夢の中で、自分の怒りともう一度向きあう。白熱し、勇気を奮い起こす怒りの矛先をどこに向けるべきか、セシャトは決めかねていた。偽善者面をして、皮肉たっぷりなTシャツを着て、セシャトにいいことばかりいって、彼女をあの手この手で騙しつづけてきたテリーだろうか。あまりに臆病で、勇気をふるって立ち向かえないジョーダンだろうか。それともディーだろうか。セシャトを裏切るようプログラミングされているのに、子どもじみた態度を取って、忠実なるしもべを装っている。やっぱりアレシアだ。セシャトを愛しているのに、彼女を罠に嵌《は》め、遮断されていた記憶を引き出そうとしたのだから。市民を欺くパーティーを開き、何か裏がある、何か別のものがある、迫真の存在が国境を越えてやってくるから、〈新たな夜明け《ニュー・ドーン》〉当局は倒せないとの風評を吹きこみ、何世代にもわたってリトル・デルタの平和を乱してきた、ドク・ヤングを憎むべきかもしれない。いや、違う。怒りが向かうのはセシャト自身でしかない。かつてはデイドラと名乗り、母親と世界中を旅することに憧れ、母の魂が今も息づく場所を見て回りたいと願う少女、セシャトだ。

　セシャトはどんなものでも利用した。砂浜に打ち上げられた無数の貝殻、そのひとつひとつが苦しみだった。互いに夢を融合させながら彼女とアレシアは身体を重ね、ふたりの記憶と声はやがて融合し、ハーモニーとなり、完璧な和声として記憶に残る情景となった。セシャトは夢を見る。方尖塔《オベリスク》のてっぺんから下界を見下ろす自分が、今度は民とともに、地上から、畏怖と恐怖が入り混じった思いで方尖塔《オベリスク》を見上げる夢を。「わたしはおのれの魂を所有する！」夢の世界のセシャトは大声で宣言する。「わたしはおのれの魂を所有する！」オールド・タウンの境界を越え、冬を迎えて葉を落とした樫の木が立ち並ぶ丘に立つ方尖塔《オベリスク》の下、集まった民衆が、コール＆レスポンスのように応じる。セシャトが見ているのは、全身黒ずくめ、樫の木に負けず劣らずの長身の男ふたりに身体を押さえられ、悪態をつく女性。猿ぐつわをはめられ、女性は最後にもう一度だけセシャトを見やる。その目から、愛情とヒリつくように熱い怒りが伝わってくる。男たちは彼女を車に押しこんだ。車は彼女を乗せ、去っていく。

セシャトの背後で、樫の木の大枝が風にそよぐ。民衆が叫ぶ。「わたしはおのれの魂を所有する！」

「みんなそうだ」ドク・ヤングはセシャトにいう。「この世代は、リミックスされた〈ネヴァーマインド〉を子どものころから与えられ、街のいたるところに記憶回収ボックスがある社会で育ったから、ほかの世代とはものの考え方がちょっと違う。方尖塔《オベリスク》にいる誰かが、記憶回収ボックスを混乱させる裏ワザを流したらしい。使いものにならない記憶が倍増すれば、意義のある記憶を探す必要がなくなる。だから連中は、その仕組みを知ろうと乗りだしたんだ。もともと才能のあるやつらだから、さっそく記憶庫《リポジトリ》に手を加えた。自分たちででっち上げた、妙ちくりんな情景をボックスに預けた。記憶回収ボックスを使うたびにポイントがもらえるので、首謀者が儲かる仕組みだ。連中はこのおふざけに知り合いを引きずりこんだ。コードに抜け穴があるのをたまたま見つけたので、やつらの行動は当局には知られなかった。記憶回収ボックスにアクセスし、朝の定例ダウンロードを終えたらジャンク記憶を補充し、その日に必要な記憶が十分確保されたとごまかす。その日の朝から、バッファに捕捉された記憶データは個人情報が抜き取られ、ゴミ箱送りだ。くだらないシステムのバグだぜ、セシャト。データを不正利用し、リトル・デルタの住民が皆、刺激を受けて真っ赤に膨れ上がったヴァギナのことや、その日使ったドラッグの夢を見ているように改ざんした。最初はタチの悪い遊びだった。それが今じゃ深刻な大事態に発展した、そうだろ？　革命がいつ起こってもおかしくない。だが、おれにできることなんかないよ。そんな騒ぎを起こすには年を取りすぎちまった。今季を最後に引退も考えている。〈広告塔《トーチ》〉の火を消したくないんだ」

セシャトは表情を曇らせる。

ドクは彼女の肩に手を置く。「夢に出てくる、あれがあんたの母親か？」

セシャトはうなずく。

「で、あんたは当局がお母さんを連れ去ったのを知らなかったんだな？」

「わたしは……」セシャトはここで咳払いをする。「当局はわたしの記憶を抑制したに決まってます。でも、記憶はよみがえりました……母は、わたしがアーキビストになろうと思った動機です。わたしはもう一度母さんに会いたかった」

「見つかるといいな」と、ドクはセシャトにいう。「あんまりレーテにつらく当たるなよ。あいつも自分の生き方を模索中だから」

次の瞬間、セシャトは自分の執務室にいた。いつもどおり、ひとりきりで。

アレシアはふたりのプライベートチャンネルに山ほどメッセージを残していたが、セシャトは開いて確認しようとしない。ディーはシステムを切って、何の反応も示さない。ジョーダンは事務官のオフィスにもいなかった。セシャトには腹を割って話せる仲間がいない。方尖塔《オベリスク》の外に出ることはめったになく、その方尖塔《オベリスク》も安住の地ではなかった。そんなこと、ずっと前からわかっていたが、公益のために働く者たちに与えられた場なのだと自分にいい聞かせてきた。カウンセリングを受けなければ死んでいたかもしれない人たちが、その後幸せに暮らしているのを見守ってきた。耐えがたい過去を忘れられるようにと、彼らの残酷で無慈悲な記憶はすべて、セシャトが自分の記憶として引き受けた。回収ボックスに記憶を提供するとポイントがもらえるシステムは、市民に住宅と食料を提供するための施策であり、利益が反社会的集団の手に回らないよう厳密に管理してきた。リトル・デルタは〈新たな夜明け《ニュー・ドーン》〉当局が、この国に提案すべき、公益の模範として機能してきた。

セシャトの母親は記憶を一切残していなかったのに。

苦痛をこらえ、ぎこちない手つきで、セシャトは〈新たな夜明け《ニュー・ドーン》〉の全施設の個人情報を検索する。母親の名前を検索するが、あまりにありきたりな名だし、偽名を使っている可能性もある。〈広告塔《トーチ》〉に関するデータ履歴は閲覧制限がかかっていて、アクセスはできるが、検索すると警告が表示される。警告されたっていい。どうせもう要らない情報だ。

今さらといえば今さらの話だったが、セシャトはテック部門のチーフに連絡し、記憶が氾濫した原因であるバグを特定するよう命じた。チーフはあわてふためき、明朝の定例データ回収までにはまにあわせますと確約した。

一時間後、テリーがセシャトの執務室のドアを叩いた。

「ずいぶん早いこと」ディーに語りかけたつもりだったが、電源を落としているのだから、聞こえるわけがないのを思い出した。グリーンフライアーズからエアカーの専用線を使うと四十分で方尖塔《オベリスク》に着く。この時点でセシャトはまだ館長のポストにあるようだった。だが、テリーがノックもせずに入ってきた。

「本日の殊勲《しゅくん》選手のご機嫌うかがいだ。乾杯用にとシャンパンを持ってきた」

「その酒の活性成分はアルコールですよね、テトラヒドロカンナビノール【訳註／向精神薬の一種。多幸感をもたらす】じゃなくて」

「きみの肝臓を直撃するぞ、ぼくが保証する」ひとりごとともハミングともつかない口調で、テリーはセシャトのコーヒーテーブルの上にクリスタルのフルートグラスをふたつ置くと、目の飛び出そうなほど高級なシャンパンのコルクを開けた。

「コンピューターのバグ騒ぎに乾杯！　ぼくは最新技術ってものがほとほと苦手でね」

「わたしも」セシャトはテリーとグラスをあわせてから、ほんの少しシャンパンを飲んだ。「わたしたちみたいなのを〈人間演算器〉っていうんでしょうね」

「なるほど、いいたとえだな。きみの暗号を解読する鍵を教えてくれないか？」

わたしは敵とわたりあい、愛した人からはことごとく裏切られた。裏切られたと思いつづけてきた女性を除いて。

「悪い冗談ですね。調査対象にあった若者数名が、記憶回収ボックス内のデータに直接手を加えたのを確認しました」

テリーは満足そうにうなずいた。「なるほど、先般もいったことだが、セシャト、ミネアポリス公電書館長への打診を今、ここで正式な辞令とする。おめでとう」

グラスをもう一度テリーとあわせてから、セシャトは少し黙った。死とかかわるのは、もううんざりだと考えるべきだが、テリーがせっかくのマリファナとビデオゲームの時間を割いてまで、自分にわざわざ会いに来た本当の理由を知りたくてうずうずしていた。

「ぼくはきみにひとことといっておきたい、セシャト」まるで彼女の心の内が見えたかのように、テリーが切り出す。「ミネアポリスに転居するにあたって、同行者を連れていくことには何の問題もない。お気に入りの事務官でもいい。仕立屋でもいい。ヘアスタイリストでも――これは冗談だ。きみが心を許せる仲間をついに見つけたのを当局が喜んでいるといったからって、どうか気を悪くしないでくれ。もちろん、〈新たな夜明け《ニュー・ドーン》〉当局は同性愛を公式に認めてはいないが、ぼくらの間では何の問題もない。ミネアポリス公電書館長をダーティ・コンピューター呼ばわりするやつはいないさ、誰と寝ていようがね！　むしろ、気概のある人物がいれば組織も強くなるというものだ。実をいうとね、ぼくらも気になってたんだよ、きみがここで自分を葬り去るんじゃないかと。きみは美徳の鑑だが、美徳は時に曲げるべき、いや、壊すべきだ。わかってもらえただろうか？」

セシャトは機嫌よく、よどみない声で答える。「もちろんです、テリー」

「ただね、ぼくらはきみのパートナー、アレシアがダーティ・コンピューターではないかとにらんでいる。彼女、若いころにはずいぶんやんちゃなことをしでかしてたようだ。これはまあ、ヴアンス・フォックスから仕入れた話だが。いうまでもないことだが、ヴァンスだって、決して清廉潔白《クリーンなマシン》じゃない、その点はきみもよく知ってるはずだ。率直なところ、評判も、印象も、どうだっていい。きみは何の心配もしなくていいよ、セシャト。ミネアポリスでは、きみとアレシアの世話はぼくが直々に焼くことになる。アレシアにはいい就職先も見つけよう。スキンクリームを作らせておくには惜しい人材だ、そう思わないかね？」

「そうかもしれませんね」セシャトは冷ややかに答え、シャンパンをゆっくりと時間をかけて飲む。そもそも、この酒はどうしてそんなに値が張るのだろう。喉元までこみ上げてくる胆汁そっくりの味がするのに。

「さて、きみの彼女に就職先の話をしたら、勤務先はぼくらが探そう。ぼくが全面的に支援しよう、セシャト。昔からきみの才能に目をつけておいてよかった」

テリーもそうだし、〈新たな夜明け《ニュー・ドーン》〉当局もそう。セシャトが今いるのは彼らのおかげだ。この白人男性のブルドーザーみたいな自信に比べたら、セシャトの支配欲など、かわいいものだ。

テリーが椅子から立ったのでセシャトもあとにつづいた。彼が握手の手を差しだしてくる。公電書館長らしく、しっかりとした握手をかわす。ドアまで来たところで、テリーが何か大事なものを忘れたかのように立ちどまった。

「ところで、きみに知らせておくべきことがある――きみのお母さんは生きている。彼女はここ三十年ほど、ナッシュビルの施設で〈広告塔《トーチ》〉をしてきた。女子修道院長がいっていたよ、きみのお母さんは立派に助手を務め、とても満足していると」

その晩セシャトはジョーダンを執務室に呼んだ。彼は執務室の開いたドア口で照明に照らされ、凍りついたように立ち尽くしていた。

「入るつもりなら、早く入りなさい」セシャトはいった。「わたしが廊下の照明が嫌いなのは知っているでしょう」

「そうでした」ジョーダンが答える。「暗視能力が損なわれるんでしたね」

ジョーダンは部屋の中に入ると、スライド式のドアを閉める。セシャトははめ殺し窓がある場所に戻る。彼女が愛してきた唯一の都市の光と影の中へ。

「わたしに代わってアレシアを探すよう、テリーがあなたに指示したそうですね？」

「はい、セシャト――」

「わからない――なんで知っていたの？　それともテリーから聞いたの？　どうして彼女が……」だが、セシャトはアレシアがどうなったか、言葉にしなかった。プライベートチャンネルに残っていたメッセージをようやく読んだ。メッセージはすべて消したが、最後のメッセージが心の画面上で点滅している。警告のように。灯台が発する航路標識のように。

「テリーはあなたに彼女と別れて新しい恋人を探してほしかったようです」ジョーダンがいう。

「理由はわかりません。ぼくも、条件に見合った女性に心当たりがあるとはいいました。彼女がどんな女か、ぼくに話してくれましたよね」

セシャトは背筋をこわばらせた。「確かに、わたしは……」

「彼女を愛しているけれども、やり直しの機会がほしいともおっしゃいましたよね。もしアレシアとまた会えたら、もう一度よりを戻したいってぼくに泣きつきましたよね」

自分の足元で都市の残骸が砕け、価値のないガラクタへと姿を変えていくのを目にして、セシャトの胃が縮み上がる。**「また？」**倒れながら、記憶にあるあの穴を、彼らが監視カメラを最初に配置すると決めた場所にくりぬいた、あの穴のことを思い出していた。セシャトは記憶を抑制する能力が特に秀でていた。そのスタイルは異彩を放っていた。

「三年前だった。彼女はとあるクラブであなたに自己紹介しました。あなたは恋に落ち、二か月ほど交際しました。なのにすべてがうまくいかなくなった。あなたは彼女の記憶の改ざんを始めた。諍いの記憶を抑制し、自分に都合のいいところばかりを増幅した、そうですよね……」

「そうするしかなかった」セシャトの口調がきつくなる。

ジョーダンは気の抜けた声で笑う。「そうするしかなかった。だけど真実を知ったレーテは……」

セシャトは目を閉じた。「憎まれてもしかたのないこと。それを受け入れるどころか、わたしは……」

「あなたはあらゆる記憶を抑制した。レーテのも、あなた自身も。またこんなことがあってはいけないと、ぼくに打ち明けてくれたんです。次に記憶を抑制しようとしたら諫《いさ》めてほしいと。だからやったんですよ！」

セシャトは窓ガラスに額を近づけた。「許して、ジョーダン。あなたは約束を守ってくれたのに、わたしは地獄に逆戻りした。ためらいもせずにね」そこでセシャトははたと気づいた。何が変わったというのだ？

ヴァンス・フォックスに脅されて、アレシアはほんとうのことをいった。それまでセシャトはアレシアの二重生活を知るよしもなかった。リミックスされた〈ネヴァーマインド〉で夢を見ようと試したことすらなかった。リミックスのおかげでセシャトはできると思わなかったこともできた。実の母の記憶を取り戻した。それで十分なのか？ 彼女が知らなかったことがあり得るという形で提示された。母親のことは覚えていた。それで十分なのか？ すっかり変わってしまったのか？ 悪い記憶が消せなくても、いい思い出が満たされていれば、それでいいのか？〈新たな夜明け《ニュー・ドーン》〉革命の前、記憶庫《リポジトリ》の設置がはじまったころと変わらないのでは？ どんな選択を下そうとも、記憶は決して消せないのだ。その記憶を死ぬまで抱きつづけるのだ。

自分の妻をダーティ・コンピューターとしてお払い箱にし、愛人と再婚してからは知らん顔を決めこんだ実父とは違う。病床にあった父は数年前、孫たちに囲まれて死んだ。父のことはずっとひどい男だと嫌ってきたが、〈儀式〉で記憶を刷新するまで、親に対してそんなことを思うなんてと気が引けていた。その理由が今まで特定できずにいた。記憶から消されていた？ それとも数十年間、ずっと騙されていたのか。

「セシャト？」

「どうしたの？ ジョーダン」

「ぼくに自分の記憶をモニタリングするよう教えたのもあなたです」

セシャトは笑った。「わたしの記憶のノートに、やっといいことが書いてあったわ」

「だから、ぼくはアレシアにも教えたんです」

笑みが途切れた。「教えたって……いつ？」

「この間ぼくらがカレーを食べながら話しあったあとです。そのときに、あなたはやり直すべきだと確信しました。あなたは前回と同じ服を着ていました。そこでぼくはアレシアとカフェで待ちあわせして、試してみたんです」

「でも、ジョーダン、あれって一週間ぐらい前だったじゃない！」

じゃあなぜアレシアはセシャトを追い出したのだろう。ヴァンス・フォックスの力添えがほしかったからだ。じゃあ、その後は？　どうしてリミックスを使って一緒に夢を見ようとしたのだろう？　だがその後、セシャトはアレシアの記憶には一度も触れていない。

「せめてもの救いは」ドア付近でジョーダンが口にした。「あなたがいい人だってことだと思います。この職場でまだ働けるなら、きっとあなたと……ディーのおかげです」

今夜、この期に及んで、ジョーダンに感謝されるとは夢にも思わなかった。セシャトはようやく彼の顔を見た。「ディー？」

エアカーが去り際に放った一条の光が、ジョーダンの引きつった笑顔の片隅を照らした。「あなたがシャワーを浴びていたとき、ディーがぼくを執務室に入れてくれました。記憶のデータ量を増幅して回収ボックスのシステムを欺く手口はディーから教わりました。あなたの記憶も長年、そうやって処理しているともいってました」

その手口を漏らしたのは方尖塔《オベリスク》の職員だと、ドク・ヤングもいっていた。まさかディーとジョーダンだったとは。

「ジョーダン」セシャトは訊いた。「だったら、あなたは記憶回収ボックスに特定されては困るはずなのに、どうしてここで働いているの？」

ジョーダンはただ、首を横に振るばかりだ。セシャトがその気になれば、ジョーダンの記憶に侵入し、記憶のバッファを裏側からこっそり掘り起こして、彼が秘密にしていることを洗いだすことだってできる。アレシアを自分のものにできなくても、脇が甘くて強化したいと思っている自分自身の記憶は破られている。

「おやすみ、ジョーダン」

「おやすみなさい、館長。じゃあまた明日の朝」

笑顔から何も読めないが、ジョーダンの誠意は本物だ。それがわかれば十分だ。


うちを見つけたら、あんたひとりで来て。うちらがずっと一緒にいられると、うちはいえない。あんたがほんとに信用できるかわからないから。あんたがそこに残るんなら、うちらはもう一緒にはいられない。

これは、セシャトが人生最愛の人からもらった最後のメッセージだ。アレシアは姿を消した。せっかくやり直そうと手を尽くしたのに、セシャトのせいで立ち消えになったからだ。アレシアとまた会えたとしても、公電書館長としてではない。セシャトという名を名乗ることはないだろうが、だからといって、デイドラが本名ともかぎらない。セシャトでありつづけるなら、ミネアポリスに異動になれば、アレシアとの関係をすべて断ち切らなければならない。〈新たな夜明け《ニュー・ドーン》〉のときのようにはいかない。つらい記憶を思い出すという、精神に打撃を与えるような、古臭いやり方で忘れる。

逆にセシャトがアレシアとよりを戻せば、実の母とはもう二度と会えなくなる。テリーがとっさにセシャトの個人情報を検索しようと思い立ったのはなぜだろう。セシャトのほうから探してくれといってくるのをずっと待っていて、このときのために準備していたのか。いつか役に立つかと、長年にわたって、切り札となる記憶をどれほど集めてきたのだろうか。そんな記憶は数え切れないほどあるはずだとセシャトは思った。盗んだ記憶は利用するためにあるのだ。

絶えかねて、セシャトは自分の記憶管理ＡＩを起動させる。

「セシャト！」怒りにまかせ、画面から画面へと飛び回りながらディーが大声でいう。「もう二十四時間近く迷子でしたよ！」

「ごめんね、ディー」

「まだわたしに腹を立ててますか？」

「いいえ、そんなことはない、ごめん」

ディーはしばらく黙ってから、また話しだす。「あなたのアレシアに関する記憶を抑制した人物がわかりました、あなたも、もうおわかりですよね？」

「ええ」

「口止めしたのはあなたですよ！　だからヒントを差し上げたんです」

「そうだったね。あなたは有能で忠実なＡＩです、ディー。ありがとう」

「お礼なんていりません、セシャト」

セシャトは顔をしかめた。「ずっと自分を責めてました。なんてひどい人間だろうって」

「アレシアに逃げられたからですか？」

「そうじゃ……ないけど」

「今回はまだマシですよ！　記憶を一度しか抑制してませんからね！　あなたは過去に十六回、彼女の記憶を抑制しています。今度やったら、アレシアの記憶を操作することはもうできなくなるでしょう」

絶望の淵にまで追い詰められたのなら、セシャトはなぜ笑いが止まらないのだろうか。胃は痛み、滂沱の涙がようやくやんだ。

ディーはため息をついた。「おっしゃるとおりです。記憶操作はうまくいかないでしょうし、あなたのボスもそう考えています」


うちを見つけたら、あんたひとりで来て。

でも、彼女は誰だったのだろう。アレシアが本当に知っていたなら、あんなメッセージを書いただろうか。セシャトは取り返しのつかない愚かな過《あやま》ちをしたというのに、アレシアはいったいどんなひどいことをセシャトにしたのだろうか。

ドク・ヤングは、彼がかわいがっていたレーテは、自分からリスクを取りに行ったといっていた。五年前に手を切った、画期的なドラッグを終わらせるに値するリスクなのかもしれない。改心した記憶のアーキビストが学習した記憶を愛するリスクにも値するかもしれない。忘れるには遅すぎたのだろうか。

セシャトは黄金の方尖塔《オベリスク》の頂から、街に灯りが点るリトル・デルタと、オールド・タウンの薄暗い街角との境界線を目でたどる。あの暗がりの中に、上下が反転した方尖塔《オベリスク》が見つかるだろうか、集団を統《す》べる、老いた王の姿が見えるだろうか。記憶と自分だけの世界を夢に見る女性の姿を認めることができるだろうか。

セシャトはいつしか左手で拳を握っていた。力を抜くよう自分にいいきかせたら、ようやく手が開いた。

「ママがわたしたちを捨てたんじゃないって知ってた？　ディー。ママはあいつらに連れていかれたんだよ」

セシャトとディーの眼下では光がまたたいている。「あなたの身体のどこかが、ずっと覚えていますよ」

Nevermind
—ネヴァーマインド

著：ジャネール・モネイ＆ダニー・ロア
訳：瀬尾具実子

1

ピンク・ホテルの安定した心地よいビートをこっそりとあとにして、ジェーンは砂漠の夜へと足を踏み出した。体になじんだベースライン――マットレスが軋《きし》む音、ゆったりとしたいびき、ドアや壁に押しつけられる体、柔らかな息遣いがまじるメロディ、低くうなる音響――から離れると、そこにあったのは日が落ちたあとの砂漠の空気だった。外へ出たとたんにホテルの奏でる音楽が恋しくなった。顔に吹きつけた風は霧のような感触を思わせる程度にはひんやりしていたけれど。

それでも、なじみのあるベースのビートがほかにもひとつだけあった。ジェーンは顔をほころばせると、どこかの廃車から回収してきた泥よけ《フェンダー》を安全ブーツのつま先についた金属でリズミカルに叩く音のするほうへ向かった。近づくにつれて、そのビートにどこまでも寄りそうテノールが聞こえてきた。廃棄された車両からまだ使えるパーツを取りはずすあいまにうとうとしながら、彼人《かのひと》がハミングしているのだ。

「今夜は〈ケイヴ〉に行くんだっけ？」ふと気づいた彼人が片目だけぱちりと開けた。

うとうとしていたわけじゃないのかもね、と思いながらジェーンは肩をすくめた。「ちょっと様子を見たかった、ってとこかな、ニア」

ニアはふんと鼻を鳴らして立ち上がった。ニアはジェーンよりほんの数インチだけ背が高くて、そのうちの少なくとも半分はブーツの厚みだ。それなのに、人を見るときに頭を下に傾けることがある。そうすれば少し背が低くなるとでもいうみたいに。ジェーンはそのことについていちいち何か言うのはもうやめた。「様子を見たかったんだとしたら、ドアから一歩踏み出してもいいうちから早く寝ろってがみがみ言ってたんじゃないかな」ジェーンのまねをしてもイントネーション以外はちっとも似ていないくせに、やめようとはしない。「ニア、あんたがどうしても寝たくないっていうなら、〈コード〉会議を招集してあんたに休暇をとらせるように強制採決してもらうよ」

「はいはい、わかったよ、スィーティ。悪いけどちょっと手を貸して」ジェーンはひじを曲げてニアと腕を組めるようにした。ニアがそれに応じるとジェーンは笑い声をあげ、ニアも満面の笑みを浮かべた。ジェーンの胸がちくりと痛んだ。ホテルにいるほとんど全員にいだいている気持ちよりもっと母性に近いものを感じる。ニアがこんなふうに笑うなんて、ジェーンが誰かに対してこれほど弱気になるのと同じくらい珍しいことだ。例外があるとしたら……

「今夜は外出しないだろうと思ったんだ、だって朝になったらゼンがまた出発するんだから」

その言葉の陰で、訊きたいことは他にもあった。どうしてゼンがジェーンと一緒にここにいないのか、というのもそのひとつだ。「彼女には休息が必要だからね。そうじゃなくても……」ジェーンはあいているほうの手をなんとなくふりまわした。「わたしのことが心配になったりしたら、また出発を遅らせようとするかもしれない。それにわたしが眠れない夜を過ごしたくらいで、〈新たな夜明け《ニュー・ドーン》〉が仕事の手を止めてくれるわけじゃないし」

ニアはその答えを淡々と受けとめ、〈ケイヴ〉に向かうあいだもの思いに沈むジェーンをそっとしておいた。ジェーンのほうは、ふたりの足音が奏でるビートに集中しようとしていた。ニアのブーツの重たい足音が、ジェーンのスニーカーのくぐもった足音に重なる。身長はニアよりも低いけれど、ジェーンのほうが歩幅が大きくて自信たっぷりなのはいつものことで、そのせいでジェーンがニアを〈ケイヴ〉まで案内しているかのように見える。ホテルにいるみんなと同じように、ニアもその道のりは熟知しているのだけれど。

〈ケイヴ〉のまえで足を止めたふたりは、組んでいた腕をするりとほどいた。入り口を見つめながら、ニアが舌打ちした。

ジェーンは目を細くした。「いやなら入らなくてもいいんだよ」

ニアはそんな気づかいを払いのけた。「ここにはわたしたちしかいないし、かんじんなのはあなたの記憶、だよね？　これ以上の適任《ゴールデン》はいないよ」ニアはそう言って得意げな笑顔になった。ニアと年の近い住人のだれかひとりにでもこの笑顔を見せてやりさえすれば、危険なほどとんでもない人気者になれるだろうことは想像にかたくない。「ピンク、と言ってもいいね」

ジェーンはあきれたようにくるりと目を回してからさっさと中に入った。ホテルを囲む土地のはずれにある〈ケイヴ〉では、一歩進むごとに足元の砂の色が濃くなり、水分が多くなっていって、土の色がいちばん濃くなるあたりにはぽつぽつと生えた苔や芝の緑が目にとまる。壁はひんやりと冷たく、しっとりと湿っていることもある。ときには頭上の岩から水滴が落ちてきたりもする。

いるのが好きだった。

〈ケイヴ〉に足を踏み入れるとき、べつにそんな必要はないのだけれど、ジェーンは目を閉じて〈ケイヴ〉のなかで話すと、彼女の声のもっとも深い響きがこだまとなってはねかえり、まるでステージに立っているかのように闇が残響で満たされる。ジェーンは頭をそらせてハミングした。ピンク・ホテルに来るまえ、というか〈新たな夜明け《ニュー・ドーン》〉に捕まったときよりもまえに覚えたメロディだ。水の滴る音にあわせて体を揺らしていると、何かが動く気配と一緒にパチンという音が聞こえてきて、真っ暗だったまぶたの内側が赤くなった。

目を開けて音のしたほうを向いた。ニアがベルトのクリップから懐中電灯をはずし、大きくて平らな石の上に置いた。その光がオニキスがきらめく灰色の岩を照らしだした。スポットライトというよりはロウソクの明かりのようだ。

心の近さがなせる業だ。

「いつもと同じに?」ニアが訊いた。ジェーンはうなずき、ゆっくりとしゃがみこむと、膝立ちになった。ニアがすっと息を吸って、ふだんとは違う声音を使って最初の部分を朗誦《ろうしょう》した。

「**忘れたくない話《ストーリー》を聞かせて**」

ジェーンは豊かな土に両手を押し当てた。初めてホテルにやってきたとき、〈ケイヴ〉はどのように使われているのかと質問した。ここにある肥沃《ひよく》な土は、太陽のもとに持っていけば木々や野菜を育てることもできるだろうに。だが即座に反発された。ピンク・ホテルの女たちが真っ先に教えてくれたことのひとつがこれだ。この洞窟はたしかに何かしらを育んでいるし、育てるために使われているのだ、と。

　イモや花のかわりに、ここでは記憶が成長の足掛かりを見つけたからだ。

「二度目にここへやってきたとき」ジェーンは話しはじめた。ニアに聞かせるためというよりも自分のために、両手と体温を土に植えて自らの根っこが見つかりますように、と願って。**「どこをどうたどっていけばいいのかはわかってた。砂地の上を横切った太陽の光が、あのオンボロ車に反射するのを見ればわかる。あの車の配線をつなぎなおしたのはあそこから……」**

　ジェーンはとっさにはぐらかした。その一瞬、〈新たな夜明け《ニュー・ドーン》〉の名前がわからなくなったわけではなく、その手触りがあまりにも大きすぎ、強烈すぎて、言葉にならなかったのだ。〈新たな夜明け《ニュー・ドーン》〉という言葉は、マッチの先端に灯る炎のようにジェーンの舌の先にあった。清潔そのものの壁と、番号をふられたいくつもの名前と顔がジェーンを取り囲んだ。まるでそれが慰《なぐさ》めになるかのように、〝クリーン〟であることこそジェーンがただひとつ望むこと、渇望するものなのだと決めつけるかのように。彼女の心から、唇から、舌から、太ももの動かし方から汚れた《ダーティな》ものを洗い流しなさい、そうすれば——そうなってはじめて——何か神聖なものになるだろうから。

　だがいま彼女の指のあいだにあるたしかなものは、彼らの言う光や指示などではなく、土《ダート》だ。彼らの目に映る汚れ《ダート》などではない。ジェーンはいま目にしている土、この体の下にある土——本物の土——に、そしてその土が手の中でかたちを変えるさまに意識を集中した。すると、土が指先でふいになめらかで冷たくなり、〈新たな夜明け《ニュー・ドーン》〉の施設で彼らがジェーンを横たえたあの板になった。両手首に巻きついた土がきつく締まり、彼らがジェーンを縛《いまし》めた枷《かせ》となった。思い出した。こういうものにあらがうことは、記憶の流れに逆らうことなのだ。あらがう相手は〈新たな夜明け《ニュー・ドーン》〉信者ではない。

「**あそこってどこから、ジェーン？**」ニアの声が割りこんできた。いつもそうだった。ニアはジェーンと同時期に施設にいたことはなく、それもニアに手伝ってくれるよう頼んだ理由のひとつだ。ニアは現在の一部なのだ。

「**〈新たな夜明け《ニュー・ドーン》〉の施設から**」

「**どの施設？**」

ジェーンは黙っていた。

「ごめん」ニアが言った。「もしかして……今度は思い出せるかと思って」

ニアは役に立とうとしてるだけ、と自分に言いきかせた。「**チェが運転して、ゼンは立つことも難しかったわたしを支えてくれた。わたしたちは〈新たな夜明け《ニュー・ドーン》〉のお仕着せをびりびりにした。袖をもぎ取って、長いスカートを短くして、頭飾りからベルトとブレスレットを作った。ブーツとレザージャケットは潜入するまえに隠しておいた**」

「**ホテルに着いたとき、そういうものを身につけていた？**」

「**ん……隠し場所が思い出せなくて、それで不安になった**」ジェーンは話をつづけた。土にうずめた指先に一瞬のパニックを感じたかと思うと、それが腕を這い上ってきて息遣いにまで入りこんだ。「**〈新たな夜明け《ニュー・ドーン》〉の掟《おきて》の数々がまだ強力にしみついていて、わたしのものだった記憶を押**

しだそうとしてた。でも、覚えてるのは……」

　今夜、目を覚まして〈ケイヴ〉に来る必要を生じさせたのはこれだったのか、とジェーンは理解した。記憶の中ではまさにこのとき、あらゆるものが崩壊した――〈ネヴァーマインド〉が舌を覆い鼻腔を満たしたのと同時に。〈新たな夜明け《ニュー・ドーン》〉はあのガスでジェーンの体から心と記憶を洗い流そうとしたのだ。

　ジェーンは天井をじっと見つめたが、かつて覚えていたことを思い出すことはできなかった。〈ケイヴ〉はそれを思い出すためにある。

　ニアの声がふと柔らかくなった。ジェーンがサポートを必要としているのがわかったのだ。

「あなたはとても大切なことを覚えてるんだよ、ジェーン。まえに話してくれたこと。思い出させてほしい？　それとも、自然に芽吹いてくるのを待ちたい？」

　ジェーンは自分で記憶の種をまきたかった。芽を出させ、根を張らせて、もう誰にも引っこ抜かせたりしたくない。だがそこでジェーンは大きく息を吸った。ニアが導いてくれるのはありがたいし、覚えておくべきだと考える一つひとつの話《ストーリー》を分類するニアのやり方も歓迎する。植物が健康に育っていたら、それはたいがい面倒見のいい庭師のおかげだ。たとえ他人の手を借りなくてはならないことを歯がゆく思っていたとしても。「**わたしが覚えていたことを聞かせて**」

　ニアが深く息を吸い込むと、ついいましがたジェーンがそうしたのとそっくりだった。「**あなたはホテルまでの道すじを覚えていた**」ニアがそうきっかけを作ると、その言葉がジェーンの頭の中でひんやりした土の中に小さな記憶の花を咲かせた。「**あなたはゼンを連れてきた。〈ネヴァ**

ーマインド〉のもたらした霧を晴らすのに役に立つものが見つかると信じて。あなたとゼンは昔馴染みみたいに、かつての恋人と再会したみたいに歓迎された。何年もかかったけど、ピンクに来たことで、あなたの魂は健全さをとりもどした。ピンクでは、あなたもみんなもたがいに助けあった」

ジェーンは笑みを浮かべた。この話《ストーリー》の結末を思い出したからだ。自分とゼンを歓迎してくれたのとおなじようにそのことを歓迎した。ジェーンはあの歓迎の温かさに意識を集中した。ピンク・ホテルが、解釈はどうあれ女性を自認する誰にでも門戸を開く場所であることの温かさにも。

「そして〈ネヴァーマインド〉ガスの恐怖がよみがえってくるとき、そこにはかならず土があった。癒しのためにピンク・ホテルがわたしにも分けてくれる、〈ケイヴ〉のゆるぎない土が」

ジェーンは土から両手を引き抜いた。指にはまだ土がこびりついていて、それが嬉しかった。〈新たな夜明け《ニュー・ドーン》〉は彼女にダーティ・コンピュータの烙印《らくいん》を押したけれど、だからこそ土が魂を救ってくれることでたしかな満足感が得られた。あいつらは彼女の記憶をこそげ落として彼女を浄化しようとあの手この手を試したけれど、この満足感はそんなものよりずっとあとまで残りつづけるだろう。

立ち上がるときに手助けが必要な場合に備えてニアがとなりにいてくれた。だがその好意に甘えたのは、立ち上がって片腕をニアの肩に回してからだった。「土はいまでもよく効くね、ニア」

「いつだってそうだよ」

ゼンが夜明けにキスしてくれたことは、うっすらと覚えていた。起こそうとしてのことだったが、ジェーンがブランケットの下から這い出すのはまだ一、二時間先のことだ。だがジェーンはひとりではなかった。ゼンのほうはとっくに砂漠へ出かけるしたくを始めていたのかもしれないが、ギィもまだ一緒にいて、手足の長いタコみたいにジェーンにからみついていた。

「んもう、こんな朝早くに起きる人なんていないよ」ギィの声がしたが、ジェーンの髪にうもれているせいでくぐもって聞こえる。髪は寝るときには編んであったはずだけど……そうだ、ニアと一緒にホテルに戻ってくるあいだにほどいたんだった。問題を先送りにして未来の自分に解決してもらおうなんて、愚かなことだ。

だけど、あのときはそれですじが通っていた。過去なんてそんなものでいい。

「そのとおりだね、ギィ」ジェーンはくすくす笑った。「でもゼンはとっくに起きてるし、なんなら車に荷物を詰めこんでるよ」

ギィは一瞬の間のあとでこう言った。「ヤバ。お別れを言いにいくべきなんだろうね、ん？」

「だろうね」ジェーンはふたりしてベッドから起きだすついでにふざけてギィの脇腹をつついた。

ギィのとなりで目を覚ますのはいいものだ。彼女の力強い腕も、ネコのように伸びをするのも。だがそれ以上に何がいいかと言えば、となりにゼンの存在を感じられないせいで――あるいはもっと恐ろしいことに、彼女の腕に抱かれているときのうっとりするような汚さ《ダーティネス》を思い出せなくて――パニックを起こして目を覚ますのが、もう何年もまえが最後だったという事実だ。ゼンが旅立つその日の朝に、恐怖にとらわれることなく目を覚ますことができた。ひとりぼっちでなかったというだけではなく、ゼンがきっと戻ってくるとわかっていたから。

それに、ゼンがいないあいだも、目を閉じれば思い出すことができる。それはかつて〈新たな夜明け《ニュー・ドーン》〉が必死になってジェーンから盗もうとしたものだ。

ふたりの女はシャワーを浴びてから手早く着替えた。ホテルにいるみんなもそうだが、彼女たちの服は布地の切れはしをかき集めたものでできている。古くなった服をはぎ合わせて新しく服やスタイルを作り出す。誰かのお下がりやお古でも優劣をつけずにセンスをいかして楽しむようすを見ていると、ジェーンは友だちとリサイクルショップに行くなどということができていた十代のころを思い出す。ジェーンの履いている短パンの折り返しの部分には、ギィのスカートと同じ生地が使われている。髪をとりあえずまとめるのに使っている布は、ギィのシャツのポケットにも使われている。全体として見てみると、彼女たちの服は、打ち捨てられたデザイナーブランドと古着屋のタウンウェアが合体したようなもので、どの服にもそれぞれの個性とエネルギーがあふれている。

ふたりが外へ出たころにはもう、他の女たちがゼンのキャデラックを取り囲んでいた。かつてジェーンをこのホテルまで乗せてきたあのキャデラックだ。ここでは誰もがそれぞれに自分の予定があり、コミュニティのためにやること――農作業だったり回収作業だったりとさまざま――があって、それに加えて各自がクリエイティブな活動にいそしむ日々を送っている。それにしても、ホテル中のほとんど全員がこんなに朝早い時間に起きていることはめずらしい。だがゼンの出立は特別なことなので、出かけるところを見送りたいとみんな思っていたのだ。

ジェーンはゼンがトランクをばたんと閉めてからこちらに歩み寄ってくるのを見つめていた。

「さよならも言わずに行ってしまったりしないのはわかってた」

　ゼンの黒い瞳がいたずらっぽくきらめいた。「一つ、わたしはこれまでにもそんなことはしたことがないし、今日から始めるつもりもない。二つ……そろそろあなたを起こしてもらいに誰かを送りこもうとしてたんだよ、眠れる美女さん」ジェーンの肩ごしに笑いがはじけるのが聞こえた。彼女たちの誰もが大喜びしていたので、何か言いかえす理由も見当たらなかった。ゼンに向かって片方の眉をあげてみせるとみんながさらに喜び、ゼンがそれでいいというようにほほ笑んだ。ざわめきがおさまったところで、ゼンは言った。「まじめな話、ぜったいにあなたに会ってから、というつもりでいたんだからね」

　ゼンが両手でジェーンの頬をはさみこみ、顔を上向かせて軽くキスした。ジェーンはされるがままにしていた。

「今回の偵察の旅はどのくらいかかるんだっけ？」ジェーンが訊いた。

「二週間」ゼンは約束した。「チェが〈新たな夜明け《ニュー・ドーン》〉を逃げ出した数人の若いダーティ・コンピュータと接触したんだ。だからその人たちに補給品を渡したいし、あの施設を出てからの生活についても教えたいし……」ゼンはそこでため息をついた。陽気な気分に影が差したのはこれが初めてだ。「それから、その人たちが〈新たな夜明け《ニュー・ドーン》〉が仕組んだスパイじゃないことをちゃんと確かめないと」

　ジェーンはぞっとした。〈新たな夜明け《ニュー・ドーン》〉がしょっちゅうそういうことをしているわけではないが、反逆者たちの居場所を見つけだすには手を差しのべる相手をあてがうのがいちばん手っ取り早いこともある。チェとゼンは何年ものあいだに、彼らを救済すべきなのか、それとも罠にかからないようにすべきなのかを見極めるのがとてもうまくなっていた。そうするなかで、浄化された何人かを汚れ《ダーティに》させたこともある。

「これはあなたへの餞別《せんべつ》よ」ジェーンはそう言ってキスを返した。

「・・・・わたしたちへの餞別だね」ゼンが言いなおした。そして両手を離しながらジェーンの肩ごしに目を向けた。「それとギィ、わたしがいないあいだ、われらがジェーンの相手を頼んだよ」

ジェーンがふりかえると、ちょうどギィがウィンクするところだった。「あたしの任務としてやることだね」ギィはふざけて睦言《むつごと》のように声を落とした。

「あなたがやるあんなことやこんなこと、わたしたちも大好きだよ」ゼンが切りかえした。「帰ってきたときの楽しみにしておくから、無事でいるんだよ」

ギィが鼻を鳴らした。「あたしたちみんな、フェスティバルの準備中なんだよ。誰も面倒なことになんてならないよ」

「わたしは自分の音楽が面倒なことになってくるのが好みなんだ」ジェーンは年に一度のフェスティバルに安らぎを見いだしていた。このフェスティバルは、ホテルで一年を通して行われているクリエイティブな作業の総ざらいで、歌にファッションに、絵画やストーリーテリングなどが、言葉と映像、ステージ、ダンスといっしょにくり広げられる。ピンク・ホテルの女たちがそれらのすべてをやっていた。「今年は参加できなくて残念だね、ゼン」

「帰ってきたら、あなたたちにドラマチックに再現してもらうよ」

「それはちょっと考えて――」

「ああ、ジェーン、よかった、起きたんだね！」ノミエの声にジェーンとゼンはふりむいた。小走りにやってきたノミエはゼンの車のすぐそばで足を止め、そこで別れのひとときを邪魔してしまったことに気づいた。「わ、やだ、ごめん、ゼン。だけどあたしたちが回収しようとしてる例のトラックにいくつか問題があって、それでジェーンに訊きたいことが――」

ジェーンとゼンはちらりと顔を見合わせた。〈新たな夜明け《ニュー・ドーン》〉から脱出してきたうえに、長い年月のうちにさらに何人かのいわゆるダーティ・コンピューターをホテルに連れてきたこともあって、ジェーンはいつしかホテルのコミュニティでリーダー的な存在になっていた。そんなつもりはなかったし、最終的な責任を負っているわけでもないが――必要なことは委員会や全員参加の〈コード〉会議で投票による一致を経て決定される――それでも彼女はこのホテルのことをよくわかっていて、さらに重要なことに、ホテルの外の世界について、ほとんどの住人が知らないことを知っている。だからこそ、伝説的だとか英雄的なものがやらかしそうなことの気配にはじゅうぶん注意して、何であれ権力めいたことはそれとなく避けることにしていた。誰かの相談相手になったり、助言をするだけの立場で満足だったし、投票するときも他のメンバーにならっていた。

だがそうしていても、日々求められる決断すべきことが減るわけでもない。「回収についての問題なら、ニアに訊けば？　わたしなんかよりずっとエンジンや金属には詳しいんだから」

ノミエは肩をすくめた。「えっと、べつに技術的な問題じゃない……ていうか」ともじもじした。「ペルとラプソディが――」

「あー」ノミエは個人的ないさかいを蕾《つぼみ》のうちに摘みとろうとしているのだ。とはいえ、ペルもラプソディもいい大人でどっちも頑固だから、やっと十九歳のノミエには歯が立つまい。ペルにしろラプソディにしろ、こうして彼女が助けを求めに来たことすら気づいているかどうかあやしいものだ。「だったらなおさら、わたしがゼンとのお別れをすませるまで、ニアにトラックを見てもらいなさい。わたしもすぐに行くから」

ノミエは嬉しそうにうなずいてから、テリトリーの端に向かって駆け足で戻っていった。ジェーンは頭を振った。「さて、もうちょっとゆっくり別れを惜しみたかったけど……」

「あなたには仕事がある、果たすべき務めがある」ゼンがからかうようにメロディをつけて歌った。「それに、チェを待たせておくわけにもいかないし」

「彼にもよろしく言っといて」

ゼンがこんどはジェーンの額にそっとキスをすると、その感触で彼女の唇がほほ笑んでいるのがわかった。「いつもそうしてる。みんなの面倒を見てやって――それと、自分の面倒もちゃんと見ること」本人がどれだけ逃げ回ろうと、ジェーンがこのホテルを導く原動力であることはゼンのほうがよほど心得ていた。

「あなたこそ」

ゼンが他のみんなと別れのあいさつをすませるまでそこに留まっていたジェーンは、ゼンの車が砂漠に出ていくころにはもう歩きだしていた。もちろん、心配の種はつきない。〈新たな夜明け《ニュー・ドーン》〉、脱走者を捕獲しにくるブラッシュハウンド、自然の脅威……だがジェーンはゼンならそういうものに対処できると信じているし、ゼンとチェはたがいに支えあうに決まっている。そう考えると、ゼンがいないあいだに背負いこみがちな肩の荷が軽くなる気がした。

それを言うなら、ホテルの存在そのものが助けになる。ホテルは、あらゆる意味でコミュニティそのものだ。ここの住人たちは物理的にも感情的にも、そして精神的にもたがいを支えあう。これこそ、〈新たな夜明け《ニュー・ドーン》〉があらわれる以前にジェーンが愛した自由というものであり、家《ホーム》と呼べるものでもあった。何か心配ごとがあるとき、けっしてひとりで思い悩む必要はない。

ノミエや他の人たちを探しにほんのちょっと歩いただけでも、コミュニティの活気あふれるようすを味わうことができた。石ころを使って古い冷蔵庫から部品を取りはずそうとしている人たちがいて、そのうちのふたりは新しい歌のハモリを練習しているところだった。何人かは食堂を出たり入ったりしていて、彼女たちがこんどのフェスティバルで提供したい食事についておしゃべりしているのもジェーンの耳に届いた。管楽器を吹き鳴らす爆音には飛び上がるほど驚いた。最近結成したばかりの〈トランジティブ・プロパティ〉という三人組バンドが、ジェンダーについての実験的なコンセプトアルバムを作っているのだ。

どのグループも、クィアや女性に寄りそう者どうしとして団結するのとは別に、共通して持っているものがある。彼女たちは、善か悪か、ダーティかクリーンか、としょうもない二元論ですませようとする世界から脱出しようとしてきた人たちだ。ピンク・ホテルの女たちはひとり残らず、どこにもなかったアートを自由に、命を賭けて、どんなものであろうと彼女たち自身にとって意味のあることを試したくて、ここにやってきた。

それこそここでジェーンが癒される理由であり、ここにとどまる理由だった。〈新たな夜明け《ニュー・ドーン》〉が残した傷を癒しながら、新たな自分を発見したり、自分の内側を深く見つめなおす時間も、ここにはふんだんにあった。〈新たな夜明け《ニュー・ドーン》〉は、このホテルの外の世界ではそのどちらかひとつでも手にする自由を持つのは限られた人間だけにしようとしてきた。ここでは、ジェーンがつねづね思い描いてきたやり方でその両方が奨励され、サポートを受けることができた。

ホテルのすぐ外の区域に足を踏み出すとき、ジェーンはピンク・ホテルを安全な場所にしているものについて考えずにいられない。できるだけ安全を維持するため、外周には警戒態勢をしき、電気を通したトリップワイヤを設置したりもしている。それらはおもに、嚙みついたり毒を持っていたりする動物たちが近づきすぎるのを阻止するだけのものだが、〈新たな夜明け《ニュー・ドーン》〉の手が迫ってくる恐れも常にあった。〈新たな夜明け《ニュー・ドーン》〉がホテルの位置を特定するのに苦労しているのは、どこを見ても砂だらけの砂漠のせいでもあるが、ピンク・ホテルが茫漠とした地図上の空白に位置しているせいでもある。自分たちで発電機の保守整備を行い、廃棄物から回収してきた資源に頼る暮らしでは、〈新たな夜明け《ニュー・ドーン》〉がたどってこられるような手がかりがほとんどなく、偵察隊を見つけては彼女たちのあとをつけてくるしかない。

それに加えて、〈新たな夜明け《ニュー・ドーン》〉はホテルにいる女たちから犠牲が出るのを避けようとしている、というのがゼンとギィがいつも言っている理屈だ。一回の襲撃で女たち全員を浄化できるなら猛攻撃するだろうが、もしかすると……もしかするとだが、彼らがまだダーティだとはみなしていないが浄化を必要としている者たちが、どういう反応をするかを恐れているのかもしれない。

そう考えるのは希望的観測にすぎなくて、ホテルが〈新たな夜明け《ニュー・ドーン》〉にとって目障りな存在であることをありがたく思いたいだけなのかもしれないけれど、ジェーンはそうと信じるほうがよかった。それでも、ホテルから遠く離れるにしたがって、脅威がせまってくるのをひしひしと感じる。まるで彼女の歩む砂地のすぐ下で危険が文字どおり膨れ上がっていくかのようだ。

しかしジェーンはノミエたちに近づいていきながら、すべてだいじょうぶだ、と自分に言いきかせた。自分は砂の中にひとりでいるわけじゃない。歩いていくうちに彼女たちの声が聞こえてきたのも、口調が強いとはいえ耳で聞くことのできる安全に近づいていくみたいで心強かった。

「――って、環境による損傷じゃないんだよ、ラプソディ」大声にならないようにしようと気を張っているペルの声が抑制のきいたソプラノになっていた。

「あたしはそういう可能性がある、って言ってるだけ。それがどういうことかわかってるとは言ってない」ラプソディは激怒していて、ハート形の顔に浮かぶ表情には怒りと不満がまじりあっている。彼女が身ぶり手ぶりでしめしているものは、ホテルが安全のためにほどこしている予防策のひとつ――主要道路じゃないところからホテルのテリトリーに誰かが近づいてこようとしたときにトラップを作動させる電気じかけのトリップワイヤ――だと思われた。灰緑色の古ぼけた金属製ヘルメットを手に持っているところをみると、ラプソディは回収か偵察のための遠征から帰ったばかりにちがいない。ペルのほうも分厚いパッド入りのジャケットを着ていた。「ようするに、あたしたちのどっちにもわからない、ってことじゃん。あたしはただ、そんなので大騒ぎすることには興味がないだけ」

　ホテルの住人たちの誰ひとりとして、すき好んでパッド入りの服やヘルメットを身につけたりはしないが、回収のための遠征には予測不能な危険がつきものだ。ホテルでの役割分担はすべて志願制で決めるが、回収と偵察に関してはとくにそれを重視している。

　ラプソディとニア、ペルはそうした遠征に志願する常連だった。ラプソディとペルは根っからの冒険家タイプ、ニアは修理が得意なタイプだ。そしてニアは今まさにそうすることで議論を回避しようとしているのか、ジェーンからは遠すぎて見えないが、ワイヤの損傷がどの程度のものかを調べていた。

「あんたが興味あるのはばかみたいに――」ペルは（彼女たちを黙らせようとしてジェーンが咳ばらいをひとつしたところで）ジェーンがそこにいることに気づいた。

「ジェーン」ペルはあいさつがわりに頭をちょっと傾けた。ふだんならハグしたりキスしたりするところだが、たがいにいまはそんな場合じゃないと思ったのだ。

「わたしが聞いたのは、その、技術的じゃない問題があって、わたしが手伝えるかも、ってことだったよね」ジェーンはそう言って、トラップのほうをあごでしめした。「ここからだと、いたって技術的な問題に見えるけど」

　ニアはしゃがんだまま顔も上げずに言った。「技術的な報告をするとね、トリガーボックスが熱でやられてて、ワイヤがずたずたになってる」ニアはトラップのまわりの砂や石ころをどけて、通常は隠してあるワイヤがもっとよく見えるようにした。「ヘビがトリガーを作動させたようにも見えない」

「鳥とかコヨーテとか、なんかそういうものでもないよね」ペルがそう言ってラプソディのほうへ視線を投げた。

「二晩まえに雨が降ったじゃん」ラプソディが指摘した。「動物たちのどれかのしわざと雨が重なればどんな損傷だってありうる。それか」ラプソディの声がなじるようなひびきを帯びた。「ヒューマンエラーだったかも」

ジェーンが片方の眉を上げた。「何だと思ってる?」

「われらが主任エンジニアはトラックを回収してくることにご執心だったけど、メンテナンスのほうにもっと時間をあてるべきだったんじゃないの」ラプソディは頭に血がのぼっているにしては慎重に言葉を選んでいたが、ニアをにらみつけることで言いたいことをしっかり強調した。

このときジェーンは理解した。しゃがんだままの修理屋が顔を上げないのは作業に没頭しているからというより、ラプソディのせいだ。ジェーンがここに来るまでのあいだ、いったいどれだけの時間、ラプソディはニアを無能だと責めていたのだろう? それともただ無視していた? それにもっと大事なことは、どうしてそんなふうに時間を無駄にするのだろう?

その理由《わけ》はわかっていたし、ラプソディがつねづねニアを標的にするのに手を焼いていた。いまに始まったことではないのだ。

を見失っているし、彼らのレーダーに引っかかるようなことは何ひとつしていない。もしかするとゼンを追っているのかもしれないが、だとするとホテルのセキュリティに手を出してくるのは筋が通らない。彼女がホテルを離れているときなら簡単に捕まえられるはずだ。

ジェーンはピンク・ホテルの他の住人たちを見まわした。ほんの一瞬だけ恐怖に貫かれたが、すぐにいつものように正義の怒りへと変化した。彼女たちの誰であってもおかしくない。〈新たな夜明け《ニュー・ドーン》〉が標的にしているのは彼女たち全員かもしれない。この女たちの自由を、安全を、そして創造性を粉々にしようだなんて、いったいどういうつもりなのか。〈新たな夜明け《ニュー・ドーン》〉は世界を浄化したいのかもしれないが、ピンク・ホテルは彼らの世界には属していない。このコミュニティに無駄な時間を費やせば、道を大きく踏みはずすことになるだろう。ジェーンの自我を彼女の脳からこそげ落とそうとするあの信仰モンスターたちの手をさんざんかいくぐってきたことを思えば、〈新たな夜明け《ニュー・ドーン》〉が彼らの清潔な壁の外側にあるものがダーティなままでは満足しないのも、いまさら驚くことではないのかもしれない。

またあんなことが起きるかも、と考えただけで身ぶるいがした。

ジェーンはうつむいて自分の両手を見つめながら、こうしてこの場所に座るためだけにくぐり抜けてきた闘いのすべてについて考えていた。逃走のすべてを。笑うことも体を思いのままに動かすことも、そして誰かを愛することさえも、人間つまりコンピューターのあり方に対する〈新たな夜明け《ニュー・ドーン》〉の冷酷な考えによって毎度じゃまされ、はぎ取られてきたことを。そしてこれらすべてが、本物のたしかな記憶というよりも、彼女の筋肉と土《ダート》がもたらす印象や残響でしかないことを。

ジェーンの手のひらは、懐かしい人々やつらい思い出を乗せて痛みを感じた。

「あれが本当にブラッシュハウンドだという証拠はまだ何もない」ペルが話していた。ジェーンはその声にどきっとした。反論してくるのはラプソディだと思っていたからだ。その彼女はいま唇をかみしめて、ジェーンの持論《セオリー》があらわにした恐怖について考えこんでいた。それなのにペルが……ペルはもうこちらの味方だと思っていたのに。ペルがつづけてこう言った。「向こうには〈新たな夜明け《ニュー・ドーン》〉以外の人たちもいる……女性嫌悪者《ミソジニスト》なんかがそうで、あたしたちがここで作り上げた家族に嫉妬してる」これに同意するざわめきが起きた。「だけどあたしたちは以前にも、あたしたちをホテルから追い出そうとする人たちを払いのけてきた」でもそれはかなり昔のことだ。ジェーンは黙っていたが、そのような攻撃を受けたのは遠い過去の話で、いまここにいる住人の半分は、今回はどうやって反撃すればいいかも思い出せないだろう。

そう、闘うことはできる。だがジェーンはこうやって発奮を促すのが先だということをみんなに納得させなければならない。というのは、ラプソディはペルの発言によってやる気になったけれど、今回の脅威をジェーンと同じ視点からは見ていない。「ペルの言うことにも一理ある。これまでにもあたしたちに無理強いしようとしてきた連中とやりあったことはある。資本主義がそのひとつ。一夫一婦制もそうだ。いまは、他のことが何もわかっていない以上、外に目を光らせながらもいつもどおりに作業すべきだと思う。回収担当と斥候《せっこう》担当が作業時間を倍にして、あらゆることがおかしなことになっていないかどうか確認することだってできるんだ、それであんたの気がすむんならね、ジェーン……？」

わたしの気がすむかどうかなんて話じゃないのに、とジェーンは言いたかった。だがラプソディの言葉で、目に見えて〈コード〉の緊張がゆるんだ。それに、ペルとラプソディまでが同意を求めるような目でこっちを見てはいるけれど、ジェーンはリーダーではない。それはともかく、仮に作業のどこかに無茶なところがあったとしてもピンクはそれに対処できる、という点では彼女たちの言うとおりかもしれない。ここの住人たちはひとつにまとまっているし、砂漠の中で生きのびていることやたがいに信頼しあっていることがそれを証明している。

ただ、そうしなければならないという考えが面白くないだけだ。でも問題はそこじゃない。

「シフトを二倍にするのは引き受けるよ」ニアがはっきりした声で言った。たぶん、ジェーンがいままで聞いたなかでいちばん大きい声だった。「一定レベルのセキュリティを保てるようにするのがわたしの責任だから」

ラプソディは慎重に話を進めた。「その責任は誰かひとりに負わせていいものじゃない。あたしたちはみんな、和音《コード》を構成する音符なんだ。それがなくちゃ音は響かない」それを聞いてジェーンはにやにやしそうになるのをこらえた。ニアにはときどきそのことを思い出させてやらないといけない。「シフト交代後のチームはあたしが責任者になる」ラプソディは〈コード〉の他のみんなのほうをふりむいた。「他にも志願したい人がいたら、言いに来て」

ふと気づくと、ジェーンはそうしようと思うより早く口を開いていた。「わたしも回収の遠征に行く」遠征にはブラッシュハウンドを相手にすることがどういうものかを覚えている人間が行くべきだ。ホテルの住人たちがもっと大がかりな計略を回避しようとしているならなおさらだ。

ペルがまずジェーンに、つぎにラプソディにうなずいてみせた。このふたりの仲たがいはおあずけとなった。「それは頼もしそうなプランだね。それじゃ、〈コード〉がこれからどうするかについて全員が賛成するのか確かめるために投票しておひらきにしよう」

投票のあいだ、ジェーンは黙りこくっていた。切断されたワイヤのこと、ダーティ・コンピュータのこと、そしてハウンドたちに追われることについて考えていたのだ。それでも、そのときになると〝賛成〟のほうにしっかりと手を挙げた。


「服を運んできたよ！」

ピンクの食堂の前方でノミエの声が響きわたった。キッチンでの作業をしている者たちも含めて全員がその言葉を、声をそろえて熱狂的に唱和した。回収作業がいつもこんなに楽しいわけではないが、ワイヤのことをじっと考え込んでいたジェーンでさえ、ほんの少しだけなら、と……。

ジェーンはその必要のないとき、文字どおりあてはまらないときに〝忘れる〟という言葉を使いたくない。〈新たな夜明け《ニュー・ドーン》〉が心に残した傷のせいで、記憶の空白は一瞬ではあるが、ときどき物忘れをする。だがいまのはそれとは違っていた。回収作業はストレスやトラウマを脇においておける。それは忘れるのとは別のことだ。

むしろ、〝忘れる〟ことを選んだのは彼女だ。

ジェーンとギィは、ノミエとラプソディがいくつもの箱にいれた衣類を持ちこんできた前方のふたつのブースのところまでやってきた。箱はどれも切り開いてあって——ピンク内の他のところで再利用するための下準備だ——新たに山と積み上げたお下がりや交換した古着を仕分けしやすくなっていた。

ノミエが食堂に足を踏み入れるまえから自分のだと言っていた掘り出し物を見せびらかしていた。紫とピンクの水玉模様のフェイクファーのコートだ。どんどん集まってくる人々の何人かが早くもその色がノミエの浅黒い肌によく映えるといって褒めていて、ジェーンはもっと笑顔になった。

〈ネヴァーマインド〉の痕跡はまだまちがいなく血管を巡っていたけれど、それでさえジェーンが衣類を交換するために初めてピンクに来たときの記憶を消し去ってはいなかった。彼女とゼンが何の期待もせずに初めてホテルに姿を現したとき、女たちは楽しげにふたりを人だかりの前方に押しだした。あんたに訴えかけてくるもの、自分の肌にしっくりくるものを選ぶといいよ。着るなりバラバラにするなり、好きにしな、と言ってくれた。それで何か新しいものを作りなよ。で、もうしっくりこないな、となったら手放せばいい。

ジェーンとゼンは、色合いは違うけれどスタイルが同じおそろいのピンクのセーターを選んだ。それにしたのは、メリヤスの編地が自分の太ももにも相手にも肌触りがよかったからだ。ふたりのどちらにとっても、この数年でいちばんシンプルな服で、しかもこれまでに選んできた他のどんなものよりも、自分たちのものだと思えた。ジェーンがその理由を理解したのは何年もあとになってからだった。この二枚のシンプルなセーターも、のちに見つけた飾り鋲《スタッズ》つきのレザージャケットも、自由そのものだったからだ。あのときのふたりにとって大切な、自由を意味するものだったから選ばれたのだ。

ゼンは新しい服を試着するふたりのようすを撮影していて、その後、短いドキュメンタリーにまとめた。記憶の記憶というわけだ。

ジェーンが二度目にやってきたときに身につけていたのは半分が〈新たな夜明け《ニュー・ドーン》〉で与えられたもの、もう半分が道々かき集めてきたものだった。彼女とチェ、ゼンはそれぞれのチュニックから袖を——チェは左の、ゼンは右の、そしてジェーンは両方の袖を——むしり取ってあった。ゼンはスカートに〝ダーティ〟なスリットを腰骨のところまで入れ、ジェーンはチェの古いパンツに履きかえていた。チェはそのまえに〈新たな夜明け《ニュー・ドーン》〉のお仕着せについていた飾りを旅の商人が持っていた新しいパンツと交換していた。ホテルに到着したとき、チェは〈新たな夜明け《ニュー・ドーン》〉の服の残骸を自分のと一緒に始末するか燃やしてしまうかすると言ってくれた。

ジェーンはそれを断った。

それから何年も過ぎたが、ジェーンはまだあのパンツも袖の取れたチュニックも他のものと交換していなかった。びりびりにすることもなく、着たこともなかった。しまい込んだまま、それをどこで手に入れることになったのかを忘れないようにしてあった。

自分がどこからやってきたのかを。

「その服にするの、ベイブ?」ギィがうしろからジェーンのウエストに片腕をからめてきて、ジェーンはエメラルドグリーンとゴールドのブレザーの縫い目に指をあてたまま場に立ちつくしていたことに気づいた。「きっとあんたに似合うと思うよ」ジェーンはブレザーを羽織って、ギィの腕の中でくるりとふりかえった。ギィがにっこりした。「そうでなくちゃ」

「今夜、トリップワイヤのメンテナンスに出かけるときに、もう一枚よけいにあってもいいからね」ジェーンは認めた。

ギィがため息をついた。「衣類調達の遠征のほうに志願してもよかったのに。なにもヒーローになろうとしなくたって」

ギィのとつぜんの気づかいにジェーンはとまどった――〈コード〉会議以来、彼女とはほとんど話していなかったが、ジェーンのほうではその必要があるとも思っていなかったのだ。彼女は片手をギィの頰にのばし、そのやわらかな肌を親指の腹でなでた。「トリップワイヤがちゃんとしてるか確かめに行くのを志願することで、わたしがヒーローになろうとしてると思ってる？」

ギィはちらりと上に眼を向けた。そのちょっとしたしぐさで、彼女が言葉を慎重に選んでいるのがわかった。「あんたはストレスを感じてて、それで、ブラッシュハウンドについてのセオリーが当たってた場合に備えて〝誰かの身代わりに〟なって出かけようとしてるんだと思う」ジェーンはかたまった。そんな自己犠牲的な物言いを、そこまでしょっちゅう使っているだろうか？

「ちょ、ちょっと、あのさ、そういうことを言いたいんじゃないってば。あたしが言いたいのは、たったひとりが自分を犠牲にする必要なんてない、ってこと。そういうのって……ピンクらしくないよ」

ラプソディがニアに言っていたのと同じことだ。ジェーンはリーダーやヒーローになんてなりたくないのに、いつのまにかそういう役割に落ちつく――意識しなくてもそうなってしまうのだ、と気づいた。

ジェーンは筋肉の緊張をほぐそうとして、ブレザーを脱いでギィの腕から身を離した。「そんなことするつもりはないよ。わたしはただ、砂に何か書いてあるのを見て、それをなんとかするのは他の誰かの仕事だなんて言うつもりはない。これまでだって、自分がやりたくないことを誰かにやってもらおうとしたことはないし、いまからそうしようとも思わない」

「ごめん、あたし――」ジェーンがふりかえると、ギィは彼女を見てはいなかった。頭をうつむけ、持ち込まれた衣類の山からネオンカラーやアニマルプリントの生地を掘りかえしている。ここでは生地はどんなものにも生まれかわれる、とジェーンは意味もなく考えた。「あたし、あんたのことを見守る、ってゼンに約束したから」

「だけど、わたしのことを見守るのと、ピンクの外の世界から切り離すのはべつのことだよ」ジェーンはきっぱりと言った。「わたしはまえにも外へ行ったことはあるし、ひとりにさえならなければだいじょうぶ。だいじなのはそこだよね？」そしてジェーンは食堂のほうを身ぶりでしめした。そこではペルとノミエがウィッグをとっかえひっかえしながら、ノミエの新しいコートにはどれがいちばん似合うか吟味していた。「だいじなのは、わたしたちはひとりじゃない、ってこと。だから、それを信じて、ね？」

ギィは深々と息を吐いてからうなずいた。「そのとおりだね」

「でしょ」ジェーンは鼻を鳴らした。ギィはまだうなずいていて、ジェーンにはうかがいしれない会話を頭のなかでつづけていた。

「それじゃ、そのブレザーには白いブーツを履くべきだよ」ギィが態度をやわらげた。

「荷物の積みこみについてニアと相談しなきゃ」ジェーンが言った。「その生地をどうするのか決まったら、出発まえに見ておきたいんだけど、いいかな?」ジェーンがつま先立ちになってギィにすばやくキスをすると、ギィもキスを返した。

ギィの笑顔に浮かぶ柔らかさは心配からくるものだとわかっていたが、ジェーンはその事実をあえて頭の片隅に押しやった。


ジェーンは舌打ちした。「なんかさ、この破壊工作の件で重すぎる責任を負うことについて、さっきはお説教くらっちゃったじゃん……だんだんそのわけがわかってきた」

ニアの向こうに見える地平線が暑さのせいでゆがんでおかしなぐあいになっていた。彼女たちは見えているワイヤが砂に潜っているところと露出しているところをじっくりと観察した。まるでワイヤのもとをたどろうとして持ちあげた誰かさんが、埋め戻すのを半分忘れてしまったみたいだった。

ジェーンがとても気にかかっているのはその厚かましさだった。捕まることなどまるで気にしていないかのようだ。

ジェーンとニアは、ふだんなら移動中は無言でも居心地の悪さを感じたりはしないが、このパトロールにふだんどおりのことはひとつもなかった。ニアの沈黙は砂漠の風と同じように渦を巻いてうねっていたし、ジェーンのほうもそれと大差なかった。日没が近づいてきても、どこまでもつづく広大なベージュの砂のあちこちで、サボテンやとがった岩々の陰に〈新たな夜明け《ニュー・ドーン》〉の脅威が広がっていた。

「そうやってわたしの機嫌を探ろうとしてるんだろうけど、わたしならだいじょうぶだよ」

ジェーンは舌打ちしたが、ニアが作業しているのをまだ肩ごしにのぞきこんでいた。ジェーンはただ、ニアが理解したのと同じように損傷のぐあいを理解したかっただけだ。

それでも、技術的なことは専門家にまかせ、もう一度地平線に目を走らせた——ニアが作業に集中できるように、そのあいだジェーンはブラッシュハウンドやコヨーテを警戒していた。

ジェーンは目を狭めて、待ち伏せするにはぴったりの場所になりそうな形に並んでいる岩のあたりをうかがった。〈新たな夜明け《ニュー・ドーン》〉のトラックは——ヘリコプターやドローンは言うまでもなく——あの方角からならほとんど、あるいはまったく気づかれることなく、かんたんに迫ってこられる。そばに停めたピックアップトラックの荷台に銃身を切り詰めた《ソードオフ》ショットガンを用意してあるのはそのためだ。

ダブルバレルの銃があるからといって安心できるわけではない。こうして武器を持ち歩くのは気持ちが落ちつかない。ピンク・ホテルはそういう暴力行為とは無縁な場所だ。いまジェーンの手元にある銃にしても、いつもはテリトリーのはずれに埋めてある安全な金庫にしまわれていて、不快だけれど必要なもの、そしてそれ以上に、ジェーンが過ぎ去ったものと思いたい時間を思い出させる不快なよすがにすぎない。

のどに苦いものがこみあげてきたが、それでもジェーンはピックアップトラックに歩み寄ってショットガンをつかんだ。

「あなたがだいじょうぶって言うなら」ジェーンは何気ないようすをよそおって言った。「わたしのストーリーを手伝って」

一瞬の間があった。もしも手伝えないと言われたら、あきらめるつもりだった。だがニアの返事は意外だった。「気分転換するのもいいかな」

「何から？」

「このメンテナンス作業を台無しにしたことから」

ニアの誠実さに胸が痛んだ。だが痛むといえば自分への不信感もそうだった。「台無しになんてしてないよ。あんなセオリーなんかに惑わされちゃだめだよ、相棒《ホーミー》」岩の並びに向けてショットガンを構えたジェーンは、なじみのない重さに驚いた。「ここでの作法を、何もかもすっかり教えてくれたのはあなただった。ホテルの他の誰かでもよかったのに。ほったらかしにするのとはべつの何かだと思う」

「もしそうだったりしたら、他の人たちは――」ニアはそこで言うのをやめて首をふった。「どのストーリーを話したい？」

ニアがもう少しのところで打ち明けてくれそうになったことにジェーンの心は痛んだが、気分転換をつづけることにした。「アリスのストーリーを話したい」

「アリスのどのストーリー？」

「集会で起きたこと。ブラッシュハウンドのあれ」

ニアは息をのんで、ワイヤのそばから立ち上がった。膝のほこりを払い、ピックアップトラックのところまで行って水の入った水筒を取りだした。時間をかけて水を飲んだあと、彼人はジェーンのストーリーを語りはじめた。

「アリスというのは打ち捨てられた名前ではない」ニアは語りだした。「葬られたのではなく、秘匿された名前、あなたが自分のしていることを〈新たな夜明け《ニュー・ドーン》〉に嗅ぎつけられないようにするために使っていた名前。そしてアリスがしていたのは、抗議集会《パーティ》だった。ゼンがそれを撮影して、またべつの集会で上映し、チェはあなたがメッセージを広めるのを手伝うことになっていた。

集会はダーティなものだから、〈新たな夜明け《ニュー・ドーン》〉がなんとしても払拭したいものだった。昔の集会とちがって、スモークマシンは使わなかった。アリスは参加者たちが夜風のなかでたがいの顔がはっきりと、不完全な美しさもまるごと、見えるようにしたかったから」

ジェーンがここで口をはさんだ。彼女が覚えている部分だ。「集会の夜は自由を謳歌《おうか》すると同時に、実際的な面もあった。わたしたちはそうやってたがいに安心を得ようとしていた。みんなで情報を共有して、あいつらがわたしたちにぜったいに見せたくないもの――性愛《エロティカ》ものや音楽、不正テクノロジーで作られたアート作品――をこっそり持ちこんだりした。それが、わたしがアリスとしてやっていたこと。そのお膳立てをすること」

靄《もや》がかかったようなジェーンの意識の片隅には、そうした集会の記憶があった。七色のネオンの明かりや、クラブや屋上の光景が。衣服の交換もしていたけれど……

クリーン・コンピューターのふりをすると鳥肌が立つ人々のために、アリスは衣類やらなにやらを見つけてくることに尽力していた。そうしないと彼らは自分を見失ってしまうだろうから。ズボンやランジェリー、コンバットブーツ、髪のエクステンションやウィッグなんかを持ちこまなくちゃならないなんてどうかしていたけど、でも必要なことだった。

「だいじょうぶ？」ニアが儀式のときの声音をやめて訊いた。

その声の変化のおかげで、ジェーンはぼんやりとした記憶の淵から我に返った。その次に彼女が口を開いたときに出てきたのは、儀式を再開するための質問だった。「わたしががんばって言おうとしているあの部分を聞かせて。ほら、あの……誰かがレザージャケットに触ったところ」

ニアはぐっと唇をひきしめた。「アリスは疑いの目を向けられる役割を引き受けるいっぽうで、オープンで自由でいようともがいていた、とあなたは言ったけれど、それはある夜のできごとのせいだ」ニアが水をわたすと、ジェーンは地平線に目を向けたまま慎重に飲んだ。

「黒ずくめの服を着たひとりの集会参加者がいて、彼の防弾ベストには白い塗料が飛び散っていた。〈新たな夜明け《ニュー・ドーン》〉の弾圧者の服を再利用する人もいたから、金属の飾りをつけたスニーカーやスキャナー対応の化粧と一緒に身につけたそういうベストが何かを示唆するわけではなかった。何かを示唆するとしたらグローブだったはずだけど、あの夜はあまりにも多くのことが起きていて……」

「グローブがそうなんじゃない」ジェーンは慎重に言った。「その脱ぎ方なんだ、服に触ろうとしたときの。適当につぎはぎした袖から手をひっこめたときのしぐさだったんだ」

「彼はヒッと言って手をひっこめた。そこにいるあいだに手を触れた唯一のものから」ニアは自分の両手を見おろした。その男が感じたものを想像してみるかのように。「そしてあなたは、少し離れたところにいたのに、彼の体が放つ熱が感じとれた、と言っていた」

ジェーンはうなずいた。「彼の手は熱いシャワーを浴びてきたばかりのように、あるいは熱で発疹ができたみたいにまっ赤になっていた。わたしが目を上げて彼を見ると、大きく開いた目をしていて、それでわかった」

「彼があなたに何を言ったのかを毎回訊いてほしいと言ってたね。あの瞬間があったからには、彼らがこの記憶をあなたから奪うことはできない」もはや〈新たな夜明け《ニュー・ドーン》〉が記憶を奪うことはできない、記憶の欠落は〈ネヴァーマインド〉のせいではなく、あのガスがジェーンの心に残していった傷に起因するものだということを指摘したのはニアだったが、それについては黙っていた。最初の儀式のあとからは、ニアがそのことを持ちだすことはなくなり、ジェーンはそれに感謝していた。ニアの言うとおりであろうとなかろうと、記憶の欠落と煙は残ったままだ。

言葉は一拍の間をおいてから出てきた。「彼は、どんなものであれ過剰になると――過剰な喜び、過剰な恐れや哀しみで――彼は傷つくと言っていた。そして彼にとっては自由がそれなのだ、と。過剰なのだ、と」

「それからあなたは彼をめがけてテーブルをひっくり返した」そう言うとニアはおかしくてたまらないというように口元をゆがめた。「それがどんなようすだったか、交代してほしくなるまで話して」

「服が散乱したのを覚えてる。テーブルをひっくり返した拍子に飛んでいったんだ。わたしの姿を隠したという意味では、〈新たな夜明け《ニュー・ドーン》〉のホバーコプターに搭載されたライトがわたしたちを照らして目をくらませるのと同じだった」

ボクサーブリーフやTシャツが弧を描いてバインダー【訳註：胸のふくらみを抑える下着】やブラの上を飛んでいったのが花吹雪のようで、それが合図となって他の参加者たちに集会がおひらきの時間になったことを知らせた。ジェーンはいちばん近くにいた参加者に手をのばして――時間の経過と〈新たな夜明け《ニュー・ドーン》〉のせいでその顔はデッサンが狂ってくずれている――引き離した。

アリスとしてのジェーンには計画があった。集会の主催者たちは、どうすれば即席のダンスフロアをさっさと片づけて、できるだけ多くの人たちを脅威から救い出せるかがわかっていた。ブラッシュハウンドがひとりだけだったにしても、やつが遭遇する臭いは少ないほうがいい、つまりやつが追跡できる人間が少ないに越したことはない。

「やつは偵察者だった」まるでその瞬間だけ記憶がはじけたように、ジェーンの目に映った。

「やつはわたしがゼンを探していたとき、彼女の安全をたしかめようと大声を出していたときにあとをつけてきた……だけど他のやつら、〈新たな夜明け《ニュー・ドーン》〉の上官たちもそこにいた、彼らの清浄性《クレンリネス》を全うするのに必要な暴力として」

かつてゼンが、ブラッシュハウンドや警備兵が行使する暴力が〈新たな夜明け《ニュー・ドーン》〉の掟から見てダーティではない理由を説明してくれたことがある。汚れ《ダート》は浄化しなければならず、ダートとは何者であるかということであって、〈新たな夜明け《ニュー・ドーン》〉の世界観にそぐわないかどうかの問題だ。彼らの歩兵がダーティであってはならない。歩兵がすることは〈新たな夜明け《ニュー・ドーン》〉の機構の一部だった。コンピューターたちはダーティを捕まえるための仕組《プログラム》みを作った。〝広告塔《トーチ》〟たちが光の世界に導けるように。

　実際には、叫び声以外のほとんどの音はヘリコプターの音にかき消されそうになっていたけれど、ジェーンのあの夜の記憶のなかでは、自分のブーツとやつのスニーカーがかたい地面を蹴る音が聞こえていた。

「やつはどこまで追ってきた？」

　こんどはジェーンがにやりとする番だった。**「ステージまで。そこならやつのお尻をひっぱたいてやれるものがどっさりあったから」**

　ブラッシュハウンドは追跡者だが、特異体質のせいでいっぺんに多すぎる人間とはかかわりたがらない——多すぎるものは何だろうと過剰なのだ。だからやつらは標的にしつこくこだわるし、アリスのほうにしてみればそれは常に偶発的なものだった。集会の計画者たちは他の人たちを逃がすあいだ標的になることを志願した者たちだった。

　アリスはいつも志願していて、あの夜、紫とピンクのライトを浴びながら六尺棒みたいなマイクスタンドをつかんだ。扱いやすいようにオーディオコードを引っこ抜いた……

　……そしてその末端でブラッシュハウンドの胸を強く打った。彼女を追いかけてきたことに対して一回。ゼンとチェと一緒にパフォーマンスをするまえにやってきたことに対して二回。参加者たちを緊急避難させたことに対して三回。

「わたしたちのひとりでも過剰だなんて言ったことに対して四回」

「あなたはあの夜、脱出した」

「やつをぶちのめしたあとで？　ええ。ゼンとチェを見つけるのにまる一日かかった。探索のヘリコプターや偵察のブラッシュハウンドがその一帯からいなくなるまで、べつの建物に隠れていなくちゃならなかったから」

ニアが口述を中断した。「もしもあらゆることが……過剰なときがあったら？」

ジェーンは驚いてまばたきした。「わたしたちは過剰じゃない。過剰でなんかありえない。わたしたちが何者か、何を感じるかは過剰になりえない。そんなふうに感じることはあるかもしれないけど、でもそれはまちがってる」

ニアは地面の砂を見おろし、ブーツの端で蹴とばした。「そう信じられたらいいんだけど」それから身をひるがえして水をトラックに置きにもどった。

ジェーンはその腕をそっととらえた。「あなたが過剰だなんて言ってるのは誰？」そんなことを言う相手が誰だろうとジェーンは立ち向かうつもりだという言外の意図がしっかり伝わった証拠にニアは鼻をならしたが、ジェーンは彼人から目をそらさなかった。予想はついたけれど、ニアの口から明かしてくれるか、確かめたかった。「わたしは本気よ」

ニアは肩をすくめた。「誰もそんなこと言ってないよ、ジェーン。でも、どんなものだかはわかるよね。自分が何者なのかを口に出すのは過剰だと考える人はいるし、それは相手のほうが悪いと思ってる。あるいは相手の仕事が悪いと」

「〈新たな夜明け《ニュー・ドーン》〉ならそう思うかもしれない。だけどピンクはそういうものじゃないんだし、そんなくだらないものはいますぐにでもわたしが正す」

「あなたならきっとそうするのはわかってる、でも……わたしはただ、回収作業したり、見つけてきた車やラジオを修理したり、電気が途切れないようにしたりしたいだけ。特別な存在になろうとなんてしてない。自分の居場所を見つけただけなんだよ、たとえみんながそれをちょっとへンだと思うとしても」また一呼吸おいた。「みんながみんなじゃない。ほとんどの人が、ってわけでもない。でも不思議なのは……わたしが特別になりたがってると思ってなかったら、彼女たちはわたしの仕事にケチつけたりするかな？　いまだって、ここにわたしたちと一緒に来てたかな？　やっかいごとに目を光らせたりする？」

「あなたが気にしてることをそのままにはしないけど、でもそういうのは全然、重要じゃないから」ジェーンは頭をふった。「そんなの受けつけない」こんどもジェーンには疑っていることがあったが、いまは積極的にニアのことを、そしてホテルで他の人たちが彼人にどう接するのかを気にかけておく必要がありそうだ。あからさまなことに用心するのは簡単だが、ジェーンは簡単なことだけやってすませるつもりはない。ジェーンとしても、アリスとしても。

「どうしていま、あの記憶を思い出したいんだ？」ニアが訊いた。

「ブラッシュハウンドへの対処について覚えていることすべてをふりかえってみてるんだ、わたしが見てきたやつらの追跡のしかたのことを考えようと思って。あいつらは破壊工作をすることもあるけど、それってたいていは誰かが具体的に考えた計画なんだ。思い出すことで、わたしたちはブラッシュハウンドに対処してるんだ、って確信が持てるから」

「でも、どうして?」

「わたしたちの居場所を、ピンクを監視することなんだと思うんだ」ジェーンは打ち明けた。

「物理的にじゃなく、気持ちの面で」

「でもどうして? どうしていまなわけ? ただわたしたちを攻撃すればいいのに?」

ジェーンが引っかかっているのもそこだった。「攻撃をしかけるのに、いまならちょうどわたしたちが取り乱してると思ってるかもしれない、あいつらの破壊工作をたまたま見つけただけなのに。あるいは……わたしたちをいらつかせようとしてるのか。内側からゆさぶりをかけようとしてるとか? それがわかればいいんだけど」

ニアが返事をしようと口を開きかけたが、遠くから聞こえてきたどよめきにふたりともぱっと身をひるがえした。例の岩の並びの向こうに、テーブルからぶちまけられて散乱した衣類のように舞いあがる砂煙が見えた。

「トラックに入るよ、いますぐ!」ジェーンはすでに荷台によじ登っていた。ショットガンにはカスタム弾を一つだけ装塡《そうてん》してあったが、再装塡できなければたいして役には立たない。

ニアはひと言も言いかえすことなく運転席におさまったあと、エンジンをスタートさせながら怒鳴りかえした。「荷台にいる必要なんてないよ!」

ほんとにそうならいいのに――ジェーンは〈新たな夜明け《ニュー・ドーン》〉から脱出するとはどういうことか

をいやというほど知っていた。創意工夫と回収してきた道具類でどうにか動かしているピックアップトラックでは、戦車仕様のタイヤを履いて迫ってくるバイク三台からとうてい逃げきれるはずがない。そのうちの一台にはサイドカーまでついている。そのうえ、やつらが近づいてくるにつれて、そのサイドカーに乗った人物の手にライフルが握られているのがジェーンの目に入った。

そうとなればなおさら、荷台にいなくてはならない。

自分のショットガンから吐きだせるどんな銃弾よりも、やつらの銃弾のほうがはるかに致死力が高く、ダメージも大きい——そして命中率も高い——ことがジェーンにはわかっていた。それに、ショットガンを構えたことで胃が飛び出しそうになったのも、気づかなかったことにしなければならない。手の中の銃の感触だけでも気に入らないのに、追いかけられることで放出されたアドレナリンのせいでさらにいやな感じがした。

本心では、たとえ〈新たな夜明け《ニュー・ドーン》〉の下っぱだとしても、誰ひとり傷つけたくなかった。とにかく引き金を引かずにすむよう、必死にやってきた。アリスとしてブラッシュハウンドと戦ったときでさえ、自分自身よりも他の人たちを護るために戦ったのだ。しかし、ジェーンとニアは〈新たな夜明け《ニュー・ドーン》〉を引き連れてホテルに逃げかえるわけにはいかない。ピンクにいる誰かひとりでも傷つく危険は冒《おか》せない。ジェーンは兵士ではないし、これからもそのつもりだが、やっと見つけた家族は護ってみせる。彼女たちが自分を護ってくれたように。

「とにかく動きつづけて！」ジェーンは言った。そうしたらこの引き金を引かずにすむかもしれない。

もしかしたらバイク乗りたちを引き離せるかもしれない、あるいはやつらをどうにかして振り切れれば――

サイドカーに乗った上官がライフルを構えたので、ジェーンはトラックの荷台に身を伏せた。ところが、彼女の上をかすめていくかと思いきや、つづいて聞こえてきたのは大きな破裂音で、それと同時にトラックの右側ががくんと沈んだ。

「あいつら、後輪を撃ちやがった！」ニアがたてつづけに罵《ののし》りながら叫んだ。ジェーンはトラックが勢いでつんのめるのを感じた。ニアは必死で抵抗していたが、トラックは方向を変え、減速しようとしていた。

銃弾が命中したときに横たわっていてよかった、とジェーンは思った。たとえそれで荷台の横腹に叩きつけられることになったにしても。荷台の横腹の上から向こうが見える分だけ片腕で身を起こした。バイクはまだ砂の上を走っていて、どんどん近づいてきていた。

顔に吹きつける砂のせいで目がひりひりしていたが、ジェーンはショットガンを構えた。何とかして呼吸を、とどろく心臓の鼓動を鎮めようとした。トラックが、そしてバイクが巻きあげた砂が大波となって押しよせるさまを思い浮かべないようにした――

テーブルの上に散乱する衣類のように。いや、煙のように、ガスのように、ジェーンを包みこんで鼻から入り、口を通って息を詰まらせ、意識を失わずに覚えていようとする彼女をねじふせようとする……

ジェーンはしゃがんだ姿勢になった。重心が定まるとバランスが整った。まばたきをして砂と記憶をふりはらい、集中しようとした。トラウマとはなんと残酷なものだろう。目のまえのことに集中しなければいけないときに思い出させるなんて。たしかな支えとなって脱出を助けてくれるゼンがいないいま、意識が過去にさまよいこんでしまったら、またべつの施設の廊下に引きずり戻されてしまうというのに。

ついに彼女の両手は刺さるような砂の痛みとショットガンの重さしか感じられなくなった。数日間に思えた心の内の闘いは実際にはほんの数秒だったが、そこでジェーンは銃をかたむけ、バイク乗りやサイドカーが予想しているよりも低い位置に狙いをつけた。

ショットガンの銃弾には必要な速さと推進力を持たせるだけの最低限の火薬しか入っていない。それ以外は捕獲網が詰まっている。薬莢《やっきょう》が銃から発射されると、捕獲網がぱっと広がってバイクの前輪にぶちあたり、バイクと乗り手をひとまとめにして地面に転がす仕組みだ。バイクはよける暇もなく網につっこんだ。ジェーンの見ているまえでバイクの後部が宙にはねあがり、サイドカーは慣性でがくんと前のめりになって、乗っていたふたりが投げ出された。

ジェーンはもう一発お見舞いしようと手をのばしたが、トラックをコントロールしようとニアが奮闘すればするほど、銃弾を入れた小さな箱は荷台の上で右へ左へとすべっていった。ジェーンは悪態をついた。

行く手をじゃますするサイドカーがなくなったことで網にかかった仲間をかわして動けるようになった残り二台のバイクが距離を詰め、ピックアップトラックの荷台から数フィートのところまで迫ってきた。

至近距離で見るバイク乗りの姿に視界を覆われたジェーンは、やつらのガスマスクのせいでパニックを起こしそうになった恐ろしい記憶を押しのけようとした。だがうまくいかなかった。バイク乗りのひとりが上着から手榴弾を取りだすのが見えたからだ。
「ガスマスクを！」ジェーンは怒鳴った。「あいつら、投げてくる――」
追跡者が頭上に放り投げた手榴弾が弧を描いた。その途中から、早くもガスが漏れ始めているのが見えた。シャツを脱いで鼻と口に押し当てれば即席のフィルターがわりになるかもしれないと思ってぎゅっとつかんだが、耳になじんだメロディが彼女の動きをとめた。
ネヴァーマインドを放出せよ
ネヴァーマインドを放出せよ
ネヴァーマインドを
ジェーンは前のめりになってトラックから投げ出されそうになったが、荷台の横腹をつかんで持ちこたえた。何が起きたのか理解するには一瞬の間が必要だった。ニアがブレーキをかけたことの諸々の影響がまとめてあらわれたのだった。
頭上を飛んでいった手榴弾は標的を飛び越してしまった。タイヤを撃たれたせいでトラックはちゃんと止まることができず、わずかに右側にスライドしたのだが、バイク乗りがその横をすり抜けようとして間に合わなかったためにピックアップトラックの後部に激突し、その衝撃で彼らは後方に投げ出された。衝突によってトラックの後部はへこんでしまったが、バイク乗りたちの被害はそれどころではなかった。

前方左手のほうに、〈ネヴァーマインド〉の小さな雲が見えた。というか、ジェーンにはそう思われたのだが、やがて拡散されたガスは緑がかったくすんだ茶色の水煙だとわかった。あれはジェーンの記憶にある〈ネヴァーマインド〉ではない。手榴弾はすぐ近くに落ちたので、ガスが薄れていくあいだにもジェーンの鼻と口にまで届いた。ぞくりと震えが走り、吐き気がしてきた。

そこでとつぜん、思い出した。

ひとつの記憶というだけではなかった。〈ケイヴ〉で語ったストーリーのぼんやりとした寄せ集めのようでもあったがそんななまやさしいものではなく、鉄砲水か砂嵐のようにジェーンの感覚と心に襲いかかってきた。

ゼンの、チェの、メアリー・アップルの、ニアの、そしてそのときどきの彼女自身の、彼女の人生の数々の瞬間が、いっせいに手足によみがえった。すべての優しく睦《むつ》まじい触れあいも、すべての苦痛も……何度も繰り返し〈ネヴァーマインド〉を吸わされたことも、そしてそのあとに大急ぎで澄んだ空気を吸いこんだことも。

パニックを起こした体が、ガスから逃れるためにトラックを降りろと言っていた。ガスはやがて地面から上に広がり、トラックの荷台に――〈新たな夜明け《ニュー・ドーン》〉の施設に――集会に――彼女が育った家に――いる彼女を襲ってくる……

ジェーンはシャツをぐいっと引っ張って脱ぐと口を覆った。ガスは消散していくだろうとは思ったが、頭のなかにある〈ネヴァーマインド〉の白い煙の記憶のせいで確信が持てなかった。危険を冒すことはできない。

「ノー」浅い息で咳こみながら荷台から降りようと横腹の手すりをのりこえ、落下した。地面と砂に叩きつけられた痛みなどどうということはないが、体にはまたしても大きな負荷がかかった。助手席側のドアノブをつかんで力いっぱいに引くと、なかにもぐりこんだ。窓は閉まっている。ドアさえ閉めてしまえばだいじょうぶ、必要なのは息をすることだ。

ニアに名前を呼ばれた気がしたが、過去に何度となく呼ばれたときの記憶かもしれない。ジェーンは必至で手足の感覚を取り戻そうと、ひとつひとつの記憶を神経系から引きはがし、過去に追い返そうとした。大きく息を吸って、〈ケイヴ〉とその土を、そして地中に根を張る幾千もの記憶に思いをはせた……

現実世界ではジェーンの肩に手が乗せられたが、それを感じるためには努力が必要だった。声が――ニアの声が――聞こえたが、がんばらないと言葉として聞き取れなかった。

引っかかりを覚えたのは咳の音だった。彼女にまとわりついてきたガスの奔流《ほんりゅう》がニアに降りかかったことによるとつぜんのパニックは現実のものだ。それで記憶が鮮明になりはしなかったが、音量が上がって現実にかえるにはじゅうぶんだった……

いま座っているところについて話して、ジェーン。ジェーンにはわけが分からなかった。**あなたは過去のことばかり話している。そのシートがいまどんな感じなのかを話して。**

ジェーンは現実の手触りを感じとろうともがきながら、口が勝手にしゃべっているのは過去のどのストーリーなのだろうと考えていた。腿の裏にはレザーシートのべたつく感触を、つづいてアドレナリンと恐怖で噴き出した汗がふくらはぎに張りつく感触を感じとれた。前のほうに手をのばすとダッシュボードの硬いプラスチックに触れ、指先にその質感が伝わった。

潮が引くように、過去が遠ざかっていった。

「わたし――」たくさんのことを、いま感じていることのすべてをいっぺんに言おうとしたが、どれかひとつにしなければならなかった。「ありがと、ほんとに。もうだいじょうぶ。と思う」ジェーンがふりかえってニアを見ると、顔にうっすらとあざができていた――ブレーキをかけたときにハンドルにぶつけたのか？　ジェーンの意識がここになかったあいだに、いったいどれだけのことが起きたのだろう？「わたしに話しかける方法がどうしてわかったの？」

ニアは両手をハンドルにもどし、車のエンジンをかけようとしているところだった。「あなたはチェやゼンに話しかけてたけど……あなたが自分のストーリーを託してくれたんだよね、ジェーン。あの記憶をぜんぶ……記憶が混乱したときは、頼りにしてくれていいんだよ」

ジェーンはうなずいたものの、消耗して疲れ切った反応でしかなかった。「そうだね、あなたが取りだしてくれたのかな」そう言いながらバックミラーに目を向けると、砂の上にオートバイが散らばっているのがかろうじて見えた。「だけど、この場所を離れなきゃ」

「二、三時間、走り回ってみよう。あいつらが目を覚ましても追ってこられないのを確かめないとね」ニアの声はしわがれていて、ジェーンは運転をかわってやりたかった。他の誰かがやらなくてすむように身代わりになる、か。他人事のようにそう思った。だがいまのジェーンは運転ができる状態ではなかった。「今日は風が強いから、しばらくすればタイヤの跡を隠してくれるよ」そう言ってうなずくと、彼女はシートに頭をもたれかけた。

ニアはバイク乗りの姿が見えなくなるまでトラックを走らせた。ジェーンは脱いだシャツでまだ顔を覆っていた。〈新たな夜明け《ニュー・ドーン》〉の薬が忍び込んでくるのとは違う、鼻孔にかぶさった布の肌触りに慰められた。

〈ケイヴ〉のなかはひんやりしていて、その涼しさとブランケットに包まれていると、体じゅうにできたあざの痛みがやわらいでいった。体の下の土《ダート》はやわらかく、それと静けさがあれば、いまのところはじゅうぶんだった。

裁縫キットを持ってきてあったので、自分の服やホテルの住人たちからもらった服を繕うこともできた。ギィは一緒に行くと言ってくれたけれど、その心配そうな顔を見ると……ジェーンに必要なのは息抜きのためのわずかな時間だった。望んでもいない気配りからは距離をおきたかった。

誰かが〈ケイヴ〉に入ってくる気配を感じたのは、もうひとつの影が差しかけたからだ。それでも緊張はしなかった。誰だろうとそばにいてほしくないわけでもない。

「〈新たな夜明け《ニュー・ドーン》〉に追いかけまわされたのなんて初めてだよ」

入り口のところから動かないニアに気づいたジェーンは針を持つ手をとめて、自分のとなりの土を軽くたたいた。ニアはそっと腰を下ろし、両ひざをあごの下にひきよせた。そうしていると実際よりも若く見えるが、ジェーンの優しい気持ちがそう思わせているだけかもしれない。

「あなたはやるべきことをやっただけ」ジェーンは答えた。「あなたを誇らしく思ってるよ、相棒《ホーミー》」ニアが愛おしそうに目をくるりと回してみせたので、ジェーンは体をあずけるように寄りかかった。「あなたのほうはだいじょうぶ?」

ニアは肩をすくめた。「トラックはめちゃくちゃだよ。動かせるようになるのに一週間はかかりそう」たいした問題ではなさそうに聞こえたので、ジェーンは問いかけるように眉を上げた。ニアが舌打ちした。「ところであのガスはいったいなんだったんだろう?」

「見たことのないやつだった」ジェーンは言った。「いちばんありそうなのは〈ネヴァーマインド〉の裏返しみたいなものかな」その後、彼女がもう安心だと思えるほどの時間がたってから、あのガスを吸わされた経験をニアにも話してあった。「たぶん、標的を制圧するためのものだと思う」

「あるいは、ブラッシュハウンドが追跡しやすくするものか」ニアも意見を出した。「相手を見分けるためにあらゆる感情を吐きださせるとか」そう考えるとジェーンの体に震えが走った。

「みんながわたしたちを信じてくれたのはよかった」

「今回みたいなことで嘘をつくなんてありえない」次の日になってようやくふたりがホテルに帰りついたとき、みんなは心配して大騒ぎしていた。トラックのことなど気にかけるのは後回しにして、数人がかりでふたりの傷の手当てをしてくれた。ほとんどは切り傷とあざだったが、ニアは肩がはずれていたし、ジェーンにはトラックの荷台でできた切り傷もあった。

「わたしがここに来たとき」ジェーンは慎重に話しはじめた。「二回目のときにさ……すごくほっとしたんだよね。まだ〈ネヴァーマインド〉のせいで頭がぼんやりしてたけど、ここでたくさん支えてもらったおかげで、前に進むことができた。わたしはまだ自由だったし、ゼンとチェも無事だった。アート作品を生みだしたり愛しあったり、他の人たちが同じようにするのを助けたりできた」

ジェーンは繕っていたバスケット用のショートパンツに目を落とし、針仕事に戻った。「ゼンと一緒に遠征に行くことになったとき、〈新たな夜明け《ニュー・ドーン》〉の脅威に対してたとえわずかでも備えることができた。だけど、あなたがあの損傷したワイヤを見つけてからは、やつらがわたしたちのすぐ背後にせまってきてるような感じがするんだ」

「まえよりも近づいてきてるよね」とニアが言った。

「これまでずっとそうでもなかったのに、急にリアルになってきた」ジェーンも同意見だった。「だから、このまえやつらから逃げてるとき、あなたがどう感じたかはわからないけど、わたしにはちょっと似てるなと思えることがあったんだ」

「それで〈ケイヴ〉に来たの？」

ジェーンはうなずいた。「土と接する必要があったんだ。何を思い出したいのかを思い出さなくちゃいけないんだ、〈新たな夜明け《ニュー・ドーン》〉について考えるときにあふれてくること全部じゃなくて」

「そうするのにホテルでは不十分だと？」

ジェーンはショートパンツを持ちあげて繕ったところの仕上がりぐあいをもう一度たしかめた。「植物には根っこがたくさんあって、それを遠くまで広げることもある。それに近いようなことだと思うんだ」いま直したばかりの縁かがりのところはやり直すことにした。「ここには何か特別な、もっと奥深い何かがあるんだ、ゼンやチェが近くにいないときはなおさら」ジェーンはふんわりとほほ笑んだ。「でもあなたがそれを手伝ってくれたから、お礼を言うよ」

ニアはきまり悪そうに咳払いした。「えっと……どういたしまして。だけどもし〈新たな夜明け《ニュー・ドーン》〉が襲ってきたらストーリーを記憶しておくことなんてどうでも——」ジェーンは容赦なく話をさえぎった。「そんなこと、考えるだけでもだめ。〈新たな夜明け《ニュー・ドーン》〉がわたしたちをクリーンにしようとするとき何をやるか、知ってるよね。記憶することだけが大事なんだ」ただ自分の人生が削りとられていくというだけでなく、生きてきたなかでもっとも大切な思い出——ゼンとの思い出——までも削りとられるとどんな気持ちになるものか、ジェーンは覚えていた。「だから、記憶がぼやけていくと恐ろしくなる。だって、わたしたちが生きて記憶しているかぎり、〈新たな夜明け《ニュー・ドーン》〉に勝ち目はないんだからね」

「ごめん、あんなこと言うべきじゃなかった」

「謝る必要なんてないよ、わかってくれたらそれでいい」ジェーンは裁縫箱をちらりと見て、いまこそあれをシェアするのにうってつけのときは他にない、と思った。「ほら、そうするのに役に立つものがあるんだ」

「〈新たな夜明け《ニュー・ドーン》〉を理解するのに？」ニアはピンとこないようだ。「あなたがまだシェアしてくれてないものがそんなに残ってるとは思えないんだけど」それにはおかまいなしに、ジェーンが白いチュニックを箱から引っぱりだすと、ニアがふいに黙りこんだ。それが何なのかは知っていた。さんざんその話を聞かされてきたのだから。

ジェーンは咳払いをした。「あの施設から出てきたときに着ていたものを捨てずにとってあるんだ。誰かにゆずったりもしなかった。こんなの迷信かもしれないけど、でも……これは記憶するための錨《いかり》のひとつなんだ。わたしがあそこから脱出したことを覚えておくための。あいつらはわたしを矯正して作り直そうとした、まっさらのクリーンにしようとしたけど、失敗した。わたしは踏みとどまったし、ひとりじゃなかった。

だとしても」ジェーンはつづけようとして、ふっと悲しげな笑いをもらし、「これを見るのはいつだってつらいことだった。でもそれでよかったんだ、これを見るたびに何かを感じる、ってことだから。〈新たな夜明け《ニュー・ドーン》〉が闘うだけの価値がある相手だとわかってるってことだから」

ジェーンは親指で生地をこすった。体の下の土、手の中のチュニック……

彼女はチェとゼンのあいだに立って、ゼンの袖の縫い目にそってひろがる穴を見ていた。脱出するとちゅうのどこかで何かに引っかけたにちがいない。彼女が手をのばしてその穴に指をかけたのは、反抗心が爆発したからだ。

ゼンがジェーンの手をとってそっと握りしめると、その手にキスをした。そしてさらに一歩踏みこんで、ジェーンが想像したとおりのことをした——シャツの袖をつかんでグイッと引っぱり、その音はこれまで一度も聞いたことがないほど大きくジェーンの耳にひびいた。

ゼンがチェのほうをちらりと見た。チェの袖が取れるほど縫い糸をちぎるのに数秒、ゼンとチェが同時にジェーンの袖を引っぱるまでにはもう少し長くかかった。袖がどこかに引っかかってさらに数秒。チェは歯を使って破ることになり、謝罪がわりにジェーンの腕にそっていくつもキスをした。ゼンのほうの袖はそれよりは簡単にするりと取れたので、ゼンも同じくするするとキスをした。

彼女たちはキスをかわした。このちょっとした反抗を笑い飛ばし、それが意味を持つと同時に無意味であることを笑い飛ばした。キスをしながら笑い、笑いながらキスをして、たがいの頬に安堵の涙の味がするまでそうしていた。

ふたたび車が走り出してから破り取った袖を背後に投げると、袖は風に乗ってばたばたとはためきながら飛んでいった。

ジェーンは喉にせりあがってきたかたまりを飲みこんだ。「あなたが運転していて、わたしが銃を撃つことになったとき、これをどこで手に入れたのかを思い出した。思い出すのもいやだった。でもとにかくそうするしかなくて、それで記憶するのをあなたが手伝ってくれたことにはすごく感謝してる。だから……」ジェーンがチュニックを差しだすと、ニアは困惑して目をぱちぱちさせた。「あげるよ。これを持ってれば、どれほどわたしを助けてくれたか、ぜったい忘れないでしょ。ありがとう」

ニアは手をのばし、刺さるんじゃないかと心配するようにチュニックの上で指をさまよわせた。だがすぐに、恭《うやうや》しいしぐさで受けとった。ジェーンはそれが記憶そのものへの敬意であってほしいと思った。〈新たな夜明け《ニュー・ドーン》〉を思い出すからではなく。

「出かけてたあいだにお気に入りのパーカがちょっと破けちゃったんだよね」しばらくしてニアが言った。「繕うのを手伝ってくれる？」

ジェーンはうなずいた。「もちろん」

2

ニアは身を護るかのように両腕で胸を包みこみながら、自分のパーカの袖の破れたところに縫いつけた白い生地を親指でなでていた。直近の〈コード〉会議——一週間のうちに二回目が開かれるのは誰にとってもなじみのないことだった——が終わり、ピンク・ホテルの住人たちはプールわきの集会場所からのろのろと散らばりはじめていた。ニアの見ているまえで何人かはホテルに戻り、他の何人かは食堂へ歩いていった。プールの周囲に残っているのはほんのひと握りだった。

プールの縁に座ったニアが履いているショートパンツはとても短く、足でばしゃばしゃと水を蹴っても裾が濡れる心配はなかった。彼人は顔をうつむけ、夜空を背景にして波立つ水面に映る自分を見ていた。

疲れたようすで考えこみ、不機嫌そうに口をすぼめている。最後にパートナーだった相手に〝眠たそう〟と言われたような伏せがちな目になっているが、この一週間にあったできごとはそれを解消するには何の助けにもならなかった。重い疲労を自分の内へ内へと引きこみ、落とした肩の内側に抱えこんでいた。

プールに柔らかい明かりが灯り、水面に映った姿がかき消えた。目を上げたニアは、ライトがついたのはギィの仕業だったと知った。彼女はわざとニアのもの思いをじゃましたわけではなかった――プールの反対側にしゃがみこみ、首だけふりかえって、ラプソディとジェーンとしゃべっていた。ジェーンはほほ笑んでいて、見るだけで気持ちが落ちついた。彼女たちと口論になったあと、そしてピンクの住人全員が自発的に警備にあたらなければならなくなったあと、それでもまだジェーンが笑顔になれるなら、ニアだって自分の不機嫌くらいなおせる。

　これを個人的なこととして受け止めている理由は自分でもわかっていたけれど、それは〈新たな夜明け《ニュー・ドーン》〉と遭遇して動揺してしまったせいではなかった。問題はもっとまえから、最初にあのワイヤが切られているのを見つけたとき、一回目の〈コード〉会議があって、みんながホテルには何の変化も起きていないと信じたがったときから始まっていた。破壊工作のことを誰ひとり心配していないわけではなかった――ジェーンは当然心配していたし、ジェーンの直感に敬意を払って賛成票を投じた女たちもそれなりにいた――だがそれ以外は、まったく気にしていない人もいれば、ニアに怒りを向ける人もいて、つらいのはそこだった。

　ニアにとって、そして他の人たちにとって、ホテルは安全な場所であり、美と喜びに満ちた閉ざされた場所だ。そしてニアにとっての美とは、機械に宿るものだった。メンテナンスを手伝ってきたトラップでさえ、アーティスト気分にさせてくれた。回収してきた錆びだらけの部品でトラックを作りかえたのだってアート作品だ。ニアが初めて、自分はホテルの女たちの一員だと思えたのは、ニアとペル、ゼンの三人でトラックを鮮やかなバラ色に塗ったときだった。

　ところが、誰かにそういうすべてをぶち壊しにされ、その破壊の重さがニアの肩にのしかかった。それがそのまま居座っているのは、大好きな女たちがぞっとするような疑念を顔に浮かべているせいだ。

「肩でもさすってもらいたそうだね」ニアは肩ごしにふりかえって見上げた。ペルのことを思い出したと思ったら――「やってあげようか?」

「ぜひともお願いしたいな」そう言ってから、ニアは自分でも驚いた。だがその素直さがご褒美を連れてきてくれた。ペルが背後に膝をついて、修理屋の肩をさすりはじめた。ベーシストで農婦でもあるペルの指は力強く、自信にあふれていた。ニアはわずかに頭をうなだれた。「このことがわたしの落ち度だとは思ってないよね、ペル?」

ペルは顔をしかめ、ニアの肩をつかんでふりむかせた。「お嬢さん、いったいどこからそんな考えが湧いてきたの?」

ペルに〝お嬢さん〟と呼ばれるのはうれしい。ペルが初めてそう呼んでくれたときに、そうしてもいいかと訊いてくれたからかもしれないし、そう呼ぶときの彼女の声のあたたかさのせいかもしれない。肌がぞわりとしない、数少ない瞬間だ。「わたしがもっとトラップに気をつけていたら、あの人たちもあんなにキツい態度をとらなかったかもしれないし、わたしがもっと早いうちに雲行きに気づいていたら――」

「問題はね」ペルはきっぱりと言った。「あなたは消えてなくなろうとすることに時間を使いすぎて、身の回りで起きてることが見えなくなってることだよ」ニアが意味をつかみかねていると、ペルは相手の目をのぞきこめるように、ニアの頭をそっとふりむかせた。「ピンクはコミュニティなんだよ、ニア。それも強いコミュニティだ。あたしたちはみんな、つながりあってる――〈新たな夜明け《ニュー・ドーン》〉を玄関口まで招き寄せた責任があなたひとりにあるなんて、そんなわけないじゃない。あいつらと手を組んでるならべつだけど、あなたはクリーン・コンピューターになりたがるタイプには見えない」

ニアは笑った。「そうだね、ダーティでたいへんけっこう、だよ」ニアは〈新たな夜明け《ニュー・ドーン》〉があらゆる人を仕分けしはじめるよりもまえ、子どものころからクリーンともダーティとも折り合いをつけようとしてきた。自分が自分であることを存分に受け入れていた。

「そういうこと」ペルもほほ笑んだ。「ひとつ訊いてもいい？」

「どうぞ」

「あなたが気にしてるのは、これの原因になるようなことを何か、自分がしてしまったんじゃないかということ？　それとも、あなたが何かしたと他の子たちに思われてる・・・・こと？」ニアは目をそらし、唇をかみしめた。プールの向こう側でまだおしゃべりしている三人組のほうをちらちらと見ずにはいられなかった。ジェーンと目が合うと、彼女は笑顔で応えてくれた。ニアはうっかりギィやラプソディと目が合ってしまうまえに、目をそらした。「あなたがいるというだけで文句を言うほどここのみんなに分別がないとは思いたくないけど、あたしもバカじゃないからね」

「みんなじゃないよ」ニアは言った。「ほとんどの人がそうだというわけでもない」

「ひとりふたりでもじゅうぶんだよ」ペルが言った。ニアはうなずいた。「ねえ、あなたはわれらがジェーンと長い時間を過ごしてるよね――彼女ならあなたになんて言うと思う？」

ジェーンなら、彼女とゼンがこの国を車で横断してきたときのストーリーをシェアしてくれるだろう、とニアは思った。ホテルの外での集会のことや、人生のすべての瞬間の目的が愛と自由、そして仲間を見つけることにあるということについても。そして自分自身のヘンなところや、他の人たちの無謀さを受け入れることについても。

ニアはチュールやレザー、スパンコールをまとったジェーンを想像してみて、答えがわかった。

「彼女なら、ぶっとばしてやれ、って言うだろうね」

ペルが盛大ににやりとした。「だよね、きっとそうする」

ジェーンの声にいつも宿っているあの強さが持てたらいいのに、とニアは思った。

いろいろとストレスが重なってはいたものの、ピンクに住む仲間たちがフェスティバルの準備をするのを、期待を込めて見ることができた。練習するのに観客がほしいとき以外、誰もそれほどニアの助けを必要としていない。それでニアはプールのそばで見物を楽しんでいた。彼女たちの労作を聞いたり、短い芝居を見たりするのが大好きなのは本当だ。ニア自身のアートではなくとも、粗削りな美しさがあってわくわくする——誰も創造的な活動をするのをやめさせたりしないし、その成果を見るのに飽きることもなかった。

ペルがしてくれるマッサージが満足以上の結果をもたらしてくれたのは、ベッドルームでペルが力強いベースラインで夢心地にしてくれたからだ。とはいえ、最終的にはペルも眠りに落ちるほかなかった。ニアはペルを寝かしつけ、彼女がうとうとしながらもニアはここにいるべきだとつぶやいたのに反対もしなかった。まえにもそうしたことはあったけれど、夜が明けるまえにニアはそっと抜けだしていた。一緒にいようとすると、どうしても自分が場所をとりすぎているように感じてしまうのは、ペルがどんなに甘い言葉をささやいてくれても変わらなかった。

そうでなくても、ニアには今夜やるべきことがあったから、目覚めるまでペルの力強い腕のなかにいるわけにはいかない。

ニアは自分の部屋に行って、ショートパンツから分厚いデニムに履きかえた。パーカも取り替えようかと思ったがやめた。砂漠の夜は冷えるし、万が一にも走ることになった場合に、長そでなら擦り傷を作らずにすむ。

そんなことより問題なのは、ニアが武器を持ち歩くようなタイプではないことだ。武器を手に入れるためにピンクに来る人なんていない。安全を求めて来るのだ。それでも、外へ出かけていってブラッシュハウンドに遭遇する危険があるなら、身を護るものも持たずに出て行くわけにはいかない。ニアは渋い顔で部屋のなかを見まわし、レンチをつかんでデニムの後ろポケットにつっこんだ。

だがそれで事足りるとも思えなかった。そこで、ホテルの外へ出るとちゅうでがらくた置き場に立ち寄った。そこには、誰かが使いみちを思いつくまで、使い物にならないあれこれを積み上げてある。ありとあらゆるものが集まっていた。ニアは使えそうなものをふたつ見つけた。壊れたギターとベースだ。いつぞやの……ことのほかドラマチックなコンサートの夜に真っ二つに折れたものだ。

ふたつの楽器のネック部分をつかんで本体の残骸からもぎとった。木が割れる音に思わず顔をしかめたが、これはばらばらにするだけの価値がある、と思い直した。ギターの弦と木工用接着剤、それに溶接トーチも使って六尺棒もどきに仕上げると、ギターのストラップで背中にかついだ。これでもないよりはましだ。

ここで誰かさんの目をひいてしまったのは、この工作物のせいに決まってる。

「おしのびでお出かけ?」

ラプソディだ。

ウゲッ。

ホテルでいちばん親切とは言いがたい人物。ニアは大きく息を吸ってふりかえった。ラプソディはパンティにTシャツだけという半裸姿でドアのところにいた。そんな姿だからといって、こちらに向けてくる険しい目つきがやわらぐものでもない。「どこへ行くつもり?」

「近くのトリップワイヤを見てくるだけ」ニアは答えた。嘘ではない。外へ出たついでに見にいくのも予定のうちだった。「眠れなくて、何か実りあることでもしようかと」

ラプソディは目を細くした。ブラッシュハウンドじゃなくても、彼女から放出される不信感の波動は感じ取れた。それは彼女だけが悪いのか? たしかに、ラプソディは以前からニアのことを嫌っていたが、いまこのタイミングで、ホテルを抜けだそうとするニアに会うのに、連れもなしに出てくるだろうか? ありえなくはないか……ニアは舌打ちした。いや、いかにラプソディといえど、ニアを疑ってかかるほどバカじゃない。ニアだってラプソディと同じくピンクに属していて、創造性や職掌分担でもラプソディと同じくホテルに貢献してきたのだ。

ラプソディはニアを信頼するのが筋というものだ。だがそういう思考回路を持ち合わせない人間もいる。

「一緒に行ってわたしを見張っていたい？」ニアは言った。そして少し間をおいてから言いかえた。「監視したい？」

どちらの言葉がラプソディに響いたのかはどうでもよかった。彼女はちょっと待っててというように片手をあげた。ラプソディがなかへ戻ったところで出かけてもよかった――そうすべきだったかもしれない。もしもラプソディがニアへの疑いを強めて他の人たちを起こしに行ったのだとすれば、ホテルでのニアの立場を危うくしかねない。ピンク・ホテルはコミュニティへの信頼で成り立っているのだから、みんながこれほど緊張しているときに立場を失うわけにはいかない。だからニアは待った。ほんの数分で階段を降りてきたラプソディはスウェットパンツを履いていた。

「レンチは一個しかないんだ」ニアは言った。

ラプソディはポケットから小さなものを取りだした。「テーザー銃よ」

それぞれの武器を手に、ふたりはホテルを出た。

砂漠の夜はいつでもカサカサと乾いた音がしている。ガラガラヘビなどどこにもいなくても。

「あんたはどうしてピンクに来ることになったの？」岩のあいまを横切って歩くあいだも地平線

に目を凝らしながら、ラプソディは穏やかで気さくともいえる口調をくずさなかった。それでもニアの耳には〝あんたは〟を強調したように聞こえた。

「身近な人たちが姿を消したと思ったら、〈新たな夜明け《ニュー・ドーン》〉のコマーシャルやポスターで見かけるようになった」とニアは答えた。「わたしは無口なほうだし、あいつらは目に見えない汚れ《ダート》を浄化しようと躍起になってるし……でも、時間の問題なのはわかってた。ついうっかりして、ジェンダーとかセクシャリティとかアートについてどう考えているか、まちがった相手に話してしまって、そしたら……ポン」ニアは指で煙がふわりと広がるしぐさをした。「それで、そうこうしてるうちに嫌になってきちゃったんだ……逃げ隠れしてるのが。

マウンテンバイクを手に入れて、とにかく移動することにした。ピンク・ホテルのことを見つけるのは簡単じゃなかったけど、それでも最終的には、わたしを信頼してくれて、わたしがわたしでいられる場所を必要としてることをわかってくれる人たちを見つけた。ホテルに連れてきてもらって、それからはホテルの役に立つことをしてきた」そのころを思い出して、ニアはほほ笑んだ。当時は移動しつづけるのを好むひと握りのトランスジェンダーの人たちと一緒に行動していた。しばらく腰を落ちつける場所がほしいと言ったとき、そのなかのひとりの女性がホテルで過ごした期間のことを話してくれた。彼女がまた放浪生活に戻りたくなるまで、安全に護ってくれた場所だ、と。ニアがやってきたとき、ホテルにいた人たちはすぐに食堂へ案内して食べさせてくれた。夜になって寒がっていると、ゼンがスウェットシャツをくれた。自分のことを彼人《かのひと》と呼んでほしいと言ったとき、身の安全に不安を覚えることなく最初にそう呼んでくれたのがジェーンとペルだった。

「ふーん」

ニアは笑いをこらえた。どういう反応だよ。「なにそれ」

「あたしにはピンとこないんだよね、ここがあんたにとって――」

「わたしは黒人女性なんだよ」ニアがさえぎった。「トランスジェンダーで女性で……いかにも〈新たな夜明け《ニュー・ドーン》〉が浄化して消し去りたい類《たぐい》の存在なんだ」と言ってから、さらにつづけた。「でも思ったんだよね、あいつらがわたしたちからそういう属性を消し去ることなんてできるものなんだろうか、って。わたしたちを女性たらしめているのは、わたしをジェンダークィアたらしめているのは、記憶だけじゃない。何かもっと……別のものなんだ。だから、わたしたちって、あいつらが考えるとおりのクリーンになることなんてあるのかな。どっちにしろ、ここではクリーンだろうとダーティだろうと、わたしは歓迎されてると思えた。ほとんど」ニアは、ジェーンならどんな話し方をするか想像してみて、その強さをまねした。「あなたはどう思う？」

ラプソディがどこまでニアの属性を追及してくるのか見てやろうとするのは挑戦だった。本音を言えば、ニアが真実を握っているときにラプソディが無言で怒りをたぎらせるのではなく、正面から訊いてくるのは新鮮と言えなくもない。ああして人を見下した態度をされるのは望んでいない――それこそニアがピンクに、受け入れてくれる場所に来るしかなかった理由そのものだ――けれど、ラプソディがそれを改めるつもりがないなら、くたばっちまえ、と言ってやれる。

あいにくと、ラプソディはその挑戦に応えなかった。深々とため息をついて、暗闇に目を凝らした。「二手に分かれようよ、そのほうが広く見回れる」

ラプソディがついてきたのはより広く見て回るためではなく、ニアを見張るためだと思っていたが、その場はうなずいておいた。ラプソディが西に向かって歩き出したので、ニアは東南のほうから、ホテルのテリトリーの外周にそって回ることにした。

「ラプソディは帰るつもりかもしれないな」ニアはひとり言を言った。高望みはしなかった。

調べられた範囲では、他に損傷したトリップワイヤはなかった。ただし、ホテルからのパトロールを増やしたことで、砂地が以前よりは踏み荒らされていた。ニアはパーカの前ポケットのなかでレンチの両端を握りしめていたが、関節が痛くなってようやく、どれほどかたく握りしめていたのか気づいた。

深呼吸が必要だった。こんなに緊張していたのではトラブルに目を光らせることなどできない。集中しなければ。集中、と思ったことで〈ケイヴ〉が頭に浮かび、その入り口の近くに来ていることに気づいたのかもしれない。ジェーンや他の人たちはいつも、集中するために〈ケイヴ〉を利用している。それなら、試してみても損はなかろう。

〈ケイヴ〉の端まで行ったニアは、そこに足を踏み入れるのが思いのほか難しいことに気づいた。ジェーンがなかにいて、自分はほかの誰かのサポート役だとわかっているときのほうがずっと簡単だった。頭のなかでラプソディの不信感や猜疑心が最前列にいるのでなければもっと簡単だった。そもそも〈ケイヴ〉はニアのための場所なのだろうか？

ニアはこの敷居をまたぐにふさわしいのか？

そんな疑念を振り払ってもいないうちに、いきなり背後から手袋をした手が伸びてきてニアの口を覆った——少なくとも、そうしようとした。ニアはすぐに身をよじって逃れようとしながらレンチを取りだして思いきり振りあげたが、その拍子にレンチは手をすっぽ抜けて飛びだした。それが唇の端に当たってざっくりと切れたのは痛かったが、つぎに相手の腕に当たったのを見て相手にあたえた痛手のほうが大きかったと確信した。襲撃者がひるんだおかげで、ふりかえって一歩下がり、身構える余裕ができた。

襲撃者は黒か濃い青の防弾ベストを着ていた——ニアには見分けがつかなかった。黒っぽい髪をひっつめてポニーテールにし、顔の大部分はマスクに覆われていた。だがガスマスクではなく、顔立ちがわからない程度に薄い布を重ねただけのものだった。襲撃者が手を振りまわし、痛みに息をのむ音が聞こえた。

いいぞ。

だがそこではっと気づいて背すじがぞわりとした。〈ケイヴ〉と襲撃者のあいだには自分しかいない。こいつが〈ケイヴ〉に入るのはおろか、かくも神聖な場所に近づいたというだけでも、ホテルに侵入されるのと同じくらい警戒すべきことで、とても許容できるものではなかった。だから次に行動を起こしたのはニアのほうだった。背中に背負った間に合わせのこん棒を手に取ると、大声を上げながらフェイスマスクをした相手に襲いかかった。

飛んできたパンチでニアはあっさりとバランスを崩したが、襲撃者のほうも甲高いアルトで罵り声を上げた。ついさっき怪我をしたばかりの手でパンチしてはいけないことを忘れていたようだ。こちらには都合がいい。相手の利き手を使えなくしてやれたということだから。

それで気をよくしたからといって、殴られた勢いで転ぶのは避けられなかったが、こん棒は手放さずにすんだ。敵が飛びかかってきたのでこん棒を振りあげた。腹に命中して、敵はぐふっと息をはいて低くうなってから横向きに倒れこんだ。

叫び声が砂漠の夜を切り裂いた。ラプソディだ。

「クソッ、クソッ、クソッ」ニアはうろたえて罵り言葉を吐きちらし、じたばたと立ち上がってから、敵の頭にこん棒を振りおろした。

ギターというのは固い面に叩きつけられても壊れないようにはできていない――そもそもニアがそれをひっつかんでこられたのは、そこに壊れたギターがあったからだ――だから低音側の半分が折れて粉々になったからといってびっくりするのは筋違いだ。だがニアは戦うことに慣れていなかったので、その瞬間、腰が引けてしまった。それでも先端のとがったものを手に入れたのをよいことに、前方につきだしておくことでいくらかの距離を確保した。

黒づくめの敵はすっと身をかがめてニアの横に来た。それに反応したときには、ニアのレンチが敵の手に握られていた。ニアはよろよろと数歩下がって、殴られないように身をかわそうとした。

ふたたびラプソディの叫び声がして、ニアは前に飛び出していって襲撃者の腰のあたりに抱きついた。ふたりは組みあったまま、一緒に砂まじりの土の上に転がった。これだけ接近していてはどちらもまともに殴ることもできず、ニアは相手のマスクを引きはがした。自分をさらおうとしたのが何者なのかを知らねばならない。〈新たな夜明け《ニュー・ドーン》〉の恐ろしいストーリーの寄せ集めなどではない「顔」が必要だ。

ニアを見つめ返したその顔は、はちみつ色の肌に高い頬骨、そして激しい怒りを秘めた目をしていた。顔から首までまっ赤になっているのを見て、ニアは相手の体が服を通してもわかるほど熱を放っていることに気づいた。

襲撃者はブラッシュハウンドだった。なお悪いことにこのブラッシュハウンドは、さっきまでホテルのなかでフェイクファーのコートやスパンデックスの服を試着したりして、すっかりくつろいでいたとしてもおかしくなさそうに見えた。ニアがここ数年一緒に過ごしてきた女たちとなにも違わない。妙に無表情なカルト信者や、生っ白《ちろ》い公務員には見えなかった。

ブラッシュハウンドが歯のすきまからシーッという音をたて、見ればその目に涙がたまっていた。だがそれは痛みのせいではなかった。「やめろ……触るな……」張りつめた声が言った。威嚇するようなものではなく、ニアにはなじみ深い、死に物狂いの声だった。

襲撃者の肌にいっさい触れてはいなかったが、これだけ距離が近いというだけで限界を超えているのだろうとは理解した――理解はしたが、強い共感力を気の毒に思ったところで、襲撃されたという事実を忘れさせてはくれなかった。そこでやり方のわかっているなかでも最強のパンチをお見舞いした。襲撃者は抵抗するのをやめ、気を失った。

ブラッシュハウンドの呼吸がだんだんと落ちついてくるいっぽうで、ニアの呼吸はまだ荒く、ラプソディもおそらく同じような状況にいるのもわかっていた。襲撃者の服のあちこちを手早く探ると、使えそうなものがいくつか見つかった。相手の手足を縛れそうなプラスチックの結束バンドと、小ぶりなバトン型スタンガン。一瞬だけ考えて、フェイスマスクをとりあげた。はたしてこれが〈ネヴァーマインド〉や、このまえの襲撃でジェーンに使われたようなその他のガスにどれだけ有効かは定かではないが、何もないよりはましだ。

ニアはブラッシュハウンドを〈ケイヴ〉の入り口の近く、低木の茂みがあるところまで引きずっていった――〈新たな夜明け《ニュー・ドーン》〉の工作員を〈ケイヴ〉のなかにおいていくのはまちがっている気がしたから。それがすむと、ニアは地平線に目を向け、叫び声が聞こえてきた方向を思い出そうとした。

ラプソディを見つけなくては。

ニアが発見したのは、地面に横たわるラプソディと、曲線を描いて走り去った車輪の跡だった。彼女は気を失ってはいなかったが、自分の足で立ち上がるのがやっとだった。ニアが手を貸そうとしても、断る気力も残っていなかった。「ずいぶん遅かったじゃない」と毒づいた。

「ブラッシュハウンドがいた」

「へえ？　あたしのほうは……」ラプソディはまるで砂が詰まっていて思考が働かないとでもいうように頭を振った。「輸送車がいたんだ、〈新たな夜明け《ニュー・ドーン》〉の。捕まりそうになって……危ういところで……蹴り飛ばされて……」ラプソディは考えをまとめ、息をしようとして顔をしかめた。

「あいつら、あたしを捕まえに戻ってはこなかったんだ？」

ニアは夜の空気に耳をすましたが、何も聞こえなかった。「またあなたを見つけるには遠くに行きすぎたんじゃない？」

「がっかりしたみたいだった」ラプソディの笑い声はぜいぜいと息をするあいまになかば紛れていた。「やつらのひとりがはぐれて、それであいつら――」

「わたしが相手にしたのがたぶんそいつだ」ニアは言った。「さて、それじゃ……あなたをホテルまで連れて帰らないと」

「あんたのブラッシュハウンドはどうなったの？」

ニアの表情が険しくなった。「片づけてきた」

いまのところは。


ニアは〈ケイヴ〉の外にしゃがみこみ、背中に太陽の熱を感じていた。パーカの袖に縫いつけた〈新たな夜明け《ニュー・ドーン》〉の服の切れはしはスウェット生地より少し薄手なので、そこだけ特に熱かった。つい無意識のうちに腕を掻《か》いてしまう。着心地が悪いとまでいかないが、黙っているとどうしても気になる。

「わたしたち、ホテルのみんなに隠しごとをしてるわけね？」ジェーンはニアが頼んだとおり、ひとりで〈ケイヴ〉にやってきた。それでも叱責と懸念のどちらをとるべきか決めかねているのが声にあらわれていた。「あなたが不安になってるときに、コミュニティから距離をおくことについてはもう話したよね」

ニアは唇の内側を噛んで立ち上がりながらも、ずっと肩ごしに〈ケイヴ〉のなかをちらちらと見ていた。「みんなには話すよ。話さなくちゃいけない。だけど、あなたの助けが必要なんだ……どう話したらいいかわからないから」

ジェーンは先をうながすようにあごをくいっと上げた。「聞かせて」

「ラプソディとわたしが襲われたとき……」ニアは話しはじめてすぐ、言葉につまった。ジェーンがきっと怒るだろうと思ったし、ホテルまで引きずっていかれて、みんなのまえで恥をさらすことになってもしかたないのかもしれない。これまではジェーンがそんなことをするのを見たことはないけれど、何ごとにも最初はある、そうだよね？

「何があったの？」ジェーンが一歩踏み出した。ニアの耳に、何かをこする低い音が聞こえたので、指を一本、唇にあてて、〈ケイヴ〉のほうを身ぶりでしめした。ジェーンは顔をしかめてさらに耳をすました。「あの音は何？」

それには答えず、ジェーンを〈ケイヴ〉のなかに案内した。ジェーンが最後にここへ来てからほとんど誰も触れておらず、誰かが地面に寝転がって天使を描こうとしたような形跡がほんのいくつかあるだけだ。それともちろん、全身を紺色の服で覆った女が、プラスチックの結束バンドで手足を縛られてすみのほうに座り、とがった石筍《せきじゅん》のほうへにじり寄ろうとしていた。

ブラッシュハウンドが目を上げてニアとジェーンを見ると、長い沈黙が訪れた。見開かれた囚人の目には迷いが浮かんでいた。

「ジェーン、バットを紹介するよ」ニアは神経質にくくっと笑った。「バット、ジェーンだ」

ジェーンはバットのほうにうなずいてみせたが、すぐにふりかえってニアを見た。「ニア、わたしたちはこういうことはしない」

「わかってる、わかってる、彼女を〈ケイヴ〉に連れてきたりするべきじゃなかったよ、だけどホテルに連れていくとか、助けを呼ぶとかしたくなかったんだ、だって彼女のことを〈コード〉会議がどう票決するかわからなかったし、ホテルの住人じゃない人をなかに入れるのが危険だってことも知ってるから、それでここがいちばん安全な場所ってことで――」

ジェーンは首をふった。「〈ケイヴ〉のことじゃないよ、ニア。彼女が意に反して縛られてることを言ってる」そう言ってジェーンが近づいていってとなりにしゃがみこむと、バットはひるんで後ずさりした。「それ、きつすぎるんじゃない？」ジェーンはそれだけ訊いた。バットは疑いの宿った目を見開き、首を横にふって否定した。「縛る必要があったにしても、女性にはもうちょっと優しいやり方があるだろうに。ピンク・ホテルは誰かを誘拐したり閉じこめたりなんてことはしないんだ」

ニアは目をぱちくりさせた。ブラッシュハウンドを〈ケイヴ〉に連れてきたりして神聖な場所を軽んじたのはまちがったことだとはっきり自覚してはいたが、その先のことは考えてもみなかった。それどころか、自分が襲われたことと、バットを〈新たな夜明け《ニュー・ドーン》〉に逃げかえらせたくないということばかり考えていた。そのときはそれが自明のことだと思っていたけれど、いまはどうするのが正しい選択だったのか、わからなくなっていた。

考えが足りなかったことだけはわかった。

ジェーンはバットとのあいだに距離をおき、膝をついて座った――と同時に、バットと彼女が近づこうとしていた石筍のあいだに入るようにしたことにもニアは気づいた。「あなたを襲撃しておいてそのまま逃がしてやろうとは言ってない。でも、どう対処するかは慎重にならないといけない。もしわたしたちが〈新たな夜明け《ニュー・ドーン》〉よりマシなやり方ができないなら……？」ニアはうなずいたが、ジェーンにそれが見えたかどうかはわからなかった。むしろ、ジェーンはバットのほうを見ていた。ジェーンは自分と同じものを見ただろうか、とニアは思った。もし別の道を歩んでいたらきっとホテルでくつろいでいたにちがいないと見えたバットのようすを。「彼人はあんたのことをバットって呼んでる。わたしもそうしていいね？」

ジェーンがどうしてそんなにバットに優しくしてやるのか、ニアには理解できなかった。「なぜブラッシュハウンドに気をつけるべきなのか、あなたが教えてくれたのに」

「そしてブラッシュハウンドにあとをつけられているときにはよくよく気をつけなくちゃいけない、ってこともね」ジェーンが言った。「でもいまは、はっきりしてると思うんだ……バット、だね？　彼女はどこへも行かないだろう、って」

「バットっていうのは……なんでもない」やっとブラッシュハウンドが口をきいた。「番号で呼ばれるよりマシだ。もう彼人から聞いてるんじゃないの？」バットはニアのほうを見ながら言った。

ジェーンは片方の眉を上げてニアを見た。「聞いたよ。でももっとくわしく話してくれるはずだと思ってる」

ニアは咳払いした。「うん。そうだよ」バットとジェーンにそろって期待するように見られて、ニアはふたつの試練を目のまえにしていることに気づいた。ふたりとも、ニアのとった行動について、何をしたかだけでなく、なぜそうしたのかを判定しようとしている。そしてニアがジェーンに説明しなければならないことは、結局のところ、バットにも同じように理解してもらうことが重要になってくるかもしれない。

ふたたびジェーンが口を開いたとき、口調は柔らかくなっていたけれど、断固たるひびきはそのままだった。**「ニア、ストーリーを聞かせて」**

そのひと言で、話すのがずっと楽になった。

ラプソディをホテルに送っていき、ちゃんと世話をしてもらうのを見とどけると、わたしは〈ケイヴ〉に引きかえした。まだアドレナリンが体じゅうを駆け巡っていたあいだは、じっさいに起きたことを簡単に忘れていられた。だけど落ちついてくると、〈ケイヴ〉に戻ったときには誰もいないんじゃないかと思うほうが楽だった。だから、砂や土が乱れているのに、新たに立ち去った足跡がないのを見たときはむしろ驚いた。

でも、地面に落ちていたはずのわたしのレンチが見当たらないことも、それが何を意味するのかも気づかなかった。あなたなら気づいただろうけどね、ジェーン、わたしは警戒することにそこまで慣れていないから。

〈ケイヴ〉に入っていっても、最初は何も聞こえなかった。バットは——わたしにとってその時点ではただのブラッシュハウンドに過ぎなくて、彼女自身は〈新たな夜明け《ニュー・ドーン》〉で呼ばれていた一

連の番号を名前のように考えていた――横たわって待っていた。わたしは待ち伏せされたのは初めてのことで、たぶんそれで、もう少しで捕まるところだった。でも〈ケイヴ〉の土は基礎がしっかりしているから、彼女がタックルしてきたときもわたしは転ばなかった。殴られそうになったときも、身をかわした。

「彼女に怒ってはいないみたいだね」ジェーンは気づいたことを口にした。バットは鼻を鳴らした。

バットの涙を見たせいでずっと怒ってはいられなかったことは説明しなかった。ありがたくない共感の波がバットを消耗させるのをまのあたりにして、ニアにはその戦いが違ったふうに見えたのだ。

もしも殴り倒されていたのがわたしのほうだったとしてもやっぱりそうしていただろうけど、このときは最初のときとは違う感じがした。最初に襲われたとき、彼女はわたしを力づくで連れていこうとしていた。でもこのときは、〈ケイヴ〉から連れ出そうとはしなかった。攻撃されたくはないけど、その次に起きたことは……

バット、あなたはもみ合っているうちに片方の手袋を失くしたことを忘れてばかりいた……

「あの手袋はしっかりした厚みがあるから、誰かをつかんでもだいじょうぶなんだ」バットがそう教えたとき、その声には誰かから話しかけられたり、何かを考えるように頼まれたりするのに慣れていない人のひびきがあることにニアは気がついた。「でも片方を失くしたままで近くに行ったら、あんたのパニックが痛みとして伝わってきた」

ニアはうなずいた。

そうしているうちに、わたしたちは倒れこんだ。土に叩きつけられて、もみ合いから逃れる方法を思いつかなくちゃならなかった。いつのまにか指が土を握りしめていて、それでわたしは……

それが〈ケイヴ〉を軽んじることになるのかどうかはわからないけど、その土をバットの顔めがけて投げつけた。彼女はあわててわたしから離れ、まず土を目からかきだそうとしたんだけど、そうしたら……ニアは話しつづけながら、バットのようすをうかがった。もしも次の一歩を間違ったのなら、訂正してほしかった。**バットは落ちつきを取り戻した。冷静になったんだ。**

筋が通らないのはわかってる、でも土《ダート》には何かがあるんだ——もしかすると、記憶を助けてくれたり、わたしたちみんながここで瞑想したり安心を見つけたりするのに土を使うのと同じことなのかもしれない。バットは息をのんでこう言った……あんたの存在の感じ方が弱まった、って。それは何ていうか、こう……安堵したような、安堵を飲みこんだように聞こえて、それでバットは抵抗するのをやめて……それでわたしはレンチをとりあげて、彼女を縛った。

ニアはもう一度バットを見て、ストーリーを語るのをおしまいにした。「縛ったとき、あなたは抵抗しなかった」

「あたしは土を吸いこんで味わった、そしたらあんたのことが感じられるのに、まえみたいな痛みはなかった」と説明するバットの言葉はぎこちなく、とぎれとぎれだった。「あたしはショックを受けてたんだ」ちゃんとした話し方がわかっているのに、会話に加わっているからなのか、それとも話している相手が相手だからなのか、戸惑ったように堅苦しい話し方になっている。カールした髪がくしゃくしゃになって、幾筋か目にかかっているのをふっと吹きはらった。「そうでなきゃ、抵抗してた」そういう可能性があったことを、どちらかひとりでも忘れているといけないと思ったかのように。

ニアはちらりとジェーンを見て、肩をすくめた。「もしも土が、彼女の共感力からくるストレスを癒せるのだとしたら、彼女を〈ケイヴ〉から連れ出すことはできなかったし、他の誰かがそうしたがるリスクも冒せなかった」

「あなたがいちばん心配したのはそのこと？ どうしてあなたをつけ狙ったかではなくて？」

「それもだけど、でもバットがそれについて教えてくれるつもりがあるかどうか、賭けようとは思わない」ニアは片頬だけで笑った。

「教えることなんて何もない」バットがぴしゃりと言った。

「〈ネヴァーマインド〉かな？」ジェーンが訝《いぶか》しんだ。「それともべつの薬物かな、あの記憶の洪水を起こさせたやつ？」

「副産物のことを言ってる？」バットは首を振った。「野良化学者がしばらくいじりまわしてたけど、〈新たな夜明け《ニュー・ドーン》〉は勢力圏内に息抜きが必要になるたびにあれを施設周辺の地面に撒いて浸みこませるようになった。あたしたちブラッシュハウンドはみんな、水も土もあのシロモノと〈ネヴァーマインド〉の両方にどっぷり浸かった町で育った。だからどっちのガスもあたしたちには効かない。あたしたちはただ、あらゆるものを感じとる……ひと時も休めやしない」

「だったら、いつだって話すべきことがあるわけだ」

「あたしは仕事で金をもらってたんだ、だから仕事をしただけ」

「あなたが金と引き替えにしている仕事っていうのは」ジェーンがかみついた。「人さらいじゃないか」

「彼らがブラッシュハウンドに与える仕事がそれなんだよ。あたしたちはけっして……」バットは舌打ちしてから開き直ったようにあごを上げた。「あんたらの誰かがあたしたちを受け入れてくれるのとはわけが違う」バットの言葉には敵意がみなぎっていて、燃えさかっているのがニアには感じられた――その敵意が直接、自分に向けられているものではないにしても。自分以外の世界に背中を向けられたらどんな気分になるものか、ホテルにいる誰もが知っていた。ブラッシュハウンドに命を脅かされる恐怖でニアの心臓が鼓動を速めたとき、それを拒絶されたと思うなんて、とバットを責められるだろうか？

「ピンク・ホテルはすべての女性を歓迎するよ」ジェーンは言いかえした。「進んでコミュニティの一員となってくれて、わたしたちの存在を抹殺したがる連中と手を組んだりしないかぎりはね」

「まえにも何か所か〝誰でも歓迎〟するってところにいたことはある」バットの言いかたにはとげがあったが、ニアにはその気持ちがわかりすぎるほどよくわかった。「唱えるお題目はみんな一緒だけど、それもこっちが彼らを怖がらせたらおしまい。それに彼らには、こっちが何者なのか、っていう答えが必要なんだ。たいして違わないんだよ、〈ニュー――」

「わたしたちは〈新たな夜明け《ニュー・ドーン》〉じゃない」ジェーンがびしっと言い放った。バットは返事をする代わりに、ふりかえってニアのほうを見た。ジェーンがすっと息を吸った。「これははっきりさせておきたい。あなたがそういう経験をしてこなかったと言うつもりはない。そこはあなたを信じる。でも、このホテルはそうじゃない」そしてひと呼吸おいてから言い足した。「ニア、どうして〝バット〟なのか、言わなかったね」

ニアの頬がかっと熱くなった。「まず名前を訊いて、それから、もしかして番号で呼ばれたいか、とも訊いた。それで結局彼女は、いやだ、って言った」

「〝コンバット〟の略だよ」バットはぼそぼそと言って、目をそらした。

「ニアはエンジニアの略だし、ギィはギターで、ペルはアカペラ……わたしたちはそうやって情熱を傾けるものや能力にちなんで名前をつけるって説明してあげた」

「で、あたしは戦い方を知ってるから」とバットが締めくくった。

ジェーンはうなずいた。「わかった」ようやく立ち上がった彼女をバットが見上げて、ニアと同じように処罰が言い渡されるのを待った。「これからどうするかはホテルのみんなと話し合う」ジェーンはバットの目をまっすぐに見た。「あなたは、〈新たな夜明け《ニュー・ドーン》〉に送り返す以外の方法が見つかるまで、わたしたちと一緒にいなさい。でもニアの言うとおりでもある。痛みが少なくてすむという理由で〈ケイヴ〉にいたいのなら、むりに引っぱりだすことはしない。自分ならそんな目には遭いたくないからね」

バットがジェーンの言葉を信じていないのはあきらかだった。信じるべきだし、いずれそうなるだろうと、ニアにはわかっていた。ジェーンはいつだって約束は守るのだから。

〈ケイヴ〉の外で物音がして、拘束されているにもかかわらずバットが受け身の姿勢をとろうとしたので、ニアは心臓が口から飛び出しそうになった。ニアには聞きなれた音で、話し声も足音も敵のものではなかったからだ。

案の定、ペルとノミエ、ラプソディの三人が先頭に立って、ホテルのほかの住人たちを〈ケイヴ〉の入り口まで連れてきていた。


ニアは息をつめてラプソディの背後を見つめた。嫌悪感と満足感が奇妙に咲き誇ったようなラプソディの表情などどうでもよかった。気にかけたのはラプソディのうしろにいるペルの表情だ。鍛え上げた無表情を張りつけていても、ニアとバットを見比べて行ったり来たりする視線は隠せていなかった。

「何をしてるの、ニア?」ペルの問いかけは、〈ケイヴ〉の鍾乳石についた結露のようにじっとりと重く滴った。「で、あれは誰なの?」

ばかげていると言ってもいいくらいの質問だった。バットの着ているものは黒っぽくて戦闘向きのものだし、いまも結束バンドで縛られたままなのだ。これらすべてを前夜の襲撃と結びつけて考えることくらい、天才や共感能力者《エンパス》じゃなくてもできる。ほんとうの問題は、誰がとか何がとか、そんなことよりずっと大きくて呪わしいものだ。

ニアはつばを飲みこんだが、喉はからからだった。「どうしたらいいかと思って、それでジェーンに訊いて――」

ラプソディの目に、ものごとを理解したときの光が宿った。「あんたのマヌケなしわざの後始末にジェーンを引っぱりこんだわけ？」まちがってはいない。でも、ニアがジェーンを連れてきたのは彼女を信頼しているからだし、手を借りる必要があったからだ――だが、傍からはそれがどう見えるかまでは考えがおよばなかった。恐怖の落とし穴から自己弁護と羞恥《しゅうち》の根が広がりだした。「この件については片づけたと言ってたよね」

「まんざら嘘でもなさそうだけどね」ペルがぼそりと言った。だがそう言いながらもニアのほうを見てはいなかった。

ジェーンが落ちつかせようとするように両手を上げた。「わたしたちがここでしようとしてるのは、これが簡単に済ませられる状況だというフリをすることじゃない。ニアは攻撃されて、これにどう対処するのが正しいのかを判断しなくちゃならなかった。だからわたしに助けを求めてきた。彼人にどうしてもらいたかったっていうの？」

ラプソディが面食らった顔をして、その一瞬だけ、ニアは期待をふくらませた。だがそれもラプソディの言葉でたちまちしぼんでしまった。「あたしが攻撃されたあとすぐ、本当のことを話してもらいたかった。それと、あたしたちのうちのひとりがブラッシュハウンドをこの〈ケイヴ〉に、この親密で神聖な空間に入らせるなんて、考えてもみなかった。それって、あたしたち全員に対する侮辱じゃん！」

ジェーンが一歩踏みだしてニアのまえに立った。「わたしたちの言うことに耳を貸さないほどわたしたちを信頼しないことだって侮辱だよ」

「あんたのことは信頼してるよ、ジェーン」

そのひと言がすべてを物語っていると思えて、ニアの胸の内がかき乱された。

ジェーンはただ「ニアを信頼しなさい」とだけ言った。

ラプソディはしばらく黙ったまま首を振り、こぶしを握りしめていた。「まるであたしたちの誰でも隠しごとをしててもかまわないみたいな言いかただね。それにあたしは、彼人が嘘をついてないなんて話は聞きたくない、だってそこのクソマヌケは嘘をついてるんだから」

「ラプソ――」

ニアは一歩まえに出た。「ううん、ラプソディの言うとおりだ」つとめてふだんより大きい声を出そうとした。「このことについては最初っから正直に話せたらよかったんだけど、でも怖くなっちゃって。だけど、わたしはコミュニティに対しても、あなたたちの誰に対しても嘘はついてない」大きな声を出したけれど、それで声をかすれさせるつもりはなかった。あるいは、声がかすれたのはその言葉のせいではなく、うしろをふりかえってバットが警戒するように狭めた目を向けているのを見てしまったからかもしれない。

バットもニアを信頼していなかった。この場でニアを信頼しているのはジェーンひとりかもしれず、その信頼を得られているかすら心もとなかった。

「どうして彼女を……おいていったの？」ノミエがためらいがちに訊いたので、ニアはうなずいた。「わからないのは、あんたがどうして彼女を〈ケイヴ〉においていったのかってこと」ノミエの言葉選びには懇願するときのようにとげがなく、この裏切り行為にちゃんとした説明をつけてもらいたがっているようだ。

ニアは肩をすくめた。「ここしか思いつかなかったから。彼女はもうここにいるんだし、引きずっていくには大きすぎた」

さらに質問がつづくまえにジェーンが割って入った。「もしみんながニアを問いただしたいなら、正式に〈コード〉会議でやればいい。わたしたちにはホテルで起きる問題に対処する方法があるんだからね」

ラプソディが舌打ちして、もう少しで吹き出しそうになってから、首を振って身をひるがえした。

口を開いたのはペルだった。「そのとおりだね、ジェーン。あたしたちにはホテルで起きる問題に対処する正式な方法がある」

「でも彼女は……」ノミエがバットのほうを身ぶりでしめした。「どうするの？」

「〈ケイヴ〉の土が――」ニアは言いかけた。

ラプソディが割りこんできた。「ホテルに連れていくよ、気に食わないけど。これはホテルの問題だからね」と念を押すように言った。ニアは拒絶されたように思えて鳥肌が立った。「そうしてあたしたちがピンク・ホテルでブラッシュハウンドに片をつけるんだ、〈コード〉としてね。以上」

ラプソディの言う〝あたしたち〟と自分のあいだには距離があるのをニアは感じた。ラプソディはやけにきっぱりと言ったけれど、ピンクではそういうものごとの進めかたはしないのをニアは知っていた。そこで、そうしてもいいのだとだんだんわかってきたことをした。もういちど声を上げたのだ。

「〈ケイヴ〉の土はわたしたちを助けてくれるのと同じように——もしかしたらそれ以上に——彼女のことも助けてるし、わたしたちは人々を助けることをやめない」ニアはジェーンの言葉をくりかえしているような気分になった。ジェーンの勇気に力を借りて、自分をピンク・ホテルに引きもどそうとしているみたいだった。ジェーンからしたらフェアじゃないと思ったが、世界が不信感と裏切りの目で自分を見おろしているいまは、ほかにすがるものがない。

「あんなよそものを〈ケイヴ〉においておくわけにいかないじゃん！」ラプソディがわめいた。「ここに男を入れてやるのとたいして違わないし、今日その線を越えるって話はしてないんだよ、ニア」

「そんなの——」

「いまここで、それについて投票したっていいんだよ」ラプソディは言いかえした。「それがフェアってもんだろ」

ニアは気を強く持とうとしたが、投票結果が見えていなければラプソディがこんな提案をするはずがないこともわかっていた。結果は数えてみるまでもなくあきらかだった。ペルは棄権、ノミエはバットをホテルの監視下に置くほうにおずおずと手を挙げた。これは間違いだという気がした。ホテルの正義と安全があるべき場所に、強い恐怖の重みがずしりと居座っているかのようだ。

ジェーンが手を貸してバットを立ち上がらせ、騒ぎを起こさせないようブラッシュハウンドに小声で何かを伝えた。ニアは無力感にとらわれてそれを見ていた。いったい何ができたというのだろう？　襲撃されたあとだというのに、どうしてブラッシュハウンドにせめて優しくしてやらなければならないと思ったのか、うまく説明できなかった。自分の発する言葉に対するおなじみの不信感が押し寄せてきた。バットが〈ケイヴ〉の土に反応するようすを見てどういう気持ちになったのか、うまく話せるとは思えなかった。少なくとも、誰かを心変わりさせられるほどには。言葉にするのはニアの得意とすることではなかったし、人に話す勇気となればなおさらだ。

それでもできることは、ある。「ノミエ」押し殺した声で言ったのは、他のみんなが〈ケイヴ〉をあとにしようとしたときだった。

ノミエは一瞬、ぎょっとした。何か話をする以上のことをされるとでも思ったようだ。「な、何？」

「水のボトルを持ってる？」わずかな間をおいて、ノミエは水の入ったボトルを手渡した。「ありがとう」ニアはふたを開けると、ノミエがまごつく暇もなく、なかの水を土にぶちまけた。それから、目についたなかでいちばんとがった石をつかみ、ボトルの口がもっと大きく開くようにぐるりと切り取った。

ノミエが目を丸くした。「土をそれに集めて〈ケイヴ〉の外へ持ちだすつもり？」

ニアはそのとおりと言うように低くうなった。「まえにもやったことがある。効果は十分じゃないけど、ないよりマシだ」

「でもそれって――」

「ノミエ」ニアがぐいと頭を上げると、突きつけられた激しさにノミエは口をつぐんだ。「バットには土《ダート》がもたらしてくれる癒しみたいなものが必要なんだ。癒しとは違うかもしれないけど……助けにはなる、わかる？　それにわたしは看守でもなければ〈新たな夜明け《ニュー・ドーン》〉でもない。自分が見たものが何なのかもわかってるし、これを彼女に与えないなんてこともしない」そこでひと呼吸おいてからつけ加えた。「彼女を縛ったことですでに一回、しくじったからね。思いやりを忘れるような失敗は二度としない。

それに、ほんのひと握りの土《ダート》まで彼女からとりあげようとするやつなんか、クソくらえだ」

ニアは精いっぱい自信のあるふりをしてノミエの横を通りすぎた。ピンク・ホテルのみんなはほとんどが自分より先を歩いていたからだ。それでも背後でノミエが驚きの声を上げたのが聞こえた。

「〝バット〟？」

「あんたは監禁されることになるよ」

ニアは爪を気にしながら、全力でバットを無視しようとしていた。「わたしたちは人を監禁したりはしない」

「はあ？」

「〈ケイヴ〉でジェーンが言ったのを聞いたよね？　わたしはあなたに手錠をかけるというミスを犯した。わたしたちは警察国家なんかじゃないのに」ニアは薬指を嚙んだ。「監禁するなんてことは……」バットと政治的な議論をするほどの気力はなかった。〈コード〉会議がどんなことになるだろうと気を揉みながらではむりだ。

ニアは最善を尽くして〈コード〉に自分の主張を伝えた。ジェーンにしたのと同じ話を、ホテルの全員に向かって説明した。ジェーンもできるかぎり味方をしてくれたけれど、事実を避けて通ることはできない。ニアはホテルに対する脅威（バット）の存在を知っていたのに、それをすぐにみんなに伝えず、〈ケイヴ〉に立ち入らせてしまった。ひとつひとつがどれも重大な過ちで、もしも〈コード〉がそのすべてをニアがわざとやったことだったと判断したら、いったいどうなってしまうのだろう。

たとえバカなことをしたり失敗をしでかしたとしても、ホテルはいつでも寛容だった。だが、もしみんながラプソディと同じように感じたら？　今回のことと妨害工作がつづけて起きたのは偶然にしては出来すぎだ、というほうにみんなが投票したら？　そうなったら、ニアは彼女たちの友人や家族、恋人に対する裏切り者とみなされるだろう。そんなことはかつてこのホテルではあったためしがなかった。そしてこれが裏切り行為だと判断されたら……それでも彼女たちは寛容でいてくれるだろうか？

ニアはそうしてもらうにふさわしいだろうか？

「うん、わかった」バットは低い声で言った。「それじゃ、あの人たちはたぶん、あんたを追放するだろうね。あたしたちふたりそろって追い出されるかもね、だってあんたたちは監禁なんてしないんだから」そうは言ったが、あまり信じてはいないようだ。

そうなるところを想像して、ばかばかしさにニアは吹き出した。このふたりが——バットはまだ手首を縛られたまま、こげ茶色の土が半分入ったボトルを持って——砂漠に歩き去っていくところを。「そうだね、もしわたしたちが〈新たな夜明け《ニュー・ドーン》〉につかまっても、少なくともあなたにはガスは効かないから……」ニアは茶化しつづけようとしたが、つらくなってやめた。

「そういうの、やめて」

「そういうのって？」

「あんたは感情的になってきてるし、この部屋は狭いんだから」とバットは言った。

ニアはため息をついた。「どうすれば感情にストップなんてかけられる？」

バットは指でつまんだわずかな土をじっと見つめると、鼻先に持ってきてしばしにおいを嗅いだ。じっくりと見ている。「そんなこと知るもんか。そういうところは〈新たな夜明け《ニュー・ドーン》〉の連中のほうがやりやすいな」バットはそう説明した。「あいつらは……あんたたちダーティ・コンピューターより感情の起伏が少ないからね」

「それはあいつらが記憶を消去してしまったからだ」ニアの言葉にはとげがあった。「クリーンであるというのは、何もかも奪いとられた状態のことなんだ」

バットが押し黙ってから舌打ちするのが聞こえて、ニアは他人がその音をたてるのにうんざりしてきた。バットは二本の指のあいだで土を転がしてから、その指をボトルにつっこんだ。「あんたの感情のせいで頭が痛くなるのはどうしようもないよ」

「わたしだって感情があることをどうにもしようがない」ニアは言いかえした。「せめて、それがわたしの感情だってことを尊重してくれてもいいだろうに」

バットはほっとしたように息を吐きだし、それからあごをぐいっと上げて顔にかかる巻き毛をふりはらった。「それならせめて怒ってなよ。怒りのにおいだったら嗅いでも片頭痛が軽くてすむ」

けれど怒りつづけるのはニアらしくなかったし、その怒りもすでに薄れてきていた。「誰に対して怒れと？」

バットは肩をすくめ、土の入ったボトルをニアのほうに持ちあげてみせた。「これ、持ってて。さっき下に置こうとしたら、蹴とばしそうになったから」

ニアは膝をついてボトルを奪いとると、両手で捧げ持った。土が手の中にあると実感できるしぐさは、ほんの少しとはいえ、頭の中を飛びかう大量の〝もしも〟を静めるのに役立った。「もしわたしが怒っているとしたら」慎重に言葉を選び、「自分に対してだけだと思う。でもそういうのがすごくいいにおいがするとは想像もできない」

バットはふたたび目を細くした。「そうだね……」驚いたような言いかただった。「みじめさとか、憎しみみたいなにおいがする」しばらくしてから、彼女は視線をそらした。「あんたに怒鳴り散らしてたあの女みたいだ。憎しみのにおいが強くて、頭ががんがんした」

「彼女は誰彼なしに嫌ってるわけじゃない」しばらくしてニアは言った。「彼女はホテルを愛してる。嫌いなのはよそものと〈新たな夜明け《ニュー・ドーン》〉だ」

「ほんとにそうかな？」

「うん」ニアは絶対的な自信を持って言った。「ピンク・ホテルに来るのは迫害するためじゃない。迫害から逃れるためだ。そして彼女は長いあいだここにいて、コミュニティの一員だった」

だがニアは、自分とラプソディとではよそものの定義に食いちがいが多いことについて詳しい説明はしなかった。バットは感情を嗅ぎとれるのだから、特定のことを隠しておこうとしてもむだだ。何もかもすべてを話すのはもっとむだなことだ。この話を長引かせたくなくて、別のことを訊いた。「なぜわたしたちを襲撃するんだ、バット？　みんなにそのわけを話せば、もしかしたらずっと――」

「〈新たな夜明け《ニュー・ドーン》〉が感情のにおいを追跡させるためにあたしを雇ったから、そうした。あんたが横入りしたのはあたしのせいじゃない」

「わたしに襲いかかったのを忘れたのか」

「うん。そうだった」

「つまり、あいつらは特定の誰かを探してるのか？」ニアがそこで語気を強めたので、バットはぎょっとした。「ラプソディか？」

バットは首を横にふった。「ぜったいに違う」

「それじゃ……？」

バットはあきらめたように目をくるりと上にむけた。「ジェーンだよ」

もちろん、ジェーンに決まってる。ぞっとすることだが、それなら筋が通る。ジェーンは浄化の失敗作で、逃亡者だ。

「彼女の痕跡がホテルから離れるときを見張っておいて、彼女がひとりでいるときに連れていくように言われてた」バットはニアの腕を身ぶりでしめした。「あんたの全身に彼女の感情のにおいがまとわりついてる。ねえ、あんたたちは服を共有するとかしてるの？」

「え？　そうだよ、わたしたちはみんな――」ニアはそこで目を大きく見開いた。「接ぎを当てたからだ」バットがぽかんとしているので、ニアは言い足した。「わたしのスウェットシャツに接ぎを当てるのに、彼女の服を使ったんだ。彼女が〈新たな夜明け《ニュー・ドーン》〉にいたときに着ていたのを」じっさいのところ、ホテルにあるなかでジェーンの過去だけをまとった、希少な服のひとつだった。その服を見て、ジェーンはいったい何度、自分の過去と現在を想ったことだろう。そのにおいがニアにまとわりつき、それがバットを引き寄せたのだ。

ささやかながらジェーンの安全を護れたことが、ニアには誇らしかった。

だがそれにしても疑問が残っていた。「でもどうしていまになって？　〈新たな夜明け《ニュー・ドーン》〉の誰が――」

「監禁はしないってことは、あんたが尋問係のはずはないし、あたしは答えたくない質問に答える必要もないわけだ」

「もちろん、そうだ」ニアの返事はこれまでと変わらず率直でよどみなかった。「わたしはただ……」知らなければいられなかっただけ。ホテルの安全は頭のなかで最優先に考えていることではあるが、この質問はホテルのためというよりも、自分が置かれている状況をはっきりさせるためのものだ。何を置いてもまず、ジェーンに説明できるように。でもそれはジェーンを巻きこむことになってしまうだろうか？

バットはあっけにとられた。「あたしはふだん、質問に答えるかどうかを選べる立場じゃない」

「あなたはふだん、ピンク・ホテルで過ごしているわけじゃないからね」ニアは応えた。

「めったなことじゃ予約が取れないだろ」バットはちゃかした。

「ううん、見つけるのが難しいだけ。でも一度来てしまえば歓迎される。たとえ他の人たちみたいにもろ手を挙げてまで歓迎しないような人たちでも」

バットは頭をふった。「この状況にいるのにまだあの人たちを持ちあげるなんて、あんたってどこまでお人よしなんだか」

「それのどこがいけない？」思いがけないことを言われて驚いたが、すぐにバットがちくちくと投げてきた皮肉をつなぎ合わせてみて気がつき、そっと聞いてみた。「誰かのにおいを——不満を感じてるにおいを——感じてるってこと？」

「あたしが言ってるのは、あたしがにおいを感じてることはあんたもわかってる、ってことだし——」そこでとつぜん、バットはいまにも吐きそうな顔になり、はちみつ色の肌がまだらになって血の気が引いた。それから鼻がまっ赤になるのと同時に、ホテルの部屋のドアが開いた。

ニアは、ああ、と思った。バットが急に具合が悪そうになったのはこれのせいなのだろう。ドアのところにはジェーンがいて、その顔にいくつもの感情がせめぎあっていることは、においで共感する能力などなくても見てとれる。怒り、失望、落胆、怖れ、そして懸念の芳香は、ブラッシュハウンドにはくらくらして吐き気がするほどだっただろう。ニアはニアで、心配のまじりあった気持ちでいっぱいになった。

「それで?」ニアは声を震わせないようにしようとしたが、震えを隠そうとするあまり、平静というにはあまりに早口になってしまった。「投票はどうなった?」通常であればニアとバットも同じ室内にいたはずだが、会議が始まるまえに〈コード〉のメンバーから動議が出され、ふたりは席をはずさせられていた。ふたりが投票のようすを見ることにはプレッシャーもあれば疑念も持たれたのと、バットがホテルの住人ではないこともあって、そうするのは道理にかなったことだった。ニアは自分の寝室で待つことに同意した。そうすれば少なくとも、土をバットのそばに置いておけるし、他の住人たちと争うつもりがないこともしめせる。

どんなにささいなことでもむだにはならない。

それほど役に立ったようでもないが。

だがジェーンは言葉を見つけるのに苦労しているのか、いらいらと歩き回っていたので、ニアは立ち上がってバットのために持ってきた土を彼女に差しだした。そして「**ストーリーを聞かせて**」とうながした。「**あの部屋のなかで起きたことを**」

ジェーンは目をぱちぱちさせて、少しの間をおいてからあらためてニアの手にあるプラスチックのボトルに焦点を合わせた。「それは〈ケイヴ〉から持ってきたもの?」

「水割りにしたラムみたいなやつじゃないか」バットがわずかに声を大きくした。「そいつをシエアすることなんてできるの？」

「あの洞窟についてわたしが知ってることがあるとすれば」ニアはジェーンのほうを向いたまま言った。「あそこの土はひと粒残らずわたしたちみんなの、そしてわたしたちが助けたい人たちのためにある。だよね？」ジェーンがうなずくと、ニアはもう一度、こんどはすこし傾けてボトルを持ちあげた。ジェーンはそれに応じて、ニアが少量の土をこぼせるように手のひらを上にむけた。

ジェーンの指が土をしっかりと握りしめた。根の張りかたも、〈ケイヴ〉との一体感も同じではないことは、ニアにもわかっていた。だからといって、土台となってくれるのと同じ大地の一部にはちがいない。ニアがダーティなままでいるのを助けてくれるこの星のひとかけらであることに変わりはない。その真実を、ジェーンの手の中にあるひと握りの土に、ジェーンの心に、届けたかった。

「**ストーリーを聞かせて**」ニアはもう一度言った。

ジェーンは目を閉じて、深く息を吸った。ニアは彼女の表情がやわらぎ、リラックスするのを見つめた。いらだって硬くなった表情から何かに集中する表情へ。これまで何度も目にしてきた瞑想に入る瞬間だった。ただし、〈ケイヴ〉の外でそれを見るのは妙な感じだったけれど。

「**わたしは、決定には反対する、と言った**」ジェーンは語りはじめた。「**そういうのはわたしたちの作法ではないから。わたしが何度となく繰り返してきたように、そしてみんながその倍の数ほども見てきたように、わたしたちがここに来たのは自由でいるため、ダメなところも無謀なと**

ころも許されるため。それはつまり、わたしたちはたがいにたがいを許し、優しくして、理解するということ。

ところが、ラプソディは外の世界で言われるようなことを言って、ホテルの壁の向こうにあるものが忍び込んでくるんじゃないかと他の女たちをひどく怖がらせたものだから、彼女たちもそれに賛成した。あなたが妨害工作を仕組んだんじゃないとは信じられないし、ブラッシュハウンドを保護するということは〈新たな夜明け《ニュー・ドーン》〉を保護して自分たちを傷つけるんじゃないか、と」

それこそニアが予想していたことそのままでもあったし、同時に筋の通らないことばかりでもあった。ジェーンの言うとおりだ。ホテルはいつだって癒され、理解してもらえる場所だったのに、あの妨害工作があって、襲撃があってからは……ニアには、ラプソディが〈コード〉に言いそうなことが彼女の目の中に見てとれた。彼女はそのことをことさらに隠すようすもなかったけれど。

ニアは、一緒にパトロールしながらラプソディと交わした会話のことには触れなかった。あんたはどうしてここにいるの？　ラプソディはそう訊いた。その答えを、彼女は部屋に集まった人々を誘導するのに利用したんだろうか。みんなが理解したかどうかはともかく。

それを訊くかわりに、ニアはジェーンに先をうながした。**「それで、〈コード〉はどうすることに決めたの？」**

「他の人たちが取り調べを終えるまで、あなたたちの監視を続けることにした」息詰まるような沈黙ののちにジェーンは答えた。**「みんなが言うには……調査の先頭に立つには、わたしは深入**

りしすぎてる、あなたがずっとわたしをサポートしてきたから。だから、あなたたちの監視係を買って出た」

「みんな、それに賛成したの？」ニアは驚いた。調査するのにジェーンですら公平な立場でないというなら……

ジェーンは口元をゆがめて苦笑いすると、そのちょっとした皮肉で気がすんだのか、目を開いて瞑想状態から覚めた。「ラプソディがあなたを取り調べることについては賛成したけど、わたしを投票から完全に締め出そうとはしなかった。ギィとペルはきっと頭を抱えてるだろうね、しかもこれはゼンが帰ってきたらどうなることかを考えるまえのことだから」ゼンの名前がおもりとなって苦笑いを引きずり下ろし、ジェーンは渋い顔になった。「ゼンがいてくれたらよかったのに。偵察の旅を短めに切り上げてくれるように伝言を送ったんだ、ホテルがたいへんなことになってる、って。それにしたって、戻ってくるにはそれなりの時間がかかる」そう言って首をふったところでドアの外から誰かに呼ばれ、ジェーンはゆっくりとそちらに向かった。「すぐ戻ってくる。あとのことは一緒に考えよう」

ジェーンの怒れる楽観主義は、彼女が出ていったドアの閉まる音にかき消された。

バットが笑っていた。いや、ばかにしたようなくすくす笑いが、ニアの背中に浴びせられた。

ニアはふりむいてにらみつけた。「何がおかしい？」

「あんたたちは警察国家じゃないっていうけど、死刑執行人に取り調べをまかせるなんて、まちがいなくどうかしてるよ。あんたはそう思わない？」

ニアはうんざりしてきた。「遠回しなことを言ったりからかったりするのはやめな。言いたいことがあるなら言いなよ」ニアは体ごとふりかえって正面からバットを見た。怒りの感情はひどい頭痛は起こさないと言っていたから、ニアは情けをかけてやっているのかもしれない。

バットはしばらく首をかしげていた。それからゆっくりと壁に背中を押しつけ、それを支えにして立ち上がった。最初はバットがこの時間を意地悪く楽しんでいるのだと思ったが、ふと気づくと、バットの顔はまだかすかに青ざめている。みんなが中にいるから、この瞬間のホテルは苦痛そのものなのだ。ただ、ふたりしかいないこの部屋ではようすが違った。

バットにプラスチックのボトルを持っていってやるあいだだけ、ニアはいらだちを押さえつけた。ボトルをバットの鼻の下に差しだすと、彼女は深く息を吸ってから、時間をかけて吐きだした。「**本当のことを聞かせて、バット**」バットがストーリーを好むとは思わなかった。

「ラプソディがターゲットではないことは知ってる」バットは説明した。「彼女の憎しみや恐れはまえにも嗅いだことがあるからね。

あたしを雇った〈新たな夜明け《ニュー・ドーン》〉の施設ではそこらじゅうでにおってたよ」

夜が訪れるころにはもう、ニアは手の打ちようがない気がしていた。

もはや誰もバットを信じないし、それはつまり、ニアの言葉を信じてくれる人もごくわずかということだ。ジェーンに話したことで少しは肩の荷をおろせた。ジェーンはニアの直感をつっぱねたりしない程度には信頼してくれたけれど、それが精一杯だった。〈コード〉にしめせる証••拠••

が必要なのに、ニアもバットも、ジェーンでさえも、そんなものは持ち合わせていなかった。

　ふたりとも知っているとはいえ、ホテルがニアに寄せていた信頼の大部分をラプソディがはぎ取ってしまったいまとなっては、知っているだけではなんの役にも立たない。ラプソディの部屋を、咎《とが》められることなく調べることもできない。ホテルでは誰もが友人や恋人として、しょっちゅうたがいの部屋を行き来している。だがニアが誰にも気づかれずにこっそり抜けだし、そのうえさらにラプソディの部屋に入りこむなんてできるわけがない。ジェーンがあまり長い時間、ニアのそばから離れているのも怪しまれるだろう。

　ジェーンが言うには、ラプソディは控えめに言ってもみんなが警戒を怠らないようにしむけていたそうだ。バットが言ったことが本当なら、それにどれほどの意味があるかは怪しいものだ。

「ためしに境界線を脅かしたのも、やつらにやらされたことか？」ニアはもう一度訊いた。

　バットが提供した情報は、ニアがしつこく訊いたうえに、いまだ手首の結束バンドがはずされないことに腹を立てたあげくにしぶしぶ引きだされたものだ。「そうだよ。セキュリティ用のトラップを破壊できるか試すために、ブラッシュハウンドが何人か送りだされた。〈新たな夜明け《ニュー・ドーン》〉の構成員たちはチームで仕事をしたがる。巨大で目立つ輸送車とか、NDR〈ネットワークの検知と対応〉とか、なんでもそう。あたしたちは他の人に近づきすぎるのが苦手だから、訓練されてるんだ、もう少しこう……必要なときに静かにしてるように」バットはがくりと頭をうしろに倒し、天井を見上げた。ニアはベッドに横になるよう勧めたが、断られた。シーツには床よりもよほどたくさんの感情のにおいがついているからだ。「あたしたちにはあちこちのポイントをしめす地図と、ジェーンを追跡する手段……古い服を与えられた。たぶん、〈新たな夜明け《ニュー・ドーン》〉に連れてこられたときに着ていてとりあげられたやつだろうね、チュールやレザーのものばかりだったから」

「燃やしたんじゃなかったのか」ニアは驚いた。

「そのようだね」バットはあいまいに肩をすくめた。「どっちかを選べるなら、あたしは破壊工作はしたくない。戦闘のほうが好きなんだ。だから追跡業務のほうをとった」

「でもあなたは地図を持ってた、ということは、その地図はホテルのことを知ってる誰かが用意したわけだよね」

「そのとおり。しかも地図は、どこかのろくでなしの怒りと恐れのにおいがしてた」

ニアはもうずっとそこにあるような喉のつかえを飲みこんだ。訊きたいことはいくつもあるが、どの答えもわかっているせいで黙りこんだ。答えがわかったところで、信じたくはないけれど。そうではないただひとつの質問は、バットには答えようがないものだ。

なぜ?

「あたしが知るわけがない」とバットは言った。ニアはその質問を声に出していたことに気づいていなかった。「彼女には会ったことすらなくて、においしか知らない。地図を描いたとき、彼女は怖れと怒りをかかえこんでた。何をそんなに怖れてたのか、彼女にじかに訊いてみればいい」

そうできたらいいのに。だがラプソディを問い詰めるチャンスなどないことくらい、ニアには

よくわかっていた。ニアは唇をきつく閉じたが、よそものという言葉が舌の先にひっかかってい
た。しかしそれでもわけがわからない。〈新たな夜明け《ニュー・ドーン》〉はホテルの外にあって、その脅威も内
におよんできてはいない。いったいどうして、ホテルを裏切って〈新たな夜明け《ニュー・ドーン》〉に引き渡すよ
うなことをする？　そんなことをして何になる？
「ジェーンとゼンを見つけしだい、捕まえろとはっきり言われてた。必要がなければほかの誰も
捕まえるな、とも。それもラプソディとの取り決めの一部だったんだと思う」
　ほかの誰も？
　ふたりだけ？　だったら……
　そのときとつぜん、ホテルのスピーカーから流れてきた低く大きな銅鑼《どら》の音が壁をふるわせた。
試験放送以外ではめったに聞いたことがなかったので、注意を向けるまでに一瞬の間があった。
ジェーンがすでにドアを開けるところだった。ドアのすぐ外で見張り番をしていたのだ。「ホ
テル中に警報が響いてる！」
　ニアは立ち上がった。その背後で、開け放たれたドアの向こうから女たちが右往左往する気配
が伝わってきて、木の床を走っていく足音が鳴り響く警報と一緒に聞こえてくる。混乱したぼそ
ぼそ声も、たがいに交わす叫び声も。ホテルではありえないような不協和音に、ニアの目は涙で
ちくちくした。どんなホラー映画でも、ホテルのなかがこんなふうに大混乱に陥るのを耳にする
のがどれほどよくないことかを描写した場面は見たことがなかった。ここでは笑い声と音楽、そ
してベッドの軋む音しかしないはずなのに。

バットは圧倒的な恐怖の波に押し流されるように、前のめりに倒れかかった。ニアは窓に向かって移動しながら彼女を支えた。窓はニアとバットを閉じこめておくために外からしっかりと閉ざされていたが、窓の外を見通すのをさえぎるものはなかった。もともと警備にあたっていた者をべつにすると、すでに外に出ている住人はそれほど多くなかった。その警備の人たちも、ホテルが持っている数少ない車から出てきたところだ。そのうちの数人はまにあわせの盾を持ち、身を護るための道具をトラックの荷台や屋根のないキャデラックからつきだしていた。

彼女たちは全員で同じ方向を見てはいなかった。何台ものトラックがライトをぎらつかせて両側から迫ってきていたからだ。ニアはよろよろと窓ぎわから離れた。たくさんの叫び声が、タイヤのきしむ音やブレーキ音と一緒に聞こえてきた。

〈新たな夜明け《ニュー・ドーン》〉がピンク・ホテルに奇襲をかけてきたのだ。

「何が〝ほかの誰も〟だ！」ニアはくるりとふりむいてバットに向かって叫んだ。「あいつらはわたしたち全員を一掃しに来たぞ！」

バットは両手を上げようとしていた。怒りのあまり、ホテルの恐怖の感情による痛みがかき消されていた。「ちょっと、ちょっと、あたしは嘘なんかついてないってば」彼女はじわじわと近づいてくるニアとジェーンをせわしなく見くらべた。「あたしたちは、ジェーン以外の誰も捕まえるなと命令されてたんだ。どうしてこんなことになってるのかなんて、知ったこっちゃない」

ニアはあごを上げて、パニックがつのってくるのを払いのけようとした。「なぜ、あんたを信じなくちゃいけない？」

「いまのあたしがそれについて言えることなんてほとんどないよね?」バットは言いかえした。「だけど……」もう半狂乱になっていた。「そうだ、土《ダート》! ねえ、あんたたちのホテルにはこれっぽっちも興味ないよ、だけどあの洞窟はべつだ。嗅覚をリラックスさせてくれたのは、あたしの経験じゃあれが初めてなんだ、わかる? それに、もし〈新たな夜明け《ニュー・ドーン》〉がそのことを知ったとして、なんとしてもあいつらには……そんなことあたしには……」バットは背すじを伸ばした。「あんたたちのホテルの肩を持つつもりはないけど、あの安らぎのためなら戦うよ」

そのふたつは同じことだと説明しているひまはなかった。ニアがジェーンを見ると、ためらいつつも明らかに行動にうつる用意はできていた。ニアはうなずき、ジェーンに手を差しだした。

「わたしを信じてくれる?」

「もちろん」ジェーンは迷わずそう言った。

ニアはパーカのポケットからバットの手袋を取りだした。「ハサミを持ってる?」

ニアはゼンが録画したビデオを見たときのことを思い出した。違法な集会の場に襲撃を受けたときのものだ。ダーティ・コンピューターたちが幸せな快楽主義にのっとってたがいに仲睦まじく過ごしていたところ、とつぜん上からパトロールの照明が照らされて、みな散り散りになって逃げだした。ゼンは録画した動画を編集して音楽ドキュメンタリーに仕上げた。彼女とジェーンはその混乱した状況に合わせたBGMもつけた。歪《ゆが》んだエレキギターの音が聴くものの肌にいつまでも絡みつき、スピーディなドラムのリフにシンバルの乱打が重なる。この音が、あるべきレベルのパニックと闘争・逃走反応を引きだすのだ、とジェーンは言っていた。ときどき別の誰か——ギィかペルのことが多かった——が加わって、彼女たち自身の恐怖をそのまま音にしたような曲を作った。

ああやってみんなで何かを成しとげることにはセラピー効果があった。現実に起きていることに付随するほんものの雑音を聞くことで創造的な癒しが炸裂するのは何ものにも代えがたい。ニアにとっては、恐怖による硬直とアドレナリンによる興奮が百通りもの方法で引き起こす衝突でしかなかった。

走りだしたい、脱出したいと思ったけれど、ピンク・ホテルが陥落するのを放ってはおけない。ものすごくおおぜいの姉妹たちがパニックに陥り、恐怖に駆られて逃げまどっている。彼女たちの何人がラプソディに誘導されて投票したかなど、ニアにはどうでもいいことだった。ニアの不利になるよう説得されたかどうかなんて。それはやっぱり、受け入れがたい考えだけれど。

ニアは頭をふった。いまはただ、ストーリーを語るセッションとダメもとの気持ちをつきませて組み立てている最中の計画がうまくいくことを願うばかりだった。

ホテルのすぐ外で、よろいを着けた誰かに腕をつかまれ、そのマスクをした襲撃者と格闘しながら、ニアはバットとジェーンに言ったことを思い出そうとした。バトン型スタンガンを避けろ、ただし手袋をチェックすること、不必要に分厚く覆ってるから。たしかに、ニアを輸送車のほうへ引っぱっていこうとしている手は、バットがしていたのとそっくりな手袋をしていた。

手袋を通して熱が伝わってきた。ということは、一般構成員の誰かではなく、ブラッシュハウンドだ。彼らが誰を捕まえてもおかしくないが、それはいまも誰かを探しているということでもある。おそらくは、ジェーンだ。あらゆる状況を考えると、それはいいことだ。

「わたしはジェーンじゃない」ニアは怒鳴った。「メアリー・アップルでもないし、コンピューターでも――」焦りを感じながらも、ホテルから持ってきたハサミをつかんでうしろ向きに突きだした。襲撃者の太ももをどんなふうに刺したのか、ブラッシュハウンドが悲鳴をあげてひっくり返ったのが何を意味するのかは、つとめて考えないようにした。ハサミを手放さないようにすることだけ注意した。人を刺すために持ってきたわけではないのだから。

ニアは砂だらけの砂漠に目を走らせた。恐れていたとおり、ホテルを襲った襲撃者の何人かはガスマスクを着けていた。停止した輸送車を暴動鎮圧用の装備をしたブラッシュハウンドが取り囲み、並べたシールドで扉を開けた車の後部を隠している。無防備なホテルの住人たちにあの粗製ガスをぶちまける用意があるのはまちがいない。まず制圧するためにこの新しい化学兵器を使う。〈ネヴァーマインド〉で浄化するのはそのあとだ。

急がなければならない理由がひとつ増えた。

ニアは食堂に目を止めた。武装した構成員の数人がバトン型スタンガンとシールドを手にして近づいていくところだ。食堂のドアは閉まっていた。なかに女たちが隠れているのだろうか。

ニアのパーカはホテルを出たときには袖が片方しか残っていなかったので、もう片袖を失くしていないかすばやく確認した。ちゃんとあることに安心して食堂に向かって走りだしたが、向かった先は表側ではなかった。そっちはすでに包囲されていた。裏口にまわりこむと、バトン型スタンガンを持った襲撃者がひとりだけ、ゆっくりと忍びよろうとしていた。

戦士があげる鬨《とき》の声というよりも泣き叫ぶような声とともに、ニアは相手の背中に向かって突進し、ぶつかった勢いでふたり一緒に食堂の壁に激突した。するどく刺すような痛みを感じた直後にはうしろ向きにとびすさったおかげで、とつぜん壁に押しつけられたブラッシュハウンドの体と壁のあいだにはさまったスタンガンの餌食にならずにすんだ。スタンガンがズズズという音がしたかと思うと、襲撃者の体が激しく震えだした。

ニアは裏口のドアを叩いた。「わたしだ！　ニアだ！　なかに入れて！」

ガサゴソいう音につづいて誰かが勢いよくドアを開け、ニアは転がりこむようになかに入った。背後でバタンとドアが閉まる音がした。ニアが顔を上げて見ると、食堂のドアに鍵をかけているのはペルだった。

いきなりのハグと安堵のキスで迎えられて、ニアはびっくりした。「輸送車が迫ってきたときは怖かった」体を離しながらペルが言った。「あんたのブラッシュハウンドはあんたを攻撃するつもりなんだね」

「はあ？」ニアはまばたきした。「いやいや、彼女は、えーと……」ニアは食堂のなかを見回して現状を把握した。五、六人の女たちがペルと一緒にいて、それぞれ程度は違うにしろ、みんな怖がったり腹を立てたりしていた。ノミエはブースのひとつに縮こまり、頬から目にかけてのひどい打撲痕が腫《は》れあがって紫色になっていた。「あのさ、あいつらがこのホテルの地図を持っていると信じるに足る理由があるんだ」そこにいた全員がさっと注目した。「あいつらが食堂の鍵を持っていないのはラッキーだけど、いずれドアをぶち壊して入ってくるだろう」

「そしたらここでこてんぱんにしてやる」ペルはそう言って身ぶりでカウンターをしめした。すでに作業にとりかかっていた女たちが、深鍋や浅鍋を取りだし、熱した油を用意している。こんな短時間でもできる限りの防御の準備をしているのだ。「これでほかの子たちの時間稼ぎができる――」

「あいつらがジェーンに使ったあのガスだ」ニアは思い出させた。「あっちにはタンクいっぱいのガスがある。わたしたちが出ていったところで、あるいは誰かひとりが犠牲になったところで、こっちには痛手でしかない。あのガスでここから燻《いぶ》りだされるのは時間の問題だし、あなたたちの誰だろうとそんな目に遭うのを見過ごせないというわたしの言葉を信じて。わたしにはそんなことはできない」ニアはしばし口を結んだ。このあと言うことをこの部屋にいる全員に聞かせるために声を張り上げるのが恐ろしい。「いいことを思いついたんだ。きっとうまくいくと思う」

ノミエの近くにいた女が発言した。「でもあたしたちには知りようがないじゃない、あの女性差別者《ミソジニスト》たちをここへ連れてきたり、同性愛嫌悪者《ホモフォビック》たちに襲わせたりしたのがあんたじゃないなんてことはさ、そうでしょ、ニア？」

「攻撃が始まったとき、ニアは自分だけ助かろうとすることだってできたはずだ」ペルが言いかえした。「逃げられたはずなんだ。だけど、彼人《かのひと》はここにいる。だからその思いつきってのを聞いてみて、それでも一緒にやりたくなければそれでもいい。でも、ほかの人が話をするときは、まず聞くのがあたしたちの作法だよ」

「まだわたしを信じてくれるんだね」ペルがキスしてくれた感触がまだ残っていたにもかかわらず、ニアは驚きを禁じ得なかった。

「もちろんだよ。あたしが信じないのはあのブラッシュハウンドのほうさ」ペルは言った。「彼女はどこ？」

「ジェーンと一緒にいる」ニアは答えた。「わたしの計画を手伝ってくれてる」

「なん――」

「お願い――とにかくわたしを信じて。わたしたちならこれを終わらせられる」ニアがペルの目をじっと見つめると、ついに友人の表情がやわらいだ。ニアはほっとしてうなずいた。「だとしても、一緒にやる人数が増えればもっとうまくいくはず」正面のドアが激しく揺れた。ドアのまえには食堂の中の家具という家具を動かせるだけ動かしてきてバリケードがわりにしてあるが、それもいずれは押し切られるか、あるいは襲撃者たちが裏手にまわりこんでくるかするだろう。

「お願い。ピンクを救うのに手を貸して」

「あ、あれは何？」ノミエがかすれ声で訊いた。この短時間の襲撃で、あいつらにいったい何をされたのだろう？

ニアはパーカにまだくっついている袖を指さした。「あいつらが〈ケイヴ〉でわたしを標的にしたのは、ジェーンが〈新たな夜明け《ニュー・ドーン》〉で着ていた服の生地を身につけていたからだ。あいつらにとっては、ジェーンを追跡するために利用したのと同じにおいがしてる。だから、これであいつらを攪乱してやろうというわけ」

袖の縫い目の一部分はすでに切ってあったので、袖ごとひっぱってちぎりとった。

「これで少しは時間稼ぎができる、あいつらが追跡することになってるにおいをたっぷり嗅がせてやるんだ、これで――」またしてもドアが激しく揺れた。「においに集中させるかわりに分散させて。お願いだから信じて、わたしは――」

「あたしたちみんなが捕まったりしたら、そんなものが何の役に立つの？」そういう質問が来ることは予想していた。

ペルの表情は硬かった。「あたしがそんなことにはさせない。次の手は考えてあるんだよね？」

ニアは肩をすくめ、ぎこちなくにやりとするのをなんとか自信ありげに見せようとした。「あいつらに見合う以上にがんばらないといけない。あいつらはバトン型スタンガンを持ってる。それを奪いとって、プールに突き落とすんだ。あいつらを輸送車から遠ざけて、蹴散らしてやろう。そうすれば、もし二回目の攻撃を企んでたとしても、日が昇るまでは時間を稼げる。この二週間、あいつらはどのくらい簡単にわたしたちを捕まえられるか、試してたんだ」ニアは歯をむき出しにしていたかもしれない。「ダーティでいるためにわたしたちがどれほど激しく闘うものか、あいつらに見せつけてやろう」

ペルがいきおいよくうなずいた。「あたしがここから始めるよ」

ニアはジェーンにもらったハサミを取りだし、ジェーンのチュニックの切れはしを配りはじめた。

ほとんど全員が、顔を覆うためにはぎれで作った即席のマスクにジェーンのチュニックの切れはしを縫いつけた。顔にまともにガスをくらってしまえば、この程度のマスクで防ぐことはできないだろうが、少しの時間稼ぎにはなる。彼女たちにできるのはこれが精一杯だ。

ペルは優れたリーダーだった。グリル用フォークや熱々の金属製フライバスケット、そして熱して濃厚になった油を詰めたボトルで武装した女たちがいっせいに裏口から飛び出していって〈新たな夜明け《ニュー・ドーン》〉の構成員たちの不意を突くと、両陣営が大混乱となった。ブラッシュハウンドたちは神経系統に出どころのつかめないとつぜんのひねりをくらって吐き気を催し、女たちのほうも〈新たな夜明け《ニュー・ドーン》〉が持つもっとましな武器を相手に苦戦を強いられた。

しかしニアの仲間たちにはホテルそのものが有利に働いた。自分たちの家《ホーム》のための闘いなのだから。輸送車を乗っとろうとしたニアは、一台目は動かせなかったが、二台目の運転席に乗りこんだ。エンジンがかけっぱなしになっていて、後部ドアも開いていた。ブラッシュハウンドが女たちを詰めこもうとしているところだった。ニアがアクセルを踏みこむと、その作業の難易度が上がった。さらに円を描いて走りだすとそれ自体ができなくなって、ニアはバックミラーごしに後部ドアから投げ出されるブラッシュハウンドをながめることになった。

ヘッドライトの明かりで、いちばん近くにいる輸送車が見えた。ハンドルを握るジェーンが見えた。マスクを透かして見えることはないとわかっていても、ニアはにっこりして力強くうなずいてみせた。

もう一台の輸送車に乗っているのがジェーンだとわかったことで、ニアの胸には新たにアドレナリンがいきわたり、いちばん近くにいるブラッシュハウンドの集団のほうに向けて車をUターンさせた。

こうなったら粘ったもの勝ちだ。ニアはハンドルを握りしめ、狙いを定めようとクラクションに寄りかかった。視線の先では三人のブラッシュハウンドがシールドを並べ、どう見てもグレネードランチャーとしか思えないものを抱えたひとりを護っていた。彼らとのあいだにはほんの数秒の距離しかなく、ニアの心臓が耳の中で早鐘を打っていた。

「轢《ひ》かせないでおくれよ」ニアは声に出して懇願したが、そんなふざけた願いがブラッシュハウンドの耳に届くはずもなかった。「いいから逃げろってば。こんなことしなくていいんだよ、どうせ〈新たな夜明け《ニュー・ドーン》〉はおまえたちのことなんかこれっぽっちも気にし——」

最後の一秒まで、そのつぶやきが止むことはなかった。

グレネードランチャーが火を吹く……

ブラッシュハウンドが飛びすさってトラックを避ける……

擲弾《グレネード》がフロントガラスにひびを入れるのと同時に爆発する……

ニアはブレーキを踏んだところであきらめた。フロントガラスに緑色の泥がぶちまけられ、ヘッドライトに照らされて放射能のように光った。不気味に光る緑色が車内にもれてくると、ニアの目が潤んだ。

フィルターにはたいした効果を期待できず、ニアはジェーンに語ったことを一心不乱に思い出そうとした。記憶が流れこんでくるあいだ、いま現在にとどまれ、と。

ニアが寒がっていたとき、ゼンは着るものをくれた。ストーリーを語って、とジェーンは言った。そう言ったのはニアだったかもしれないし、ペルだったかもしれない。ニアが彼人と同じトランスジェンダー仲間と旅をしていたとき、ラプソディがつまらなそうに鼻で笑った。ペルがキスしてくれたとき、ペルがマッサージしてくれたときに、プールの水面に映っていた疲れた自分の顔が見えた。切断されたトリップワイヤが遠くで火花を散らしたのが見えた……

ふと我にかえると手のなかには輸送車のハンドルがあり、耳にはクラクションと鳴りひびくアラームが戻ってきた。そのときニアがたまたましがみついていたストーリーは、けっして忘れまいと必死になった、ジェーンが語ったすべてのストーリーだった。

アリスの集会が襲撃されたときもこんなふうだった。〈新たな夜明け《ニュー・ドーン》〉の施設のひとつで、動くことを拒否する脚で、こんなふうに歩いていた。生涯の恋人と決めた人が自分の存在を認めてくれないと知って砕け散った心、ふたりで逃亡を企てたことでつなぎ合わされた心。癒しをもとめてピンク・ホテルまで車で帰ってきたこと。初めてピンク・ホテルに来たときのドライブ。

顔じゅう泥だらけになって安らぎを必要としていたバットという名のブラッシュハウンドが、ジェーンをトラックから引きずり出し、どさりと地面に落ちるにまかせ、話を聞かせようと顔に平手打ちをし……

ジェーンじゃない。違う……バットが平手打ちしているのはニアの顔だ。いまここで、ニアはガスにむせて咳きこんでいた。「あたしひとりをこの女たちと一緒にしていかないでよ」とバットは言った。「もう二度と、誰かに自分の立場を説明するのなんてごめんだよ」

ニアはのどにねばりついた汚いものをどうにか咳で押しだすと、マスクをさっと持ちあげてそれを地面に吐きすて、すぐにマスクをもとに戻した。「ここではあなたはひとりじゃない」ニアはいとも簡単にそう応えたことにびっくりした。「ぜったいにそんなことはない」

バットは鼻を鳴らした。「あんたの言うことはやっぱりバカみたいにしか聞こえない」

「わたしがピンクに来たのは、わたしが自分のバカさ加減を憎むべきだと考えた連中のせいなんだ。でもそんなのはもう、侮辱でも何でもない」それからひと呼吸おいて「ありがとね」

「〈新たな夜明け《ニュー・ドーン》〉の連中は、あんたたちが一筋縄じゃいかないことも、ガスの攻撃に備えてることもわかってた」バットにそう言われて初めて、空気がきれいになってきていることに気づいた。擲弾《グレネード》が炸裂してから、少なくともある程度の、あるいはもっと時間がたっているはずだ。撤退の最後の合図を聞きのがしてしまったのだろうか。「あいつらはそのうち引き返してくるかもしれないし、来ないかもしれないけど、作戦を練り直すだけのアタマがあればそうはしないだろうね。あの試験的なガスは、吸いこんだ人がほんとにやられちゃったときにしか効かない」

ニアはぼんやりとうなずき、バットの手を借りて立ち上がりながら輸送車のほうに目を向けた。フロントガラスが粉々になり、タイヤのうちの二本が吹き飛ばされていた。その光景に修理屋としての心は痛んだが、回収屋としては、あれをバラバラにしたあれこれの部品を〈新たな夜明け《ニュー・ドーン》〉の掟が眉をしかめそうなあらゆる活動に使うことが、より大きな喜びと使命をもたらしてくれることもわかっていた。

ニアは車の残骸のところまで歩きながら、ホテルの惨状を見わたした。いくつものシールドが落ちていて、数人の女が——そのひとりはペルだった——自分用に確保していた。女たちの多くはどこかしらに怪我をしていたが、それでも勝ち誇った顔をしていた。ホテルの作法にしたがって、すぐにも助けを必要としている人を目にした彼女たちは、早くもたがいに手を差しのべあっていた。

「何してんの？」バットが訊いた。

ニアは輸送車のなかに手を入れ、キーをイグニッションから抜きとった。手のなかで重みを確かめてから、地平線のかなたをめがけて力いっぱいキーを投げとばした。「クソくらえ、〈新たな夜明け《ニュー・ドーン》〉！」と叫んだ。バットは笑ったりはしなかったが、ためらいつつも楽観視しているようだ。

アドレナリンが急激に減ったせいか、じわじわと広がる痛みのせいか、あるいは粗製ガスの名残りなのかはわからなかったが、ともかくニアはいまにも起きようとしていることのサインを見逃した。

横からすごいいきおいでぶつかってきたのは、ほんの数日まえに攻撃された直後、立ち上がろうとしたときに差しのべられた覚えのある手だった。襲ってきた相手は抑えの利かなくなった、言葉にならない怒りの悲鳴をあげていた。

「ラプソディ、やめて！」ニアは叫んだがすでに遅かった。どすんと地面に叩きつけられたニアのうえに、輸送車のヘッドライトが作るラプソディの影が、本人の身長の二倍もの長さになって覆いかぶさった。どんなに目を細くしても、ラプソディの表情を読みとるのは不可能に近かった。

だがどんな表情なのかは見るまでもなかった。

　バットが割りこんでこようとするのを、ニアは手をあげて止めた。ラプソディがそうしようというなら、ニアはピンク・ホテルの住人として自分の身を護るつもりだ。これはニア自身の闘いなのだ。

「あんたのせいでホテルがめちゃくちゃになるんだよ！」ラプソディは金切り声で言った。その声はひび割れていて、彼女もガスの影響から回復してきたところなのだろうかとニアは思った。もしそうなら、ラプソディの頭のなかにいまも漂っているのはどんな記憶で、ニアを見返しながらいったいこれのどこがめちゃくちゃではないなどと思えるのだろう？

　ニアは心底驚いた。「わたしがホテルをめちゃくちゃにするだって？　あなたが〈新たな夜明け《ニュー・ドーン》〉を玄関先まで連れてきたんじゃないか！」

「あんたはいったい――」

「あいつらは全部知っていた」ニアは急に喉が渇いて、砂が目にしみた。「トラップがどこにしかけてあるか、いつパトロールするのかも全部。地図まで持ってたけど、それがどこから――」

　ラプソディがニアのパーカをつかんだが、とっくにぼろぼろになっていたそれは簡単にちぎれて、タンクトップとスポーツブラがあらわになった。ニアはそのすきにどうにか立ち上がり、防御の姿勢をとった。「何を知ってるつもりになってんの？」ラプソディが言った。「どうよ？」

「バットはあなたにあいつらと同じにおいを嗅ぎとった」ニアの声がかすれた。「どうして、ラプソディ？　あなたがわたしを嫌ってるのは知ってるけど、わたしと同じくらいこの場所を愛してるじゃない。わたしたちみんながそうでしょう」〈新たな夜明け《ニュー・ドーン》〉の襲撃者のひとりでもまだ残っていたら、こんなことは言えなかっただろう。使い物にならなくなった輸送車の光がまぶしくなかったとしても、ラプソディが答えるまでの沈黙が、ニアの注意力を、ニアの世界のすべてを覆いつくした。「どうしてまた、そんなにも愛しているものを壊そうとするの？」

ラプソディがさっと近づき、殴りかかってきた。ニアは避けようとしたが首の横にこぶしが当たって息が止まりそうになった。「あたしはホテルを護ろうとしたんだよ、ばか野郎！」ニアは思わずよろめいた。「このホテルが何のためにあるのか、あんたはちっともわかっちゃいない。誰にとっても安全な場所か何かであってほしいのかもしれないけどね、でもピンクは、あらゆる人っていうか、どんな人でも受け入れる場所じゃないんだよ」

「そんなことのためにこうしたっていうの？」信じがたいほどの蔑みの気持ちでかすれ声もどこかへいってしまった。「わたしのせいだと？　わたしがあなたの定義する女性にはあてはまらないから？」

「あんたが女じゃないからだよ！」ラプソディが叫ぶと、その言葉があたりに鳴り響いた。「あんたみたいな人たちを受け入れれば受け入れるほど、あたしたちみんなが安全じゃなくなっていくんだよ」

「ラプソディ、ピンク・ホテルがどういうものかはちゃんとわかってるよ。わたしたちがここで何を、そして誰を護っているのか、わたしはちゃんと知ってる。あなたはどうなの？」

「あんたとジェーンのせいでみんながいきなり、あたしたちが何者なのかを考え直すことになったんだ！　ここが誰のためのものなのか、ってことを。あたしはね、あんたのイメージどおりにこのホテルを作りかえさせるつもりはないよ。そうやってあたしたちの場所は男たちやミソジニストの場所になって――」ラプソディがこんどはニアを突き飛ばし、ニアの手からハサミが落ちた。「それであたしは自分たちを護るためにできることをしようと思って、問題のある部分を取り除くために取り引きしたんだ」

　ニアは目を丸くした。「あいつらにジェーンを引き渡すつもりだったのか」

「そうすれば〈新たな夜明け《ニュー・ドーン》〉はあたしたちなんか存在しないフリをしてくれる」ラプソディはそう言いはった。「あいつらにジェーンとゼンをくれてやって、ふたりが〝クリーン〟になってしまえば、あとに残ったあたしたちは好きなだけ自分が望んだとおりに生きていける。だけどあたしはそれには……」

「かかわりがないように見せかけなきゃいけなかった」ニアが代わりに最後まで言った。ラプソディが自分自身にも嘘をついているのか、それとも頭のなかではそういうことになっているのかまではわからなかった。「あなたは、あいつらが漠然と襲撃をしかけたように見せかけた。もしあいつらがジェーンを捕まえたら……

　それじゃ、あいつらは今夜、約束を破ったのか？　あなたがもたもたしてたから？」ニアは砂漠を、そこに残った戦闘の跡を身ぶりでしめした。

　ラプソディはきっぱりと首をふった。「いや、違う、あたしたちにはわかったんだ……あんたのことも問題なんだ、って。もしあいつらがあんたを浄化するっていうなら……」

「あなたは喜んでわたしのことも引き渡しただろうね」ニアは静かに言った。驚くほどのことでもない。今になってみれば。すっと冷静になると同時に、ぎりぎり光が届くあたりで影が動いた。だが、しっかりと見るにはまだまぶしすぎる。「あなたの期待したようなダーティじゃなくて悪かったね」ニアは吐きだすように言った。

　これといった反応もしなかったラプソディが、失望した悲しげな叫びをあげてふたたびニアに飛びかかった。ニアは身を護ろうと腕をあげてまぶしい光をさえぎろうとしたが、両腕のすきまから光のひと筋が差しこんできて……

だが殴られる衝撃のかわりに、ノミエの声が届いた。「あんた、〝あたしたち〟って言ったね」

腕をおろしたニアの目のまえで、ジェーンとバットがラプソディとのあいだに立ちふさがっていた。輸送車のライトが照らしている光の輪の際には、数人のホテルの住人がじりじりと近づいてきていた。光のせいで彼女たちの表情はよくわからないが、緊張した感じはしない。

ラプソディは狂おしいような疑念の目でジェーンを見つめ、それから自分を取り囲む女たちに目を転じた。ノミエがまた口を開いた。「さっきあんたは〝あたしたち〟って言ったけど、それはここの仲間たちのことじゃなくて、〈新たな夜明け《ニュー・ドーン》〉のことなんだね」

「あんたは自分にとってだいじなものを護るために動いてたんだ」ジェーンが断定した。そして周囲をぐるりと囲むたくさんの顔を見わたした。ニアは心にも体にも痛みを感じた。「でもそこにわたしたちは含めないことにした」

「自分たちが言ってること、聞こえてる？」ラプソディが噛みつくように言った。「あんたたちは聞こうともしない。あたしじゃなくて、ブラッシュハウンドや女性だという自覚もない誰かさんの味方なんかして、あんたたちは――」

「今夜はここまでだ」ジェーンが口を挟んだ。

ニアはまた声が出せるようになった。「あなたはわたしたちがたがいにいがみ合うようにしむけたよね、ラプソディ。誰がピンクにふさわしくて、誰がそうじゃないかをあなたが決めたから」ニアはそう皮肉ってから、そんなことをした自分にたじろいだ。「でも、自分で言ってたよね。ここではそんなことはしない、って。したことがない、って。だからこそ……そもそもわたしが歓迎されたのだって、そうだったからなのに」

ニアは頭を上にむけ、全身をさらした。「だから、あなたもどこへなりと失せればいい、ってこと」

山ほどの恐怖がなだれとなってラプソディの顔にあふれた。ほんとうにこれで終わりだ、ともかく今は、とニアは悟った。明日になれば、いろんなものを修理して、〈新たな夜明け《ニュー・ドーン》〉がふたたび襲ってくる場合に備えなくてはならないけれど、この件はどうだろう?

このドタバタ騒ぎは、昔話となるのだろう。

「わたしたちがあなたの立場だったらね、ラプソディ」ニアが言った。「縛り上げられて罰を受けてるところだよ。あなたはここを、そういうことをする場所にしたかったんだ」ニアは舌を鳴らした。「だけど、わたしたちはもっとまともになれる。もうそうなってる」そしてジェーンをちらりと見た。「何度もそう聞かされてきたよ」

ジェーンは同意の笑みを浮かべたが、すぐに真顔に戻った。「ねえラプソディ、もし今夜のうちに逃げだすことにするなら、それはあんたが決めることだ。だけど、そうと決めたらもう、戻ってきても歓迎はされないだろうね。もしピンク・ホテルでみんなのするようにしたいと言うなら、それでほんとに癒したいなら……明日、あんたを〈ケイヴ〉に連れていって、そこから始めようじゃないか」

ラプソディの顔が青ざめた。ニアはもう疲れすぎていて、彼女の答えを聞きたいとも思わなかった。そこで背中を向けて大きく息を吸っていると、数人の女たちがラプソディに歩みよっていった。ニアのうしろには、まだふたつの影が寄り添っていた。「あなたも逃げていいんだからね」ニアはふりむかず、そのまま地平線に目を向けていた。「どこへでも行けばいい。ラプソディがむしろクリーンになろうという決意でもしないかぎり、あなたがどうなったかなんて〈新たな夜明け《ニュー・ドーン》〉の誰にもわかりゃしないに決まってる」

バットは舌を鳴らした。「そうだね、たぶんそうするよ、いつかそのうち」

「だけど?」バットとは反対側のニアのとなりに歩いてきたジェーンが訊いた。ニアはそのとき初めて、ジェーンが腕をそっと抱えていることに気がついた。〈新たな夜明け《ニュー・ドーン》〉のやつらの周りをぐるぐる回るのは楽なことではない。たとえ百回くり返したとしても。

「だけど、〈ケイヴ〉についてまだ知りたいことがあるんだ。だから……」

彼女がまだ渋っているのに驚いて、ニアは笑顔になった。「質問する時間ならあるよ、ホテルのみんなを怒らせたりしなければね」

「ふん」バットが言った。「ホテルのみんなを怒らせるにはあんたたちふたりも怒らせなきゃいけないし、それに……そんなのやだ」

「そう言うと思った」ニアは深追いしなかった。どういうわけか、今夜耳にしたなかでそれがいちばんいいことに思えた。ニアは深々と息を吐いた。「あいつらが戻ってくるかもしれないってバットが言ってたよね、ジェーン。そうなったらどうする？」

ジェーンは片方の眉を上げた。「どうしてわたしに訊くの？　あなただってホテルのみんなと同じように決定に加わる一員なんだ。わたしは責任者じゃないし、あなたは自分で思っているよりずっと、計画を立てるのがうまいと思う」ニアはなんと言えばいいかわからなかった。「さて、このあとどうなると思う？」

その質問の途方もなさに、ニアは言葉につまった。「移動してもいいかも。とどまってもいいし。わからない。でも……どっちにしろ、わたしたちがピンク・ホテルであることに変わりはない。ただ……もうちょっと流動的でもいいかも」

ジェーンは歯が見えるほどににんまりと笑った。「ツアーに出ると考えればいいんじゃないかな。きっと楽しくなるよ」そうしてジェーンは目を細めて地平線を見ると、日の出の細長い光の筋を指さした。「ほら、ニア、あれを見て。おしゃれな遅刻ってこういうことだよね」

一瞬とまどったが、だんだん目が慣れてくると、遠くに車が見えた。見慣れたキャデラックだ。ゼンがホテルを離れてからどのくらい経ったんだろう？　ニアは笑いをこらえきれなかった。

「もうちょっとここにいようかな」ジェーンはそう決めた。「彼女が帰宅するのを待つことにするよ」ニアはうなずいた。「そんなに長くはかからないはずだけど……待ってるあいだ、ストーリーを語ってくれない？」

異存はなかった。

Timebox

—タイムボックス

著：ジャネール・モネイ＆イヴ・L・ユーイング

訳：山﨑美紀

レイヴンはラジエーターの音を聞くとはなしに聞いていた。さっきから三階のアパートメントでサンルームの窓辺に立ち、目をこらして外の通りにいる男を見ている。はじめのうち、男は自分の車のタイヤを蹴ってぶつぶつ言いながら、首を横に振っていた。でもいまはボンネットに上半身を投げ出し、車を抱きしめているようにも、動いてくれと懇願しているようにも見える。頭上ではドローンがうなり、せわしなく踊るように飛び回りながら、カメラの赤いランプを点滅させていた。男は気づいていないようだ。やっと立ちあがると、頭をそらして空を見上げ、片手で両目を覆った。泣いているのだろう。レイヴンは窓枠についている錠を手で探った。開けるときは右にふたつ回すんだっけ？　左にふたつ？　それとも、左にひとつ回してから右にひとつ？　ぜんぜん覚えられない。錠は何度もペンキが塗り直されていて、レイヴンが錠のひとつを引っぱると、小さな白いかけらがとびちり、くもったガラスにはりついた。

「何やってるの？　外はこごえる寒さなのに」

レイヴンはびくっとし、窓枠にこぶしをぶつけた。なぜか気まずさを覚えて振り向く。アキーラはレイヴンがぶつけた手を取って目の高さにかかげると、怪我をしていないかたしかめ、ずきずきする指先にキスをした。

「外に男の人がいるんだけど、車が動かなくなっちゃって。すごく困ってるみたい。何かできることあるかなと思ったの」

アキーラは片方の眉をあげた。「修理でもするの？　三階から？」

レイヴンは首のあたりが熱くなるのを感じた。「まさか。そういうわけじゃないけど――助けを呼んであげるとか。もしかしたらガス欠かも。とりあえず、声だけでもかけてみようとしただけ」

アキーラは視線を落とし、褐色の堅木張りの床に点々と散っている白いペンキのかけらを目でたどった。「なるほどね。いったい何の音かと思って来たんだけど、こいつが犯人か」アキーラはラジエーターをばしっとたたいて、すぐに手を引っ込めた。「あっつ！」

「大丈夫？　熱いから気をつけて」

「うん。いま知った」

「ごめん。でもラジエーターだし」

そう言ってすぐに、上から目線だったかもと反省した。そんなつもりはなかった。でも、初めてラジエーターを意識したことで、思考はほかの場所へとさまよっていった。自分が放った言葉を聞いた瞬間、誰かがラジオのダイヤルを回して雑音が消え、ミドルスクール時代に踊りまくった曲が耳にとびこんできたような感覚がして、レイヴンは記憶の中の激しいメタル音楽にしばらく身をまかせた。熱いシャウト、うなる低音、熱気の高まりを予感させる力強いリズム。

アキーラはラジエーターを責めるようににらみつけた。「壊れてるんだよ」顔を近づけてあちこちを見る。「管理人に食洗機をみてもらうとき、こっちも一緒にみてもらおう。あの食洗機、食べ残しをコンポストシュートに吸い込まないし、食器もきちんと並べてくれなくて」

じゃあ、ただ食器を洗うだけの機械ね、とレイヴンは思った。あれこれ言うのはあとにしたほうがいい。優先順位は大事。「ラジエーターは壊れてないよ」アキーラのわきをすりぬけ、サンルームからリビングに移る。「古いだけ。だからうるさいの。わたしは結構好きだけどね」うしろにいるアキーラから、嵐の前の重ったるい空気のような、つかみどころがないけれど否定のしようもない反論がとんできそうな気配がする。レイヴンはすかさず話題を変えた。「天井にフックがあるの知ってた？　植物をつるしてもいいかも。それか、ＪＪのアパートメントみたいに布をかけるとか。あれ、気に入ってたでしょ？」

アキーラはうなずいた。怒りはおさまったようだ。リビングに来て、レイヴンの手を取る。ラジエーターに触れたところがまだあたたかい。一緒に部屋から部屋へと歩きながら、レイヴンはすみずみに心を奪われていた――ふたつの寝室、バスルームにあるリネン用クロゼット、キッチンカウンター、生まれて初めて使う食洗機。〝壊れ物〟だけど。アキーラは特に感想を言わず、アキーラの口数が少なくなればなるほどレイヴンは饒舌になり、言葉で空間を満たした。ふたりの空間を。そうやって部屋をめぐりながらレイヴンが照明器具をほめちぎっていると、アキーラが口をはさんだ。

「これ、何だと思う？」アキーラはつないでいた手を離し、ダイニングルームの小さなドアから隣の部屋をのぞきこんだ。レイヴンもアキーラの横に立って中を見た。広いパントリーで、作り付けの低い戸棚と天井まで届く古い棚がある。戸棚の天板は大きく、作業台に使えそうだ。部屋全体の広さも奥行きも、ふたりの人間が快適に出入りできる余裕があった。

レイヴンが中にはいって天井から垂れているチェーンを引くと、室内は裸電球の煌々《こうこう》とした明かりに満たされた。「キッチンの準備室か、貯蔵室みたいね。古いアパートメントって、こういう小部屋がついていたりするの。だから、この部屋を借りられたときは、めちゃくちゃラッキーだと思ったんだ。何でも好きなもの置こうよ。缶詰とか。それか、コンブチャを淹れる茶室にしてもいいし。ここをカウンターにしてスツールを置けば、書き物とか勉強用の書斎にもできるね。それか、瞑想室にして……」

レイヴンはふと横を見た。アキーラはいない。

ひとりでしゃべりつづけていたと気づいた恥ずかしさと、赤の他人に見られていなかった安心感が入り混じる。レイヴンはパントリー兼コンブチャ室兼書斎を出た。アキーラが玄関で誰かと話している声が聞こえる。

「はい、食洗機以外は大丈夫そうです。わざわざどうも」

「いえいえ。今週中にはまた来て、調べてみます」

レイヴンはアキーラのうしろから手を振った。「こんにちは！　お会いできて嬉しいです」

管理人の女性だ。ぱっと見たとき、ドア枠をふさぐほど背が高いと思ったけれど、すぐにそれほどでもないと気づいた。彼女の立場が強いからそう見えただけで、声が低いせいで余計に威圧感があったのだ。管理人は紺色のつなぎを着ていて、膝には埃がつき、ベルトにぶらさがっている巨大なキーリングは、わずかな体の動きでもじゃらじゃら鳴った。胸には名札が縫いつけてある。〝コーネリア〟。グレーの髪を太い二本にきちっと編みこみ、うしろでひとつにまとめていた。ミズ・コーネリアは礼儀正しくレイヴンに会釈した。

「引っ越しは落ち着きました？　何かあればうちに来るか、電話してください」

レイヴンは返事をしようとしたけれど、アキーラはそわそわと手首の〈クロノバンド〉を一瞥し、早々にドアを閉めはじめていた。「ありがとね、コーネリア」アキーラは言い、レイヴンは思わず口元をゆがめた。馴れ馴れしすぎるし、年上の女性を敬称なしのファーストネームで呼ぶなんて失礼だ。むき出しで決まり悪そうな名前が宙に浮く。だめ、〝ミズ・コーネリア〟か〝マダム〟と呼ばなきゃ。カチッとドアが閉まると、アキーラは上機嫌でかかとを軸にしてくるりと振り向いた。「夕食はタイ料理にする？」

レイヴンがあの男を思い出したのは、ずっとあとになってからだった。床にブランケットを敷いてふたりで座り、食器はまだ全部段ボール箱の中だからと、発泡スチロールの容器から直接タイ料理を食べたあと。〈ア・ディファレント・ワールド〉を二話分見て、架空の歴史的黒人大学を舞台にしたドラマを楽しみ、アキーラのお母さんがふたりのために取り寄せてくれた、〝初めての大人のアパートメント〟への引っ越し祝いのシャンパンを開けたあと。ゲストルームに置く予定だけど、木曜日にマットレスが届くまではふたりの唯一の寝具となる布団で愛し合ったあと。レイヴンがうつぶせで余韻に浸りながら、顔の下にある枕は自分のではなくアキーラのだと気づき、アキーラが耳元でささやく声を味わいつつ、アーモンドオイルとセージの香りを吸い込んだあと。レイヴンに寄り添うアキーラがうとうとしはじめ、サイズを間違えたシーツの角のゴムがはずれて顔のそばでくるんと丸まり、この新しい場所では眠れないとレイヴンが気づき、この布団は寝心地がひどくてお客様に使ってもらうのは申し訳ないかもと思いはじめたあと。そのときだった。泣いている男と車の記憶が急によみがえり、レイヴンはぎょっとした。そっと布団を抜け出して床からTシャツを拾い、サンルームに行く。窓の外を見ると、夜の街は静まり返っていて、男はいなくなっていた。車はまだそこにあり、明るい街灯の下で二枚の〈マグナチケット〉が貼られていた。

夜明けの光がブラインドの隙間からさしこむころ、レイヴンはぼうっとしながら部屋から部屋へとさまよっていた。何もかもが乱雑で、ゆうべの新鮮な高揚感はすっかり失せ、中途半端に開けた段ボール箱と埃と無秩序という現実だけが残されている。カウンターの上でかたくなってい る食べ残しやオレンジ色の脂のにおいがアパートメントの奥までただよっていて、不快なにおいではないはず――乾燥させたグリーンオニオン、レモングラス、ナンプラー、砂糖のほのかな甘い香り――なのに、不安がふくらみ動悸がしていたレイヴンは吐きそうだった。

アキーラはまだ眠っている。蛍光灯の明かりが弱いからブラインドを開けたかったけれど、アキーラが目を覚まさないようそのままにした。レイヴンは鏡張りのクロゼットの扉のそばに置いてある段ボール箱を開けようとした。でも、粘着テープは破れず、折れ曲がってのりの部分どうしがくっつき、ぴんと張って余計に破れにくくなった。レイヴンの呼吸が速くなった。

「どうしたの?」アキーラが言った。体を起こしていて、いらいらとシーツをめくり、寝ているあいだに脱げたナイトキャップを探している。

「仕事に遅れるかも」新しい朝に響く声が震え、レイヴンはがっかりした。「仕事のあとはすぐに授業だから、荷物はまとめて持っていきたいんだけど、全部見つけるのに一生かかりそう。教科書とかノートとか。いまはピアスを探してる」

　アキーラは、そばにあったノートパソコンを布団に引きずり込んでいたけれど、画面をスクロールする手を止めてレイヴンを見上げた。「なんでピアスがいるの?」

　レイヴンは段ボール箱をのぞきこみ、スカーフとキャップ、ペン、フォーク、化粧水の瓶を取り出した。箱の中身を全部床にぶちまけて、箱は踏みつぶしてやりたい。アキーラがコスタリカで買った小さなアルミの鳥の彫刻が、荷物のすきまから陽気な顔をのぞかせていて、レイヴンが箱の中をあさろうとしたときにとがっているところが引っかかり、指に浅い切り傷ができた。血が出たけれど、アキーラはまだしゃべりつづけていて、そのとき――箱の底に古いクッキーの缶が見えた。レイヴンがアクセサリー入れにしている缶だ。ドクターマーチンの靴が片方乗っていたから、ふたがへこんでいるけれど、見つかったことは見つかった。缶を引っぱり出して胸に抱えながら、バンドエイドを探さなきゃと思ったけれど、見つかるわけがないのもわかっていた。

　急に息が苦しくなり、レイヴンはアキーラを見た。

「ピアスをしないで外に出るのがいやなだけ」母との思い出が心に浮かぶ。毎朝、母はピアスをつけながら、鏡にうつるレイヴンに笑いかけていた。フープピアスやシャンデリアピアスが、地味な仕事の制服とは対照的に輝くのを、レイヴンはバスタブの縁に座って見ていた。学校が始まるまで二時間もあったけれど、着替えをすませ、母が仕事に行くときにミズ・シャーリーンの家まで送ってもらう準備もできていた。**ちょっと気分を明るくするためよ。**母はレイヴンの頰をつまんで言った。**おまえと一緒にいられないからね。**

物思いからはっと覚めると、レイヴンはアキーラから目をそらした。ピアスを探しているあいだ、ピアスなしで仕事をする自分を想像するのがやめられなかった。一か月分の家賃並みに高価な、人間工学にもとづいたデスクチェアに座り、何もない耳たぶに手をやって、一生ぷっくりしている小さな穴に触れている自分。一日中、気が気じゃないだろう――ぎこちない笑顔の客が、レッスン十回パックについて教えてほしいとか、予備のヨガマットは借りられるかとか、タオルの利用方法を知りたいとか訊いてくる。レイヴンの耳から目を離さずに。人がどう思おうと、ピアスはレイヴンのためのものだった。レイヴンだけのもので、ほかの誰のものでもない。たったひとつの、普通で、ありふれていて、自分の思い通りにできるものだ。

寝室へ向かいながら、頭の中で持ち物を次々にリストアップする。バッグ、財布、鍵、ノート、ペン、携帯電話、充電器。〈トライカード〉。教科書……きょうは火曜日。病態生理学の授業がある。レイヴンは顔をひきつらせた。**ヤバい**。テストがあるんだった。勉強する時間はぜんぜんなかったけれど、絶対に合格しないといけない。前学期は、仕事と勉強の両立がうまくいかなくて、悲惨なことになって――

「いちど、考えてみたほうがいいと思うんだけど」アキーラが言った。「あなたって……いっつもそう。カレッジのころから。どうしてそんなに人の目を気にするの？　しかも、ファッションで示すとか。ピアスはおしゃれだよ。でも、尊敬されるべきオーソドックスな女性像の象徴でもあるし、そんなに大事じゃないと思う。だって、仕事にわざわざパールをつけていく必要ある？」

レイヴンは目を閉じて、寝室のドアの枠にもたれた。「わたしが仕事にパールをつけていかないのはよく知ってるでしょ」

アキーラはあきれたような顔をしたけれど、完全に議論モードになっていた。ノートパソコンを閉じる。「わたしにあたらないでよ。話をしようとしてるだけじゃない。健全な関係のパートナーとは、どうやって世の中を渡っていくかも話し合うべきだと思ってるから。毒になる考え方とか行動についてもね」

レイヴンは首を振った。「もう行かなきゃ。ごめん。ちょっとわたし——とにかくいまは時間がなくて。またあとで話そう」

レイヴンは急いでキッチンにもどった。鍵は？　一体どこ？　カウンターの上？　うしろからアキーラの声がとんでくる。「それからもうひとつ！　いっつも、時間がないって言ってるよね。スローダウンしなきゃ！」

あなたが言うのは簡単よね。

レイヴンは〈クロノバンド〉に目をやった。九時十九分。乗ろうとしているバスは、仕事に間に合う最後のバスで、いまは停留所まであと四分の地点を走行中だ。すぐに鍵が見つかれば、ほかの荷物はバッグに入れて玄関に用意してあるから、走ってギリ間にあう。

キッチン。カウンター。

鍵はない。

アキーラはまだしゃべっていたけれど、レイヴンはよく聞きとれなかった。聞かないほうがいい。レイヴンは泣き出していて、息もまだきちんと吸えず、体じゅうが熱くてむずがゆかった。

部屋中に目を走らせる。さっきまでなかったところに忽然とあらわれているんじゃないか、とでもいうように。鍵が、答えが、あるいは車を買うお金や、食べそびれた朝食と母が。どれも出てくる気配はない。そのとき、開いているパントリーのドアから、アキーラが早速しまいこんだ予備のトイレットペーパーやペーパータオル、ティッシュの箱が見えた。レイヴンはパントリーにはいり、ティッシュの箱のふたを破り開けると、ドアを閉めた。部屋のすみで丸くなり、戸棚に背中を押しつけて泣いた。

ひとしきり泣くと、だいぶ気分がすっきりした。締め切った小さな部屋にひとりでいると、誰にも泣いているところを見られないし、何も言われない。レイヴンは顔を拭いて鼻をかんだ。アキーラはやわらかいブランドもののティッシュを買っていたから、肌ざわりがいい。レイヴンはもういちど〈クロノバンド〉を見た。十五分が経っている。遅刻確定だけど、いまから顔を洗ってバス停に行けば、それほど遅れることにはならないし、どっちにしろ上司のヒラリーは気にしないだろう。仕事のあとは授業に直行するから、いったん家に帰って鍵を使うこともなく、夜にはアキーラが書店から帰ってきているはずだから、きょう一日は鍵がなくてもどうにかなる。レイヴンは震える息を深く吸い込んだ。きっと大丈夫。立ちあがり、戸棚の扉のちょうつがいに押しつけられていた腰をさすると、意を決してパントリーを出て、玄関に向かった。

「……こういうものをわたしたちは受け継いでいるの」アキーラが寝室でしゃべっている。「その先に進む方法はいろいろある」レイヴンは眉をひそめた。きっと誰かと電話で話しているのだろう――まさか、虚空に向かって十五分間とうとうと語りつづけるなんて、いくらアキーラでもありえないよね。レイヴンは寝室に顔を出した。

「それじゃあ、行ってくるね。鍵が見あたらないから、今夜わたしが帰ったら開けてくれる？」

アキーラはブランケットの山に埋もれたままレイヴンを見上げた。さっきから動いてもいない。

「あら。わかった。いってらっしゃい」

レイヴンはバッグに手をのばした。バスに乗ったらヒラリーに電話して、どのくらい遅れそうかだけは伝えなきゃ。きっと大目に見てくれるだろう。引っ越したばかりだし。引っ越しが最悪なのは誰でも知っている。

レイヴンはゆうべ壁のフックにかけておいたニット帽をつかんだ。**鍵もここにあるはずだったのに。**〈クロノバンド〉を見る。九時二十分だった。


レイヴンは一日を振り返って、激しくエネルギッシュな自分と疲労にすっかり打ちのめされた自分のあいだをいったりきたりしていたなと思った。超有能な受付係として、滅菌消毒したタオルをせっせとたたみ、デスクのうしろの引き出しにてきぱきとしまい、遅刻して出勤してから三十分以内にはカスタマーサービスの受信メールを片付け、ヨガスタジオにはいってくる会員ひとりひとりに異様なほど落ち着きはらって挨拶した。かと思うと、次の瞬間、頭をあげていられないほどぐったりし、トイレに行くからといちど席をはずしたけれど、本当はライム色の壁の狭いトイレに閉じこもりたかっただけで、壁にもたれて人目を気にすることなく目を閉じた。不安と朝の泣き疲れのせいで、体の中から何かが吸い取られ、そのまま回復できていないような感じがしていた。目をつむり、体内にバッテリー液あるいはレイヴンがバッテリー液だと想像する液体が満ちていくところを思い描く。うねる液体は青でもあり緑でもあり、満ち引きのタイミングは予測できない。

調子がいいときは、ブラックティーを淹れて飲み、おかわりを淹れては飲んだ。〈クロノバンド〉の修理なら〈ＤｉｓＣｏｍ〉ストアへ、と言わないような格安のリペアショップをオンラインで探した。何年も使っているから保証期間はとっくに過ぎているし、なぜか十五分間止まったあとでふたたび時を刻み始めた〈クロノバンド〉の修理に、いくらかかるのか見当もつかない。授業に行くまでの残り時間を指折り数える。休憩時間になると、ブロックの先にある喫茶店までぶらぶらと歩いていき、パンや焼き菓子が並ぶショーケースの前で足を止め、深遠な思索にでもふけっているかのようにしばらく佇むと、カウンターのすみに積んである紙コップとふたを失敬し、誰も気づきませんようにと願いつつ、何も買わずに外に出た。

ヨガスタジオにもどると、焼け焦げのついたポットから紙コップにコーヒーをついでふたをするぐらいの時間しかなく、急いでジャケットを着たところで午後のシフトのジャズミンがはいってきた。レイヴンはジャズミンに話したいことがあった。何年も前から会員で、週に四回レッスンを受けている白人女性が、けさレイヴンのことを〝ジャズミン〟と呼んだのだ。前にもそういうことがあったとき、レイヴンはジャズミンが笑ってくれるだろうと思って、そのエピソードを話した。ジャズミンはレイヴンよりも数インチ背が高くて、肌の色はもっと明るく、縁なしの眼鏡をかけ、レイヴンはしていない鼻ピアスをしていて、見事な細かいカールのウィッグを好んでつけている。レイヴンはスキンヘッドだ。でも、ジャズミンはちっとも笑わなかった――静かにうなずいただけで、無言のまま、いらだった様子でロッカーにコートや荷物をしまった。やっぱり、今回は言わないことにした。

しかも、ジャズミンは何かですっかり参っているみたいだった。レイヴンはすぐにでもスタジオを出るつもりだったけれど、バッグをカウンターに置いて声をかけた。「ジャズミン、大丈夫?」

ジャズミンは肯定とも否定ともとれるように頭を動かすと、デスクの椅子に座った。「大丈夫。いまはちょっと動揺してるけど。病院に行ってきたところ」

レイヴンは眉根を寄せた。「お父さんの?」

「うん。月曜日にまた手術。パパの職場に電話して休むって伝えてから、わたしとシシとトレイの誰が有休をとれるか相談しなきゃなんだけど、トレイがお医者さんにきちんと質問して、言われたことを全部メモできるなんて思えないし、前回も――」

ジャズミンは急に口をつぐむと、目の前に群がっている羽虫を必死に払うように手をぱたぱた振った。「ごめん。きりがないや。もう行かなきゃなのに、わたしが遅くなって悪かったね」

「わたしもけさは遅刻したんだ。大丈夫だよ。絶対」

ジャズミンはうなずき、唾《つば》をのんだ。「なんとかする」バッグからラメ入りのピンクの水筒を出し、時間をかけてゆっくり飲むと、レイヴンを見上げた。「何がしんどいかわかる? バカみたいに聞こえるだろうけど……パパが病気ってことだけじゃないんだ。もちろん、心配はしてるよ？　でも、病気なのはずっと前からだし。むしろ、病気以外のあれこれがキツいんだよね。面会時間なんか大きらい。お医者さまがいらして質問にお答えしますって言われてから、そいつが来るまで永遠に待たされるのも、来たと思ったら三十秒で消えるのもムカつく。あの建物もきらい。入り口から遠いところに車を停めて、何々棟にダッシュして、何々記念回廊の先の三番目のエレベーターに乗るのもいやだし、やっと着いたと思ったら……」ジャズミンは重いため息をついた。「とにかくもう、いやなの」

レイヴンはうなずいた。言いたいことはたくさんあるけれど、言うべき価値のある言葉がどれかわからない。ジャズミンは〈クロノバンド〉に目をやった。「ねえ、遅刻するよ？　もうあがっていいよ」

バスの中は暑く、運転はのろかった。レイヴンの席からは見えないけれど、うしろの席で誰かが激しく咳き込んでいる。レイヴンは〈クロノバンド〉をチェックした。母からの音声通信《ヴォックス》が二通。レイヴンは右のこめかみをダブルタップし、ちょうど仕事を終えてバスターミナルに向かっている母に電話した。目線を下げ、膝のすぐ上に画面が空中投影されるようにする。映し出された母の顔が、満面の笑みでレイヴンを見上げた。母は、ホバーバスの車内でおきたトラブルの話をした。〈トライカード〉を盗んだとか盗まないとかで、ふたりの女がけんかを始めたそうだ。

「それでね、片方の女が完全に頭にきて、もうひとりをバスから蹴り落としたの。信じられる？本当に蹴り落としたの！　わたしが赤信号で停まったら、その女が足をあげて、相手のおばさんのおしりを蹴っとばしたから、おばさんはドアの外！　あわててバスを急降下させて、地面から数インチのところでぎりぎりセーフ。旧式の大型タイヤでステップつきのバスだったらもう、あの人の頭はぱっくり割れてたね。だから、インターコムをオンにして言ってやったの。〝ちょっと！〟って」いったん言葉を切り、笑いすぎて息も絶え絶えになりながら、つづきの言葉をしぼりだす。「〝ちょっと！〟って言ったの」自分の胸をぐっと指でさす。「〝このバスから客を蹴り落としていいのは、あたしだけだよ。わかった？〟って」

レイヴンは吹き出し、体を揺らして甲高い声で笑った。「ママ、やめてよ！」

そのせいでレイヴンはバスを乗り過ごし、目に滲《にじ》んだ涙をぬぐった。窓が乗客の熱い息や湿気でくもっていたことも、なぐさめにはならなかった。だから結局、レイヴンは仕事だけでなく授業にも遅刻したけれど、つとめて顔をあげて教室にはいり、最前列にひとつだけあいていた、教授の真ん前の席へと進んだ。金属の折りたたみ椅子を引くと、キィーッという不快な音が響き、教授がややいらだちを見せた。数人の学生が顔をあげたけれど、すでに取りかかっていたテストへの集中力をそがれて、明らかに迷惑そうだった。

授業は始まったと思ったとたん、終わったように感じられた。それからまた暑いバスに乗る。そしてアパートメントへ。ロビーにミズ・コーネリアがいて、メールボックスに新しいラベルを貼っていた。〝ジャクソン&セントクレア〟。鍵のとがっていないほうの端でプラスチックのラベルをごしごしとこすり、金属のメールボックスにしっかりと貼りつけている。レイヴンに気づくと、まじめな顔でうなずいた。

「あなたたちのメールボックスよ。鍵はけさ封筒に入れて、玄関のドアの下から入れておきました」

お礼を言おうとして、レイヴンはハッとした。このささいなできごと――メールボックスや鍵の準備――が、きょう受けたいちばんの親切に感じられたからだ。ふと、引っ越す前に住んでいたアパートメントのメールボックスが頭に浮かぶ。長年に渡り、何度も貼っては剝がされてきたラベルの層、雨でにじんだ油性マジックの文字、マスキングテープ。名前の下には名前があり、その下にもまた名前があったけれど、自分のものはなかった。レイヴンは唾をのみこんだ。

「ありがとうございます、ミズ・コーネリア」レイヴンは笑顔で言った。「本当に、心から感謝しています」その言葉を、ふたりのあいだに浮かぶ桃色の小さな綿菓子雲のような誠意を、味わおうとする。

「新居は問題なさそう?」ミズ・コーネリアは言いながら、ドアのペンキがほんのわずかに剝がれているところに顔を近づけ、ニスがかかっている表面をなでた。

「ええ、おかげさまで。いままで住んできたアパートメントの中でいちばん快適です。ゆうべも本当にあたたかくて」

ミズ・コーネリアは顔をあげてレイヴンをまっすぐに見た。「よかった。本当に」レイヴンは階段に一歩踏み出していたけれど、つづきがあるのかわからなかったので、しばらく待った。

「同じ時期に二部屋あいていたんだけど、あなたに会ったとき……あのとき、あの部屋はあなたのためになると思ったんです。そういうところは、とても真剣に考えて仕事しているから。わかるかしら？」ミズ・コーネリアは厳粛な面持ちでレイヴンを見つめた。濃い茶色の瞳が、氷のような薄青の細い輪で縁取られている。**老人環だ**、とレイヴンは思った。

ミズ・コーネリアはつづけた。「人はね、何か欲しいものがあったとして、必要なものはそれとは別のものだった、という場合がある。それから、自分にとって正しいと思うものに対処する心の準備ができていない人もいる。だから、よく考えるようにしているの。とにかく考え抜くんです」

レイヴンはしかつめらしくうなずいた。物件や物欲のことはよくわからないけれど、きちんと感謝を伝えたかった。「部屋は完璧です。特に、サンルームの南向きの窓が気に入りました。植物でも置こうかと。すてきだろうなと思って」

ミズ・コーネリアはうなずいたけれど、またレイヴンを見ていなかった。「そうね」それから急に、夢みるような口ぶりで言った。「うまくいくでしょう。あれは正しい判断だった」

三階までのぼるのは、水の中を歩いているように感じられ、心配したり走ったり座ったり立ったり急いだりさらに心配したりした一日のせいで脚が重かった。自分たちのアパートメントにつくと、玄関のドアをノックし、それからもっと強くノックした。声をおさえてアキーラの名前を呼び、アキーラが寝ていたら起きるだろうけれど、近所の人には迷惑だと思われないような声の大きさを心がけた。引っ越してきたばかりだし、あの迷惑な隣人ね、と最初の週から思われたくない。相変わらず返事はなく、疲れ切ったレイヴンは玄関前のマットに座りこみ、硬い木のドアに頭をもたせ、ずきずきするこぶしを抱えて静かに泣き出した。

アキーラはいない。レイヴンがちょうどこの時間に帰ってくることも、鍵を持っていないことも知っているのに。近所に聞こえないように、小声で音声通信《ヴォックス》を送る。**そろそろ帰る？　家にはいれないの。**返事なし。自分の家に出入りできないなんて、不吉なしるしのように思われた。でも、きょうはもう朝から大泣きしているし——ドアをうるさくたたく隣人になるのもいやだけど、廊下で泣いている隣人になるのもいやだから——きっちり一分間だけは静かに涙を流してもいいと自分に許したあとは、階段を降りてミズ・コーネリアのところへ行き、鍵を開けてもらえないかと尋ね、ミズ・コーネリアはあれこれ詮索せずに、すぐに対応してくれた。巨大なキーリングについている鍵をひとつひとつ丁寧に確認し、正しい鍵を見つけるとレイヴンに言った。「一日の終わりに、ひとりで静かな時間を過ごすのもいいと思うわ」レイヴンはうなずいた。

「しばらくひとりきりでいるのはいいことよ」ミズ・コーネリアはつづけた。「考えごとと一緒に過ごすんです」ミズ・コーネリアは生真面目に手を振って別れの挨拶をすると、レイヴンが返事をする間もなくドアを閉めた。

アパートメントの中は、まだ家具が届いていなくて、アキーラもいなかった。でも、電気は全部つけっぱなしだった。そうよね。レイヴンは自分の鍵をほとんどすぐに見つけた。バスルームの洗面台にぽつんと落ちていた。

そうよね。

キッチンには、レイヴンが前のアパートメントから持ってきた、保存がきく食料品の紙袋が並んでいて、引っ越してきたときから手つかずのままになっていた。そのうちのひとつをあさってファミリーサイズのスパゲティの箱とツナ缶を出し、〝キッチン〟と書かれた段ボール箱から調理器具とアキーラのスポーツウェアに埋もれていた鍋を掘り出した。水道の蛇口をひねり、カドミウムが流れ切るまでしばらくそのままにしてから、鍋をコンロにのせて火をつけた。オーヴンの時計で時刻を確認する。午後六時二分。ＤＪクラッシュ・クラッシュの番組はまだ始まったばかりだ。左のこめかみを三回タップすると、なじみの声が脳内に流れ出した。ツナとパスタをカウンターに置き、残りの食料品をパントリーに運ぶ。

「グーーーーッモーニング、ミッドナイト！　ＤＪクラッシュ・クラッシュです。きょうの仕事がキツかったあなた、乗り切ったよ。おめでとう。今夜は超スペシャルなゲスト、ミス・フローラ・クルズをお迎え。あしたの夜の〈ホープレス・ノート・コメディ・レビュー〉出演を控えて気合いじゅうぶんだからね。みんな行かなきゃだめだよ。スペシャルドリンクに、〈トライカード〉の無料ポイントがついて、ＶＩＰのゲストも来るって話だ。フローラ、調子はどう？」

レイヴンは袋から缶詰を出して、棚にきれいに並べはじめた。ブラックビーンズ、ヒヨコマメ、インゲンマメを同じ側に置く。

「番組に呼んでくれてありがとう、クラッシュ・クラッシュ。子どものころから聞いてた番組だから、直接会える日が来るなんて信じられなくて。頭が光ってるってうわさは本当なのね。さわってもいい？」

ずんぐりした大型のトマト缶をいくつか。トマトペースト。トマトソース。カットトマト。何がちがうの？

「よし、それじゃあフローラ、代金を請求しなきゃ。きょう、きみはゲストってことになっていて……」

レイヴンはクスッと笑った。巷でうわさの〝一日消去〟テクノロジーが本当にあったら何に使うか、というお決まりのトークが始まると、フローラ・クルズはボーイフレンドに使って、過去の恋人たちは全員ブスだと思いこませると答えた。すごくくだらなかったけれど、話し方がとても魅力的でひたむきだったし、クラッシュ・クラッシュの盛り上げ方も最高だったから、すぐにレイヴンも笑いすぎてわき腹が痛くなった。必死に息をととのえていると、クラッシュ・クラッシュが「時刻は六時十分。つづいて気象情報です」と言った。すっかり時間を忘れていた。棚にブラックビーンズの十二個目かつ最後の缶を置いて振り向くと、パントリーの重いドアがいつの間にか閉まっていて、レイヴンは驚いた。押し開けて小部屋からとびだし、靴下がすべって転びそうになりながら角を曲がってキッチンにはいる。鍋のお湯は煮えたぎっているはずだ。

鍋をのぞきこむと、レイヴンはぎょっとしてあとずさった。火はついているが、水面は平らで沸騰もしていない。湯気も立っていない。水の上に手をかざしてみても、熱は感じられなかった。

頭の中で、小さな、陽気な声が響いた。**「グーーーーッモーニング、ミッドナイト！　ＤＪクラッシュ・クラッシュです。きょうの仕事がキツかったあなた、乗り切ったよ。おめでとう。今夜は……」**

アキーラが帰ってきたとき、レイヴンはソファに座って壁を見つめ、爪を甘皮ぎりぎりのところまで噛んでいた。足元の床には食べかけのパスタとツナのボウルが放置されている。玄関のドアがひらくと、レイヴンはとびあがった。

「ねえ！　見せたいものがあるの」

アキーラは片方の眉をあげ、本でいっぱいのトートバッグを床に置いた。「ただいま。元気そうでよかった」

レイヴンはうなずいた。「ごめんごめん、おかえり。あのね――」

アキーラは首を横に振った。「ちょっと信じられないことがあったんだけど。帰ってきたら、名前忘れちゃったけど、あの人が廊下にいたの。管理人。あなたがアパートメントを締め出されていたから、入れてあげたって聞いたんだけど？　きょうは無料で対応したけど、〝ご参考までに〟お伝えしておくと、次回からは不動産の管理会社が設定している料金がかかります、だって。もうさ、わたし、〝はいはいわかりました。そんなに目くじら立てなくても大丈夫です〟って思って」

レイヴンは眉をしかめた。「そんなこと言ったの？」

「まさか、言ってない。ただ、あの人がプライバシーに首を突っ込みすぎな感じがして、気に入らなかっただけ。だってさ、鍵くらい誰だってなくすでしょ？　鍵でも何でもいいけど」

「まあ、そうだけど、そこが問題なんじゃない？」アキーラがコートからなかなか腕を抜けずにいたから、レイヴンは手を貸した。「誰でも鍵をなくす。だから、誰かが鍵をなくすたびに、管理人が二十四時間年中無休で呼び出されないようにしてるんだろうね」

アキーラはあきれたように目をぐるりと回した。「たしかに、ペナルティを課せば何でも解決するよね。それってすごく憂鬱なんだけど。だってさ、ちょっとしたことにいちいちお金を払わなくてすむ、助け合いのシステムがあればいいだけじゃない？　そもそも、なんで鍵があるの？　隣人を信頼できるようにならなくちゃ。わたしが子どものころは、家の鍵なんてかけなかったよ」

レイヴンはごくりと唾をのんだ。アキーラが育った家で過ごした夏を思い出す。アーサ島にあるヴィクトリア風の家だった。パロアルトから往復のフェリーが出ていて、認可された島民からの招待パスがないと乗れなかった。島では、夜になると警備員が巡回していて、レイヴンが近所の家のディナーパーティーにセーターを忘れてひとりで取りにもどったとき、呼び止められたことがある。〈トライカード〉はセーターのポケットにはいっていたから、誰もいない通りのど真ん中で網膜スキャンをされた。問題ないとわかると、警備員は謝った——アキーラが更新を忘れていたせいで、毎日発行されるレイヴンの招待者登録の期限が切れかけ、警備員のスキャナーが三百ヤード先から未認証の電子署名を検出した、とのことだった。その晩、レイヴンは眠れず、アキーラの腕の中で泣きじゃくり、アキーラは**ごめんね、ごめんね、ごめんね**とささやきつづけ、やがて太陽が高くのぼり、アキーラのお父さんにパンケーキが焼けたぞと階下から声をかけられた。

でもそう、たしかにそうだった。玄関のドアは鍵をかけないままだった。

レイヴンはアキーラが無造作に床に置いた本に目を向けた。口をひらき、感情をおさえて言う。

「仕事のあと、まっすぐ帰ってきたんだよね？」

「ううん。きょうのシフトは二時間だけだったし。ウィロウから、制作中の壁画を見においでって誘われたの。借りていた本も返したいからって」

「そう」残りの言葉は、焼いたガーリックの味のようにのどの奥にこびりついた。**ということは、きょうはほとんど一日中室内にいたのね。自分の家でわたしの帰りを待たなかった理由はあるの？　それとも、わたしのことをうっかり忘れただけ？**　でも、口には出さなかった。そのことには触れずに、アキーラの手をつかむ。

「見せたいものがあるの」

ドアを閉めたパントリーの中で、レイヴンは〈クロノバンド〉を見た。七時八分。

「よし、十分経ったよね？」

アキーラは部屋を見回し、水漏れのせいでペンキがはがれている壁の一部を見つめた。「え？　うん。そう言うならそうかも」

「本当に十分経ったから。ここにはいったのが六時五十八分。いまは七時八分」レイヴンはマジシャンが観客に空のシルクハットを見せるように、アキーラに〈クロノバンド〉を見せた。

「うん、そうだね。わかった」

レイヴンは心臓をどきどきさせ、何かを壊したりしないかと恐れるように、ゆっくりとドアノブを回した。「大丈夫、大丈夫」ドアを全開にし、アキーラの手を引いてパントリーを出ると、

〈クロノバンド〉を再度かかげた。

七時八分だった。レイヴンの心は沈んだ。アキーラがレイヴンを見つめる。「まあ、そうなるよね。これって……マインドフルネスと存在の意義に関するパフォーマンスとか？　それとも時間の経過についてかな。教えてくれる？　わたしが何か見落としてるのかも」

レイヴンはうなだれた。アキーラはもうキッチンに行っていて、からっぽの冷蔵庫をのぞきこみ、何か出てこいとでも念じているみたいだ。「帰りにワイン買ってくればよかった」アキーラがつぶやく。レイヴンはめまぐるしく考えた。なんでうまくいかなかったの？　わたしの頭がおかしくなった？　部屋じゃなくてわたしが原因？　それとも……

レイヴンはアキーラに向き直った。

「聞いて。変だと思われるのはわかってる。でも、ひとりでパントリーにはいってみてくれる？　わたしはここで待ってる。五分間」

「え？」

レイヴンはすでにアキーラの腕を引き、パントリーのドアへと向かっていた。「いいでしょ？」

ふたりはダイニングルームの床にあぐらをかいて座っていた。レイヴンはアキーラの表情を探ったが、とらえどころがなかった。自分の命を恐れているようにも、バーの向かいにいる超セクシーな人にくぎづけになっているようにも見える――わずかに口をひらき、片方の眉があがり、ろくに欲望を隠そうともしていない。

「つまり、あの中では時間が経つけれど……しかも普通に……外では時間が経たない。それか、あそこから出ると時間がリセットされるのかも」

レイヴンはうなずいた。

「ただし、ひとりで中にはいり、ドアを閉めているときに限る？」

レイヴンはまたうなずいた。アキーラが出てきてから、レイヴンはまだ一言もしゃべっていない。自分以外の人がこの特異な現象を認めたことで、急に現実となり、ありうることだと実感し、ささやかな不条理と自分の精神異常ではと考えていた領域から、人に話せる領域へと、考えを徐々にあらためていっていた。この変化はじわじわと、すこしずつ、ビーズのカーテンをくぐるように起きていた。

アキーラがレイヴンの手をつかんだ。「これがどういう意味かわかる？」

レイヴンはうなずいた。「この部屋を使えば、わたしはもう……疲労から解放される。宿題もできるし、授業で遅れをとることもない。仕事に行く前にひと眠りできる」

レイヴンは、奇跡の源であるかのように、ドアノブを得意げにぽんとたたいた。「家族に会いに行くときも、帰ってから埋め合わせできるのがわかっていて出かけられる。やっと、わたしたちふたりの時間を増やせる。それから……そう、わたしはすべてを取り戻せる」しゃべりながら、レイヴンはずっと天井を見上げていた。新しい生活が、休息と睡眠と時間からなる星座となって目の前に広がっている。アキーラとのんびり過ごすこともできる。考える時間もできる。いまはぽっかりと穴があいているように感じる場所を埋めることができる。アキーラの手をにぎりしめて視線をもどし、目を合わせると……

アキーラは、信じられないという顔でレイヴンを見ていた。ちがう。すぐに気づいた。そこにあるのは嫌悪だ。

「ねえ……自分が何言ってるかわかってる？」

アキーラは立ちあがってレイヴンに面と向かうと、急に部屋の中を歩き出した。パントリーのドアに目を据えたまま、大またで行ったり来たりしている。「あなたが言ってることは全部、自分のことばっかり。これはあなたひとりのことより、ずっと大きい話なの。これは……これは、コミュニティの財産になる。この部屋を開放して――組織のためにやるべき仕事がある人たちに使ってもらうの！　アーティストに住んでもらってもいいし。みんなのために使うのよ。すべての同胞のことを考えて。みんなにとって、これが何を意味するかを」

レイヴンは、アーティストや組織の人たちが、パントリーを使うためにアパートメントに出入りするのを想像しようとした。ダイニングルームを見回すと、堅木の床はむき出しでてかてかと光り、荷ほどきしていない箱が山と積まれ、まだ使える状態になっていない。「でもアキーラ……ここは……ここはわたしたちの家のはずよ。あなたとわたしの」

アキーラはパントリーの真鍮《しんちゆう》のドアノブに触れ、地図の輪郭をなぞるように回した。「これは、あなたとわたしなんかより、ずっと、ずーっと大きい話なのよ、レイヴン」ほとんど聞きとれないほどの、ささやくような声だったから、床に座ったままのレイヴンは身を乗り出した。

「これが何になりうるか、わからないの？　何をできるのか？」アキーラは薄汚れた棚に指を走らせ、レイヴンがきれいに並べた缶をひとつずつさわった。

「この小さな部屋があれば、体制そのものを変えられる。それをあなたは、自宅オフィスか何かに使おうって言うの？　もっと、何ていうか、生産性をあげるため？　もっと生産するため？」

アキーラは鼻で笑った。「この世界にいちばん必要ないのはモノだって、わかってるよね」

「いや、そんなつもりじゃなくて——別にもっとモノをつくりたいわけじゃないよ。わたしは人を助けたい。看護師になりたい。それって、みんなのためになることじゃないの？」

アキーラは立ち止まって背すじをのばすと、レイヴンをまっすぐに見つめた。

「レイヴン。わからない？　この部屋は、わたしたちと時間の関係を断ち切るの。以上。それがすべて。つまり何が肝かっていうとね、わかる？　わたしたちは——わたしたちは、資本主義を終わらせられる！」

それからアキーラはまたうろうろと歩きはじめた。白い靴下をはいた足の裏が見え、一歩ごとに灰色の埃がくっついていくのを、レイヴンは心の片隅に留めた。暗い気分になる。**引っ越してきてから、いちども掃除していない。**

アキーラはつづけた。「要は集団責任なの。わたしたちの手元に、めちゃくちゃラディカルなものがある。有効活用しなくちゃ……ただの昼寝のためじゃなくて」

レイヴンは唾を吐きかけられたかのように、ぎくりと首をすくめた。いままでの人生で感じてきた疲労という疲労の重みが、怒濤《どとう》のように一気にのしかかる。レイヴンは目を閉じた。幼稚園にかよっていたころ、母のシフトの最後にバスに乗ったとき、仕事を終えたばかりの警備員の女性とその三人の居眠りしている子どもの近くに座った。母を追跡するために乗っている交通輸送管理局員のモニターが、レイヴンも警備員の子どもだと認識してくれるように。十五歳のとき、もうチェスクラブはつづけられませんと先生に伝え、理由はサンドイッチ屋のバイトを増やさなくてはならないからで、午後六時に始まるバイトの前に図書館で眠気とたたかいながら宿題を終わらせるのは無理だし、夜中までフロアのモップがけをすると脚が痛くなるからだと説明した。二十三歳のとき、入学カウンセラーとの面談に笑顔でこう答えた――はい、問題ありません、このプログラムのコースワークは問題なくこなせますし、インターンシップ、フィールド調査、スタディグループ、それに通学ですか？　問題ありません。問題にもなりません。レイヴンは走り、常に走りつづけていた――仕事へ、食事へ、教室へ。アキーラがぐっすり眠っている午前二時に勉強し、パソコンを前にうとうとし、自分の顔をつねったりひっぱたいたり、氷を食べたりして眠気とたたかった。クイックファイルに保存してある、看護についてブックマークした記事を読み、給料についての記述や、高額なメディカルスクールに通わずに看護師が科学や医学の知識を活かして人を助けるにはどうしたらいいか、といった記述をハイライトした。わたしにはたどりつけるはず、とレイヴンは自分に言い聞かせてきた。でもそのためには、全力で走らなくてはならなかった。

レイヴンはひたすら、力の限りに走りつづけてきた。もう何年も息切れしていた。過去と未来と現在に渡る全力疾走の日々が胸に重くのしかかっていたけれど、言葉ではうまく言いあらわせないでいた。それはアキーラとのあいだに薄い靄のようにかかっていたけれど、アキーラはただそれをさっと振り払い、問題でさえないかのようにふるまっている。レイヴンなんてどうでもいい、とでもいうように。

いま、アキーラは首を横に振っている。「レイヴン、世の中にはね、本当に、ほんっとうに困・窮している黒人女性たちがいて――」

レイヴンは思わず口をあんぐり開けた。アキーラは歩くのをやめ、レイヴンを見据えた。でも、口がひらいたことで、レイヴンの脳はもっと酸素を取り込めると考えたらしく、レイヴンはそのまま大あくびをして、あわてて手で口を覆った。

「アキーラ、ごめん。ちょっと……いまはすごく疲れてて。つづきはあした話さない？　朝から授業があるし。五時に起きなきゃだから」

歯を磨きにいくとき、レイヴンは玄関のドアの下からさしこまれているメモを見つけた。**お取り込み中のところ申し訳ないけれど、とてもうるさかったのでお伝えしておきます。うちの赤ちゃんが眠れなくて。もうちょっと声を落としていただけると助かります。**メモを読むとレイヴンの顔は恥ずかしさで熱くなり、とっさにあたりを見回した。怒れる隣人が、コート用クロゼットに隠れているかもしれないとでもいうように。レイヴンはメモをびりびりに破いた。

朝のまどろみの中でアキーラは暑さを感じ、すっかり目が覚めるころには布団をはいでいた。レイヴンがカーテンを開けっぱなしにしていたから、午前も半ばの日射しは一致団結してアキーラの顔と体に降りそそいでいる。外はきっと美しい光景だろうけれど、おかげで起きたときには頭がずきずきし、薄くて白いTシャツの中は汗をかいていた。サイドテーブルに置いたノートと先が丸くなった鉛筆をつかむ。**写真シリーズ――セルフィーでタイムラプス？　毎朝のセルフィー？**

〈クロノバンド〉を見る。午前十時四分。書店には十一時までに行くことになっている。それまでにシャワーをあびて、喫茶店に寄り、ウィロウに頼んで次回のクリニック設立ミーティングの日程を決めてもらわないと。まぶしさに目を細めてクロゼットを見ると、いまだにハンガーはかかっていないし、当然服もない。あるのはムカつく段ボール箱ばかり。仕事のあと、〈エクスチェンジ〉に寄って新しい服を手に入れなきゃ――オーバーオールと秋物のセーターを数枚ずつかな。

アキーラは歯を磨いた。レイヴンがきのう、清潔な下着がはいっていた箱を開け、アキーラのボクサーパンツを椅子の上にきちんとたたんでおいていたから、その中から一枚を取る。アキーラはほほえんだ。「いままでつきあっていて思うけど、下着をたたんでくれる女と出会ったら、絶対に手放しちゃだめ」ウィロウに力説したことがある。「あの子はカレッジのころからそうなんだ」

ウィロウはうわの空でうなずき、入荷してきた箱を開けようとカッターに手をのばした。「わかるよ。これだけつきあいが長くなっても、おたがいに成長するスペースがあれば、ってことだよね。同じ方向に成長していけるといいね」

そのとき、アキーラは言われたことをしばらく考えた。**同じ方向に成長。**両親のブドウ園の入り口が思い浮かんだ。ジンロットワイン用のブドウ棚が目印の、巨大な門がある。毎年、管理人たちがアキーラの腕ほどもある大きなハサミを抱えてはしごをのぼり、ブドウ棚に巻きついていないつるや、巻きつきそうにないつるを切っていた。求められている方向に成長できなければ、容赦なく切り落とされる。アキーラはいつも、なんて暴力的なんだろうと感じていた。威圧的。いちど夕食の席で父にも言ったことがある。

「暴力とは、人間が人間をつくり直すことなんだよ」父はグラスにおかわりをつぎながら言った。「ファノンによれば、ってことだが【訳注：フランツ・ファノン（一九二五—一九六一）アルジェリア独立運動で指導的役割を果たした思想家・精神科医・革命家。暴力による主体の解放を目指した。】」

アキーラは、予兆や運命や宇宙の声といったものを信じていた。だから、午前十時十一分きっかりに、ウィロウから返してもらったトートバッグのいちばん上からファノンの『地に呪われたる者』が目にとびこんできたとき、しかも、ブドウのつるとファノンのことを考えている真っ最中に見たということは、必要な予兆がすべてそろったという意味だと解釈した。まずファノンの本を、次にノートパソコンを抱えると、ほかの本が詰まったトートバッグの持ち手をつかみ、パントリーへと引きずっていった。

「いろいろ考えたの」その晩、レイヴンは言った。「それでね、アキーラ、わたしはあなたと同じ場所に立っていたい。心からそう思ってる。あなたの言うとおり、これはわたしたちなんかよりずっと大きい。っていうか、大きいかもしれない。わたしは……わたしはオープンに受け止めたいの。本気で。それに、同胞を安心させたい。喜びも与えたい。わたしたちに何ができるか、一緒に考えたい」

アキーラはうなずいたけれど、心ここにあらずといった様子だった。レイヴンはつづけた。

「でも、あなたはいつも境界のことを話すでしょ？　だから思ったの。この部屋のことも、境界っていうか、何か線引きが必要だって。たとえば、まだほかの人には話さないで、計画を立てるだけにするとか？　何か……基準か、合意事項みたいなものを考えたり」話しながら、レイヴンは豆腐入りのヴィーガンチャーハンからグリーンピースをひとつずつ丁寧に拾い、テイクアウト用のプラスチックのふたのすみに集めていた。アキーラはすこしずつ大きくなっていく豆の山を見つめながら、レイヴンの話をぼんやり聞いていた。

「もうひとつ考えたんだけど――体にどんな影響があるかわからないじゃない？　副作用があるかとか。もしかしたら……わからないけど、年をとるのが早くなるとか。発がん性があるとか。そのあたり、ぜんぜんわからないよね？」

アキーラはうわの空でうなずいた。あの部屋の体への影響はすでにひとつ学んでいて、予想もしていないことだったけれど、考えてみれば納得できた。その日の朝、仕事に行く前に数時間をパントリーで過ごした――ファノンの本を読み、日記を書き、マリファナを吸い、タロットカードを引いた。三時間をそこで過ごし、外に出て二分経ったとき、疲れ果てていて仕事どころではないと気づき、もう一時間パントリーでうとうとして気分をすっきりさせ、シャワーをあび、時間通りに書店に行った。でも、それはアキーラの一日に余分な四時間が加わったことになり、その影響を思うと動揺が激しく、いまこの瞬間レイヴンが考えてくれと言っていることは何も考えられなかった。初めてハイになったときのように、何が起きているかも、何が起きたかも、いつ終わるのかもわからなかった。アキーラはレイヴンと目を合わせないようにし、レイヴンのほうはこの話を切り出したことが即口論にならなかったことに安堵した様子で、アキーラが何も言わないのはただ沈思黙考しているからだろうと思って、嬉々としてしゃべりつづけた。

「わたしたち、同じ意見ってことだよね？」すっと手をのばし、人差し指でアキーラの頬骨のあたりをやさしくなでると、目の下に見えないハートを描いた。「これで仲直り？」

アキーラはほほえんでレイヴンを抱き寄せた。「うん、仲直り」

レイヴンはぱっと目を開けた。なかなか寝付けず、やっと眠りについたかと思うと落ち着かない眠りで、不安をさそう中途半端で緊張感のある夢ばかり見たけれど、気にはなるものの理解しがたく、しかも記憶に残らなかった。でも、やっと頭が冴えてきたとき、理由がわかった——薬理学の中間試験のレポートの締切が午前九時だった。まさか忘れていたなんて。きのうは仕事中ずっとそのことを考えていて、夕食後すぐに始めるつもりでいた。でも、アキーラと約束していた話し合いですっかり消耗した上に、不気味なほどスムーズにいった。最悪の展開になる覚悟で臨んだから、逆にそうならなかったとき、体の中の種火に水をかけられて、すべての火が消えたように感じられた。ぜんぜん気持ちは楽にならず、抜け殻になったような、ざわついた気持ちでベッドにはいり、朝の四時を迎えたいま、あと五時間で必修コースのレポートを終わらせ、その一時間後には仕事に行かなくてはならない状況に陥っている。レイヴンは布団の端へとゆっくり移動して体を起こし、アキーラを見つめた。寝顔から目を離せなかったけれど、自分の目から何かビームのようなものが出ていて起こしたらどうしよう、とも思った。

境界ね、レイヴンは思った。**境界。**そう、これは特殊な状況だ。ベッドのそばにあったバッグからノートパソコンと教科書とノートを出す。パントリーに行く途中で、バスルームの電気をつけてドアを閉めた。アキーラが目を覚ましても、レイヴンはそこにいると思うだろう。

十時にアキーラが起きると、コーヒーが淹れてあり、ラブレターも添えられていた。アキーラはほほえんだ。レイヴンはマグカップもひとつ見つけ、洗って四角いペーパータオルの真ん中にきちっと置いていた。カレッジにいたころ、初めてレイヴンの寮に行ったときのことを思い出す。キッチン用の小さなカートに、わずかなカトラリーと深皿ふたつ、端のかけた小皿が数枚あり……裁縫用のハサミで几帳面に四角く切ったペーパータオルが山と積まれていた。アキーラがからかうと、レイヴンはさっと顔をそむけ、うちではいつもこうしていただけ、と言い訳した。そのときはかわいいと思ったけれど、一緒に住む前だったからだ。いまなら、ペーパータオルを切らないでおいてくれるなら、いくらでも払う。

きょうのシフトは午後から——一時まで仕事はない。コーヒーのカフェインはまだ効いてきていないけれど、夢の中で思考が沸き立ち、熱を帯びていたのか、充電は完了している——電気がかけめぐっている——気分だった。自分自身の頂点に立っているような、輝き、覚醒しているような感覚。書きたいこと、読みたいもの、自分と世界に問いかけたいことがあった。
パントリーにはいると、寝室から持ってきた枕の山に埋もれて座り、香を焚いた。アキーラが最初に書いたのはこんな文章だった。

世界の歴史において新境地を切り開いたとされる芸術作品――絵画、文学、舞踏、彫刻など、人の手と想像力によってつくりあげられた美しいものすべて――を注意深く見てみると、それらを結びつけているものは、明らかに時間だと言える。不当に貯め込まれた富によって購入された時間、黒人の筋肉から搾取された時間、植民地主義の暴力的支配の中で悪しき錬金術によってもぎ取られた時間。友よ、我々は果てなくつづく時間の負債の中に存在している。そこでは、奪うことで利を得た人間のみが、我々がかくも無邪気に天才と呼ぶものの恩恵にあずかっている。同志よ、かつて奪われたものがいま返済されるとしたら、どういう意義があるだろうか?

「当然、内服薬の場合は、何が禁忌になるかを考慮しなくてはなりません。もし、何らかの理由で喉頭蓋《こうとうがい》と食道が十分に機能していない場合、患者は院内肺炎にかかるおそれがあります。いいですね?」ナシール教授は期待をこめて講堂内を見回し、学生たちはうなずいた。「では、非常にきりがいいので、ここで十五分間の休憩にしましょう。休憩後は、中間試験のフィードバックをします。では、またのちほど」
学生たちが一斉に席を立ち、あちこちで小さな衣擦れの音がした。レイヴンはバッグの中をあさり、中間試験を乗り切ったごほうびに買ってきたドーナツを出すと、立ちあがって脚をのばした。講堂のうしろのほうに座っていたから、ゆっくりと階段を降りて最前列に着くころには、ほとんどの学生はもう出払っていた。ナシール教授と同時にドアに着いたので、レイヴンは一瞬怯《ひる》んだけれど、ぎこちなくうしろに下がって先を譲った。ところが、年配の女性教授はドアの手前で立ちどまり、レイヴンにほほえみかけた。

「レイヴンよね？」教授に言われ、レイヴンはうなずいた。「学生一覧の写真のときから、ちょっと変わったのね。今年のはじめはドレッドじゃなかった？」

レイヴンは笑顔で剃り上げた頭をなでた。「ええ、ずっと長かったんです。でも変えてみようと思って」

「なるほどね」ナシール教授はもっともらしく言った。教授自身のブロンドと赤のドレッドヘアは、堂々たる風格で肩にかかっている。「勇気のいる別れだったでしょう。そういう変化を決断するのは簡単なことじゃないから。でも、必要なときもあるわよね」

レイヴンはふたたびうなずいた。意外な注目を浴びたこのひとときに浸っていたいと思いつつも、ただでさえ短い十五分の休憩時間はどのくらい過ぎただろうかとも考えていた。

「さてと」教授が言った。「もう引き留めないわ。あなたの中間試験のレポートがすばらしかったと伝えたかっただけ。前回のレポートからめざましい進歩を遂げたみたいね。そのために何をしたにせよ、これからもつづけること！　いいわね？」最後に一言添えたのは、レイヴンの顔に浮かんだ表情に不満だったか、やや戸惑ったからのようだった。いつもなら、ほめられた学生は嬉しそうに顔を輝かせるが、レイヴンにはそれがなかった。

「わかりました」レイヴンは、自信のようなものが自然とあふれて見えるよう願いつつ言った。「ありがとうございます。頑張ります」

電子レンジの前には短い列ができていて、レイヴンは壁にもたれ、残り物を入れたタッパーの上にドーナツをバランスよくのせた。レイヴンの前で待っているふたりの学生が、中間試験の話をしている。手前にいるのは誰か知っている。ジュリアンだ。ネットワーク上でフォローしているから、いろいろと知りすぎていた──コンガをたたくこと、二匹の猫を飼っていて、レミーとマーティンという名前だということ、元バリスタで、おいしいハンドドリップコーヒーを淹れ、おしゃれなラテアートを描けること。でも、話したことはいちどもない。ジュリアンは女子学生と話し込んでいる。名前は、ステファニーかエステル──よく覚えていない。たしか〝ステ〟がはいっている名前だ。

「実はね、この授業と微生物学と化学……理系科目全部？　いい結果だったんだ。まさにわたしの得意科目って感じ」女子学生がジュリアンに話している。「苦戦してるのは、ほかの科目なんだよね。基礎とか管理とか倫理とか……ソフトスキルってやつ？　めちゃくちゃ曖昧でさ！　もう、答え教えてー！　ってなる」

ジュリアンは楽しそうに笑った。ジュリアンもそう思っているのか、ただ調子を合わせているだけなのかはわからない。でも、エステル／ステファニーが電子レンジを使う番になり、話し相手がいなくなると、ジュリアンは初めてレイヴンに気づいたように振り向いた。ジュリアンは愛想よくほほえんだ。「レイヴンだよね？　元気？」

　レイヴンは心ここにあらずで、授業後の行動計画を確認するのに没頭していた。バスで帰って、夕食を簡単にすませれば、二、三時間は荷ほどきに使えるかもしれない。それから分子治療学の宿題。名前を呼ばれて、ぎりぎり常識の範囲内で我に返った。もうひと呼吸遅かったら不審がられていたかもしれない。「う、うん。元気」レイヴンは答えた。「とにかく、中間試験が終わってほっとしてる」

　ジュリアンはうなずき、アルミホイルで包んだサンドイッチを手の上でひっくり返した。「だよな。ところでさ、きみの恋人のアキーラ？　ガールフレンドだよね？　変なこと訊いてごめん。ネットワークでフォローしてるんだ。で、きょう彼女がポストした内容……ぶっとんでるなんてもんじゃないよな。とにかくヤバい。ランチのときに読んでから、ずっと頭から離れなくて。おれたちからどんだけ時間が奪われているかって話？　それと、最後に書いてあった思考実験？　タイムボックス……だっけ？　シュレーディンガーの猫の実験みたいだけど、もっと先をいってるっていうか。あれはヤバい……」

　あとになって、レイヴンがこの週にあったことを頭の中で再現したとき、恥じ入りたくなるようなことが山ほどあった。他の方法があったはずだと思うことや、もっと迅速に理解できたはずだと思うことが。そんなことはないと、友人たちに何度言われても。なかでも記憶に残っているのが、この場面だ――このとき、ジュリアンは興奮して熱く語り続け、レイヴンは自分もアキーラの文章を読んで同じように魅了されたというふりをした。ええ、そうなの、もちろん知ってるし、彼女のことが誇らしいし、全面的にサポートする、あたりまえじゃない、と。

　その日の夜、授業が終わってバスで帰路についたときにやっと、レイヴンはアキーラがデジタルの世界で共有した文章を読み、パニック発作で泣きじゃくることになる。誰にも顧《かえり》みられずに。アキーラに何通も何通も音声通信《ヴォックス》を送るものの返事はなく、アキーラの投稿についたコメントをスクロールする手を止められず、それこそ知り合い全員と、会うことは決してないであろう何千人もの人たちがポストし、リポストする様子から目を離せなくなる。そして、BabyxxGirlxx2001というハンドルの人のコメントを読む。**ちょっと、わたしの友人のアパートメントにもそういうのあったんだけど。二十年前、ロジャーズ・パークに住んでた。嘘だろって思われるのはわかってるけど、誓って本当だから。**

　でも、ジュリアンと話しているいま、レイヴンはうまく平然をよそおっていた。そしてそのささやかなひとつの嘘に、大きな喜びを感じていた。

　アキーラは首を横に振った。「恐怖に基づいて考えてるよ、レイヴン。可能性に基づいて考えなきゃ。豊富にあるものの側から」

「わたしは、ふたりで合意したことに基づいて考えてるの。話し合ったじゃない」

　アキーラはシンクでマグをゆすいだ。**ぜんぜん洗えてないけど。**レイヴンは思った。中に丸く茶のあとが残っているし、縁にもほんのわずかだけど、かすかに口紅がついている。「わかってる。でもね、ぱっとひらめいちゃって、もう待てなかったの」

寒くはなかったのに、レイヴンは歯をガチガチ鳴らして震えていた。アキーラは背を向け、マルチグレインのクラッカーの横に置いた皿にスライスチーズを慎重に並べる作業にもどっている。レイヴンは片方の腕をさしのべていたけれど、見捨てられて役にも立たない、どこにもつながっていない橋のようだった。レイヴンはアキーラのところへ行き、アキーラの目の前に顔をつきだして、無視させないようにした。

「コメント見たでしょ？　誰かが……あれのことを知っているとして、あなたの投稿はその裏付けみたいになってるから、うわさが広まるかもしれない。いろんな人がうちに来て……わかんないけど、侵入したりするかも。あれを使おうとして。わたしたちを傷つけようとして。わたしたち、このアパートメントから追い出されるかもしれない。それか、〈新たな夜明け《ニュー・ドーン》〉が……」

アキーラはレイヴンの目を見たけれど、何も言わなかった。

レイヴンはアキーラの肩の向こうに目をやった。カウンターの上に、何か小さくて黒いものがある。動いている。一匹のアリだ。そして当然、アリといえば、一匹いればたくさんいるものだと決まっている。アリの列が、電子レンジを横切り、戸棚のちょうつがいを降りて幅木を渡り、裏口のドアへとつづいていた。レイヴンは無表情でアキーラから離れると、戸棚の中を一心不乱にあさりはじめた。アキーラはレイヴンをまじまじと見た。

「何やってるの？」

「ビネガーを探してる。アリがいるから」レイヴンはくるりと向き直り、忌むべき犯罪の動かぬ証拠だとでもいうように、プラスチックのビネガーのボトルをかざして振った。「なぜならここのすべてがぐちゃぐちゃだから。荷ほどきも片付けも買い物もしてないし、ここをわたしたちの家らしくするために必要なことを何もしていないから」レイヴンはペーパータオルをロールから破り、丸めてビネガーに浸した。「なぜなら、わたしにはこんなことをする時間も、ほかのことをする時間もとにかくないのに、あなたはわたしたちのことを優先して考えていないみたいだから。声明文を書くのにいそがしくて。そしてあなたが、わたしのことも、わたしたちが共有する空間も、ぜんぜん大切にしていないからよ！　もう最悪！」

最後の言葉を体の奥からしぼりだすように叫ぶと、レイヴンはがくんと膝をつき、幅木を歩くアリをごしごしとビネガーでこすり落としていった。床の下からドンと大きな音がした——下の部屋の住人が、ほうきかモップの柄で天井をたたいたのだ。

アキーラがかすれた声で笑った。「うるさくて赤ちゃんが眠れないって苦情言うのに、騒ぎを増やすってどうなのかしらね」

レイヴンは軽蔑のまなざしをアキーラへと放つと、膝をついたまま裏口近くの床に開いている通気口に向かった。かがみこみ、その中へと叫ぶ。

「ごめんなさい！　心から申し訳ないと思ってます！」

アキーラは首を振った。「わからないんだけど。なんでこんなことをしたり、わたしを怒鳴りつけたり、ひどいことを言ったりするの？　パートナーとして、一緒にやろうとしてるんだよ？　わたしたち**ふたり**が信じてると思った世界を目指してる。そういうコミュニティを」アキーラは冷蔵庫にもたれてポケットに手を突っ込み、四つん這いのレイヴンが背中を丸めて床へと叫んでいる姿を見つめた。つんとくるビネガーのにおいがキッチンに充満している。いままでの人生で、誰かをこれほど気の毒だと思ったことはない。アキーラはレイヴンのそばに行き、床に座りこんだ。

「ごめん。謝る」

レイヴンはさっとアキーラに目を向けた。未練がましい期待が一瞬ふくらみ、すぐに深い疑念へと変わったけれど、すぐにまた期待がふくらんだ。

アキーラはレイヴンの背中に手をのせた。「あなたの仕事中、荷ほどきをサボってごめん。先に相談しないで投稿してごめん。散らかしてばかりでごめん。あなたが仕事も勉強も必死に頑張ってるのを知ってるのに、サポートしてなくてごめん。わかってもらえる？　本当にごめんね。これからはもっと協力する」

レイヴンはアリ退治をやめて向きを変え、アキーラの膝に頭をのせた。

「わかった」レイヴンは目を閉じた。アキーラはレイヴンの耳から首すじを指でなぞり、鎖骨から胸へと這わせている。気持ちよかった。可能性を感じた。アキーラはレイヴンの手を取って立たせ、寝室へといざなった。

あとでレイヴンはTシャツを着てキッチンに水を飲みに行った。室内を見回し、頭の中でリストをつくる。**ごみ袋。新しいほうきとちりとり。食器棚シート。**食洗機に目がとまる。この立派な機械がやるべき仕事をしっかりこなしてくれたら、とても重宝するにちがいない。

レイヴンは寝室に声をかけた。「ねえ、あしたミズ・コーネリアに電話して、お待たせしたけど食洗機を直しに来てほしいって、伝えてもらえる?」

一瞬の間。「誰?」

レイヴンはいらいらと首を振り、水をごくりと飲んだ。「管理人さん。このアパートメントの」

「ああ、あの人。わかった」

レイヴンはゆっくりとうなずいた。わたしたちにはできるはず。きっとやりとげられる。


翌朝、目覚ましが鳴り、いつものようにもぞもぞ動いて、なるべく静かに布団から出ようとしたとき、すでにアキーラが体を起こしていたのでレイヴンは驚いた。

「きょうは早起きしてみようと思って」アキーラは前にかがんでレイヴンの頬にキスをした。

「荷ほどきを終わらせるから、やっと段ボール箱地獄から解放されるよ」

レイヴンはにっこりほほえんだ。「本当?　すごい。ありがとう」

アキーラは片目をつむった。「そんなに驚かないでよ」


レイヴンはヨガスタジオのカウンターで微生物学の教科書を読むのに集中していたから、ドアが開いてチャイムが鳴っても聞こえていなかった。ひとりの女性がカウンターの前まで来たところではじめて気がつくと、その人は息を切らせ、額にうっすらとにじんだ汗が蛍光灯の明かりで光っていた。美人で、目はぱっちりと大きく、マスタードイエローのスカーフが豊かな茶色の肌を引き立てている。

「こんにちは。ロータス・ヨガクラブへようこそ。ご用件は何でしょうか」

「二時からのレッスンに来たんです」女性は上着を脱ぎながら言った。「遅くなっちゃって」

見たくはなかったけれど、レイヴンの目は反射的にスタジオのドアの上にある大きな壁掛け時計に向けられた。二時一分。時計の下にはこんな貼り紙がしてある。**大変申し訳ございませんが、ほかのお客様のご迷惑となるため、遅刻は厳禁でお願いします。十五分前にはスタジオにいらしてください。**女性はレイヴンの視線をたどり、急いで言った。

「ああ、もう。ムカつく！　ごめんなさい。友人からここの招待券をいただいて、それで――先に電話しておけばよかった」

レイヴンはカウンターの前に回った。ケイティに怒られても、あとでどうにかすればいい。それに、午後の体力回復ヨガのレッスンを受けているのは六十代と七十代ばかりだから、ほとんどみんな〈子どものポーズ〉で眠るのを楽しみにしている。「上着をおあずかりします」レイヴンは言った。「スタジオにどうぞ。ヨガマットはお持ちですか？」

スタジオのドアが閉まると、レイヴンは教科書にもどった。宿題で読むことになっている章の最後まであと二ページで、毎週の単元ごとの小テストは三時が締め切りだ。いつも十五分ぐらいあれば足りるから、ほかに大きな邪魔がはいらなければ問題なくこなせる。

そう思った瞬間、ジャズミンが勢いよくドアを開けてはいってきた。この前の励まし自体が不吉な前触れだったのか、苦悶の表情を浮かべている。レイヴンはしおり代わりに封筒をはさみ、教科書を閉じた。

「どうしたの？　大丈夫？」
ジャズミンはうなずき、それから首を横に振ると、わっと泣き出した。

帰りのバスは不気味なほど静まり返っていたけれど、レイヴンにはちょうどよかった。上着を丸めて窓と頭のあいだにはさみ、もたれかかってノートに目を落とす。きれいなヨーロッパ風のノートで、アキーラのお母さんが数年前のクリスマスにくれたものだ。このノートには壮大で人生を変えるようなアイディアを書くつもりだったけれど、実際は普段の授業中に眠気とたたかいながらメモを取り、授業に興味があって集中しているように見せたいときに使っていた。レイヴンは儀式のようにペンを二回クリックして書きはじめた。

・時間↓取引対象↓稀少なものから豊富なものへ？
・時間＝？　お金？　ほかの価値があるもの
・時間も資源のようにシェア可能だったら？

レイヴンは手を止めて窓の外に目をやり、ジャズミンのことを考えた。ジャズミンはレイヴンの肩を借りて午後二時四十八分きっかりまで泣いた。巨大な壁掛け時計を見ながらレイヴンはそわそわし、三時が提出期限の小テストのことや、三時になったらスタジオからどっと出てくる老人たちと美人の女性のことを考えた。女性のほうはすばらしいレッスンを体験してリラックスし、遅刻のせいでケイティにひどいことを言われて恥をかいたりしていなければいいのだけど、と願いながら。ケイティはレイヴンを怒鳴りはしないだろうけれど、子どもに言い含めるように注意するだろうから、そっちのほうがいやだった。そんなことを思いながらずっと、心拍数が爆上がりしませんようにと願っていた。腕の中で泣いているジャズミンが気づいて顔をあげ、レイヴンが時計を見ていると知って申し訳ない気持ちにならないように。

ジャズミンが泣いていたのは、特に何かがあったからではなく、いろんなことが積み重なったからだった。仕事にまた遅刻したこと、医師の口調、きょう父親に提案された新しくて可能性があって不完全な治療法の数々、そういう治療法について調べたり、セカンドオピニオンを聞きに行ったり、患者支援者にまた電話して打ち合わせの日程を決めたり、専門家を探したり、使えるはずだとみんなに言われているけれど誰も簡単な手続き方法を知らない救済プログラムと割引サービスとサポートグループについて調べたりといった時間の捻出。それから、父親が好きなスープを買ってきてあげたかったけれどカフェテリアの閉店時間が迫っていて、しかも医師が来るのを待っていたから、自分が病室を出た瞬間、全部の質問に答えてくれるはずの人とすれ違い、話す機会を永遠に失うかも、と思ったら買いに行けなかった、と言って泣いた。さらには仕事中に泣くなんて恥ずかしいと泣き、とうとうレイヴンの中の何かがはずれて、一緒に泣き出し、座ったまま抱きあって泣いていたけれど、やがてジャズミンが体を離して洗面所に顔を洗いに行き、レイヴンは小テストの最後の二問は勘にまかせ、残り十九秒で提出した。そして三時になってレッスンが終わり、顔をほてらせた会員たちがすっきりした顔で満足そうにスタジオから出てきたときには、受付のふたりの女性は明るい笑顔で迎え、カモミールレモンティーや複数レッスンの割引オプションへの申し込みをすすめていた。

レイヴンは書いたばかりの文章を読み返した。**豊富なもの**。そこに下線を二本引くと、数行あけて別のことを書いた。

タイムボックスについて

コミュニティの原則および合意事項

時間はそのままの状態であれば豊富にある。

タイムボックスは窃盗ツールではない。私利私欲のために時間を盗む目的で使うものではない。我々はタイムボックスを使って、時間という恵みを人々に提供する。このツールを駆使して時間を再配分することにより、我々は愛や想像力や支援をより自由に、最も困窮している人々に届けることができる。

レイヴンは手を止めた。**最も困窮している人々**。これについてはいろいろと検討しなくちゃ。困窮の度合いを決めるのは誰？　レイヴンはしばらくペンのおしりを噛んでから、こう書いた。

アドバイザーが必要？？？

アパートメントのロビーに着いたとき、レイヴンは新鮮で爽快な気分で、しばらくぶりに……

いつ以来か思い出せないほどひさしぶりに、真の喜びを感じていた。アキーラに話すのが待ちきれない。階段を一段とばしでのぼる。何かおいしそうな、風味豊かな手料理の香りがただよっている。アキーラが料理したの？

玄関の前で、レイヴンはミズ・コーネリアとぶつかりそうになった。レイヴンは礼儀正しく手を振って挨拶した。「ミズ・コーネリア！　アキーラから食洗機の件で連絡ありました？」

ミズ・コーネリアはうなずくと、なぜかレイヴンの肩へと手をのばし、途中で引っ込めた。レイヴンは驚き、変だと思ったけれど、あとで考えればよかったし、それよりすぐにでもアキーラと話したかった。ミズ・コーネリアはまだドアを閉めていなかったから、レイヴンは軽くうなずくと、「ありがとう」とだけ言って前を通り、中にはいった。

靴を脱ぎ捨てると、レイヴンはすぐに部屋じゅうに満ちているにおいに気づいた。コック・オ・ヴァン――チキンの赤ワイン煮込み。アキーラが父親に教わった、唯一の得意料理だ。

「アキーラ！」レイヴンは大声で呼んだ。「ねえ！　どこにいるの？」

部屋から部屋へと歩きながら、そのたびに息をのんだ。どこもかしこも、非の打ちどころなく片付いている。服の山や、あちこちでほったらかしになっていた皿、探しているものが見つかるまで段ボール箱から投げ出されていた雑多な物の数々は消えていた。キッチンでは、スロークッカーの中でチキンと赤ワインがぐつぐつと煮えていて、そばに手紙のようなものが置いてあった。手紙を取ろうとしたとき、うしろから声がしてレイヴンは思いっきりとびあがり、カウンターからスロークッカーを落としそうになった。

「あの子がもどってくるのか、何とも言えなくて。とにかく、すぐにはもどりません」

レイヴンはぱっと振り向いた。ミズ・コーネリアだ。音も立てずに、どうやってはいってきたの？　レイヴンはわけがわからず、怪しむようにミズ・コーネリアに目を向けたまま、あとずさりした。キッチン内をさっと見回す。右のすみにあるナイフブロックには包丁がさしてある。玄関以外の唯一の出口は、裏の階段へ通じるドアだけだ。デッドボルト式で、しっかり施錠されている。

レイヴンが取り乱しているのを見て、ミズ・コーネリアは一歩下がった。つらそうな表情を浮かべている。「ごめんなさい。怖がらせるつもりはないんです。ただ……言われたことはすべてやりました」ミズ・コーネリアは、危害を加えるつもりはないと示すように、両のてのひらをレイヴンに見せたまま、あとずさりをつづけてキッチンを出た。

レイヴンは顔をしかめた。「食洗機は修理したの？」

ミズ・コーネリアはうなずいた。隣のダイニングルームからレイヴンを見ている。「ええ。ほかにも頼まれたことを全部。それがわたしの仕事ですから。いつでもそれがわたしの仕事なんです。できるかぎり最善の判断を心がけますが、ここにお住まいになる方は、選ばなくてはならないんです。決断を求められます。わたしはあなたを傷つけようとしてここにいるんじゃありません。本当に。ただ……経験上、この段階に達したときは、誰かが一緒にいたほうがいいんです」

「どの段階？」レイヴンは足を前に踏み出した。急に、コック・オ・ヴァンのにおいで吐きそうになる。濃すぎるし、甘ったるすぎる。ミズ・コーネリアに目を据えたまま、片手で器用にスロークッカーの電源コードを引き抜く。「すみません、ちょっと怖いんですが。あなたのせいで落ち着かないんですけど」レイヴンはもう一歩前に出て、ダイニングルームにはいった。

「わかってます。申し訳ありません。ここにいたほうがいいと思ったんです。でも、出ていきますね。すぐに出ますから」

レイヴンは水の中を泳いでいるような、視界の縁がかすみ、急流に逆らってゆっくりと体を動かしているような感覚におそわれた。「ええ」自分の声が、はるか遠くから聞こえる。「ええ、そうしてください。あなたが怖いんです。わたしには怖いんです。こんなふうに――部屋にはいってこられて、それから……」

レイヴンは何かを踏んだような気がした。あるかないかの微細な何かが、靴下の薄い生地を通して感じられる。とがっていて小さいものだ。レイヴンは脚をあげ、膝を曲げて足の裏を見た。小さならせん状の木の削りかす――木にドリルや錐《きり》で穴を開けたときに出る木屑が、白いコットンの靴下にくっついている。つまんで捨てようとしたとき、ほかにも床に散らばっている木屑に目が行った。パントリーのドアの前に掃き寄せられている。くるくるとカールした薄い木屑とペンキの細かい粉が、宙に舞って床に落ちた。

「あの子に頼まれたんです」ミズ・コーネリアが話している。ラジエーターがシューシュー音を立てている。「そして、これがわたしの仕事なんです。わかりますよね？　わたしの仕事。わたしがみなさんにお会いするとき、こうなるかどうかは予測できないんです。こうなるときもあれば、ならないときもあって。それに、あなたたちは深く愛し合っているように見えました。だから、思ったんです。あなたたちなら……」

ミズ・コーネリアはレイヴンから一瞬たりとも目をそらさないまま、レイヴンが存在に気づいてすらいなかった道具箱に手をのばした。それから、これでおしまいというように金属のふたを閉じ、掛け金を留めた。

「でも、わたしの間違いでした。今回はすっかり勘違いしてしまいました」

レイヴンの視線は、木屑からパントリーのドアの下の細い隙間へと移った。中から光が漏れている。そのまま上へ、上へと、長年に渡り何度も塗り直され、かつてはきらびやかだった装飾の彫刻がぼやけて不鮮明になっている重い木の扉を目でたどっていき、変色した真鍮のドアノブで止めた。

ドアノブの下に、新しい錠が取り付けられている。

自分でも何をしているのかわからないまま、レイヴンはドアノブを引っぱり、ガチャガチャ回したけれど、いくら回しても無駄だった。レイヴンは泣き出し、床にしゃがみこんだ。ミズ・コーネリアはレイヴンの肩にしばらく手をのせた。そして道具箱を拾い上げると、重い足取りで部屋を出て、玄関のドアを閉めた。

Save Changes

―変更保存

著：ジャネール・モネイ＆ヨハンカ・デルガド

訳：ハーン小路恭子

十二時間前

日曜の夕方、アンバーはすでに疲れていた——それにこの横断歩道の信号はいっこうに変わらない。中身がいっぱいの買い物袋を両腕で抱え込んだ彼女は、カールした髪のひと房が顔にかかるのにふっと息を吹きかけ、汗だくの額の後方へ押し戻した。母親が買い物に行けないのは当然としても、最後に妹が行くと言ってくれたのはいつだったっけ。

この信号は明らかに、ニューヨークでも別の場所に合ったものだった。車でごった返しているブロードウェイとか。ハミルトン・ハイツのこの通りにいる人びとを、彼女は数えた——十人、いや九人。食料品店《ボデガ》や薬局やバーの看板はまだそこにあったが、ほとんどの店はずっと前から閉まっていて、板で塞がれているかシャッターが下りるかしていた。ゴミ箱ですら空っぽだった。

サングラスを忘れてきたのもアンバーには痛手で、飽かず照りつける夏の太陽が網膜をヒリヒリさせ、顔や腕を火照《ほて》らせ、サンダルを履いた足の甲に日焼けの跡をつくった。

彼女は首を伸ばして通りに目をやった。辺りには車がたくさんいるということもなく、あちこちに何台か停めてあるだけで、走っているのは一台もなかった。

なのに信号は、楽し気な止まれの表示のままで点滅していた。

その瞬間は永遠に続くように思えた。大粒の汗がこめかみを流れ落ちた。気持ちが明るくなるのは、修理中の懐中時計のことを考えるときだけだった。文字盤が割れ、秒針が曲がっている、銀鎖《ぎんさ》のついた古い時計。きっと誰かのお気に入りだったんだろう。もう時計としては使えないなんて、ありえない。直すのに必要な部品は全部新品で集めてあって、キッチンテーブルの上で彼女を待ち受けていた。

べたついた腋の下を空気に触れさせようと彼女は少し腕を上げ、中身の詰まった重たい買い物袋を一方の腰から反対側へ動かした。つぎは絶対にラリーに買い物に行ってもらう。いつだって間違ったものを買ってくる（たぶんわざとだろう）けど。アンバーにはもうどうでもよかった。来週こそ、気が滅入るほど楽観的な買い物リストを手に人影もまばらな青果売り場をうろついて、いまの状態の母親ですら悪臭で鼻に皺《しわ》を寄せるような、ラップがぴっちりと張られた化学物質の合成品を持ち帰るのは、ラリーの番だ。

腰の辺りに買い物袋を据えようとしていると、くすんだ色味のオレンジがひとつ歩道に転がり落ちて、ぽんぽんと通りに弾み出ていった。ブツブツと悪態をつきながら、アンバーは素早くNDRをチェックし、ブロードウェイに進み出てオレンジを拾うと、買い物袋のところまで戻った。

「あらあら、信号無視して道路を渡ってはいけません」と、感じのいい女性の声の電子音が言った。

アンバーがさっと身を起こすと、バレーボールぐらいの大きさの監視ドローンが彼女の目の前を旋回していた。いつものように、袋を置いてTシャツの襟ぐりの下に隠れたネックレスを握りしめたい衝動と闘った。

こんなケチくさいことに使っちゃダメ、そう彼女は思った。

「IDチェックをお願いします」と球体が言い、アンバーはスキャンのために顔を上げた――ドローンにそれが必要だったわけではないけれど。腕の筋肉が買い物袋に食いこんでいた。何年も細心の注意を払ってきたのに、萎《しな》びたちっぽけなオレンジひとつ拾おうとして、信号無視で逮捕されるなんてね。

戦うべきときは選ばなくちゃ。とはいえ、アンバーの方針は、どんな戦いも選ばないに越したことはない、だったのだけど。

信号が変わるのを待ちさえすればよかったんだ。ドローンはアンバーの汗ばんだ顔に生ぬるいレーザーを何回か照射し、ピッという一瞬の振動で左目の虹彩を読み込んだ。「行って大丈夫です。気をつけてくださいね、アンバー」

「ありがとう」アンバーは言った。「あとごめんなさい」でもドローンはすでに転がりながら去ってしまった。

この出来事のせいでアンバーは青信号を逃してしまい、焼けつくような太陽の下、ブロードウェイの反対側にやっと渡れるまで新たに数分待つ羽目になった。

買い物袋を揺すって階段を上り、一家の住むブラウンストーン造りの建物に着くと、隣の家の窓のカーテンがさっと開いて、ミセス・ペレスの灰色の小さな顔が疑わしげにのぞいているのが見えた。アンバーは僅かに微笑みかけたが、ミセス・ペレスはすぐに頭を引っ込め、カーテンを閉じてしまった。

除け者になってしまってからは、ずっとこんな感じだ。

玄関ドアのすぐ向こうでは、ちょうどラリーが階段を駆け下りてきたところだった。アンバーは彼女を体で止めて、買い物袋をその腕に押しつけた。

「おいおい、いきなり挨拶もなしに何？」そう言うラリーの肩をアンバーは摑んで体の向きを変えると、キッチンのほうに押しやった。そこではカウンターのところに母親が背中を向けて立っていた。

「母さん、いま何やってんの？」ラリーの後について狭くて薄暗いリビングルームを抜け、明るい白とピンクで彩られたダイアナのキッチンに向かいながら、アンバーは尋ねた。

「すぐわかるよ」と、ラリーは静かに言った。「訪問時間だから」

〈新たな夜明け《ニュー・ドーン》〉監視ビデオ：自宅軟禁
日課の文書読み上げ映像：十七時三十分
顔認証：確認済み。被収容者名ダイアナ・メロ、四十三歳。しばしばカメラに向かって微笑む——協力的姿勢。赤い口紅に、清潔感のある長いギャザースカートのドレスを着て、ペールピンクのエプロンをつけている。鼻歌を歌っているが、データベースのスキャンでは曲名は即座に検知できず。カメラから最も近い位置にはシンクとカウンターとコンロがある。被収容者の後方には、よく片付いたキッチンテーブルがある。
典型的な行動パターンあり。被収容者は家事をしている。本日、被収容者は茹《ゆ》でた楕円形の物体を青い溶液で満たされた保存瓶に注意深く移している。瓶のひとつひとつを密閉し、カメラに向かって持ち上げて見せる。「次に来てくださるときのためにとっておきます」と彼女は言い、その語調をアルゴリズム解析したところ、「友好的」と判断される。

彼女の後方から娘たちが現れ、テーブルの上に買い物袋を置く。被収容者は彼女たちを無視するが、これは彼女が周辺環境をほとんど認識できていないという反復的な観察結果と一致する。

日常点検の終了。

「うわあ、母さん、それって窓用クリーナーじゃない？」

ダイアナは振り返って娘たちを見た。歯を見せて満面の笑みを浮かべている。マニキュアを塗った手で彼女が持っている瓶には、鮮やかな青色の液体に浸かった崩れそうにないトゥインキーがふたつ入っている。「そうよ、ハニー」彼女の背後で、カメラのライトが赤から緑に変わった。

ラリーは時計を見てアンバーに向かって頷いた。日常点検義務は終了だ。

ダイアナは青い瓶を、どれもまったく同じ見た目で気味の悪いほかの四つと一緒に置いて、ウエストの詰まったペールピンクのエプロンを手で擦った。「触っちゃダメだよ」と、みんなで内輪のジョークを共有しているみたいにウィンクしながら彼女は言った。「お客さんの分だからね」

アンバーはため息をついて、テーブルに置いてある時計の前に腰かけた。ラリーがその隣に座った。これがいまの母親の姿、自分たちを育てたダイアナ・メロの幽霊だった。

ダイアナのどこが悪いにしろ、買ってきたものの正体ぐらいはわかるようだった。みじめなものばかり。ちっぽけなオレンジ三つと萎びた野菜を取りだすと、彼女は口をすぼめた。

「めちゃくちゃ頑張ったんだけどね」と、アンバーは言った。「青果売り場は空っぽだったの。見ものだったよ」

「いいのよ、ハニー」とダイアナは言って、居心地を悪くさせるくらいの間アンバーをじっと見ていたが、やがてにっこりした。「お使いありがとう。座って。少し休んでよ」

母はキッチンをせわしなく動き回り出すと、何もかも持ち去った。アンバーとラリーの目は気がつくと、カウンターの上の毒々しい光を放つ青いトゥインキーの瓶の方へ戻っていった。

医者たちは姉妹に、この種の行動は〈ネヴァーマインド〉による洗浄の偶発的な副作用だろうと語った。洗浄は母親の汚れた反抗的な本能を拭い去っただけでなく、脳の本質的な部分を破壊してしまったのだ。

〈新たな夜明け《ニュー・ドーン》〉の監督官たちがダーティ・コンピューターを〈ネヴァーマインド〉の歩く広告にするという夢を諦めるまでは、ダイアナは広告塔《トーチ》になるべく約一年間訓練を受けていた。医者たちは彼女の脳をスキャンしたが、どこも悪いところは見つからなかった。彼女は最も基本的なタスクですらも、日常的にこなすことができなかった。一年以上前、医者たちはしぶしぶ彼女を家に戻した。でも玄関の扉の前に立っていたのは、児童書によく出てくる陳腐な母親像のいかれたバージョンだった。姉妹にできるのは母親に優しくしてあげることぐらいだと、医者たちは言った。

それでも、革命の開始を宣言するダイアナ・メロのイメージは全米の強制放送に溢れていて、彼女がもはや役立たずだと判断されてからも、〈新たな夜明け《ニュー・ドーン》〉の記憶から消えてはいなかった。

ニューヨークの蜂起では、メアリー・アップル、ジェーン５７８２１とともに、ダイアナは破壊活動分子の英雄たちに加わった――彼女たちは逃げのびたが、ダイアナはそうしなかった。

いや、ダイアナはその代わりに自宅軟禁となった。娘たちのために家をきちんとしておきたいからそれで構わないと、彼女は言った。ダイアナが何を考えているのか、何か考えてすらいるのか、誰にもわからなかったし、きっとそれが一番だったのだ。

暮らしが楽だったわけではない。隣人たちは道で会ってもラリーとアンバーを避けたし、アンバーがシティ・カレッジに出席した初日に、新たなスタートを切る望みは消え去った。教員のひとりひとりが彼女を教室の最前列に座らせて〈新たな夜明け《ニュー・ドーン》〉の声明を読ませ、クラスメイトたちに彼女が何者なのかを伝え、かかわり合いになるなら自己責任でと警告したのだった。次の年に入学したラリーも同じ目に遭った。

性犯罪者は新しい場所に引っ越すたびに近所を個別訪問しないといけないとアンバーはどこかで読んだ。それが自分とラリーに起きていることなのだと思い至った。違いは彼女たちが記憶犯罪者だってことだけ。

いや、実際は記憶犯罪者もどきだ。親の罪を被ってるってわけ。

「めちゃくちゃ頑張ったんだけどね」と、アンバーはもう一度言ってテーブルに置いてある時計の前に腰かけ、ラリーがその隣に座った。

結局、彼女たちは追放者なのだった。三人ともが、偉大な革命の影の下に生き、常に保護観察中で、常に逮捕される寸前だった。全国規模の一斉検挙を大々的に取り上げた強制放送が何週間も流れたので、人びとはなかなかメロ一家の顔を忘れてはくれなかった。これが逮捕時の顔写真《マグ・ショット》のためにポーズを取るダイアナ・メロ。不敵な表情を浮かべ、髪はぼさぼさ。これがその後の彼女の映像。髪はきっちりと後ろへ梳《と》かされ、命を救ってくれるものか何かのように、白い紙切れを握りしめている。

いまやダイアナの日常は、キッチンのカウンターに置かれた〈新たな夜明け《ニュー・ドーン》〉のカメラとデートすることを中心に回っていた。戻ってきた当初、娘たちは母親が寝室やリビングで長い時間を過ごすように仕向けようとしたけれど、彼女はそれに抵抗し、まるでそれが自分の仕事であるかのように、何時間もキッチンで過ごしては、食べられっこない極彩色のカオスを作り出した。

もう一年以上こんな調子だったけど、それでもアンバーは壊れていなかった。

まだいまのところは。

まるで娘の心を読みとれるかのように、ダイアナは立ち止まるとアンバーをさっとハグして、いつも身につけている花の香りの香水で包み込んだ。するとアンバーには、母親の一部はまだ残っているのかもしれないと思えるのだった。彼女は瞬きして涙を払い、目の前に整然と並んでいる細かいものの方に向き直った。

時計はテーブルの上に置いてあり、小さな内部機構が黒いベルベットの端切れの上に並べてあった。何時間かいじくり回してやっとアンバーには何が問題なのかがわかり、ハーレムに現存する合法的ながらくた市のひとつでようやく必要な部品を見つけるまでに一週間かかった。今週ずっと楽しみにしていた仕事にやっと取りかかれる。オシレーターを交換し、適切な頻度で

「発振《ハウル》」するかを見て、針がまた動くようにするのだ。

いつもならラリーがバカにしてくるところだけど、今日の妹は気もそぞろで言葉少なだった。アンバーと同じように、恐怖と畏敬がないまぜになった気持ちで母親を見つめていた。これがいまのわたしたち家族。ろくに機能していなくて、幽霊みたいにお互いにとり憑《つ》いてる。

アンバーはラリーの方を向いた。「果物があった頃のこと覚えてる？　マンゴーとかラズベリーとかさ」

ラリーは何も言わなかったので、アンバーは肘で小突いてみた。それでも妹は椅子に沈みこんで虚空を見つめていて、脚を広げているからアンバーは隅に閉じ込められた気がした。ラリーが手を上げて髪をかき上げると、金色の艶が光をとらえた。

妹がジュエリーを着けてるなんて。父親の最後の贈り物——化石化したマルハナバチが閉じ込められた琥珀《アンバー》がきらきらした金の鎖から垂れさがるネックレス——だって、ジュエリーボックスに投げこんでそれっきりにしてしまったラリーが。アンバーはラリーが振り下ろす手首を摑んで、細い金鎖をじっと見ると、ハートが揺れていた。

これが意味することはひとつしかない。突然の恐怖に襲われた直後に彼女が抱いた感情は、怒りだった。

上に行きな、とアンバーは口だけ動かして伝えた。

ラリーはあきれた顔をしながらも、立ち上がった。ダイアナの視線は姉妹のひとりからもう一方に移り、束の間理解しているかのように見えたが、あまりに一瞬のことだったから、単にアンバーの思い込みに違いなかった。

　母が拘禁されるずっと前に撮られた家族写真の中でも一番古いもののうち一枚は、階段の下の方に飾られていて、ラリーの後を追うアンバーはその前を通り過ぎた。

　父親はお金を貯めて高級なカメラを買った。重たくて不格好なやつで、彼の死後はラリーが保管していた。父が三脚にカメラをセットして、四人はカウチの周りに笑いながら集まった。ラリーがいた。シャツのボタンを上まで留めて、ダサい紐タイをつけて、まるで一九九〇年代の古臭い映画の中から飛び出してきてメロ家のカウチの上に着地したかのよう。あぐらをかいて座り、抜けた前歯の隙間を覗かせて間抜けな笑みを浮かべていた。アンバーもいた。カウチの後ろ――記憶ではスツールの上に立っていたはず――にいて、不安げに浮かべた笑みの上でその眉毛はつながっていて、暗い色の巻き毛がヘアクリップではほとんど押さえきれずに顔の上に影を落としていた。自分で選んだものだったのに、フリルのドレスの着心地が悪そうだった。ラリーもアンバーもいまの自分たちのミニバージョンのようだった。いまになってやっとアンバーにはそれがわかった。

　でも写真の中の本物のスターは母だ。カウチの上、ラリーの隣に腰かけ、三人とも――父のパブロ、アンバー、ラリー――無意識に彼女の方に寄りかかるような姿勢でいた。花々が日の光に向かって首を曲げるように。黒い細身のドレスを着てたくましい腕の筋肉を見せ、その髪の乱れ飛ぶ黄金のカールが光の輪を作っていた。

母は父にもたれかかり、リラックスして幸せに見えた。微笑んでですらいなくても、落ち着いた表情から十分にそう読み取れた。これと同じ女性がキッチンで自分たちの後ろにいて、歯茎を見せて捕まえられた蜂のように辺りを飛び回っているなんて、ほとんどあり得ないことに思えた。

タイマーを設定して写真を何枚か撮ると、父はカメラの方に駆け寄って小さなスクリーンで写真を確認し、巻き舌で言った。「アン・バァアルに光を当てようじゃないか。一番かわいい女の子が影になってるようじゃダメだね」でもそのときにはもう母は立ち上がってドレスの皺を伸ばしていた。ラリーはすでに紐タイを頭に滑らせアンバーをスツールから落としにかかっており、アンバーはカウチの背にしがみついて悲鳴を上げていた。

アンバーが本当に好きなのはこの写真だ。父がカメラの方に向かい、母は立ち上がって考え事に耽《ふけ》り、ラリーとアンバーが取っ組み合いをしている。しょっちゅう見るわけではないけれど、写真は寝室のドレッサーの鏡に挟みこんであった。

とにかく、その後に撮られた家族写真はほとんどなかった。カメラがそこにあるとわかっていると、写真を撮っても決定的な瞬間にはならないみたいだった。父が選んだみんなが笑っている写真は何年もそこに飾ってあったけど、アンバーが立ち止まってそれを見ることはめったになかった。でも屋上に上っていくラリーの足音を聞いているときですら、どうしてだかアンバーは階段の下で立ちどまり、首元に手をやって、鎖骨に押しつけられたラリマーの心地よい重みを感じたのだった。

これって、もしかして。

父は子どもの頃の話はあまりしなかったけど、アンバーが知っていたのは、ドミニカ共和国の山地で育ち、学校には行かずにラリマー鉱山の立坑《たてこう》の内部で働き、地球がそこに隠した、何より鮮やかなオーシャンブルーの希少な石を掘り出していたということだ。そしてまあ、そういうことだったのかもしれない。大変な働きをした人間が、魔法のご褒美をもらえたってこと。

でも彼は肝心なときにそれを使うことができなかった。みんな、母が手錠を掛けられ連れて行かれるのを見た。派手な急展開があって、革命を引き起こそうとした反逆者集団に対する、不可避的な〈ネヴァーマインド〉の洗浄があった。みんな見ていた――パブロでさえも――父がしたのはそれだけだった。ただ見ていただけ。

もちろん、白い院内着に身を包んだ妻が洗浄のために拘束される様子が生放送で流れたときは別だ。そのとき彼は、部屋を出て行った。

大体、彼を責められる人なんていないんだ。アンバーも家にいたが、自分でも覚えていない。覚えているのは、座ってそれを見ていて、消されているのは自分のように感じられたことだけ――というか事実、そうだったんじゃないか。母の一部を取り去ることで、〈新たな夜明け《ニュー・ドーン》〉はアンバーの一部も消してしまったんじゃないか。

そしてもちろん、母は戻ってこなかった。抑留期間があり、再プログラム化があり、広告塔《トーチ》の訓練があった――他のみんなに対する警告のため、そのすべてがテレビ中継された。映像の中の母は、同じ人とはとても思えなかった。不自然なほど快活で協力的だった。彼女はそこにいて、〈ネヴァーマインド〉の施設で書類仕事をし、戦闘員が所有していた密売品を楽し気に処分し、怯えた目をした人たちを洗浄に連れて行った。

こういうことは全部、防げたかもしれないのだ。死ぬ間際まで彼女にラリマーを譲ってくれなかったことで、どうしたって父に怒りを感じずにいるのは難しかった。自分自身の死期を悟ってからようやく、彼はそれが時間を巻き戻せることを教えてくれたのだった。

最初、アンバーには彼の言うことが信じられなかった。死に際にたわ言を言っているだけだと思ったけど、パブロは毅然としていた。「よく考えて使いなさい」と彼は言った。「ひとつしかないんだから」

十一時間前

屋上で姉妹は柵に寄りかかり太陽の方を見上げた。いっこうに日差しが弱まる気配はなかった。小さくてがらんとした屋上には、高速ネットワークのアンテナが二、三個置いてあるだけだった。記憶が消される前、母は娘たちをここに連れてきて、〈新たな夜明け《ニュー・ドーン》〉のドローンはこういう低層家屋の屋上まではめったに飛んでは来ない、と言っていた。家の中はおそらく確実に盗聴されていたとはいえ、屋上についいて母親が言っていたことがいまでもそうなのか、姉妹は確信が持てなかった。それでも、本当に秘密の話がしたいときはいつでも彼女たちはここに来た。

ラリーは煙草に火をつけた。

「最悪」とアンバーは言った。「それにそんなの吸ってたら死んじゃうよ」

「母さんなら下にいるよ、アン・バァァル」と、彼女は父がしていたように語尾を巻き舌にして言った。「お目つけ役はいらない」

「母さんだってあんたを見たら何か言いたくなるかもよ」

「はぁ、じゃあここには来られなくて何よりだね」と彼女は言って、ゆっくりと一服した。

「そのブレスレット、どうしたの？」アンバーは言った。

「友だちにもらった」

「相変わらず向こう見ずでバカだね。何か変わったことでもあった？」

「友だちがいるのがってこと？　一体どうしてほしいの？　アンバー。あんたみたいに、横になって死んだふりでもしてろって？　あほくさい時計をいじくり回すのでも趣味にしようか？」

「時計のせいで面倒に巻き込まれることはないからね。最後にあんたの恋愛沙汰のせいで家族もろとも拘留になりそうになったのいつだったっけ？」

「あんなの高校のときだよ、アンバー！　何もわからなかったに決まってるじゃん」

「そうだね。あれはずっと前のことだから、いまなら決まりはわかってるよね」

「時計がなんだっての」と、彼女を無視してラリーは言うと、人気《ひとけ》のない下の道路に灰を落とした。「あんたとあんたのちっぽけな呪物が何を待ってるのか知らないけどね、もう終わりだよ。あたしたちの人生を見てよ。母さんはめちゃくちゃになって、しかも自宅軟禁だし。パピは死ぬし。聞いてる？　死んだんだよ。つまりあたしたち孤児なんだよね。だれも助けてくれないし。こういう人生しかないってこと。目覚ましなよ、アンバー。もう終わってるんだって」

アンバーは手を伸ばすとラリーの煙草を一口吸った。「そりゃあんたはそう言えるだろうけど。あたしが心配したりあんたのへまの後始末をしたりする間に、好きなだけお気楽に楽しんでられるもんね。あたしだってデートしたいかもしれないとか、考えたこともないよね」

とはいえ、そんなことは重要ではなかった――〈新たな夜明け《ニュー・ドーン》〉を恐れる家庭は子どもをメロ家の姉妹と付き合わせたりなんかしないからだ。アンバーはきつい経験からそれを学習した。ラリーが付き合っているのがだれにしろ、システムの外側の人間だろう。

だから余計に心配になるわけだ。

ラリーは寄りかかって肩を壁に押しつけ、アンバーの目を見て笑おうとした。もう一本の煙草に火をつけると、ゆっくりとひと吸いした。

「その子の名前はナタリーっていって――」

「やめてよ」

ラリーはあざけるように言った。「今夜会うことになってる。しかめっ面すんのやめてくれる？」そう言って彼女は、母親の声色を使い出した。「そのうちその顔のまま戻らなくなっちゃうんだから」

「自分が何言ってるかわかってんの？　あんたのせいでみんな捕まって洗浄されるよ」

ラリーはまた声を出して笑ったが、今度は顎の筋肉を引きつらせていた。煙草の火を消して、吸いさしをジーンズのポケットに入れた。

「あたしも一緒に行く」とアンバーは言った。

「絶対やだね。バカ言わないで」ラリーは手のひらをコンクリートに当てて上半身を起こした。

アンバーはその袖口を摑んで彼女を床に押し戻した。「パピの石持ってるんだ。覚えてるよね？」Ｔシャツの襟の下から長い金鎖を取り出し、ラリーにかざして見せた。それはありえないような青緑色で、カリブ海の水晶のような陰影があった。少なくとも父は彼女たちにそう言って聞かせた。アンバーが見つめていると、その透明の水の向こうに別世界、想像を超えた輝かしい未来が見えてきそうだった。「何か起きたら、捕まったりしたら、これでなんとか――」

「やれやれ、またこれか」ラリーは石にちらっと目をやると、憐れむようにじっとアンバーを見た。「アンボー、このがらくたは偽物だよ。人生振り返ってみなよ。こんなの持っててもなんにもいいことなんかなかった」

「あたしはパピと同じ間違いはしない」とアンバーは、ほとんどせがむように言った。「待ったりなんかしない」

ラリーは頭をアンバーの方に寄せ、彼女の肩を揺さぶった。「本当にパピがそうしてたっていまでも思ってんの？　自分の妻を救うより大事なことのために石を取っておいたって？」

「あたしたちに、あたしとあんたに何かが起きると思ったのかもしれない――母さんに起きたのよりずっと悪いこと」

「それか単に、この石は本物じゃないかだね。ただのいい話で、ただのきれいな石ってだけ」ラリーは人差し指でそっとアンバーの額の横の方をつついた。「そう思ったことない？」

「パピは信じてた」とラリーの手を押しのけながらアンバーはきっぱり言った。

「そういうとこがあんたダメなんだよ」とラリーは言った。「ていうかあんたらふたりともね。座って信じてるだけで、ほかには大して何もしない」

「そんなことないし、あんただってわかってるはず」とアンバーは言ってラリーの手を取り、立ち上がるとすぐに手を離した。

「うちの家族がどうなるか、だれかは気にする人がいないと」

「あんたの信心もラリマーも何もしてくれないよ、アンバー」ラリーは柵から身を乗り出して、ほぼ人気のない通りを見下ろしていた。「ニューヨークが昔どんなだったか考えたことある？」

また話題を変えやがって。アンバーも隣に行って前かがみになった。

「なんかこう、人がいっぱいいてさ。雑踏。車。騒音。生きてるって感じ」「一緒に行くからね」ラリーは振り返ると中に戻ろうとしたが、アンバーの肩を軽く小突いて言った。

「わかったよ、一緒に来ていいよ。あの小石が何かしてくれるわけじゃないけど、少なくともこの家にいるのもなんか鬱《うつ》だから出かけた方がいいし。時計の面倒は母さんが見てくれるでしょ――でも、食べ物じゃないから料理しないでって言っとかないとね」

九時間前

ラリーの部屋はブラウンストーンの建物の二階で、アンバーの部屋の真向かいにあったけど、大学に行き出してからは彼女の部屋で過ごした覚えがない。服と教科書がそこら中に積んであって、壁は記憶の中よりもむき出しになっていた。ドレッサーの脇の一角にはどれもこれも白黒のラリーが描いたデッサンが山と積まれ、その周りには木炭の塊があった。彼女は美術のクラスでもいつも一番優秀だったし、家族の評判さえ悪くなかったら……。

そんなこと考えたって、しょうがないってわかってるけど。

あちこちひっくり返さないといけなかったけど、ラリーの言う通りにベルボトムのジーンズを掘り出した。これならきっと足元のホバーブレードを隠してくれそうだ。いい感じに見えるな、と彼女は思い、ソックスの足でそろそろとラリーの姿見のところまで歩いて行って、恥ずかし気に半身を返してお尻を見てみた。

「アンバー、いい感じ。わかるよね。鏡に映った自分にビクビクすんのやめなよ」と、ラリーが言った。彼女もベルボトムを穿いて、ダークブルーのトップを臍《へそ》の上で結んでいた。髪の毛は撫でつけてあり、ナタリーのブレスレット以外のジュエリーは着けていなかった。

「どうしてあの琥珀《アンバー》、着けないの。パピがくれたやつ」

アンバーはTシャツの襟の下に手をやり、指をラリマーに絡ませてから下ろした。

「なんか問題ある？」ラリーは急にベッドから立ち上がると、片側がハンガーからずり落ちた皺くちゃの洋服で溢れかえっている開いたクローゼットの方に行った。

「だってパピが最後にくれたものでしょ」でもラリーが聞いていないのは明らかだった。アンバーはため息をついてカーペットの上に座ると、鏡の前の床に広げてあるラリーの化粧品バッグを探った。またケンカになるのは嫌だった。ふたりはぎこちない緊張緩和状態に達していて、アンバーにはいまの状況は気に入らなかったけど、たまには一緒に何かするのも悪くはなかった。あまり先のことは考えないようにした。うまくいく確率はどれくらいだろう。留守番してラリーに〈新たな夜明け《ニュー・ドーン》〉のボックスカーのイメージと母の逮捕の記憶が頭の中を渦巻いていたけど、ひとりで行かせようかとも思った。いままでだって何度も出かけて無事戻って来たんだし。でももし何か悪いことが起きてそこに居合わせられなかったら、自分のことを二度と許せないかもしれない。

ラリーは一瞬振り返り、首をかしげて彼女の方を見ると、クローゼットに向き直った。「黄色がすごく似合うからさ。シャツがあったと思うんだけど——」

「いやマジで、ラリー、なんであれ全然着けないの？」アンバーは跳び上がるとラリーのドレッサーをかき回した。「なくしたとか？」

「ネックレスはナタリーがしてる」とラリーが言って、そっとアンバーを引っ張ると小花柄のマスタードイエローのブラウスを体に当ててみた。「グルーヴィーだね、ベイビー」

アンバーは啞然《あぜん》とした。どれだけ真剣な付き合いか知らないけど、あんな大事な、記憶がいっぱい詰まったものをラリーはナタリーにあげちゃったんだ。アンバーはなんと言っていいかわからなくなって、黙っていた。ブラウスを着てみると確かに似合っていた。ラリーは満足げに頷いて、クローゼットの方に戻っていった。

「ラメ感足しなよ」とラリーが言った。洋服ケースの下の床を探し回りながら、くぐもった声で言う。「人生楽しもうよ。どうせ捕まって逮捕写真アップされるんだったら、カッコよく見せたいじゃん」

「全然笑えない」とアンバーは言った。そう言いながらも彼女はシマーパウダーをブラシに取って頬骨に沿ってすっと載せた。とにかく手を動かしていたかったし、光が当たると確かに顔が綺麗に見えたからだ。

　アンバーはアイシャドウを薄く塗り、ラリーの背中を鏡越しに見た。洋服ラックを脇にどけ、その向こうで何か掘り返していたと思うと、父の古いカメラを取り出してきた。

「見つけた！　これ覚えてる？　動画も撮れるのかな」ラリーがボタンを押すと、まるで一晩寝て起きたように、レンズがぐっと伸びた。「まだ動くじゃん！」

　その音はアンバーに探査機を思い出させた。「ダメダメ、ダメだよ」とアンバーは言い、跳び上がるとラリーがジッパーを閉めきる前にバックパックに手をやった。「〈新たな夜明け《ニュー・ドーン》〉に証拠品提供するつもり？」

「ただの思い出の品ってだけだよ、あたしたちにとってのね」アンバーがクローゼットにカメラを戻すに任せながらも、ラリーは静かに言った。

「あほらしいリスクはもう丸一日分冒したんじゃない」と、アンバー。

今度ばかりはラリーも、気の利いたことは何も言い返せなかった。

数分かかって母の居所を見つけたが、寝室のドアには鍵がかかっていた。中で微かに音がするのをしばらく聞いていたものの、なんなのかわからなかった。ドア越しに、ふたりは散歩に行くと伝え、彼女は気をつけてとかなんとか叫び返したけれど、ほかのことにすっかり気を取られているような様子だった。玄関ドアに向かいながら、ふたりは顔を見合わせた。

「あそこでなにやってるんだと思う？」ラリーが聞いた。

「知らない。有刺鉄線でセーターでも編んでるんじゃないの」

ラリーはあきれたように鼻を鳴らしたが、ホバーブレードで通りに出るまで、ふたりとも何も言わなかった。アンバーは八本脚が生えてきて、そのすべてが電動の車輪の上で別々の方向に向かって転がっていくみたいになっていた。

「昔はいつも履いてたのに」と、ラリーは笑いながら言った。「体が覚えてると思ったけどね」

「あたしだってそう思ってたよ」とアンバーは言いながら、停めてある車に猛スピードで突っ込んで行き、アラームを鳴らしてしまった。家の方を振り返ると、ミセス・ペレスの窓で一瞬動きがあり、すぐにカーテンがぴしゃりと閉じられるのが見えた。

「オッケー、まだＮＤＲにかかずらう段階じゃないよね」と慌ただしくラリーが言って、アンバーの腕をしっかりと摑んだ。「大丈夫。脚同士を平行にして――あんまり近づけないで――オッケー、そのままでいいよ。筋肉に記憶が戻ってくるまで引っぱっといてあげるから」

スパゲッティみたいになった脚のパニックはもうしばらく続いたけど、アンバーの足はスケートのやり方を覚えていた。アドレナリンの助けもあって、道路標識を確認しながらラリーについていくことに集中できるようになった。

夜間の外出を禁じる法律はないが、実行する人はほとんどいなかった。〈新たな夜明け《ニュー・ドーン》〉と接触してまでそうする価値が単純になかったから。でもあちこちで何かの動きはあって、大抵は夜勤の行き帰りの人たちとか、上空パトロール中の探査機が時々来るぐらいだった。都市はかつてそうであったものの幽霊のようで、アンバーが生まれてからはもう存在しなかったけど、ラリーが屋上で言っていたことをなぜかしら想像することはできた。人びとと、騒音と、カオス。

リバーサイド・ドライブ陸橋は家からそう遠くないところにあり、ラリーは緩慢な円を描いて、迂回し細い通りをゆっくりとジグザグに走りながらそこに向かって行った。ラリーが言うには、一番やってはいけないのは、公共インフラの外部《オフ・グリッド》にドローンを導いてしまうことだった。

システムが機能していたのは、人びとが街の怪しげな地域、定期的にパトロールする価値もないと〈新たな夜明け《ニュー・ドーン》〉がみなした荒れ果てた場所に集まったからで、その目的は注意を引くのを避けることだった。ラッキーだったのは、とラリーは言った。ハーレムやハミルトン・ハイツみたいな黒人とヒスパニックの居住区は盲点がたくさんあって、そこは好きなだけうるさくできる魔法のような場所だったんだ。

アンバーはこうしたことがすべて本当なのかどうかについては懐疑的なままで、その手は気づけば鎖骨の上にかかるラリマーの方へ伸びていった。家から数ブロックのところで、定期チェックのため無人の通りの真ん中に設置された一機目のNDRに遭遇した。辺りにはだれもおらず、ドローンはIDチェックなしには何者も通りすぎないようにしようと、左右に動き回っていた。ラリーは彼女の手を取って横道に引っぱり込むと、そのまま坂を降り続け、アンバーはしょっちゅう肩越しに振り返って点滅する赤い光がいないか確認した。

中間地点まで来ると、ラリーは腕を広げてアンバーに止まるよう指示した。彼女はバックパックのストラップの片方を外して腹のところまで下げ、フルフェイスのマスクをふたつ取り出した。アンバーには金の羽のついたものを渡し、自分用に猫耳つきの革製のものを取った。マスクはドローンの顔認証を混乱させるのだとラリーは語っていたが、近所を離れてから身に着けるのが最善だった。

アンバーはマスクを着けると少し自信が出て、スピードと肌に張りつくような夏の空気をかなり楽しめるまでになり、ふたりはハドソン川に向かって滑らかに坂を降りていった。静かな夕暮れ時、遠くで聞こえていた音楽がどんどん近く大きくなってきて、坂のふもと――通りが十二番街と交差する地点――まで来ると、ぼんやりとした人影がふたつ現れた。隣り合った影はぴくりともしなかった。その頭にはどこか怪物的なところがあって、アンバーの心は凍りついた。闇の中にいる人影と、その背後にそそり立つ陸橋の巨大な鋼鉄のアーチとのコントラストで、一層恐ろしさが増した。

どこか近くで大音量の音楽と笑い声が聞こえたけれど、アンバーはここにいるのが場違いのような気が急にしてきて、ブレーキをかけ始めた。

ラリーは素早く彼女の腕をぎゅっと摑んで囁《ささや》いた。「ただのマスクだよ、ベイビー。止まらないで」彼女がアンバーをふたつの人影の方に引き寄せると、それはただのふたりの男性で、彼らもジーンズにホバーブレードを履いていた。ひとりのマスクはネズミの頭で、もうひとりのはハトだった。

「ヘイ」とくぐもった声でハトが言い、しゃべるのに合わせてプラスチックがぐにゃりとねじ曲がった。

「ヘイ、ありがとね」とラリーが言うと、ふたりは間を空けて姉妹を通してくれた。彼女はひとりひとりと握手を交わした。どちらもアンバーには妙に形式だけのもので、簡単に信用しすぎに思えたけど、自分も同じようにした。ハトが彼女の手の上に自分の手を載せて「ようこそ」と言ったので、彼女は驚いた。

マスクを見つめても、歪んだプラスチックの嘴《くちばし》しか見えない。

「どうも」と、彼女は間抜けな調子で答えてしまった。ハトは頷き返し、姉妹は通りの奥まで滑って行った。

アンバーは振り返った。「あの人たち、特別なパスワードかなんか聞いたほうがいいんじゃない？　あたしたちがスパイだったらどうするの？」

「母さんのおかげでだれだってあたしたちのこと知ってるよ。わかってるでしょ」とラリーは言った。「それにあたしたちは、歓迎されてるってみんなに感じてほしいんだよね」

「あたしたち」と、鋭く小さな囁き声でアンバーは言った。「あたしたちってだれ？」

答えてほしいと思いながらアンバーが黙って角を曲がると、目前に陸橋が広がった。鋼鉄のアーチの荘厳な格子模様がすべてに影を落としていたけど、目の前で爆発する音楽と色だけは別だった。

少なくとも百人ほどの人がいて、踊ったり楽し気に話したりしていた。

なぜだかそこは、ニューヨークはきっとこんな都市に違いないといつもアンバーが想像していた場所によく似ていた。

八時間前

人だかりの後ろにはダブルデッカーの観光バスが停めてあり、人びとはそこにも集まって、体を揺らしたり笑ったりしていた。二階部分の手すりには、「フリー・ラブ&ファック・ニュー・ドーン」と虹色の文字で書かれた横断幕がかかっていた。誰が取りつけたのか、消防士のポールもそこにあって、巨大な丸いイチゴ形のコスチュームに身を包んだ人がくすくす笑いながらピンク色の脚をそこに絡ませ、しっかり摑まると滑り降りて観衆の喝采を浴びていた。

パーティーは陸橋下の道幅いっぱいに広がっていたが、その脇の鋼鉄のフェンスの背後には打ち棄てられた倉庫や空き地が並んでいた。なぜこの場所が選ばれたのか、アンバーは腑に落ちた。ラリーはマスクを外し、ほっぺたについたゴム痕を消すために手を擦りつけた。オフ・グリッド地域ではマスクは必要ないとラリーは言ったが、アンバーはマスクを着けたままでいた。

大音量でかかっているソカの重厚なベース音がアンバーのあばら骨に響き、彼女はラリーの腕に爪を食いこませた。「音量下げなきゃダメだよ。捕まっちゃう!」

ラリーはただにっこりして歩き続けた。

バーベキューの周りに人の群れができていて、ジュージューと音を立てる肉がカットされ、アンバーの見たところ無料でふるまわれていた。お腹がグーとなって、彼女はスーパーの肉屋の空っぽのショーケースを思い出した。

水力で跳ね回る紫色のエアカーが一台あって、誇らしげな機械工がトルクレンチをポケットに入れたまま、手を布切れで拭って後ずさりした。かつて車輪があったところで空気を入れたバレーボールがひとつ回転していたかと思うと、群衆の方へ蹴り出されていった。

車椅子《パラチエア》が彼女たちの目の前を滑るように進んで行った。ひとりの女性がもうひとりの女性の膝の上に座っていて、ふたりとも一九四〇年代のバーレスクダンサーの服装をしていた。それぞれがラリーと握手を交わし、アンバーを歓迎すると人混みの中に消えて行った。みんながラリーを知っているみたいだった。

フェイスマスクを棒に引っかけて持ち歩いている人もいれば、サングラスのように頭にかけている人もいた。アンバーはひとつの場所でこんなに肌が露出されているのを見たことがなかった。カップルがいちゃついて互いに覆いかぶさるのが見え、彼女はドキドキして目を逸らした。モッズ風のミニドレスを着た魅力的な女の子がひとりで踊っているのを見た。ビートに合わせてヘビのようにゆるやかに腰をくねらせていた。まるでそうするのがいたって自然なのだというように。

女の子が突然振り返ってこちらに手を振ったので、アンバーの心臓はバクバクした。反応しようかと思ったところで背後を見ると、ほかの誰かが彼女に手を振り返していた。心臓は落ち着いたが、まだ動揺が残り、気持ちが乱れている感じがした。アンバーは胸の前で両腕を組んだ。

「これで捕まらないわけない」と、とりあえず口にしてみた。

「いいから黙って」とラリーが言って、人混みを目で追った。たったいま起きたことをラリーも見ていたはずだけど、まったくその素振りを見せなかった。「これだからあんたなんかどこにも連れてけないんだよ」

これにはグサッときた。「ごめん――」

でもラリーはすでに、ビーチチェアに腰かけた一団の方に向かって滑り出していた。妹と同じ年恰好の子たち。ひとり魅力的な女の子がいて、りんご飴《あめ》のコーティングみたいな赤色のジャケットに長いドレッドヘアで、ノーズリングをしていた。ショーツにニーハイソックスを穿き、その両脇にはベルボトムを穿いたふたりの男がいて、そのひとりはカーリーヘアにヘッドバンドをつけ、もうひとりはアビエーターサングラスをかけていた。

最後に友だちをつくろうと思って人びとの一団に近づいて行ったのがいつのことだったか、アンバーには思い出せなかった。どういう身ぶり手ぶりをしたらいいのかわからなかった。彼女は耳の後ろに髪をかけた。

ラリーが振り返って彼女の手を取った。「心配しないで。いいやつらだよ」アンバーの方を見ながら、ラリーは言った。「マジで、フツーにいい感じだから」

ラリーは滑って一団に近づくと、赤いジャケットの女の子をぎゅっとハグした。そしてラリーは彼女の鼻にキスして、女の子はさっと唇に口づけた。急に自分たちがどこにいるか思い出したみたいに、ふたりははにかんだ。ふたりの男たちは笑った。これを見たのが初めてではないのは明らかだった。

「どっかよそでやれって！」ヘッドバンドの男が言った。ナタリーの兄、フランキーだった。もうひとりの兄弟はジェイといった。

ラリーが彼女の手を取って自分の方に引き寄せた。

「アンバー、こっちがナタリー」

ナタリーは彼女の頰にキスしてにっこりと微笑んだので、アンバーはあっという間に彼女のことが好きになった。彼女はラリーに対して抱いていた怒りの源を引き寄せようとした。アンバーが意志と願いによって彼女たち家族をつなぎとめようとして、どうしようもない不安に襲われっぱなしだというのに、ラリーときたらいつだって、お気楽でいるための手立てを見つけるんだから。だけどアンバーはもう、自分がなぜあんなに怒っていたのか思い出せなかった。

最後にラリーがこんなに幸せそうにしているのを見たのは、いつだったろう。

ナタリーはクリームシクルのアイスバーみたいなオレンジ色をした液体を容器からふたつのカップに注ぐと、それぞれにラムを瓶から適量ふりかけ、ラリーとアンバーに渡した。「モリール・セニャンドだよ」

本物のミルクに入った本物の厚切りオレンジに驚いてアンバーは目を丸くしたが、この人たちが大金持ちなのかどうかを、どうやったらさりげなくラリーに聞けるのかわからなかった。

「メロ姉妹の片割れだ！」ジェイが言った。「よく来たね！　この辺じゃあんたらは有名なんだよ」

「お母さんのこと、気の毒だったね」とフランキーが言った。「それに、お父さんも」

「ありがとう」とアンバーは言いながら、声がつかえてしまって驚いた。「だれかにそんなこと言ってもらったの、久しぶりすぎて」

本当のところ、考えてみると、だれにもこんな風に言ってもらったことなんかなかったはずだ。


ドリンクを早く飲み過ぎたアンバーは、辺りに目を走らせた。こんなパーティーは見たことがなかった。有機的なカオス。いろんな種類の音楽がかかっていて、群衆は複数のグループでできていたけど、ひとつになって動いていた。間違ったものを崇める、罪びとたちの集まり――そこにアンバーも属していた。引っ込み思案でおびえている彼女の一部が、ビートに合わせてほどけていった。だれかが新しいモリール・セニャンドを手に押しつけ、彼女は飲み干した。ラムが自分が感じている恐怖の鋭い先端も、すべて和らげてくれるのを味わいながら。

群衆が波打ち、かかっている音楽の強烈なベース音がほかの考えごともみんな追い出した。彼女はただあるがままに任せ、すべてを目で味わった。少しするとジェイがふらふらと去っていき、ラリーとナタリーがふたりきりになりたいのは明らかだった。

一メートルほど先に、ブレイクダンサーの一団が古い大型ラジカセの周りに集まって、互いの上でひっくり返り合っているのに歓声があがっていた。最後にラジカセを見たのはいつだったかアンバーは思い出せなかったが、それはまるで歴史の教科書から飛び出てきたみたいにそこにあった。かかっている曲を彼女は知らなかったけど、体を揺らしている群衆のひとりひとりはみな知っているようだった。見に行きたい？　とフランキーが尋ね、アンバーは頷いた。隆々とした肩の筋肉に心を奪われながらその後ろについて行くと、安心感が波のように押し寄せてきた。

ダンサーたちはガイコツがプリントされた黒の全身タイツを纏《まと》っていた。ずば抜けた技と運動能力が、ホバーブレードを履いていることで一層強調された。男の子がひとり後ろ宙返りして、動きでマスクが顔に被さったと思うと、ほかのダンサーたちもみんなマスクを着けていて、異様な体の柔らかさを見せつけ、振付されていると同時に自然でもあるような、集団的でも個人的でもあるような動きでともに踊っていた。

ぼろぼろのボックスカーに間に合わせで板を立てかけてつくったスロープを女の子が滑り上がると、車の屋根の上でくるくると回った。そうして、受け止めてくれる人がいるかどうかろくに確かめもせずに後方に宙返りしたので、アンバーははっと息を呑んだ。彼女はゆっくりと宙を舞って一回、二回と回転し、ガイコツたちが歓声を上げつつスクラムを組んでいるところへ着地した。

ほかの見物人たちとともに拍手を送りながら、アンバーは内心認めざるを得なかった。このすべて、陸橋下の大聖堂で行われる騒がしく信頼に根ざした仮面舞踏会には、どこか神聖なところがあると。あらゆる年齢の人たちがそこには集っていて、どうしてだか束の間アンバーは、〈新たな夜明け《ニュー・ドーン》〉がNDRと白い輸送機を引き連れてこの橋の下部に間違いなく押し寄せてくるときのために、ノアの箱舟みたいな船があったらと願った。

横目でちらりとフランキーを見ると、彼はすでにこっちを見ていて、睫毛《まつげ》の暗い縁取りで彼女の心を読もうとしているかのようだった。慌てて息を吸うと彼女は、ホバーブレードを履いているのも忘れて、彼の視線をかわそうと、さっと一歩脇へ動いたところで転んで片膝をついてしまった。

「危ない」とフランキーは言ってさっと彼女を助け起こし、彼女の肘から下を支えて安定させた。膝の痛々しい赤い擦り傷を見た彼は笑わずに言った。「救急箱持ってるやつのところに連れてくよ」

フランキーについて人混みの中を進んで行くと、音楽も人びとの衣装も数秒ごとに様変わりして、テレビのチャンネルを次々に変えていくみたいだった。タロットカードを読む女性、ジャズを演奏している人たち、スプレーペイントを手に鋼鉄の庇《ひさし》に夜空を描いている人たち。六人のダンサーたちがサルサの曲に合わせてぐるぐると回るなか、バケツからキューバリブレをすくって出している人もいた。

すべてが過剰でありながら、十分ではなかった。このすべてを楽しむには時間が足りない。アンバーは人混みの中、フランキーのヘッドバンドの赤色を必死で追いかけながら、なるだけたくさんのものを見ておこうとした。

マリー・アントワネットの格好をしたドラァグ・クイーンが通り過ぎて行った。長い銀の睫毛を額の中心に向かって跳ね上げ、ポンパドール型の銀髪のウィッグが人混みの中でも目立っていた。

フランキーにやっと追いついたアンバーは気づくとつぶやいていた。「キレイ」クイーンは彼女の腕をぎゅっと握るとこう言った。「サンクス、ベイビー」

フランキーは笑った。「ここ、気に入ってくれたみたいでよかった」

「だれだって気に入るよ」と、アンバーは言った。「でもせっかく来ても二、三時間しかいられないなんてもったいない。いつもこんな感じなの？」

「イエスで、ノーかな」と人混みを見渡してフランキーは言った。「ほかに時間の使い甲斐があることなんてないしね。でも今日は夏至で、一年で一番日が長いから——あ、あそこに仲間のバンドエイドがいる」彼はアンバーの手を取り、声を上げた。毛羽だった白の衣装を着てウサギの頭を被ろうとしている男を指さして言った。「白ウサギを追え！」

数メートル先の人混みの中に、毛むくじゃらの白い体についた白い耳がほの見えた。任務の遂行中とでもいうように、ウサギは素早く人混みをかき分けて川の方へ進んでいた。フランキーの友だちは急いで動いていた。

少しの間、色と音楽と笑いですべてがぼんやりとしていて、人の間を縫って進みながら、アンバーはフランキーと手をつないでいるのが好きだということすら意識しなくてよかった。

ウサギがパーティーの境界線から遠ざかり、ハドソン川の方へ抜けていくと、アンバーは自分たちも立ち止まるのかと思ったが、フランキーは空中に球体がいるかどうかさっと確認しただけだった。

ふたりが桟橋にたどり着くと、ウサギが地面に座ってハドソン川を眺めていた。彼がウサギのマスクを外し、頭を振って髪をほぐすと、首の脇に十字架に架けられた裸の女のタトゥーがちらりと見え、またすぐに暗い色の髪がカーテンのようにそこに被さった。

「待って。外しちゃダメ――」

「ああ、大丈夫。持って歩くのが面倒で着けてただけだから」とウサギ男は言った。彼はアンバーに手を差し出した。「俺はエリック。ここら辺一帯はシステムに見捨てられてるよ」

フランキーは彼の隣に座り、ふたりの間にアンバーのためにスペースを残すと、彼女の膝の擦り傷を指さした。「バンドエイド、持ってる?」

エリックはポケットを探ると小さな救急箱を取りだした。

「でも、どうして安全だってわかるの?」アンバーは言ってそろそろと腰かけたが、まだ目で地面の上に赤い光を探していた。

「わからないよ」とエリックはあっさり認め、どちらでも大した違いはないというように肩をすくめた。器用な手つきで清潔なコットンを消毒液でさっと湿らせると、彼女の膝の暗い赤に染まった部分に当てた。「でも見上げてみなよ。月が出てる」

アンバーの視線は空以外のあらゆるもの――地平線と、水と、フランキーと、エリックと、彼のウサギの衣装——に向けられていた。でも見上げてみると、彼女は息を呑んだ。月はまん丸の満月で、触れられそうなぐらい近くに見えて、濃いピンク色だった。切り傷に消毒液が染みるのさえほとんど感じられないほどだった。

「気に入った？」とフランキーがそっと肘で彼女を突いた。「六月の満月《ストロベリー・ムーン》だよ」

エリックは新しいバンドエイドを彼女の膝の上に撫でつけて、また衣装をごそごそと探り出した。カンガルーのような前ポケットから、彼はシャンパンのハーフボトルとプラスチックのカップをいくつか重ねたのを取り出した。「魔法だよ」と彼は言ってコルクをぽんと抜き、三杯分を注いだ。

「新しい月《ニュー・ムーン》には〈新たな夜明け《ニュー・ドーン》〉だって敵わない」とフランキーが言って、グラスを掲げた。

「あ、ちょっと待って！」エリックが不思議な袋をごそごそすると、襞の中から紙袋が現れた。仰々しく袋を開けると、美しい大きなイチゴが六つ入った小さなガラス瓶を取り出した。「特別な夜にふさわしいスタイルで行こう」

恭しい沈黙のもと、三人はイチゴをひとつずつ食べた。恍惚状態なんていうのはロマンス小説の華奢なヒロインぐらいにしか訪れないと思っていたけど、アンバーはフランキーの肩に寄りかかるのをやめられなかった。忘れ去っていたスイートな感情が戻ってきて、彼女のシステムにショックを与えた。

三人はしばらくの間座って月を眺めていた。エリックは医学生だったこと、内側に住んで病院で働いていたときと同じくらいの仕事をシステムの外側でもこなしていることがわかった。

「まるでシステムの外側に世界がまるごとひとつあるみたいに言うんだね」とアンバーは言った。

「あちこちに少人数がいるだけじゃないの?」

フランキーもエリックも声を立てて笑い、アンバーは自分が間違っていたことがうれしかった。

「紙切れ持ってる?」フランキーがエリックに聞くと、エリックはちょっとごそごそしていたが、見つかったのはイチゴの瓶が入っていた茶色の紙袋だけだった。

フランキーはそれを手に取ると、自分のポケットの中を探ってペンを取り出した。彼はそろそろと紙袋を接着面に沿って引き裂くと地面に広げた。アンバーには父がこうやって彼女の学校の教科書のカバーを作ったというありえない記憶があった。父は高校もろくに出ていなかったけど、こういう作業には鋭敏な正確さを発揮した。瞬きして現実に戻ったが、フランキーが心配そうに見ていた。「大丈夫?」

彼女は頷いた。

彼はマンハッタン島の大まかな見取り図を描き、チャイナタウンの近くにフアン・ドゥアルテの銅像、ウォール街には恐れを知らぬ少女を、アップタウンにはクロイスターズ美術館を、それぞれミニチュアで描いて埋めていった。

「わあ」とアンバーは言った。「何も見ないでこんなに描けるなんてすごい」

「いつか製図者になりたいと思ってるからね」と、ミッドタウン辺りに小さな高層ビル群を描き加えながら彼は言った。

アンバーが鼻を鳴らすと、鼻腔の中でシャンパンの泡が音を立てた。フランキーは彼女を見上げたけど、そのまま地図を描き続けた。「ごめん。すごくカッコいいと思うよ」と慌てて彼女は言った。「でも世界地図ってもう存在するじゃない？　この上、新しい地図なんていいるのかなって」

「地図が永久に同じものだって本当に思ってるの？　俺たちはいまここ」と彼は言って、ウェスト・ハーレム桟橋にXの印をつけた。

「〈新たな夜明け《ニュー・ドーン》〉の太陽はどこでも照らしてくれるわけじゃない」と、エリックは楽し気に歌い、シャンパンを呷《あお》ると月に向かって微笑んだ。

フランキーは島の至るところに小さな三日月を描きこんでいった。その多くはハーレムの海岸線沿いにあって、ひとつはリトル・レッド灯台の注意書きの脇にあった。「これはどれも、安全な家屋とか農地、システム外の区域を指してるんだ」

アンバーはなんと言ったらいいのかわからず、茶色い紙袋の上のボールペンの痕に指を走らせた。「これ全部がそうなの？」

「イエスでノーだな」とフランキーは肩をすくめて言った。「もう閉まったところもあるし、新しくできたところもあるから」

エリックは持って回った感じで地図をトントンと叩いた。「さっき食べたイチゴはニューヨーク産だよ。システム外で作ってるんだ」

アンバーはそっと地図を持ち上げて、驚いたように少しの間それをじっと見てから、フランキーに返した。

「持っていいよ」とフランキーは手を振って言った。「みんなのところに戻らないと」彼は立ち上がると手を伸ばして彼女を助け起こし、エリックにも同じようにした。

「本当にいいの？」

フランキーは頷き、その背後ではエリックがよろけながら体を起こそうとして何度か失敗し、やっとホバーブレードで立ち上がると、ウサギの頭を被り直した。

「この地図は生きてるんだ」とフランキーは言った。「安全な場所はいつも変わるし、もう地図には載せてない古い場所もある。でももし捕まったら、地図は処分して」

「食べちゃうね」とアンバーは真顔で言って、三人とも笑った。みんなで満月を最後にひと目見て、パーティーに戻った。

「月が見えもしないところで月見のパーティーを開くなんておかしいね」と陸橋下に戻りながらアンバーが言った。

「どうして？」とフランキーが言った。「見えないからって存在しないわけじゃないよね」彼は肩で彼女の肩を突いた。

「ねえ、地図のことであれこれ言ってごめん」と、エリックが白い毛むくじゃらの手を振りその耳が群衆の中に消えていくのを見ながら、アンバーは言った。「わかるんだ。っていうのも、あたしも時計が好きだからさ。自己流で勉強したの。何にでもなれるんだったら、時計職人になりたい」早口すぎだし喋《しゃべ》りすぎだと、自分でも気づいていた。

「時計？」フランキーは言い、振り返って彼女の真ん前で止まった。

「うん」アンバーはそう言って顔を赤らめた。

「マジで？　時計？」

「意地悪しないでよ。そんなにおかしくないと思う――」

「来て」と人混みをかき分けながらフランキーは声を上げた。「直してほしい時計があるんだ。ここに来るやつらはいろんな才能を持ってる」と、跳び跳ねるシェヴィのオープンカーを指さして彼は言った。「何でも得意なことがあれば、それをありがたく思ってくれるだれかがここにはいるんだ。この前ラリーが俺の似顔絵を描いてくれたんだけど、鏡を見てるみたいだったよ」

「モハメド見なかった？」と、彼は熱心に囁き合っているふたりの女に尋ねた。何の話をしているのかアンバーにはよくわからなかったが、ドク・ヤングという人物のことを言っているようだった。何にせよ、彼女たちはモハメドの居場所を知らず、首を振った。

いろんなグループの間をさまよって、やっと誰かが金網塀の中でカードゲームに興じている男たちの一団を指さした。

「時計職人、見つけたよ！」フランキーは声を上げた。

「よう、これ履いてると早く動けないんだよ、ちょっと待って」とモハメドが言い、フランキーは滑って行って手を差し伸べた。

モハメドが近くにあったバックパックの中から包みを取り出して舗道に広げると、三十センチほどの古めかしいマホガニーの時計が見えた。

「うわぁ」と目の前の地面に座り込んでアンバーは言った。膝の擦り傷のこともすっかり忘れていた。

「動かなくなっちまったんだ」とモハメドが言った。「蓋を開けてみたんだけど、下手に中をいじって分解したらダメになるかなと思って」

「分解しないと直せないよ」と彼女が言った。「でもやらなくてよかった――ばね仕掛けの時計だから、ちゃんとしたやり方じゃないと指が折れちゃうよ」

モハメドは笑ったが、彼女が大まじめだと気づいてやめた。

「ちゃんとわかってるみたいだから、やってみてくれよ」と彼は言って彼女の向かい側に腰かけ、時計を指さした。

「そうだなあ。こんなとこで機械装置を丸ごと分解するのもどうかと思うけど、何が問題かぐらいはわかるかな」

ふたりの男は彼女の前に来て、彼女は上演中の劇にでも出ているような気分だった。時計の心臓部を観察しているうちに、音楽が遠のいていった。

「デッドビート脱進機だね」とついに彼女は言った。

「それ俺も言ってたの」とモハメドが言って、みんな笑った。

「オッケー。で、時計を動かすには、左右に動く振り子がいる。だよね？」

「そうなの？」

「そうだよ。振り子を揺らして、しかも正確に揺らすものはふたつある。ここにあるこの歯車と、このVを逆さにしたみたいな形の部品。これがデッドビート脱進機って呼ばれてる。デッドビート脱進機が歯車の小さい歯を引っかけて振り子の振動のバランスを保つ。わかる？」

みんなが熱心に頷いているのはわかっていない証拠だったけど、アンバーはこのサイズの替えの歯車をがらくた市で見たのをすでに思い出していた。

家族はぼろぼろ。生活は常に監視されてる。母さんはにこにこしてるだけの赤の他人になってしまった。

だけどこれなら――これだったら、アンバーにも直せる。

六時間前

遠くから響く口笛が空気を切り裂き、もうひとつが後に続いた。

「伏せろ」とフランキーが言った。そこでみんな屈みこんだ。

三つ目の口笛が聞こえて音楽が停まった。長くゆったりしたいくつもの口笛が続いた。

「妹が――」とアンバーは立ち上がりかけたが、フランキーが彼女を地面に引き留めた。口笛が続けて鳴った。フランキーに倣《なら》って彼女は地べたの上に寝ころび、固くて冷たい舗道に頬を押しつけながらフランキーを見た。

彼は彼女の手を取ってぎゅっと握ると声を出さずに口だけ動かした。待って。

きゅんとなる仕草だけど、彼女は待てなかった。待っている場合じゃなかった。こういうガサ入れの映像を見たことがあって、暗い色の制服を着た密集部隊が人混みの中に降りて来て、胸に赤いストライプを光らせていた。地面が揺れるぐらい心臓が激しく脈打っていた。手のひらを突いて体を起こそうとしたが、そこで警告の口笛が、始まったときと同じくらい突然にぴたりと止んだ。

「誤報だな」とフランキーが言うと、音楽がまた鳴り出したが、さっきよりも音量が低くなっていた。

「パーティーは終わりだね」とアンバーは言って立ち上がり、ここに来てしまった自分に腹を立てた。「行かなくちゃ」すでに人混みの中に、ラリーの姿を探していた。

「時計、持ってってくれよ」とモハメドが言った。「直して次に会うとき返してくれる?」

「でもまた会えるかな?」彼女は時計をベルベットの布に包んで、彼に渡そうとしながらもその重みを慈しんだ。

「そんな気がするよ」とモハメドは言った。

「次はちゃんとした工具を持ってくる」と、礼儀のつもりでアンバーは言った。

「ありがとう」とモハメドが言って、少しの間アンバーは、次もまたきっと会えるような友だちがいるふつうの女の子として生きるってことがどういう感じなのか、想像できるような気がした。

アンバーはフランキーの方を向いて、素早く彼をハグした。さよならの言い方がわからなかったから、言わなかった。なにも言わず、なにも考えずに、ただ彼の唇に自分の唇を押しつけた。イチゴの味がして、彼は彼女の腰を両腕で包み込んだ。今回は、遠ざかるときのブレードの足さばきも確かだった。フランキーの目を見る勇気はなかったけど、いまならはっきりわかった。

彼が何かを言うのが聞こえたけど、彼女はすでに人混みの中へと去っていて、ナタリーの赤いジャケットが目に留まった。ラリーとガールフレンドはキャンディピンクのビートルの屋根に腰かけ、脚をぶらぶらさせていた。イヤホンをひとつずつつけて、頭をくっつけ合っていた。体を揺らす様子から、甘ったるいバラードを聞いているんだろうとアンバーは思った。ふたりを見ていると、ひとつのミルクシェイクをふたつのストローで飲んでいるカップルのよくある古い写真を思い出した。

「行こう」と車の前まで来てアンバーは言った。なんだか有無を言わせない感じの口調になってしまった。その目を見て十分わかったのだろう、言い返すこともなくラリーはナタリーに向き直ると、その両の手のひらに口づけて、ふたりは垂れた頭をくっつけ合い、互いの額に触れながらキスをした。その間アンバーは、バックパックの中のマスクを探してあたふたしていた。

ラリーとナタリーが屋根から飛び降り、ラリーがホバーブレードをつけたとき、ふたりは涙ぐんでいた。

深く考えずに、アンバーはラリーの脇を通りすぎてナタリーを素早く強くハグした。「気をつけて」と、彼女は言った。

「そっちもね」

アンバーはラリーの手を取って強すぎるくらいぎゅっと握った。「さあさあ、もう行くよ」

姉妹は家に向かって坂を上って行った。入り口に見張りがふたりいて、今回はニワトリとカエルだった。

《新たな夜明け《ニュー・ドーン》〉監視システム映像：マンハッタン上空、陸橋からブロードウェイに抜ける二つの赤い点を確認。一三五丁目で点は急に停止して方向転換し、止まったり動いたりをくり返しつつアムステルダム方面に向かった。

ふたりは坂を上り家に戻った。ブラウンストーンの住宅に向かって元来たジグザグのルートをたどるラリーをアンバーが追いかけた。都市は静かだった。いつも静かだったけど、日が落ちると、パーティーの騒音を聞いた後だから、一層静けさが重く感じられた。静寂を貫くどんな音にもアンバーの耳は反応した。あちこちにいる車。背中を丸め、疲れきって、夜勤に行くか家に帰るかしている人。遠くで聞こえるNDRの微かな機械音。

家まで三ブロックというところで曲がり角の向こうからドローンが現れ、ゆっくりとこっちに向かって来た。

「IDをお願いします」とドローンは言って、マスクを着けたふたりに近づいた。「顔のカバーを外してください」

「ああ、クソ」とアンバーはつぶやいた。凍りついているとラリーが叱るように言った。「行って！」そこで姉妹は即座に踵《きびす》を返すと、反対方向に突っ走った。NDRが追って来た。

「止まりなさい」とドローンは言った。「IDをお願いします」

一・五キロほど走って、ふたりはドローンを巻くことができた。旧型のやつだったから。やっとのことでラリーはアンバーの腕を引き、止まるように指示した。ふたりは脇道に入り、ブラウンストーンの前にある大きなプラスチックのゴミ箱の後ろに滑り込んだ――そして監視ドローンが「待ちなさい、ＩＤをお願いします」と言いながら通り過ぎるまで、息を止めていた。

そこから二、三分ほども、動くのが怖くて金属の格子にしがみついていて、それからふたりは注意しつつ家路に着いた。アンバーはアドレナリンから来る震えと沸き立つ怒りの間を行ったり来たりした。数ブロック戻るだけなのに、何時間もかかったように思えた。

五時間前

アンバーは怒りでわなわなと震えた。ネックレスひとつで――あたかもそれが身を守るのに役立つかのように――あんな危険な外出に乗り出したなんて。

結果的にはなにもかもうまくいったけど、もしそうでなかったら？　ラリーは家族全員の命を危険に晒したのだ。それも、なんのために？

戸口で姉妹はホバーブレードを脱いだ。アンバーがミセス・ペレスの窓を見ると、だれかがついいままでそこにいたみたいに、カーテンのドレープがゆっくりと揺れていた。
・・・・・・・・もう二度とやらない。口だけ動かしてアンバーはラリーに言った。ラリーはなにか言いたそうに口を開けたけど、思い直したかのように閉じた。代わりに、ラリーはホバーブレードを持ち上げてブラウンストーンの階段を上った。鍵を開けると、さらに言いたいことを言うつもりで後ろをどしどし歩いて来るアンバーのためにドアを開けておいた。

ラリーはキッチンの方に行こうとしたが、何かに気づいて戸口で立ちどまった。その後ろを歩いていたアンバーは彼女をどけようとしたが、キッチンの壁の強制放送を見て足を止めた。彼女はラリーの肩に顎を載せてつぶやいた。「ああ、クソ」

巨大な牛刀を手に、母がまな板の上で布巾を刻んでいた。どんよりとした目で画面を見つめていた。

リバーサイド・ドライブ陸橋への踏み込みは迅速に、待ったなしでなされ、それはふたりがその場を離れてすぐ起きたに違いなかった。

アンバーは口の渇きを感じた。ラリーが壁に駆け寄っていき、もし彼女がナタリーを見つけるためだけに、じかにスクリーンの中に、一斉検挙のど真ん中に歩いて行けるなら、きっとそうしただろうとアンバーにはわかった。

〈新たな夜明け《ニュー・ドーン》〉の放送は、球体と黒装束に身を包んだ当局の係官たちが暗がりの人混みの中を、制服の赤いストライプを光らせながら進んで行く様子を映していた。人びとがパーティーに持ちこんだストロボとスポットライトのすべてを彼女は覚えていた。みんな光を一気に消して、当局と監視ドローンが誰彼となく捕まえるのを遅らせ、散り散りになって逃げていく様子が頭に浮かんだ。だが〈新たな夜明け《ニュー・ドーン》〉の報道官は映像の中で、部隊は川沿いに群衆を包囲したと誇らしげに伝えていた。

人びとは必死にマスクを身に着けようとしたが、規範当局《スタンダード・オーソリティーズ》の係官たちは、ＩＤチェックと記録のために赤く光る球体が人混みを飛び回る中、どんどんそれらを剝ぎ取りにかかった。

当局が人びとを押しのけて列に並ばせると、姉妹は知っている顔がいないかと歯をくいしばりパニック状態で見つめた。映像は早回しで、血に飢えた蚊のように、認証できる人物を探して人混みを飛び回るNDRから撮られたものだった。警官たちはマスクをした逮捕者を移動用護送車に詰め込んでいた。慌ただしく横移動する映像でも、アンバーにはモハメドがわかった。舗道の縁石に不満げに腰かけ、首のところまでマスクを下ろして、顔認証を受けながら〈トライカード〉を掲げていた。

映像が切り替わった。エリックが停まった車に押しつけられて手錠をかけられ、衣装のウサギの頭は通りの脇に転がっていた。また別のカット。アンバーを歓迎してくれたハトがマスクを剝ぎ取り空中で振り回すと、髭《ひげ》を生やしたハンサムな顔があらわになった。また次。ゾンビのマスクを着けた人が球体に向かってバットを振り回し、三つほど撃ち落としたが、制服の連中が来て拘束された。

アンバーとラリーは恐怖に襲われながら映像を見た。一方、虚ろな顔をしたダイアナは、ぼろぼろになった布巾をぶった切り続けた。

映像が切り替わると、ニュースデスクの後方に座った男女を映し出した。「こうした一時的な騒乱を案じる必要はありません」と女は言った。「体制は常に迅速に対応し、風紀紊乱《びんらん》を正しています。この人物たちを充分に洗浄すれば、またすっかり健全な状態に戻るでしょう」

「タミー、まったくその通りですね。これは簡単なことです。ネットワークは潰乱《かいらん》状態で、効果的で組織的な抵抗手段を想像するのは難しいでしょう」

「そうなんです、ロン。歴史的にありえないことです」とタミーは言った。「ライブ映像に戻りましょう」

にっこり微笑んで、母は小槌を取り出すと、まな板の上の布巾を叩き始めた。

映像にはマリー・アントワネットが映し出されていた。頭をぐっと差し上げて、抑留用護送車のひとつに向かって滑って行き、その後十分ほどもみ合いが続いた。アンバーはちらっとラリーの方を見た。石のように動かなかったけど、その目が薄暗い人混みの中、時々赤い光が閃くのを何度も見ていたのは明らかだった。

ダイアナはまな板を完膚なきまでに叩き潰したいかのように激しく打ちつけた。そしてただ一度だけ、アンバーは母の奇妙な「料理」をありがたく思った。

小槌の音がふたりの動悸をかき消していたからだ。

四時間前

屋上に出たアンバーが、冷たいコンクリートに腰かけて膝に両腕を回し、指を不器用に何度も何度もラリマーに走らせているその周りを、ラリーがぐるぐると回っていた。

「使った方がいいのかな？　ネックレスでガサ入れ前に時間を巻き戻すべき？」

「ナタリーが捕まったかどうかはわからないよ」

「でもほかの人はみんな――」

「大体、あのネックレスがパピの言ってた通りに効くかなんてわからないじゃん」と、刺々しい声でラリーが言った。「それに、本物だったとしても、すぐさま使うわけにはいかないよね」

「じゃあさ、なにもしないでほっとくの？　パピみたいに？」

ラリーは最後の糾弾を無視して、アンバーの横にどすんと腰を下ろした。「あたしたちは状況に歯止めをかけて取り計らう。こういうときのための計画がある」

「あたしたちって、だれよ？」

「ナタリーが無事なら、一時間後にリトル・レッド灯台で会うことになってる。あと少ししたら出かけるから」

「馬鹿言わないで」とアンバーは言った。「ちょっとぐらい立ち止まって考えなよ。もう真夜中すぎだよ」

「考えてるよ」とラリーは言った。「みんな陸橋の逮捕劇に集中してる。だからＮＤＲは全部あっちに行ってる」

「ニューヨーク全体で球体が十台しかないとでも思ってる？」

「臆病者のままでいたければ、そうすればいいよ、アンバー。これはあんたには関係ない」

「関係ないだって？　あんたが捕まったら――」

「なにさ？　記憶を消されるって？　自分の影にいつも怯えてるよりずっといいよ」

「そういう言い方はフェアじゃないし、自分でも知ってるくせに」

「知ってるかって、アンバー？　あたしが知ってるのはこういうこと。父さんが母さんを助けなかったせいで、母さんははトゥインキーのウィンデックス漬けを作ってるんだ。それにどっかの時点であんたとあたしが自分たちのために決心しなくちゃいけない——だってだれも——親だって——あたしたちの面倒なんか見てくれないんだから」

「じゃあ自分勝手に、ナタリーを救うためにラリマーを使いたいんだね」

「その通り」とラリーは言って立ち上がり、煙草に火をつけた。「無事でいるか突き止めなくちゃいけない」

アンバーも立ち上がった。脳天に響く頭痛を和らげようと、こめかみを手で擦った。「そっからどうするの？　彼女が無事なら、使わないわけ？　パーティーにいたほかの人はどうするの？　あんたの友だちでしょ。どうなってもいいわけ？」

「そうだよ」と、ラリーは肩をいからせてアンバーと目を合わせた。「あのネックレスにそもそもそんな力があるとして、最良の場合、弾倉に一発だけ弾が入ってるわけ。ガサ入れはいつも起きてるし、全員を助けることはできないよ、アンバー」

「そんなことあたしはあんたよりよく知ってるよ。自分のほうが賢いとでも思ってんの？」アンバーはラリーの手から煙草を奪うと、胃もたれするような気持ち悪さの波すらもほぼ味わうようにひと吸いした。自分は苦しんで当然なのだ。

「いつだってこうだった。状況をありのままに見ることをあんたは拒否してる。そのくせ仕切ろうとするし」ラリーはほとんど額が触れるくらいまで近づいてきた。「歳なんてひとつしか違わないのにさ。何様のつもり?」

「へえ、そんなに世の中のことに通じてるんだったら、自分がやることがあたしたちみんなに降りかかるのだって知ってるよね」とアンバーは言って、階下を指さした。「母さんも含めてだよ。母さんは自分の身も守れないの。すごい自分勝手だって、わかってるよね?」

「やれやれ、自分勝手とは参ったね。これはナタリーまでで終わる話だから。危険だっていうのは確かにその通りだけど。ナタリーにとっても、あたしたちにとっても。だから、彼女が無事だったら、あんたの思い通りになる。失うものはなにもない。なんの犠牲も払わないし、戦いもしない。これで満足?」ラリーの目に涙が浮かんでいたが、さっと背中を向けるとバルコニーに寄りかかり、煙草の煙を吐き出した。

抗弁するつもりでアンバーは喋りかけたが、思いとどまった。このために議論してきたんじゃなかったっけ?

勝利感はまったく感じられなかった。

三時間前

リトル・レッド灯台への道中は、アンバーの人生で最もストレスフルな二十分間だった。

そのときまでには彼女はもうホバーブレードに慣れていたけど、NDRの目をかいくぐり一方通行の道を車通りも確認しないで突っ切っていくラリーと並走できるほどではなかった。

フォート・ワシントン・パークに着く頃には、ふたりは汗だくになっていた——ラリーは車の群れに突っこんで行き、アンバーは彼女に追いつこうとよろけ回り、人気の少ない通りを選び、球体のパトロールを避けながら進むのに付いて行ったから。家から十分離れたところで、ラリーを止めてマスクを着けるよう思い出させたのは、アンバーだった。

ハドソン川の水が溢れる中に浸かっているみたいに見えるリトル・レッド灯台だったが、今のような状態でも小さい《リトル》灯台にはあまり見えなかった。上部の尖った小塔は勝ち誇るようにふたりの上にのしかかり、水位を上げて流れて来る川の水にもびくともしなかった。二、三十年もすれば全体が水底に沈んでしまうかもしれないけれど。

灯台の赤色のせいで展望台にいるナタリーのジャケットはなかなか見えなかったが、その姿を見つけるとアンバーは思わず止めていた息をふうっと吐き出した。ラリーはわあっと歓声を上げてナタリーを抱き寄せ、ふたりは抱き合ったままぐるぐる回った。

ナタリーとフランキーはパーティーの隅の方にいたので、制服たちが陸橋を降りて来たまさにその時に、小路《こみち》を走り抜けて逃げられた。フランキーも無事だったと聞いて、アンバーは言いようのない安堵を覚えた。でも記憶の中でガサ入れの映像があまりにも鮮やかすぎて、なにかを祝うような気持ちになるのは難しかった。

ラリーが意味ありげな目線を送ったので、アンバーはその場を離れて近くの草の上に座り、ふたりに話をさせてやった。フランキーは無事だった。彼女はうれしかった。いつもなら必死になって家路を急ごうとするところだけど、不思議とそういう気にはならなかった。長いことハドソン川のさざ波を見つめていた。六月の満月《ストロベリー・ムーン》がまだ空にかかっていたが、アンバーには血の色のように見えた。もしあの人たちみんなを救うためにラリマーをいま使わずにおけば、これから自分を責めずに生きていけるだろうか。ただ見ているだけでなにもしないなんて、本当にできるだろうか。

彼女は手を取り合っているラリーとナタリーを見た。束の間、アンバーはラリーが跪《ひざまず》いてプロポーズでも始めるような気がした——でもすぐに、なんのためにここに来たのか思い出した。ふたりのところまで走って行って、もういいからナタリーと一緒にいればいいよと告げたい気持ちに駆られながらも、ラリーは正しいことをしているんだと、彼女は自分に言い聞かせた。自分がこんなことを考えているのが信じられなかった。

ラリマーを頭上に引っぱり上げて、手のひらに載せてみた。こんなに小さいものが、ガサ入れを丸ごとなかったことにできるんだろうか。彼女は石がふたつに裂けているところを見た。石が二等分されているところを反対方向にねじるだけでいいと、パピは言っていたっけ……。

もし子どもの頃に石を与えられていたら、アンバーはなにかくだらないことに使ってしまっていただろう。ゲームでラリーに勝つとか、母さんのクリスタルの花瓶を割ってしまったのを元に戻すとか。いま彼女は、凍りついたように動くことができなかった。直感に従え、とよく言われたものだけど、彼女の直観はどうしろと言ったんだろう。

どうだっていいや。ラリーはここにいて、頬に涙を伝わせ、琥珀《アンバー》のネックレスが不思議に反射して胸に輝いていた。ナタリーに返してもらったんだろう。ネックレスはラリーには全然似合わない、とアンバーは気づいた。それはナタリーのものだった。ラリーだってそうだ。それなら直観でわかった。

死を迎える前に、パブロは娘たちひとりひとりに石のネックレスを与えた。母親はそのときはまだ広告塔《トーチ》になるために〈ネヴァーマインド〉の施設で訓練を受けていて、毎日キッチンの壁にその顔が映し出された。

放送の合間に、パブロは娘たちをキッチンテーブルに集め、シルクのジュエリー袋を手渡した。アンバーには青い袋、ラリーには濃い黄色の袋。

ラリーには、蜂が埋め込まれた琥珀《アンバー》を与えた。「せわしないラリッサ」と彼は言って、石を握らせた。「覚えておくんだよ。未来に向かって先を急ぐより、時間を守ることのほうが大事なんだ」

「それからアンバー、お前にはラリマーをあげよう。未来を変える唯一の方法は、過去を持ち続けることだよ」

ラリーはあきれた表情をほとんど隠そうともせずにネックレスを受け取ると、自分の部屋のジュエリーボックスに突っこんでしまった。でもアンバーは、そもそもどうして石が父の手に渡ったのか、金鎖を握りしめてちゃんと聞いていた。

十六歳にして、パブロはプロ並みの鉱員で、山あいの彼の村が地図に載る由来になった危険な仕事の訓練を受けていた。青い輝きを求めてつるはしで岩肌を削るばかりの長く不毛な一日を終え、彼は道具をまとめた。ほかの鉱員たちは空腹と疲れですでに家路に向かっていたが、どうしたことかパブロは歩みをゆるめ、最後にもう一度だけ鉱山を見渡した。

遠くの一角に、見たこともない大きさの鮮やかな青の石を見つけた——あまりに色鮮やかだったので、疲れで幻でも見ているのかと思ったほどだ。だが石は波打つように見え、山がうごめく海を飲み込んだかのようだった。

石は簡単に外れてパブロの手に落ちてきたが、どこかで間違ったのだろう、印のついていない立坑を転げ落ちて両脚を骨折してしまった。丸一日の間、彼は石を握りしめて助けを待った。骨の折れた体で過ぎ行く時を異常な正確さで数えている間にも、頭上でどうやって彼を救出したらいいか算段しているくぐもった声が聞こえた。

長いこと、脚を貫く耐えがたい痛みのために、坑道で自分の身に起きたことは幻なのだろうとパブロは思っていた——三か所に渡って骨折した右脚の痛みは特にひどく、二度と元通りには回復しないだろうと思った。灼熱の闇の中で、彼は手の中で石を転がし、磨かれていない原石の中に、ダイヤモンドの刃先を持つ鋸《のこぎり》で切り込みを入れたかのような裂け目があるのを見つけた。

驚いたことに、石の一部が指の間でぐるっと回り、暗い洞穴が鮮やかな青い光で洗われた。彼の隣には透き通るような青色の女性が現れた。ラリマーは人生で一度だけ時を巻き戻すことができると、女は語った。生きているうちに年長の子どもに譲り渡さねばならない。どれくらいの時間を石が巻き戻せるかも、どれくらいの規模なのかも、確証はない。

生まれたばかりの兄の娘も消えてしまうのか。いとこに発行されたニューヨーク行きのビザはどうなるのか。

「そうした危険は冒さなければなりません」と青い女は言った。「人間たちは時を数字でコントロールしようとしてきたけど、時間にも望みがあり、石にもあるのです。ラリマーを一度も使わないことを選び、別の機会に取っておくこともできますよ、パブロ。あるいは、いまこの瞬間に使っても構わない」

そして、気の遠くなるような痛みの中でも、パブロにはわかっていた。いまこそが彼にとって最初の試練なのだと。石の恵みをいま受け入れれば、彼の転落は巻き戻され、いま感じている痛みもすべて消えてしまうだろう。まるで石を見つけなかったのと同じことになるだろう。

束の間ひどく苦しみながら、パブロはこの選択肢について考えた。彼の家族、兄弟たちやおじたちが頭上で叫んでいる声がした。何を言っているのかは聞き取れなかったが、その声の調子で、彼らが自分を励まそうとしているのがわかった。どんなに大変でもきっと引き上げてくれるだろうと信じられた。

それでパブロは歯を食いしばり、石の裂け目を元の位置に戻した。青い女は消え、青い光も消えて真っ暗になった。

救出されたあと、あれは全部幻だったんだとパブロは自分に言い聞かせようとした。両脚も癒え、転落の記憶が残っているのは、いまや幸運のお守りとして持ち歩いている石と、わずかに引きずっている脚ぐらいだった。

死の直前、石をアンバーに与えてその歴史を聞かせたとき、彼女はただ石を見つめていた。そのあとに起きた言い合いは苦々しく、一方的なものだった。本当に効くのか。そうだとしたらなぜ、悪いことが起きたときにも一度も使わなかったのか。なぜ〈新たな夜明け《ニュー・ドーン》〉の繁栄を阻止しなかったのか。彼女は喘ぐように言った。なぜ母さんを救わなかったのか。

「お前ならどうしたと思う?」

「母さんを助けるに決まってるでしょ」とアンバーは言った。「みんなのこと助けるに決まってる!」

「一度きりしか使えないんだよ。それに時計の針を巻き戻すような単純なことじゃない」パブロは静かに言った。「どこまで力を使うかは、ラリマーにしか決められないんだ」

彼女が次々に浴びせる質問のすべてをかわして、彼はただこう言った。「父さんにとってこれはただの綺麗な石だけど、お前にとっては力の源泉なんだ。ただその力を使うには、厳しい選択が伴う。いつかわかるよ」

「でたらめだ」とアンバーは言った。「そんなの全部でたらめだ!」そして最後に一度だけ、彼女は父親の腕の中で泣きじゃくった。すでに彼を悼《いた》んでいるように。これがふたりの最後の会話になったことを、彼女はいつも悔やむのだった。

パブロの葬儀のあと、アンバーとラリーはブラウンストーンの家でふたりきりになった。放送

変更保存

が両親の写真と映像を延々流していて、パブロ・メロの死をめでたいことみたいに喧伝していた。少女たちは自分の面倒を見られるぐらいの年頃だと州は判断し、大体において彼女たちはそうしていた——チーズを容器から出して食べたり、家の中をゾンビのように歩き回ったり。ふたりとも寂しくて、ともに喪に服していた。

喪失感にとらわれたアンバーは、自分の部屋のベッドに身を投げ出し、パブロが指示した通りに石の裂け目をひねってみた。すると突然、すべてが眩しすぎるほどの鮮やかな青緑色に変わった。

青い女が本当に現れ、透き通るような姿で、遠い未来から来たような服装をしていた。ヘッドセットをつけているわけじゃないと知りつつ、アンバーは本能的に頭と耳をトントン叩くと、飛びのいてベッドの上に跪き、口をあんぐりと開けて女が近づくのを見ていた。

体の後ろに本棚が透けて見えたけど、怖がる必要はないとなぜだかアンバーにはわかっていた。女の胸のあたりに震える手をかざすとすり抜けて行き、アンバーのことを面白がっているように女はただ微笑んだ。

「石を作動させたいですか」女はその手にぐるぐる回る立方体を持っていた。それは空中で止まり、鋭い角が青い女の手のひらの上に浮かんでいた。

「どれくらいの時間を消せるの？」

女が手のひらを数センチ上げると、青い立方体は大きくなったように見え、その中に人びとがいるのがアンバーには見えた。立方体を覗きこむと、父の葬儀のあとでまだ喪服を着ている自分自身とラリーがいて、家族写真の下にあるカウチで身を寄せ合って丸くなっていた。

「これだけ？」

「あなたが願ったときに、ラリマーがどれほど巻き戻せるかを決めるのです」と青い女は言った。

パブロが言ったことがアンバーの頭の中を渦巻いていた。数時間戻っただけでは、父親も母親も助けられない。彼女は首を振った。

「理由なくわたしを呼び出すのはお勧めできないわ」と女は言い、青い立方体がまた回り始めた。

「石を使わずに作動させるたびに、使える力が減ってしまうから」

アンバーは頭を上げた。「だけど待って——父さんが石を使わなかったんなら、その分だけたくさん力が残ってるはずでしょ」

青い女も頭を上げた。「あら、でもあなたの父さんはラリマーを呼び出したのよ。彼は力を使ったのです」

「いつ？　なにに？」

「石はそんな風に働くものではありません」そして青い女は消えてしまった。

一時間前

家への帰り道は、考えてみるとこの上なく平穏だった。姉妹はＮＤＲが蚊のようにぶんぶん飛ぶのを聞きながらダウンタウンに入り、ブロードウェイと並行に走る複数の脇道をジグザグに通って行った。夜の空気は蒸し暑くひと雨来そうで、アンバーのブラウスは背中に張りついた。

通りは不気味でいつもより静まり返っていた——どう違うのかもよくわからなかったけど、静けさが増しているように思えた。たぶん時間も遅いし、陸橋の一斉検挙の後ではみんな出歩く気がしなかったからだろう。でも熱気の中ですら、この静けさはどこか妙で、アンバーの腕に鳥肌が立った。彼女の感覚も研ぎ澄まされていて、遠くの車のクラクションやドアの閉じる音も、目の前で起きているように聞こえて来た。収集されるのを待っているゴミ袋の脇を通り過ぎると、悪臭が鼻についた。

信号に当たる度にラリーはのろのろと立ち止まって顔の汗を拭いた。これでよかったんだ、ラリーは正しいことをしたんだと、アンバーは自分に言い聞かせ続けたが、脚が鉛のように重かった。月を探して空を見上げたが、見当たらなかった。

見えないからって存在しないわけじゃないよね。

家のある通りに入ると、アンバーの心は沈み込んでホバーブレードのスピードをゆるめた。家の玄関のドアが開けっぱなしだった。ふたりの姉妹は怯えた視線を交わして動きを合わせ、ブレードを脱ぎ捨てて階段を駆け上がると、リビングを通って明るいピンクのダイアナのキッチンへ走り込んだ——そこでは美しい母がキッチンテーブルに座って、困惑した様子の制服の係官四人と球体ひとつに囲まれていた。

みんな魅入られたように彼女を見つめており、母ははじけるような笑みを浮かべて麺棒で蛍光グリーンの生地を伸ばしていた。いつもと同じく、彼女の立ち振る舞いのどこにも現状を把握している様子は見えなかったが、腕の下側の袖を折り返した辺りに暗い染みが浮かんでいて、額にはいつもと違うつやめきがあった。

アンバーの手は即座にネックレスの方に伸びたが、指を巻きつけないようにした。手のひらを胸に当てていた。

「ラリッサ・メロ」と男のひとりが言って姉妹の方を向いた。「〈新たな夜明け《ニュー・ドーン》〉の道徳基準に対する違反活動につながる誤りに関連して、スキャンと診断のため連行します」

ラリーは進み出たが、目が赤いままだった。NDRが近づいて顔を認証した。

制服のひとりが拘束具に手を伸ばしたが、もうひとりが手でそれを制した。「それは必要ないだろう」と、低い声で男は言った。彼らはみな〈新たな夜明け《ニュー・ドーン》〉を代表していたため、係官たちはIDバッジを身につけていなかったが、この男についてはまともな人間だったときもあったように思えた。

ダイアナは椅子から立ち上がると、ラリーに長いハグをした。「散歩に行くの？　二、三時間で戻ってね、ハニー」彼女は娘の額にキスをした。制服のひとりは忍び笑いをしたが、別のひとりがそのあばらを肘で小突いた。

アンバーはさっとラリーをハグして、彼女とダイアナは制服たちが白い護送車の後部座席にラリーを乗せ、走り去るのを見た。その背後をNDRが追いかけて行った。

すべてがあっという間だった。ラリーは行ってしまった。いなくなった。

ミセス・ペレスはずっと楽しみにしてた見世物をついに見られたわけだ、とアンバーは思った。

変更保存

彼女は玄関のドアを閉じてそこに寄りかかり、ネックレスを取り出すと鎖をちぎった。とうとう直観が語りかけていた。いまだ。

キッチンでは母がバタバタと引き出しを開け閉めしていた。ラリーが連れて行かれるのを見て感情が湧いてきたんだろうか。なにかの発作でも起こしてるのかな。

「早口で言うからね」と、部屋に入ってきたアンバーに向かっていきなりダイアナが言った。赤いマニキュアをした手に銀色のマスキングテープをひとつと「音漏れコーキング」と書かれた瓶を持っていた。素早く器用な手つきで、監視マイクに直接コーキングをスプレーすると、マスキングテープを少し歯で嚙みちぎって隙間を塞ぎ、次はカメラに向かった。「ラリマーを使うつもりだってわかってるから。でもその前に知っておくべきことがあるの」

あまりのショックにアンバーは凍りついた。母が、本物の母さんが、自分に話しかけている。嘘くさい笑顔も、虚ろな目つきもなかった。テープでカメラを塞ぐ姿は、ちゃんとわかってやってる風だった。

「ちょっと待って。そんなことしちゃダメだよ！」アンバーは言ってマイクに貼られたテープを剝がし始めた。「十分もしないうちに〈新たな夜明け《ニュー・ドーン》〉が戻って来る！　去年間違って布巾をカメラにかけちゃったときのこと覚えてるよね」

ダイアナが後ろで笑っていて、アンバーは怖くなった。最後に母の笑い声を聞いたのなんて、いつだったろう。

アンバーの心は記憶の中を稲妻のように走った。係官たちが押し寄せてもう少しでまた母を拘留するところだった。自分を取り囲む制服たちを認識することを拒んでいるダイアナを見つつ、ふたりの姉妹は恐怖に満ちた沈黙に包まれた。確かな手つきでバッター液を絞り袋に入れると、彼女は係官の質問に意味不明な小話で対応し、ピンク色の便器消臭ブロックのトレイの上にニコちゃんマークのフロスティングを施し始め、荘厳なもてなしの空気とともに係官たちに差し出した。

数分後には、制服たちは姉妹と同じくらい怯えているようだった。ゆっくり後ずさりすると、なだめすかすような調子でもごもごつぶやいたかと思うと首尾よくキッチンを逃げ出した。

まるで母がそこにいないかのような話し方で、制服たちはアンバーとラリーをリビングに連れて行き、ダイアナにカメラに触らせないように警告した。彼女が細心の注意を要する状態であることはわかっていたが、同時に人目を惹く被拘留者でもあり、カメラを覆い隠したりするとストレスの溜まる訪問につながる恐れがある。姉妹は脅しを聞けばそうとわかるぐらいには成長していた。係官たちが帰ろうとすると、ダイアナは満面の笑みを浮かべてピンクのフロスティングのついた消臭ブロックをお土産に渡そうとした。その記憶の中の恥ずかしさと恐怖は、母親がテーブルに寄りかかり、かつてのような明るく澄んだその目を見ているうちに、別のなにかに変わっていった。

今度は逮捕されるだろう。アンバーにはそうわかっていた。テープはなかなか剝がれなかった。「〈新たな夜明け《ニュー・ドーン》〉は十一時に来る」と言ってダイアナはキッチンタイマーをセットするとテーブルの上に置き、タイマーが動き始めた。「ベイビー、こっちにおいで。ラリマーをまだ持ってるよね。使ってないでしょう」彼女は尋ねるのではなく断定するようにそう言った。アンバーは腹を立てていいのかよくわからなかったが、死んだようだった母が彼女に話しかけていること、そしてラリマーの石のことを覚えていること、そのすべてが衝撃的だった。

ぼうっとして口もきけず、アンバーは母の指示に従って腰かけ、ラリマーを拳で強く握った。

「まだ余裕がある」とダイアナは言って、椅子の縁に腰かけてアンバーの手を取った。「ラリーを逮捕した制服たちのひとりは抵抗勢力の一員なの。いま家を出て彼に会えれば――」

アンバーはさっと手を引いた。「待って、いつから知ってたの――」

ダイアナは忍耐力を失くしたかのように手のひらの付け根をテーブルに置き、起き上がって立ち去ろうとした（九分四十秒）。「アンボー・バンボー、あたしだよ。ずっとここにいたんだ。どこにも行ってない。ほら」と彼女はキッチンのあちこちと糊付けしたライラック色のドレスを手振りで示して言った。「家に帰ってあなたとラルの安全を確保するためには、こうするしかなかったの」

そこであっという間に、アンバーの心は母が白い院内着を着て家に戻ったときに巻き戻された。ニュースがどれほど彼女は愛らしくて従順だと強調していたか、管理者たちがどれほど弁解がましかったか。どんなテクノロジーにも事故はある、たとえ最高のものであっても。そうあいつらは言って、ダイアナはカウチにきちんと腰かけ、その目を家族写真に走らせていた。

最初の数週間は、アンバーとラリーも努力した。バスルームに引き入れて、ラリマーやパブロについての手書きのノートを見せた。写真のアルバムも見せた。彼女は娘たちにはいたく愛情深く接したが、会話の途中でも目をぼんやりさせ、気もそぞろになってしまうようだった。娘たちを残しては、若いころのダイアナとパブロが結婚した日に踊っている写真を手に部屋をさまよい出て行くのだった。キッチンでは食べられない料理を作り、貼りついたような笑顔を浮かべて目線は監視カメラに固定されていた。

　アンバーはキッチンタイマーを見た。九分。母は立ち上がって寝室に行った。一泊用のバッグを三つ持って戻って来た。

「パブロはラリマーを使ったの、アンバー。あたしは洗浄室に連れて行かれて、拘束されて置いておかれた。洗浄の準備はできてるかって聞かれて、答える前に施術が始まってた。最後に洗浄済みを証明する署名つきの白いカードを渡された。そして拘束を解かれたとき、青い光がすべてを覆って、気がつくと並んで部屋に入るところだった――でもカードはまだ手の中にあった」

「長い間、どんなことをしても、あなたたちのために平和を保とうと自分に言い聞かせてきた。でも平和を保つのももうおしまい」彼女はキッチンを手振りで示すとまたカメラを塞いだ。「ずっとこのままではいられなかった。あなたたちにこんな人生を強いることはできない」

「カードを見せると、みんな信用したの。その後は、洗浄のせいでどこかがおかしくなってしまったんだって〈新たな夜明け《ニュー・ドーン》〉に信じさせるのはそれほど大変じゃなかった。でもどっちにしろ、一連の再プログラム化活動には送られた。家に送り返してもらうには少し苦労したよ。ダイアナ・メロを施設の広告塔《トーチ》のリーダーに据えた広報キャンペーンをするっていう夢は魅力的すぎたから」そう言って彼女は微笑んだ。「でもなんとか切り抜けた」

　ダイアナはダッフルバッグをふたつ摑むと、ひとつはテーブルの上、アンバーの目の前に置いた。中を探ると、お気に入りの服と洗面用具、時計を全て滑らかな新品のマホガニーのキャリーケースに入れたもの、動物園で撮った彼女とラリーの写真が入っていた。ドレッサーの鏡に差し込んでいた写真だ。「いつの間に――」

「帰ってから少しずつ荷物はまとめてた」と母は照れ臭そうに言った。「でもほかになにか持っていきたいものがあったら、五分はあるから――」

「なんのために？　まだよくわかんないよ。あたしたちどこに行くの？」

「もうあなたたちも大人だし、そのときが来たの」とダイアナは言いながら、ふたつのダッフルバッグをキッチンの床に降ろした。タイマーを持ち上げた。七分。

「そのときって？　石を使う代わりにみんな捕まっちゃうの？」

　アンバーから抵抗が来るとは予想していなかったかのように、ダイアナは頭をのけぞらせた。

「みんなを助けることはできない」ラリーが言ったことを思い出しながら、アンバーは言った。

「自分たちが捕まっちゃったらヒーローにはなれないよ」

　アンバーには確信が持てなかったけど、遠くで聞こえるのはサイレンの音じゃないだろうか。

「あまり時間がないの」とダイアナはキッチンタイマーを見ながら言った。「だから信じてほしい」

「信じる？　いままでの間ずっと嘘ついてたのに？　一番母さんが必要だったときもだよ」

「アンバー、あなたはほかの誰よりも、安全のために身を低くしているのがどんなことかわかってるはず。石は取っておいて、少数の人間よりもっとたくさんの人を助けるために使うべきだと思う」

アンバーは首を振った。彼女は後ずさりするとラリマーの裂け目、石がふたつに割れているところを見つけた。ふたつの部分を反対側にねじった。


何も起こらなかった。

アンバーのこめかみが脈打った。キッチンタイマーのチクタク音が響く中、母はなおも、いまでも通じているネットワークとラリーが洗浄施設から逃げるのを手伝ってくれる人たちのことを早口で明晰に語っていた。

そこで部屋が鮮やかな青い光に洗われ、なにかを言いかけたままで母が凍りついた。青い女が回る立方体を手にして現れた。彼女は興味深げにカウントダウンを止めたキッチンタイマーを見て、続いてダイアナを、そしてアンバーを見た。「また会いましたね」と彼女は言った。「ラリマーを作動させたいですか？」

「ええ」とアンバーはしわがれ声で言った。

回っていた立方体が止まった。「本当ですか？　よく考えて」

彼女の目前に60という巨大な文字が現れ、アンバーが見ているうちに、59になり、58になった。

「石があなたに力を与えるのは一度だけです」と青い女は言い、膝を少し曲げて、凍りついたダイアナの横顔を見やった。なぜ彼女のことを知っているのか思い出そうとしているかのようだった。彼女はアンバーに向き直った。「次はあなたの最年長の子どもにしか使えません。一度だけですよ」

アンバーは秒数が減っていくのを見て、片手を宙に浮かせたままいまだに微動だにしない母を見た。その目の強さに気づいて、本当の母がどれだけ恋しかったかわかった。

四十秒。数字はしっかりして見えたが、触れようと手を伸ばすと崩れてしまった。

「この前みたいに、石が何を消すのか見られる？」

青い女は手のひらの上に浮かんでいる立方体を眺めて、少しの間考え込んでいた。「いいえ」と彼女は言った。

アンバーは自分が消してしまうかもしれないすべてのよいことに思いを馳せた。ナタリーとラリーが過ごした時間、夏至のパーティー、フランキーとの間に芽生えつつあった友情。どれもこれも消えてしまう。彼女は覚えていられるだろうか。そして、もしほかのみんなが忘れてしまうとしたら、彼女は覚えているに値する人間だろうか。

もしラリマーが効かなかったら？

彼女は冷たい白い壁の部屋で、ひとりきりで怯えているラリーを思い浮かべた。

「本当にこれでいいですか？」

「いいったら！」アンバーは十秒の印に向かって叫んだ。

母の真剣な顔が消えて、すべてが真っ暗になった。

アンバーが瞬きすると、ブロードウェイの横断歩道の前に立っていた。両腕で買い物袋を抱え込み、しつこい夕方の太陽が頭上にあった。赤信号を見やると、彼女は買い物袋を一方の腰から反対側へ動かし、袋から転がり落ちる寸前でオレンジを捕まえた。

アンバーはブロードウェイに曲がって入ってきた球体に向かって微笑んだ。球体は数分の間、疑わし気に彼女の上に浮かんでいたが、やり取りはしてこなかった。本当に効いたのか？　信号が変わると、家までの残りの道をアンバーは走って帰り、ブラウンストーンの階段を二段ずつ駆け上がった。

ラリーが階段を駆け下りてきて、アンバーは買い物袋をドアの脇の床に置いた。彼女は妹を摑むと、ラリーが押しのけようとしても力の限りぎゅっとハグした。「何やってんの、離してよ、キモい！」

でもいまアンバーは泣いていた。ラリーが抵抗するのをやめてハグを返すまで、そのましがみついていた。

彼女はラリーをそばに置いておきたくて、キッチンに引っ張って行くと、母のこともハグした。母もいつもそうしていたようにハグを返したが、ただごとではない愛情表現にラリーと同じくらい混乱しているようだった。

アンバーは買い物袋を取りに引き返し、ダイアナがせわしなく行き来して中身を取り出すなか、家族の安全を守るためにすべきことを決めた。

断固とした決意のもと、彼女はラリーの方を向いて、手首のブレスレットをやさしく引っ張ると、口だけ動かして伝えた。上に行きな。

ラリーはあきれた顔をしながらも、重い足取りで階段の方へ向かった。アンバーは彼女のあとについて立ち上がったが、最後にひと目だけダイアナを見ると、遠くを見つめながら赤いマニキュアをした手を揉みしだいていた。

ロープがちぎれるまで、どれくらい綱渡りを続けていられるだろう。ダイアナは彼女の視線を感じて微笑んだ。

本当に覚えてないんだ。

アンバーはキッチンを出てラリーを追いかけ、リビングルームを通って階段を上った。ラリーにラリマーのことと自分が何をしたのか話すつもりだった。会ったことがないナタリーとフランキーの話をすれば証明できるだろう。陸橋下のパーティーそのものを安全に止めさせることだってできるかもしれない。

ちょっとだけ嘘をついて、ナタリーが捕まったと言ってもいいかもしれない。ラリーはガールフレンドを守るためならなんだってするから。もう彼女と話せなくなるとしても。そして母には何も言わずにおこう。彼女は娘たちの人生を千もの予想もつかない方向に向けて爆発させるのを待っている爆弾みたいなものだから。アンバーはついにみんなをひとつにまとめて、身の安全を守れるぐらい強くなった。

でもふと見ると家族写真があって、再び直観が語りかけてきた。目覚ましなよ、アンバー。もう終わってるんだって。

彼女は振り向いた。

母の脇を走り抜け、彼女は引き出しを開け閉めしてコーキングスプレーとマスキングテープを見つけた。アンバーはこういうことは器用にできなかったが、母は目を丸くして彼女を見ると、ただちに仕事にかかり、マスキングテープをちぎって渡し、監視カメラのレンズを塞いだ。アンバーはキッチンタイマーを摑んで十一分にセットした。

「来るんじゃないの?」ラリーが階段の上から呼んだ。

アンバーは買い物袋の残りをぶちまけた。紙袋を切り開いてキッチンテーブルの上、古時計の脇に広げた。

「どうなってんの?」とラリーが言いながらキッチンに現れた。ダイアナがその手を取ってテーブルのところまで引っ張って来ると、そこではアンバーがマンハッタン島に似せた大雑把な図を描いていて、フランキーの地図の記憶から安全な場所に点を足していた。確信が持てるのは二、三個ぐらいのものだった。

それを見るラリーの口は、小さなOの形になった。

アンバーの記憶は完璧ではなかったけど、もっといい手立てがあった。彼女は母にペンを渡した。
「足りないのはどこ？」
〈新たな夜明け《ニュー・ドーン》〉監視ビデオ：自宅軟禁
日課の文書読み上げ映像：十七時三十分
顔認証：確認済み。被収容者は鼻歌を歌いながらコンロでなにかをかき混ぜている。通常通り、清潔感があり体の線がはっきり出るドレスを着て、腰回りに素朴なエプロンを着けている。鼻先まで木製の玉杓子を持ち上げて微笑む。トングを鍋の中に入れると、湯に浸かった古い懐中時計を取り出した。カメラに向かって彼女は微笑む。「時間切れよ」と彼女は言う。

破城槌《はじょうつい》を持った黒装束の係官たちがメロ家のブラウンストーンの住居に押し寄せた。NDRが飛び回り、拘留中継のライブ映像を収集した。メロ家の映像が国中のキッチンとリビングの壁に映し出された。

家族の自宅らしき場所への踏み込みに驚いて、人びとはもっとよく見ようと椅子から立ち上がり、制服たちがドアを蹴破る中、家の中を飛び回り、部屋から部屋へと移動するドローンを目で追った。そのうちのひとつが家族写真のガラスを叩き割った。額が床に落ちてガラスの破片がこぼれ落ちると、中身の写真の顔をドローンは読み取った。

家は綺麗だったが空っぽで、住人たちが一日留守にしているみたいだった。キッチンでは古いカメラがダイアナのビデオを繰り返し再生していた。人間の声に引き寄せられ、ドローンのひとつがぶーんと飛んで来ると、リアルタイム映像をアメリカ北東部の各家庭に中継した。〈新たな夜明け《ニュー・ドーン》〉の誰かが放送を中止しようとしていたが、時間がかかっているようだった。

「時間切れよ」と、動かなくなった時計を掲げてダイアナが繰り返していた。「時間切れよ」

Timebox Altar(ed)

—もうひとつのタイムボックス：時をかける祭壇

著：ジャネール・モネイ＆シェリー・リネイ・トーマス

訳：押野素子

フリーウィールは、地の果てだと言われている。まるで世界の端っこ、もうこれ以上、先には進めない。バグと兄のアーティス。オラとトレル。地図には載っていないフリーウィールの境界付近のコミューンに住んでいる。第七セクターと第九セクターの中でもインフラの整った地域とは、まったく関わりのないところ。彼らは過去と未来の境界線に住んでいて、そこでは過去、現在、未来が交差し、分岐し、そして再び交わる。

フリーウィールは前世紀の遺物のように忘れ去られたゴーストタウンで、錆びた鉄道やボロボロの看板は、規範当局《スタンダード・オーソリティーズ》や網膜スキャンからも遠く離れていた。〈新たな夜明け《ニュー・ドーン》〉のドローンも、ほとんどパトロールにやって来ない。そこでは、辺り一帯の空気がキラキラと輝いている。

その日、彼らは歩き続けていた。周囲の言葉に馴染みがなくなるまで歩いて、探しものを見つけた。「迷子になる」という探しものを。肩の高さほどある草むらから、最初の子どもが現れた。息を切らし、青いオーラに包まれているかのように歩いている。その小さな体を覆うように生い茂った苔色の草の中で、丸い坊主頭が上下している。深く窪《くぼ》んだ、ひときわ大きな瞳からは、涙が溢れている――この子の名前は、バグ。

しばらくすると、二人目の子どもが背筋を伸ばし、速足で歩いてきた。花粉とブヨにまみれて、黒い瞳を瞬かせている。空中を泳ぐように長い腕と細い手を振りながら、緑色のカーテンから姿を現す。肩にかかる長さの編み込み《ブレイド》は、二本のアンテナのよう――オラ。

トレルはゆっくりと歩いていた。すきっ歯を見せて笑うその顔は優しく見えるけれど、目つきは険しい。しかしその目も、親友の名前を言う時だけは和らぐ。

「オ・ラ・グーーーーン・デイ！」トレルは一音節ずつ、大げさに発音しながら叫ぶ。「オラ、オラ、イェイ、オラ、オラ、イェイ！」

「うるさいよ」

「オラグンデ、見つけた？」

「まだ！」曲がった木のうしろから声が聞こえた。オラは汚れた爪で樹皮をいじり、まだ風に剝がされていない粗皮を引き剝がした。「バグ、どこに行ったんだろ。ここに来てるかもしれないって、アーティスは言ってたけど」

オラが木の陰から出てきた。黒、茶、緑という色調の中で、彼女の着ているシャツの藍色が鮮やかに弾ける。

「あんなに小さいくせに、大騒ぎはお手のものだなあ」とトレルは言うと、大きな石を靴でそっと押した。「最悪のバースデー・パーティーだったんだろうな」

オラはズボンの裾で手を拭き、トレルの傍にやって来た。襲いかかってくるはずだと言わんばかりに、警戒しながら石を観察している。「よりによって、どうしてここに来るんだろう？ちょっと悲しい気分になるよ」とオラは言い、周りに広がる荒れ地を見回した。「なんだか、空気全体に過去が充満してる感じ」

トレルはうなり声を出して、石をひっくり返した。黒く湿った土が、芳香を放っているだけで、下には何もない。「バグのことなら分かってるだろ。あの大きな頭には、妄想が詰まってるんだ。あいつは妄想の塊だって、アーティスも言ってるし。夢ばかり見て、見たこともないものの話ばかりしてる」

「トレル、あんまりキツいこと言わないで。みんながあんたみたいに恵まれてるわけじゃないんだから」

「ってか、俺が恵まれてるものって？　口うるさい親父？」

オラは黙っていた。トレルの石を拾おうと屈みこむ。「それすらいない人もいるんだよ」彼女は石を見つめ、手のひらの上で転がすと、濡れた土を払い、お守りのように撫でた。


バグは、夜になると裸足で外に出てポーチに立ち、飢えた目で夜空を見つめるような子どもだ。バグは、今あるものに満足し、それ以上を求めない子どもだった。でも、うちに秘めていたいちばんの願いは、その小さな心に根を張る前に奪われてしまった。

「ママ」

番号。名前。顔。終わり――バグとよく似た、河原の石のように滑らかな肌。ママは消えかけたホログラム、虚空を漂うダーティ・コンピューター。ママは鮮明な記憶というよりも音として存在し、バグはその声が子守歌となり自分を眠りへと誘ってくれるところを想像した。ママはバグの夢に埋め込まれていて、グランパパの家の剝げかけた低い天井と、バグとアーティスを暗闇から守る冷たいシーツのあいだの空間に住んでいた。

でも七歳の誕生日、バグははっきりとした意図をもって目覚めた。毎年のように玄関で待つかわりに、朝から家じゅうを漁り、引き出しを開け、家具の裏を覗き、死に物狂いで絵を描いて午前中を過ごした。床にはくしゃくしゃになった紙が散らばっていた。その日の午後、斜めに傾いたケーキの前にみんなで座った時、バグはたったひとつの願いで頭と頬を膨らませていた。アイシングを厚塗りしすぎたケーキに刺さっていたろうそくは、一本だけ。残りのろうそくは、グランパパが失くしてしまっていた。たった一本のろうそくを吹き消した時、バグは決意していた。もう、夢を見るのをやめよう。

夢を見たところで、「再配置《リアサインメント》」と呼ばれる懲罰房、グランパパが刑務所と呼ぶ場所から、ママを連れ戻すことはできない。ごく幼い頃の思い出が詰まった、バグの心に開いた穴からも、ママを取り戻すことはできない。ママがその声と生身の姿で、家族と一緒にいたあの頃。バグの頭や肩、胸にそのあたたかい手を置いてくれたあの頃。家のどの部屋も、ママの甘い香りでいっぱいだったあの頃。

「ママ」

バグの世界のすべてを表すには、あまりにも小さな言葉。

ママの思い出に浸る時間は、いくらあっても足りなかった。笑い声の記憶、それはバグの夢の中で流れるサウンドトラック。荒れた手のひらにできた、大きなたこ。その手の強さと肌ざわりすら、バグはもう忘れかけていた。いくらたくさんプレゼントをもらったところで、どうしても一緒にいてほしい人がいないなら、誕生日なんて意味はない。今年も同じだった。

だから、バグは走った。夜を切り取ったかのような暗闇に足を踏み入れた。〈新たな夜明け《ニュー・ドーン》〉の探査機が急襲する、悪夢にも似た暗闇の中に。規範当局《スタンダード・オーソリティーズ》がママを捕まえにやって来て、グランパパとアーティスが追いすがるバグを抑えつけたあの日に、空を舞っていたドローンの音やママの叫び声が、いまだに聞こえてくる夜もある。繰り返す悪夢。いつもママが消えて終わる。最悪の夢だ。

チョコレートケーキでさえ、約束を破られた苦々しさを甘くすることはできなかった。

バグの目には涙が光っていた。刺激の強い化学物質が夏の大気に渦巻く中、心も傷ついてチクチクと痛む。バグは玄関のドアを勢いよく開けると、ポーチの階段を踏みつけるように駆けおり、低く刈られた草の中で転んで、膝を擦りむいた。

「バグ!」グランパパは叫んだ。「ママも来年には帰ってくるぞ!」バグは背中を向けたまま、走って、走って、走り続けたけれど、それでも嘘は風に乗って耳に届いた。

アーティスは、自分が満足していることが、他の人には必ずしも十分でないことを知っていた。自分とバグを心配して世話を焼くグランパパや、ママが恋しくてたまらないバグ、生得の権利を強く求めたために家族みんなを巻き込んでしまったママにとっては、満足できる状況ではないことを。

アーティスだって、母が恋しかった。十三歳の彼は、バグよりも母をよく覚えていた。父の記憶がまったくない幼いバグを哀れに思いながらも、羨ましいと思うこともあった。はなから持っていないものを恋しく思うことができるのだろうか、と考えることもあった。ふたりの父は、アーティスがまだ小さくて、バグがまだ赤ん坊だった頃に連れ去られてしまった。

父は実際に存在していたし、母だって幻ではなかったと、アーティスは時々、自分に言い聞かせなければならない。死者を思い出すのは大変な作業だった。

グランパパとは違って、アーティスはバグが幼い頃の思い出ばなし以上のものを必要としていることを知っていた。バグは成長している。誰も答えを知らない質問をする。この子は、いちばん辛い家族の物語を知らなければならない。すでに人生を何周かしてきたような、年齢以上に賢いバグですら、真実を告げられる必要がある。アーティスは頭の中でその物語を反芻《はんすう》し、湿った記憶と恐怖を粘土のようにこねくり回していた。そこまで気持ちが苦しくならない日もあった。そんな日には、小さなバグと一緒に夢を見たり、希望に満ちた金色の陽の光に照らされたかのようなグランパパの作りばなしを楽しむこともできた。それでも、年を追うごとに、母のいない誕生日が訪れるごとに、金色は輝きを失い、アーティスのもとには「ママはもう帰ってこないかもしれないし、もし帰ってきたとしても、昔とは別人になっているかもしれない」という、暗い真実の錆びついた欠片が残されるだけだった。

疲れ果て、悲しみに暮れ、狼狽《ろうばい》したバグは、ボロボロの家から泣きながら飛び出した。アーティスとグランパパはバグに大声で呼びかけ、アーティスの友達のオラとトレルはバグを追いかけた。家を飛び出した途端、バグは高熱の壁にぶち当たったかのように感じた。太陽はバグの顔や首筋を殴りつけるように照りつける。胸が張り裂けるような思いで、バグは塔に向かった。灰色の拳を突き上げるかのようにこの地区にそびえ立つ、厳めしい方尖塔《オベリスク》だ。

その塔の中に入った者たちに何が起こったのか、バグも噂を小耳に挟んでいた。バグが部屋に入ると、みんなが黙り込み、話をやめたけれど、それでも耳には入っていた。塔のことは、伝え聞いていたのだ。コミューンの誰もがそこを〈夜明けの家《ハウス・オブ・ドーン》〉と呼んでいたけれど、そこに黄金の光などないことをバグは知っていた——そこが光に照らされるのは、誰かが記憶洗浄を施され、〈新たな夜明け《ニュー・ドーン》〉の手下になるよう再教育される時だけだ。光を浴びないかぎりそれは怪物のような場所で、母を丸ごと飲み込んだ獣だった。

グランパパによれば、ママは抵抗したという。自分や夫、友人や隣人、誰のことも「汚れている」と考えることを拒んだ。

しかし、〈新たな夜明け《ニュー・ドーン》〉のローバー・ドローニー（ドローン）と規範当局《スタンダード・オーソリテイーズ》の職員たちは彼女を連行した。バグがいくら尋ねても、面会は許されていないとグランパパに言われるだけだった。

バグはママが恋しくて、わずかに残る記憶の砕片にしがみついたけれど、特別な時間は消えゆく光のように、バグの脳裏から徐々に消えていった。それでも、恋しさは恐れという距離を埋めることはできなかった。バグの誕生会の最中に規範当局《スタンダード・オーソリテイーズ》が踏み込んできた時、ママは逃げなかったとアーティスは言っていた。彼女は子どもたちを最後にもう一度だけ抱きしめると、グランパパに隠れるよう言った。あの日、空はぽっかりと開いたように思えたけれど、太陽が雲を払う代わりに、暗闇が覆いかぶさった。

「エヴァ！」グランパパは孫二人を抱き寄せながら叫んだ。アーティスによれば、ママは明るい日の光のもとに飛び出すと、両手を広げて戦闘態勢を取り、深紅と黒の制服を着た機械のような影に向かって身を投げ出したそうだ。なんとかして——ママは約束した——帰ってくるから。バグの誕生日をきちんとお祝いするから。

ママは約束した。

アーティスはこの話をしたがらなかった。パーティが中断された話。記憶に深く刻まれた、叶わない約束。それでも、バグはせがんだ。約束の言葉がバグのお気に入りのパートで、はっきりと覚えていない思い出を繰り返し聞くことで、心慰められたのだ。

生まれて初めて家族のもとを離れると、グランパパのポーチの外には別世界が広がっていた。多くの市民を拘禁している〈新たな夜明け《ニュー・ドーン》〉の灰色の塔は、いまや近寄りがたく見えて、遥か彼方にあるように思えた。バグはアーティスの怒りを思い出した。兄が怒るのは、天気雨のように珍しい。二人は奥の部屋を共有し、ツインサイズの二段ベッドに寝ていた。「ママは勇ましくなんかなかったぞ！」と兄は枕に顔をうずめて呟《つぶや》いていた。寝言で叫んでいた言葉は「ネヴァーマインド！」——思い出をゴミのように袋に入れて、捨ててしまうなんて話だ。でも、バグは絶対に忘れたくなかった。ママは思い出というよりも、物語のような存在だったけれど。それでも、物語があるだけで十分なこともあった。バグが心に描く物語では、ママはいつだって勇敢で、いつだって優しくて、いつだって愛に溢れていた。

「お前の目はママそっくりだ」とグランパパはよく言っていた。「夢見がちなところもな」

「ママはバカだったんだ」とアーティスは呟いていた。母の不在に耐えきれなくなった夜、強くあり続けることに疲れ、希望を持ち続けることに疲れた夜、彼の聞き役になってくれたのは、濡れた枕と涼しい夜風だけだった。「戦わないで、逃げればよかったんだ」とアーティスは囁き、その声は枕カバーでくぐもった。「そうしていたら、まだ一緒にいられたかもしれないのに」

　この日、いつにも増してバグは母に会いたくてしかたなかった。でも、炎の中で踊ったり太陽を見つめたりしたところで、何も良いことは起こらないし、規範当局《スタンダード・オーソリティーズ》のもとに自ら飛び込んでいく度胸も愚かさもバグは持ち合わせていなかった。他のコミューンでは市民による暴動が起こっているなんて話も漏れ聞いていたし、グランパパはバグと行く場所を慎重に選んでいた。それでも、大勢の市民と同様、グランパパは〈光の街《シティ・オブ・ライト》〉まで仕事に通わなければならなかった。抗議デモがいつ起こるか、ＮＤＲと規範当局《スタンダード・オーソリティーズ》がいつ新たな標的を見つけるか、予測はつかなかった。グランパパの懸念は、その表情や丸めた背中にあらわれていたし、バグもそれに気づいていた。だからバグは、遠くにそびえる灰色の方尖塔《オベリスク》を見つめ、身震いしながら向きを変え、反対方向に走りはじめると、行先などお構いなしに、小道を駆けていった。

*

　オラとトレルは、線路の脇に横たわっているバグを見つけた。頭をふらふらと下げ、耳を地面につけて、はるか昔に走っていた幽霊列車の轟音を聞いている。一世紀前、第七セクターと第九セクターには鉄の線路が縦横に走っていた。かつて鉄道網は、オラ、トレル、バグ、アーティスの住む土地を含め、小さな地区やその周辺の貧しいコミューンと他の地域を結んでいた。しかしそんな日々は過ぎ去り、産業革命とともに廃れていった。

石油会社が石油に依存する世界を強引に維持しようと画策して失敗したディーゼル戦争の後、線路は解体され、リサイクルされ、再分配された――旧世界のあらゆるものが、同じ運命を辿った――唯一の例外は、森の奥へと続く曲がりくねった砂利道でバグが偶然見つけたこの線路だけだ。グランパパが持っていた古い映画のヴィデオや、父親の革張りの本の中から飛び出してきたかのような外観をしている。

思い切り走って疲れ果て、騒ぎを起こしたことに気まずさも感じていたバグは、失意を紛らわせるチャンスを見つけてほっとした。灰色の方尖塔《オベリスク》のこと、ママのこと、悲しげな目をしたアーティスとグランパパのことなんて、もう考えたくなかった。その代わり、幽霊列車が鳴らす汽笛の音を想像した。蒸気機関車がピカピカの線路を元気よく走っている。ガタンゴトンというリズミカルな音が聞こえてきた。

「わあい！」とバグは流れる涙を拭いながら叫んだ。汗が背筋を伝い、黄色いジャージが肌に張りつき、熱気が宙を揺らめく。バグはクルクルと回りながら、昔のアニメに出てくるような大きな煙突とモクモクの煙を思い描いた。ベルを鳴らし、ヘッドランプを光らせながら、鶏のとさかのように赤い排障器をつけた機関車が、線路を疾走している。

「道を開けて！　汽車が通ります！」とバグは叫んだ。「やっほー！」腕を激しく振っていると、トレルの薄い胸にぶつかった。

「おい！」

バグは驚いて、大きな目を丸くした。

「もう少しで息が止まるところだったぞ。こんなところで何してる？」とトレルは尋ねた。暑さでへとへとになりながらも、好奇心ではち切れそうな声をしている。トレルはバグの頭にこぶや痣ができていないかを丹念に調べ、バグに舌を出させ、全身をくまなくチェックした。バグに怪我がないとわかると、トレルは腕にとまっていた蚊を払いのけ、錆びついた線路をうっとりと眺めた。線路はあてどなく、どこまでも続いているように見える。飛行船が誕生し、内燃機関で走る乗りものが廃れて以来、誰も訪れたことのない場所まで。

「ほんとなら今頃は、グランパパが作ってくれた誕生日のご馳走を食べていたはずなのに」とトレルは言った。「どういうわけか、こんなところに立っている。寂れた埃まみれのフリーウィールで、誰も気に留めない、忘れられたこの場所で、灼《や》けつくような日の光を浴びながら」

バグの表情は悲しみから戸惑い、そしてまた悲しみと、さざ波のように揺れた。今にも泣きだしそうな顔をしている。

バグは忘れていなかった。

その面持ちを見たオラは、とがめるような視線をトレルに送り、トレルはすぐに謝った。

彼女はトレルの肩にしっかりと手を置いて軽くつかむと、バグに歩み寄った。彼女は手先が器用で、何だって直してしまう。「大丈夫。あたしも誕生日、好きじゃないから」とオラは言った。

「でもさ、グランパパが焼いてくれたケーキ、すごく美味しそうだったよね。あれは食べたかったと思わない？」

「食べたかった！」とトレルは笑った。

「うるさいよ、トレル。あんたには話してないんだけど」とオラは言った。

オラは両親と一緒にホームレスの生活を経験し、誕生パーティーやプレゼントとは縁遠かったことには触れなかった。

コックとして働いていたグランパパは、ときどき余分に料理を作っては、オラの家族にも分けていた。特別なものでも、派手なものでもない。お返しなど期待しない、もてなしの心だけを込めた、ごくシンプルな料理。空腹は肉体に影響を与えるだけでなく、心を蝕《むしば》み、集中力や夢見る力をも削いでしまうことを、グランパパは知っていた。

それでも、今のバグは食べ物になど何の興味もないようだった。「ママが僕のためにプレゼントを残してくれたんだ。探さなくちゃ」とバグは言った。足を踏み出すと息をのみ、線路を見つめながら、はるか彼方へと延びていく線路を思い浮かべていた。バグの頭の中では、古い線路が神の約束を散りばめた木と鉄の道路へと姿を変えていた。道のつきあたりには、ポーチに立つママの姿が見えた。街灯がともり、もう夕食の時間だから家に入りなさいと、バグ、アーティス、グランパパを呼んでいる。バグは身をかがめて線路に飛び乗ると、バランスを取りながら走った。トレルは叫びながら、バグの後を追った。「お前もすばしっこいけど、かけっこなら負けないぞ！」三人はぐるぐると円を描くように走り回り、笑い声が空中に響き渡った。バグを先頭に曲がりくねった小道をずんずんと進んで行きついたのは、大きな木々の葉で覆われた空の下だった。

そこでは空気がひんやりとしていて、しんとしていた。旧市街の名残が雑草や岩の中に広がり、三人を取り囲んでいた。

「ここはどこ？」

第七セクターと第九セクターの外側を囲むコミューンでは、ほぼ全員が自然に生まれていた。彼らの才能は、生まれつき授かったものだ。能力強化や能力向上のプログラムを利用できるのは、特権階級と代々の富裕層だけなのだから。

それでも、芸術《アート》は誰もが関われるもので、コミューンに住むもっとも貧しい人々でも自ら創り出すことができた。彼らは工夫を凝らし、どこからでも材料を調達していた。バグはぽっちゃりとした小さな指がマジックや絵筆を握れるようになると、絵を描きはじめた。グランパパとアーティスは、小さな家の狭い廊下でバグの初めての展覧会を開いてやった。二人はボール紙に砕いたクレヨンを貼りつけて額縁を作り、アーティスは招待状づくりも手伝った。大きな木々の影から広々とした空き地に足を踏み出した時、バグは現実の世界から抜け出して、これまで自分が描いてきた夢の世界に足を踏み入れたような気がした。

土の中に半分沈んでいた古い車が、ボンネットを開けたまま、恐竜のように立っている。バグは車に近づくと、赤茶けた錆を手のひらで払い落とした。鉄とスイカズラが混ざったような不思議な香りでいっぱいだ。朽ち果てた倉庫が、虹色に塗られたぼろぼろの貨車に寄りかかるように傾いている。穏やかな風が、錆びた鉄と溶けたゴムのほのかな匂い、過ぎし日の名残を運んでくる。

廃棄されていたゴミは創造的に改造され、バグが夢で描いていたような鮮やかな色で飾られていた。

　木々の香りが辺り一面に満ちていた。木々はその大きな枝で子どもたちを守り、生い茂る緑の葉はドローンから子どもたちをかくまった。バグは手つかずの美しさに大喜びで跳ね回り、まるで三人のためだけに作られたかのような、野生の緑ゆたかな空き地に心を奪われた。

「見て！」バグはコンクリートの板に刻まれた四つの大きな顔に駆け寄った。どれもいかめしくて、個性的な面構えだ。それぞれが別々の方角を見つめてそびえ立っている。太陽と風に彫刻されたかのような、巨大な石の歩哨《ほしょう》たち。

「目もあるね」とオラは不思議そうに言った。「誰が作ったんだろう？」

「誰か分からないけど」とトレルは首を振りながら言った。「気合入りまくってるよな。まだあるぞ」

　木片や古い看板、曲がった自転車、信号機など、過去の遺物で作られた背の高い像があちこちに立っていた。誰かが丹念に作り上げたブリキの木こりの大きな彫像もあった。錆びた車のホイールの帽子を被り、反射板で作られた目で、子どもたちを見下ろしている。どうやら、ブリキの木こりの帽子と風車は回転し、彫像全体は光る仕様になっていたようだ。

「フィー・ファイ・フォー・ファム！」トレルは辺りを見回しながら、驚きの声を上げた。「なんだか『ジャックと豆の木』や『ザ・ウィズ』の世界に入り込んだみたいだ！」

「違うよ」とバグは応えた。「これはママが約束してくれたプレゼント！　探さなきゃいけないと思ってたけど、これで分かった」

「何が分かったって？」

「自分たちで作らなきゃいけないってこと」

「何言ってんだよ、ちびすけ」二人は四歳しか離れていないけれど、トレルは何十歳も年上かのように話した。

「何をすればいいかは分かってる。まかせといて。これが必要になるね」とバグは言うと、二十四時間営業の看板を拾った。運ぶのに四苦八苦したけれど、誰も意義は唱えなかった。バグは遠くを見つめる巨大な四つの顔に囲まれた中央のスペースを指さした。

「北、南、東、西。石は四つの方角を向いてる。この真んなかに建てればいい」石彫がダイヤモンド形を作る中央に、三人は看板を引きずりながら運んだ。オラは首を振った。「あたしたちがお呼ばれしたのは、こういうパーティーじゃないんだけどな」と彼女はにやりと笑いながら言った。

「オラ、心配しないで」と、バグは彼女の手を軽く叩きながら言った。「ケーキよりも、ずっと素敵なんだから！　だって芸術だよ！　これは三人の芸術で、何をしろとか、どうしろとか、誰にも言われない」

オラは首を傾げ、目の前にいる小さな存在に感嘆した。バグは特別な子どもだし、それに今日はバグの誕生日だ。

三人は苔に覆われてひっくり返った木の椅子を持ち上げ、点在するレンガの山からレンガを運び、赤い粉塵で手のひらを汚した。線路を固定する犬釘を見つけるたびに、バグは喜びの悲鳴を上げ、自分の前腕と同じくらいの長さの犬釘を頭上に掲げた。オラはジョシュア・ホワイト・アンド・ヒズ・キャロリニアンズといった古い七十八回転レコードが入った木箱を見つけた。トレルはライフやエボニーなど、古い雑誌が入った箱を救い出したけれど、いくつかのページは触っただけでバラバラになってしまった。三人は、はるか昔に打ち捨てられていた店の看板を見つけ出した。どんなに古くても、汚れていても、奇妙でも、おんぼろでも、バグはそこから何かを作れると信じていた。すべてが芸術で、すべてが美しかった。

彼らは色鮮やかなリボンの入ったバスケットを見つけると、低く垂れさがった木の枝や、低木の茂みに巻きつけた。

長いあいだ遊び呆けると、太陽も疲れて、雲の陰に身を隠して休んだ。

三人が歌声を聞いたのはその時だ。誰も歌詞を知らない、不思議な歌だった。

「一日で世界一周」とその声は歌った。どんどん近づいてくる。「静かに揺れよ、懐かしのチャリオット、私を……乗せておくれ」

ローブを着た背の高い人影が、木々のあいだから姿を現した。白い衣が夏の風になびき、頭に巻いているブロンズ色のスカーフは、アフリカのゲレのように輝いている。子どもたちはどうしていいか分からず、凍りついた。

「妙ちきりん、変ちこりん」とその長老は言いながら、色鮮やかなリボンがついた金色のバトンを振った。「おやおや、客人が来たようだね。招かれざる客が」と老人は呟き、足を踏み鳴らした。白いブーツを履いている。「わたしの名前はタンジェリン・ウォーターズ。ミクス・タンジーと呼んでおくれ」

トレルはオラを、オラはバグを見たけれど、バグは怖がっていなかった。バグは大喜びで近づき、手を伸ばした。

「はじめまして、ミクス・タンジー」とバグは言った。「こんなの作ったんだよ！」

バグは引きとめようとするオラから離れると、たくさんのリングで飾られたミクス・タンジーの指に触れ、年輪を刻んだその手と自らのふっくらとした手を重ねた。

「ちょうどいい時に来たね」とバグは言った。「もうすぐ完成するよ。どう思う？」と、今度は恥ずかしそうに尋ねた。

ミクス・タンジーは金色のバトンを回して再び差し込んだ太陽の光を跳ね返しながら、ゆっくりと歩み寄り、目の前に立つ手作りの芸術を観察した。ありとあらゆる材料を寄せ集めて作られた、テントのような構造物。まるで大地から飛び出したかのように、四つの石彫の中心に立っている。色と質感が荒々しく混ざり合い、鮮やかな野の花を咲かせているかのよう。忘れ去られた過去の遺物が救い出された聖域だ。

「どうやら祭壇を作ったようだね。奇跡のテントだ。このような場所にふさわしい。あんたがたはレイ・ライン、神聖な土地の上を歩いているんだ」

オラの険しい表情がようやく和らいだ。レイ・ラインの話に興味をそそられたのだ。彼女は汗と土で汚れた青いシャツを引っ張り、バグと一緒にミクス・タンジーの隣に並んだ。

「世界のどこにでも、レイ・ラインがあるんだよ。それはパワーと神秘と魅力に溢れる古代のスポットで、美しい地球がすべてのエネルギーを集めている場所のことさ」とミクス・タンジーは言った。「ここはワイアンドット族、チカソー族、チョクトー族の聖なる森だ。運よくレイ・ラインが交わる場所を見つけて——しかもシャベルを置いて、つながりを感じるだけの分別を持っていたら——あらゆるものを思いのままに作れるようになる。強力な魔法が働くからね！」

トレルは訝しそうな顔をしていた。「ここがそんな魔法の場所なら、どうしてこんなに荒れ果てているんですか？　フリーウィールには、もう一世紀以上も人が住んでいない。人が住んでいた頃に栄えていた証拠はあるんですか？」

ミクス・タンジーはすべてを見通しているかのように微笑んだ。「あんたはヒーラーだ」と彼女は言った。「医者よ、汝自身を癒せ」

「え？」とトレルは困惑して訊き返した。

「あんたがどんなことでもすべて知っているなら、その問いにも自ら答えることができるだろう」

バグとオラはくすくすと笑った。トレルは、理解できたかよく分からないままに頷いた。

それでも、この不思議な女性は面白かった。

彼女はスカーフをほどくと、緩んだドレッドロックを下ろし、丁寧にスカーフを結び直した。

「ただ栄えればいいって話じゃない。進歩して、繋がって、自分よりも偉大な何かと関わることで、本当に分かるものなんだ。何も感じられなければ、何も作ることはできない。コミュニティは感情から生まれ、感情は創造と切っても切れない関係にある。ここで何を作っているんだい？」

「プレゼントだよ」とバグは言った。「最後に話した時、ママが約束してくれたんだ。見れば分かるからねって言ってた。ほんとに分かったよ」

「確かにあんたは分かっているね」とミクス・タンジーは言った。彼女はピアスの片方を外した。巨大なカブトムシの形をしていて、その金色の前脚には月がついている。「これをあげよう。祭壇に飾りなさい」

「どうして祭壇って呼ぶんですか？　俺にはクラブハウスにしか見えないけど」とトレルは言った。「祭壇っていうと、教会っぽい感じ。別にそれが悪いってわけじゃないけど」

「ある意味、教会の精神に近いかもしれないね。あんたがたは意図を持って、力を合わせて特別なものを作った。この場所で、唯一無二のこの瞬間に」

「この週間？」とバグは戸惑いながら言った。

「いいや、瞬間だ。これは場所や人じゃなく、時間の問題でね。縁起のいい星の巡りが、とても重要なんだ。星座や星が頭の上を動いてるでしょ。わかるかい？」

　子どもたちは「はい」と答えながらも、首を横に振っていた。「大丈夫、じきに分かるさ。すべてが収まるところに収まる。すべて時間が解決してくれる。わたしたちの仕事は生きること、そして今に集中すること。今この瞬間が明日を築く。それから、『いつ』も重要だが、『どのように』に気を配ることも大切だ。この曲みたいにね」と彼女は言うと、別の曲を歌った。「魂は振り返って考える、どうやって乗り越えたのだろうかと！」彼女は近くの石彫に三人を案内した。

北に向いている顔だ。

「さあ、いらっしゃい。ええと……」

「オラです」

「オラ、いらっしゃい。これは北の旅人だ。この石に宿った精霊は、北に向かって流れる地球のエネルギーと繋がっている」ミクス・タンジーは儀式用の短剣を取り出し、その刃には美しい模様と不思議なシンボルが施されていた。

「名前の頭文字を刻みなさい。何事にも意図を持って取り組むこと。心臓のリズムや血液の流れを思い浮かべて。あんたの本質や内面にあるものは、自由に流れ出してくるから」

ミクス・タンジーの背後にいたトレルは、「やめろ」と口を動かしていた。忍び笑いをしながらも、待ち構えるように様子を眺めている。

オラは短剣を手に取った。思っていたよりも重かった。パープルの宝石とマザー・オブ・パールが柄を飾っている。オラは短剣を構えて石を指さすと、たどたどしくいびつなOを刻んだ。

「その調子」と、ミクス・タンジーは石に手のひらを押し当てて言い、満足そうに頷いた。「空気、新たな始まり。さあ、お楽しみはこれから」

「ねえ、どこに住んでるの?」とバグは尋ねた。ミクス・タンジーは笑顔を返すだけだ。「次にやらせてほしいなあ」と、バグはつま先立ちになり、老人の鮮やかなローブを引っ張った。

ミクス・タンジーは笑いながら、東向きの石彫の前にバグを連れて行った。「わたしはいわゆる旅の連れ合いじゃ。人生の大半で、他人が敷いた道の端っこを歩いてきた。でもある時、こんな生きかたはしちゃいられないと思った」

バグは手を借りながらBを彫った。

「よくやった」とミクス・タンジーは言った。「良き友人たちが夢を現実にする手助けをしてくれることもある。バグ、あんたの石は東を向いている。東は大地と贖罪《しょくざい》を象徴している」

バグはまるで懸賞に当たったかのように踊りまわった。

ミクス・タンジーは儀式用の短剣をトレルに渡したけれど、トレルはシャドーボクシングをしながら、身をかわして短剣をよけた。ようやく受け取ったと思うと、今度は短剣を宙に掲げ、「俺にはあるぜ、パワーーーーー！」と叫んだ。バグとオラは声を上げて笑った。ミクス・タンジーは、ただ首を横に振るだけだった。

「ふざけすぎだよ」とオラは笑いながら言った。

「ミクス・タンジー、どの石ですか？」とトレルは尋ねた。「ダーティ・サウスか、ウィキッド・ウェストか？」

「南だ」とミクス・タンジーはみんなからいちばん遠い石を指さした。「満ち溢れる情熱、生命の輝き、愛」

「愛だって！」とバグとオラは叫んだ。トレルは顔を赤らめた。

「そうだそうだ、その通り」と切り返した。「俺は人と戦わず、人を愛する者。みんなのことも愛してるから、そういうことだぞ」彼は力強いTを石に刻み、二回転してから短剣をミクス・タンジーに返した。

短剣はゆったりとしたローブの中に消え、彼女は目を閉じて何かを呟いたけれど、その言葉は風に流されていった。

「もう一人いるよ」とバグは言った。

「ああ。もうじきやって来るさ」

子どもたちは驚いて目を瞬かせた。「どうして知ってるんだ?」とトレルは囁いた。

「あたしたちがアーティスのこと話してるの、聞いてたのかも?」とオラは言った。

バグはミクス・タンジーの後を追った。彼女は豊かな葉をつけた大木に近づき、小さな声で祈りを捧げた。「古《いにしえ》のものよ、お守りいただきありがとうございます。小さな欠片をお借りすること、お許しください」と静かに言いながら、彼女は細い枝を折ると、それをバグに渡した。

「さあ、地面に大きな円を描きなさい」それから彼女はバトンをオラに向けた。光の中できらきらと輝いている。「川を作っておくれ」オラは首を振った。「オラ、理解できていないことは、こちらも分かっているよ。それでも大丈夫。川の流れを描いてみればいい」オラはしばらく考えると、バグから枝を受け取り、バグの大きな円からくねくねと流れ出る波状の線を何本も描いた。

「なんだか大きな太陽みたい」と彼女は言った。

「ひまわり、大きな星」とバグは言った。「太陽は大きな星なんだ。ねえ、知ってる?」とバグは言いながら、ミクス・タンジーのローブを引っ張った。「アザラシとカブトムシは、星を頼りに旅するって。星の旅人なんだよ!」

「星の旅の何を知ってるっていうんだい?」とミクス・タンジーは面白がって尋ねた。「昔の音楽みたいな、はるか昔の話なのに」

「音楽に時代は関係ないよ。瞬間を切り取って作るから、音楽は時を超える。音楽はみんなのものなんだ」

「確かにそうだね」とミクス・タンジーは顔をほころばせながら言った。「さて、これでできあがり。前向きなビジョンを加えてくれたね。これこそ私たちが必要としているものだ」彼女は子どもたちの作品を見つめた。子どもたちの喜びを体現したかのような祭壇だったけれど、彼女の表情は雨上がりの空のように変化した。

「ミクス・タンジー、どうしたの？」バグは自分の手のひらを彼女の手の中に置いて尋ねた。

彼女はすぐに口を開かず、その沈黙は宙に漂い、うねるように波打つ熱気と混ざり合った。汗が彼女の眉間を滴り落ちる。そこに涙が混じっていることに、バグは気づいた。

「彼らが未来を忘れるわけがないだろう？」とミクス・タンジーは言い、宙に問いかけるように、首を傾げている。

「誰のことですか？」とオラは尋ねた。

バグはまるで遠くにある何かを観察しようとしているかのように、ミクス・タンジーをじっと見つめている。

「彼らって、うちらのことだよ」とバグは言った。

四人は立ったまま、祈るように頭を下げ、それぞれが自分の考えに耽っていた。バグがそわそわし始めた。この日、失望と興奮の両方を経験したバグの中で、相反する気持ちが綱引きしていた。ついに興奮が勝ち、オラとトレルが止める間もなく、バグはミクス・タンジーにもらった金色のカブトムシのように、また走り出した。そのカブトムシのピアスは、祭壇の入口に飾られ、バグはすでにその祭壇を自分たちの箱舟だと主張していた。

「この船みたいなもんだよね」とバグは言った。「でも、陸にあるし、錨もないし、周りには水もない。それでもいいんだ。まだ星に着いてない宇宙船みたいなものだから。ねえ、ミクス・タンジー、ここにいるみんなは旅人だよね？　箱舟に乗った旅人？」

「ああ、もちろん」

「箱舟は身を守ってくれる、みんなを安全に守ってくれる。ええと……それと……」バグは口ごもった。言葉や絵が浮かんでくるよりもずっと前に、バグには音が聞こえ、ものが見えることがある。みんなで作ったこの箱舟もそうだ。アイディアもイメージも、色も音もすべてがバグのなかにあった。すべてが流れていた。

「ここは安全な場所だよ。ドローニーだって規範当局《スタンダード・オーソリティーズ》だって、ここに来て誰かを連れていったりなんてできない。わかった？」

　オラとトレルは目配せしあった。二人はほとんど言葉を交わさなかった。話さなくても分かることはある。バグがどれほど約束を信じているか、二人には分かっていた。どちらもバグをがっかりさせたり、傷つけたりはしたくなかったからこそ、何も言わずにいた。

　バグはいま、箱舟の前に立っている。まさに箱舟と呼ぶにふさわしいその姿。バグの小さな体が太陽の光を遮り、入口に影を落としているように見える。単なる肉体だけでなく、バグのスピリットも誇らしげに立っているように見えた。その日、三人が見つけた面白いもの、バグが発見した最高のお宝は、三人が力を合わせて作った箱舟という芸術に、愛と意図をもって盛り込まれた。

オラとトレルは、バグが手を振り、中に入っていく姿を見守った。誰も後を追わなかった。ここでは見守るだけでいいと理解しているかのように。

バグは手のひらを下にして座り、指先で地面の震えを感じた。麝香《じゃこう》のような、金属のような甘い匂いが漂い、不思議なメロディが空気を満たした。その小さな体は動かなかったけれど、バグは自分が浮き上がり、思念が箱舟のまわりのあらゆるものに広がっているような気がした。骨は水になり、肌は木になり、血は空気になった。

バグはそこにいたのに、次の瞬間には――いなくなっていた。

箱舟の外では、オラとトレルが待っていた。二人は囁きを交わしてから、バグの名前を呼んだ。返事がないので、オラは中を覗き込んだ。

「バグ!」彼女は息をのんだ。

「え?　どうした?」と、トレルはオラの隣で身を乗り出した。「いない!」二人は一緒に叫んだ。トレルは中を覗いてからすぐに外に出ようとしたけれど、ショックのあまり箱舟を倒しそうになった。「一体どこに行ったんだろう?」

「ちょっと、どこにも行くはずないでしょ！」オラは両手を大きく振りながら言った。「裏口はないし、透明なトンネルでもあるっていうの？　それにあたしたち、ここに立ってたんだよ」

トレルは首を振り、長い腕を宙に振った。バグは跡形もなく消えていた。バグがいたことを示す唯一の手がかりは、ミクス・タンジーがあげた木の枝だけだ。バグが胡坐《あぐら》をかいて座っていた場所に残されていた。

「おやおや、何の騒ぎだい？」と、ミクス・タンジーは二人に歩み寄り、話しかけた。

「バグがいなくなったんです！」二人は一緒に叫んだ。

ミクス・タンジーはトレルの横を素早く通り過ぎ、オラをそっと脇に押しやった。彼女は空になった箱舟の内側を観察すると、枝を拾い上げて外に出た。「これぞ、旅人」と、彼女は希望に満ちた声で言った。

「旅人って？　バグが消えたなんて言ったら、アーティスに殺されちゃう！　グランパパにも絞められるだろうし！　どちらにせよ最悪の事態になる！」とオラはうろたえた。

「まあまあ、落ち着いて。何のためにこれを作ったと思ってる？　芸術を作ると、時に思いもよらないことが起こるものなんだよ」

「よくそんなことが言えますね。バグがいなくなったのに！　跡形もなく！　バグはどこに行ったの？　どうやって消えたの？」

「マジで最悪の誕生日だ！」とトレルは言った。「やっぱり家にいるべきだった」

「いいかい」とミクス・タンジーは優しく言った。「いっぺんに理解するのは大変だと思うけれど、結果までのプロセスを信じなきゃ。バグはこの美しい箱舟に、誠実で前向きな意図を注ぎ込んだ。バグが求めていない場所に連れて行かれることはないだろう。すべてがここにある」と言いながら、彼女は右手の手のひらを心臓に、左手の人差し指をこめかみに当てた。「意図はここから生まれるんだ」

「俺に分かってるのは」とトレルは言った。「俺たちがバグを取り戻すためには、インテンション《意図》を持って、大事をプリヴェンション《予防》して、状況にインターヴェンション《介入》すること。それができなきゃ、アーティスがガチギレして、メンション《言及》に堪えないことをするだろうってこと」ミクス・タンジーは身体を反らせて笑った。「たいしたもんだよ。笑いが癒しになるってこと、あんたはよく知っている。それがあんたの才能だ」

トレルは目を覆った。「ミクス・タンジー、今は気の利いた言葉を聞いてる余裕なんてないよ。バグなしでは家に帰れない。どうやって説明すればいい？」

「とにかく、結果までのプロセスを信じなさい。それで自《おの》ずと説明がつくだろう」

バグが目を開けると、大きなテーブルに着いていた。両腕を伸ばしても余裕があるほど広い。テーブルの上には、色鮮やかな水の瓶が並んでいる。絵の具のチューブを見た時、バグの興奮ははち切れた。色とりどりの顔料が入った本物の絵の具チューブだ。バグの鮮烈な夢を彩った、あらゆる色が揃っている。

自宅では、グランパパとアーティスが絵の具づくりを手伝い、古い卵ケースに保管していた。

どの色を作っても、薄くて水っぽい絵の具しかできなかった。それなのに、ここでは――ここがどこであろうが――バグに必要なものがすべて用意されている。グランパパが仕事場のごみ箱から拾ってきた新聞紙や梱包材の裏に絵を描かなくてもいい。バグが見えないものを描き出し、新しい思い出を永遠に残せるよう、茶色い紙、白い紙、水彩紙やキャンバスの山が待ち構えていた。

バグは、すべてが自分のために用意されているものだと即座に信じた――そもそも、箱舟がここに連れてきてくれたのだから――バグは長い絵筆を手に取り、指先で毛を撫でた。こんなに柔らかいなんて、セーブル（イタチ）の毛なのかも。バグが長いあいだ夢中で絵を描いていると、素敵な香りが部屋に満ち広がった。バグはその時、一人ではないことにようやく気づいた。

「ボーフォード・ディレイニー・デュマス」バグの名前を呼ぶ静かな声がした。

バグは振り返った。「ママ！」

バグは両手を思い切り広げると、インク瓶を倒してしまった。ピンクの絵の具がテーブルに広がった。

「やっぱりね！　ママが約束を破るはずないと思ってた。プレゼント、見つけたよ。不思議な公園で。そこには女の人と石が……」

ママは微笑み、バグを抱き締めた。「プレゼントがバグを見つけたみたいね」と彼女は言った。

二人はずっと、ぎゅっと抱き締め合った――最高の誕生日。

「おーい、バグ！　オラ！　トレル！」

　姿は見えないけれど、小道の彼方からアーティスの声が聞こえてきた。その声はすっかりかすれ、疲れ切っている。

　トレルは体をこわばらせてオラを見た。オラは「あたしに聞かないで」と言わんばかりに肩をすくめた。ミクス・タンジーはまったく動じない様子で、バトンを回した。

　木々の鳥たちもさえずりをやめた。フリーウィールの視線すべてがバグの兄、アーティスに集まった。バグを誰よりも大切に思ってやまない彼が、野原を踏みしめて歩いてくる。

　三人は箱舟のそばから姿を現した。オラは徹底的にアーティスの視線を避け、トレルは首も顎も見えなくなるほどにうつむいている。

「やっと見つけた！　ふー！　一日中探したぞ！　バグ！」と彼は叫ぶと、ミクス・タンジーがあちこちに並べた風車や奇抜な彫刻を見回して、呆れたように首を振った。オラが修理したブリキの木こりは、ロボットのように踊り、ライトアップされ、クロームのホイールで作られた帽子は、土星の輪のように回転していた。

「オラ、トレル、どうしたんだよ？　バグはここにいるんだろ。これが何であれ――どう見ても、バグが作ったとしか思えない」

「あ、すいません、失礼しました。僕はアーティスです」

「ミクス・タンジー。よろしく」トレルは頷いた。

「こちらこそ。バグを探してるんです。うちの末っ子です。今日はあいつの誕生日で……」アーティスは、見知らぬ人に心の痛みをどう説明したらいいのか分からなかった。「思ったようにはいかなくて。あいつはパーティの途中で出て行きました。ちょっとがっかりして、うっぷんを晴らしに行ったんです。いきなり消えたので、グランパパがすごく心配して……」

「ええと、消えたといえば……」トレルが口を挟んだ。「見せたいものがあるんだ」

「え？　バグは隠れてるの？　この暑さの中で、かくれんぼしてるのか？　ここじゃどう頑張っても、見つからないだろ」

「そう、まさにそういう話」と、オラはそわそわとした目つきで言った。

アーティスはぴたりと動きをとめた。トレルとオラの表情に不安を感じた。このパニック、この無力感、前にも見たことがある。オラの両親が最初の家を失い、オラが学校を休みがちになった時。トレルの父親が病に倒れ、一度眠ったら目を覚ますかも分からなかった時。何かがおかしい。

「そういう話って言われても、まだ何も聞いちゃいないんだけど。バグはどこ？」

「バグは消えた」とミクス・タンジーは言った。「でも、戻って来る」

「ミクス・タンジー、どうして分かるんですか？」トレルは苛立って尋ねた。「俺たち、さっきからずっと待ってるんですよ」

「何を待ってるって？」とアーティスは尋ねた。胸の中に石が落ちたような気分だ。

オラは説明を試み、ミクス・タンジーはレイ・ラインと星の配置について話し始めたけれど、アーティスは耳を貸さなかった。彼がもっとも恐れていたこと、彼の夢を暗い雲で覆った不穏な光景。小さなバグを失うなんて、アーティスには考えることすらできなかった。

バグまで失うわけにはいかない。

アーティスの目から涙が溢れ、痛み、混乱、怒りの波がこみ上げてきた。「人が消えるなんて、あり得ないだろ。バグは裏口から抜け出して、どこかに隠れてるんじゃないのか？　迷子になって、見つけてもらうのを待ってるんじゃないのか？　みんなでぼさっと立ってるだけで、誰も探しに行かなかったのか？」

「アーティス、抜け出すって、どこに？　中に入って、自分の目で確かめてみなよ。バグが抜け出せる場所なんてないから。あたしたちはここにいたの。みんなして一緒に。この場所には、すごく不思議な何かがある。なんだろう……魔法みたいな。よく分からないけど」とオラは言った。

「バグが魔法みたいに消えたなんて、グランパパにどうやって説明したらいいんだよ？」アーティスはうなだれた。「助けが必要だ。バグを見つけなきゃ。怖い思いをしてるかもしれないし、水を飲みたがってるかもしれないし、お腹を空かせてるかもしれない。ドローンに捕まってたらどうする？　ひとりでいる子どもなんて、格好のターゲットだ。俺たち、もう二度と……」アーティスはそれ以上、言葉にできなかったけれど、恐怖にかわって、別の感情が沸き上がってきた。

怒り。

「どうして防げなかったんですか？」と彼は言いながら、ミクス・タンジーに向き直った。

「防げなかったって？　地球が回るのを止めるようなものだってのに」

「あなたはどうかしてる！　心配すらしちゃいない！　よくもそんな風に、子どもを見捨てられますね。迷子になってるってのに！」

風が吹き、旧線路沿いの木々のあいだから見える川の水面を揺らした。彼らの話に耳を傾けていた鳥たちは、もう十分と言わんばかりに、翼を広げて大空に飛び立った。

ミクス・タンジーは打ちひしがれたような顔をした。アーティスの言葉に、心を打ちのめされたのだ。

「生まれてこのかた、子どもを傷つけたことはない」とミクス・タンジーは言った。その声は穏やかで、静かだった。「絶対にしないし、そんなことできない。それでも、世界はわたしを傷つけようとした。わたしはひとりで生きることを学ばなきゃいけない子どもだった。あらゆる言葉、表情、光景、音、会話にも注意を払わなきゃならない子どもだった。世界は優しかったわけではないし、決して楽じゃなかったけれど、それでもずっと、力の限り、強く生きてきた。助けてくれる人はいなかったから、ひとりで頑張ってきた。だから大人になった時、自分には与えられなかった助けを子どもたちに与えようと心に決めたんだ」

アーティスは恥ずかしくなった。こみ上げてくる思いを堪えながら、頰の涙を拭った。オラとトレルは傍に立ち、彼の悲しみを和らげようとした。「ごめんなさい……」

「タンジー」と三人は言った。

「こっちはあんたがたを助けようとしてるんだ」と彼女は言った。「言葉を尽くして説明することもできるが、自分の目で……確かめたほうがいい」彼女は箱舟を指さし、三人は箱舟に目をやった。

アーティスは箱舟の前に立ち、初めてじっくりと観察した。鮮やかな色彩、古い看板、長いあいだ壊れることも溶けることもなかった年代物のレコード。昔の写真が載った雑誌は、なぜか湿気や日光に侵されることなく、綺麗なまま壁紙のように貼られている。回転する缶やコマ、整然と並べられた赤レンガ。そして奥には、バグが自力では動かすことも通り抜けることも不可能な壁があった。

ここから見るこの光景――それどころか、この場所全体は――やけに見覚えがあった。アーティスはポケットに手を入れ、くしゃくしゃの紙を取り出した。バグがその日の朝に描いたスケッチだ。「これ、見たことがある」

「そうでしょう」とミクス・タンジーは言った。「リトル・バグがそこにいる」

「でも、誰もいないですよ！」とアーティスは困惑して言った。

「いるけど、いない。焦らないで。すぐに現れるはず――」

「バグ！」アーティスは叫んだ。

まるで自分の名前を聞いたかのように、バグは箱舟から出てきた。肩で息をしながら、すきっ歯を見せて、屈託のない笑みを浮かべている。

アーティスはバグを高く抱き上げると、くるくると回った。「わあ！」とバグは叫んだ。「もう一回、もう一回！」

ミクス・タンジーはバトンを回して微笑んだ。安堵でその表情は明るくなった。

「どこに行ってた？」と全員が一斉に叫んだ。

「中で背も伸びたのか？」アーティスはようやくバグを地面に下ろして尋ねた。何かがとても奇妙だ。バグの背はアーティスのおへそのあたりまでしかなかったのに、今ではもっと大きく見えた。ある意味、成長したのかもしれない。戻って来たバグの身体は、希望に満たされていた。時がママを連れ去ったのならば、時がママを連れ戻してくれるかもしれないと。

まるで美しい夢から目覚めたように、バグは満ち足りた気分だった。ずっと心に秘めてきたいちばんの願いが、叶うかもしれない。

アーティスはバグから離れた。懐かしい母の香りがする。その香りに包み込まれ、たくさんの思い出が溢れ出してきた。母の香りが、彼の中にあり大切なものを解き放ったかのようだった。

「懐かしいな……」とアーティスは言った。「バグ、どこに行ってた？」

バグは説明しようとしたけれど、どんな言葉を思いついても、自分の言いたいことから遠ざかっていくような気がした。ママがそこにいて、ただ一緒に座って絵を描いたり、笑ったり、話したりできる、安らぎでいっぱいのあの感覚をどう説明すればいいのだろう？

バグは考えてみたけれど、グランパパが持っていた映画のヴィデオに出てくるような壮大な冒険をしたわけではなかった。山に登ったり、オオカミと一緒に走ったり、宇宙を救おうと宇宙船に乗ったわけでもない。毎朝目を覚まして、自分の内なる声に耳を傾けて、自由にありのままに自分を表現して、ママがバグを励ましてくれる、そんな時間をどう説明すればいいのだろう？

「ママに会ったんだよ」とバグは言った。「一緒に絵を描いた。たくさん描いたよ。ママが詩を書くって、知ってた？　ママは詩を詠んでくれた。あんまり分からなかったけど、とっても素敵だった。ママは絵を褒めてくれて、いつでも好きなだけ絵を描きなさいって言ってくれた。他にも何か言ってたけど……」

「どうしてそれがママだって分かるんだ？」とアーティスは尋ね、バグをじっくりと観察した。トレルはすでにバグの健康状態を確認して、たくさんの質問を浴びせていたけれど、バグはきちんと答えられなかった。バグに分かっていたのは、あれが間違いなくママだったということと、あんなに心地よい経験は初めてだということだけ。二人でたっぷりお喋りして、絵を描いて、まるで誕生パーティを百万回やったみたいだった。

「リトル・バグが経験したことを理解したければ」とミクス・タンジーは言った。「自分で入ってみるしかない」

「俺は入らない」とトレルは言った。

「入ってみなよ」とバグは叫んだ。「みんなもやってみて」

「でもバグ、どうして？」とトレルは尋ねた。「絶対にイヤだ」と言わんばかりに首を激しく振っている。

「夢を見なくちゃ、未来は作れないからだよ」


箱舟の中は湿度が高くて、ねっとりとした熱気がのしかかってきた。遠くでは、巨大なトンボのように飛び回るドローンの音が響いている。それでも、その場には神秘的なオーラが漂っていた。子どもたちは身を寄せあい、押しあいながらそれぞれが落ち着ける位置を探した。待っても待っても何も起こらない。ついに彼らは意気消沈して、一人ずつ外に戻った。

「バグに起こったことは、もう起こらないんじゃないかな」とトレルは悲しげに言った。

「最初は何をしたの？」とアーティスは尋ねた。

「一人で入ったんだよ」と、バグはミクス・タンジーが祭壇と呼んでいるその場所の作品を並べ直しながら言った。「勇気を出さなくちゃ！　バグみたいにね！」とバグは手を挙げて言った。

オラ、トレル、アーティスは顔を見合わせた。誰も一番手にはなりたくなかった。ようやく、オラが肩をすくめた。

「私が行くね」


オラは影と霞から抜け出すと、まばゆいばかりの黄色い日差しを浴びていた。空飛ぶ車《エアカー》がびゅんびゅんと走り回っている。誰かが大きなクラクションを鳴らした。彼女は慌てて身をかがめ、頭上すれすれに飛んできた茶色の配達トラックを間一髪でかわすと、青いシャツがかすんで見えるほどの勢いで地面に身を投げ出し、膝をすりむいた。配達トラックが横倒しになりながらも、体勢を立て直し、路上に降り立つのを、オラは信じられない思いで眺めていた。

バグのためにがらくたを集めて作った箱舟は消えていた。仲間やミクス・タンジーの姿も見えない。ここは明らかに、さっきまでいたはずの奇妙な空き地ではない。ミクス・タンジーが「ファウンド・オブジェ」と呼び、オラがゴミだと思っていた古いがらくたや錆びた線路はもうなかった。

スカイラインは、これまでに見たものとはまったく違っていた。インフラが整った都会側の地区はすべてが鋭い直線で、ピカピカの冷たいガラスや、朽ちた歯や乾いた骨のような灰色のタワーばかりだった。一方、いまオラがいる場所は、空へと伸びる木々が立ち並び、木々のてっぺんはエデンの園の樹冠のように花や実で彩られ、丸みを帯びた建物は明るく照らされている。

でも、オラの手が震えたのは、そのせいじゃない。説明のつかない何かに、彼女は戸惑っていた。まさかライトアップされた大きな看板から見つめ返すその顔が自分のものだなんて、思ってもみなかった。そこに記されていた言葉は、彼女の心に永遠に刻まれることになる。「フリーウィールにようこそ。すべての子どもたちに家がある街」

オラはすすり泣いた。その女性の希望に満ちた目、差し出した手から伸びる細長い指がなければ、それが自分だとはまったく気づかなかっただろう。その目と指は、オラのものだった。何歳かは分からないけれど、大人の女性になっている。オラはこれほどまでに純粋な喜び、希望、自信に満ちた笑顔を浮かべたことはなかった。

目の前にあるのは、オラが自分でもまだ気づいていない夢の証拠だった。彼女は自分を抱き締めて、静かに泣いた。さまざまな思いが頭を駆けめぐると、溢れそうな気持ちを堪えながら、深呼吸をした。ここはどこだろう？

というか、これはいつ？

オラが肘をついて体を支えると、ブレイドに編んだ髪が肩にかかった。空飛ぶ配達トラックがバックして、通りの反対側にある食料品店の前に駐車するのが見えた。一〇〇階建てはありそうな店だ。その隣には、屋上が緑で覆われた住宅があった。家のてっぺんに庭が？　その光景にオラは目を見開いた。これほどたくさんの食べ物を見たのは、生まれて初めてだ。ヴィデオですら見たことがなかった。

ずんぐりとした男性が、トラックの側面で開いた格納式のドアから出てきた。彼は地面に飛び降りた。手入れの行き届いた帽子からは、茂みのような黒髪が伸びている。彼は心配そうな面持ちで左右を見渡し、オラに向かって走ってきた。

「マーム、本当にすみません。大丈夫ですか？」彼はオラに手を差し伸べ、彼女を助け起こした。オラは混乱して、怪訝そうに彼を見た。ご婦人《マーム》なんて、呼ばれたことはなかったからだ。大丈夫ですとだけ答えようとすると、心配そうだった男性の表情が、不可解なものへと変化していることに気づいた。

「オラ？」と彼は叫んだ。「よりによって、あなたを轢いてしまいそうになるなんて！」彼は狼狽して首を振った。「あなたに何かあったら、娘に一生許してもらえないよ。娘はあなたの大ファンなんだ。こんなことがあったなんて、信じてもらえないだろうなあ」

オラは呆然とその場に立ち尽くし、言葉を失った。周りに広がる緑豊かな街も、何も信じられない。

空気は爽やかで、甘い香りがした。配達員は喋り続けていたけれど、オラには何も聞こえなかった。心が追いつかなかった。

ようやく彼女は口を開いた。「どうしてそんな風に話しかけてくるんですか？　私はただの子どもなのに」それ以外、何と言っていいか分からなかった。

「子ども?」と彼は笑った。「オラ市長は、ユーモアのセンスもあるんですね。でも、確かにそうだ」。彼は看板を指さした。「どう見ても三十代だもんなあ。それなのに、長老のような知恵を持ってる。この街に必要な人物の見本って感じだ」

「市長?」オラは首を振った。「私は十一歳ですよ。九月で十二歳になるけど」

「すいません」と彼はまた謝りながら、心配そうな表情をした。「伝説の人物に出くわすなんて――それも轢きそうになるなんて――滅多にないことですから」彼はぎこちなく笑ってから、静かに言った。彼の目に浮かんでいるのは感謝の念だと、オラはこの時気づいた。「あなたと、あなたのチームには心から感謝してます。あなたがたがこれまで成し遂げたこと、これから俺たちと一緒にやれることを信じています」

「〝まだ〟の力を信じていますよ」

オラはずっと、〈光の街《シティ・オブ・ライト》〉のはずれで見捨てられた自分の家族のような人々を気にも留めない世界から逃れたい思っていた。そんな世界を捨て去ることは思い描いていたけれど、それに代わる世界について考えたことはなかった。シリコンやカーボン・ファイバーの殺伐とした世界を拒み、何か違うものを受け入れるという選択をした街に身を置くことで、足に合わなくなった靴を脱ぎ捨てたように、オラの心はとても軽くなった。

記憶洗浄されて当局の手下となったトーチや光のはなしで暗い影を覆い隠す旧セクターや〈新たな夜明け《ニュー・ドーン》〉も、この不思議な街路で輝く青緑色の光には敵わなかった。

自分がそんな街の創造に一役買ったという考えは、オラの心に決して忘れたくない希望の種を植えつけた。

「ここはどこですか?」と彼女はおずおずと尋ねた。

配達員は戸惑って彼女を見つめると、明るい看板のほうに向かって手を振った。「フリーウィール、あなたが作った街ですよ? オラさん、大丈夫ですか?」

彼はその質問に自ら答えた。「もちろん大丈夫じゃないよなあ、本当に失礼しました。ちょっと待っててください」車が頭上を行き交うなか、彼は通りを横切った。トラックのサイドパネルに手を伸ばしているのが見える。彼は茶色い食料品袋を胸に抱えて戻ってくると、袋の中に手を入れ、オラに新鮮な果物を手渡した。こんなにも瑞々しく美しい果物をオラは見たことがなかった。

「娘はミカン《タンジェリン》が大好きなんです。他のものも食べてくれって、お願いしなきゃいけないほどにね。あなたも喜んでもらえるんじゃないかと思って」

「そんな、いただけませんよ」とオラは言った。新鮮な果物、新鮮な食べ物は、実に珍しいご馳走なのだから。

「プレゼントだと思ってください。あなたのおかげで、わたしの子どもには家があります。素晴らしい家と、庭もあります。食べ物もほとんど自分たちで作っています。それに安全だ。みんなで安全に暮らすこと、これだけがわたしたちの望みでした。これがわたしにできるせめてものお礼です。ありがとう、オラ」

困惑と興奮が入り交じった気分でオラはプレゼントを受け取り、柑橘系の香りを吸い込むと、ぶつぶつでこぼこの表面を親指でなぞった。皮を剝きはじめた時、車が賑やかに飛び交い帯状に光る空から、警備ドローンが急降下してきた。オラはパニックに陥った。背中がこわばり、手が震えて、貴重な果物を落とした。

「こんにちは、オラグンデ3２917。苦痛を感知しました。健康状態のスキャンを無料で行います」とドローンは言った。ヘルメットほどの大きさのドローンは、グリーンとゴールドを組み合わせた流線形のデザインで、金属というよりも蛾に近い印象だ。ブンブンと音を立てながら、インターフェイスのディスプレイ画面に柔らかな光が点滅している。オラは恐れおののいた。

ドローンは滑らかなボディからビームを放つと、オラの身体を青い光の円錐で包み込み、オラの頭を藍色の冠のように取り囲んだ。オラが知っているドローンは、恐怖を煽る赤い光だった。

彼女は身構えた。ドローンの検査は、身動きの取れない不快感、権利を侵害される屈辱感、悲しみや羞恥心を伴う。それなのに、ここでは心が落ち着くような温かみを感じた。カモミールとレモングラスの匂いがした。さらに数秒経つと、オラはドローンの青い光が膝の小さな擦り傷を癒しているのに気づいた。

「オラグンデ3２917、健康状態のスキャンが完了しました。気分はどうですか?」とドローンは尋ねた。その声は穏やかで優しく、命令口調のドローンが発する不愛想で抑揚のない声とは違った。

オラは興味をそそられた。「良くなりました」と丁寧に答えた。蛾のようなドローンに触れ、会話して、設計を知りたいと思ったけれど、オラはただ首を横に振り、このさかさまの新世界では、どれだけの常識が覆っているのだろうと考えた。

周囲のあらゆるものに魅了された彼女は、蛾のドローンが配達トラックの運転手に同様のスキャンを行うのをおとなしく観察した。ドローンは配達員の健康状態を確認すると、オラと配達員の両方を視界に入れるかのように、少し後退した。

「お二人とも、気をつけてくださいね。交通解析《トラフィック・スキャン》によれば、お二人とも周囲に注意を払っていなかったようです」ドローンは配達員に向き直った。「良い一日を、ダヴィード２９４２４」と言ってチャイムを鳴らし、静かに音を立てて飛び去った。

配達員は頷き、オラのほうを向いた。「あ、俺はデイヴって言います。市長が無事でホッとしました。寛大な対処をありがとうございます。どうやってお詫びしていいか分からないもんな、もし……ええと……」彼が微笑むと、その目は感謝の思いで輝いていた。「とにかく、心の平安と成長、そして『まだ』の力があらんことを。流れに身を任せていきましょう」とデイヴは言うと、オラに二本指で敬礼し、配達トラックへと駆け戻っていった。

オラがようやく落ち着きを取り戻すやいなや、奇妙な形のドローンがどこからともなく現れた。シリコンでできているようにはまったく見えなかったし、少なくともオラが見たことのないドローンだった。白黒のストライプで、トンボの羽と魚のヒレをかけ合わせたような美しく繊細な翼が、まるでスローモーションのようにうねりながらはためいている。フルートとベルのような風鈴の心地よい音色が宙に散りばめられ、その音はドローンが近づくにつれ、次第に大きくなってくる。トンボ／魚型ドローンはオラの頭の近くをひらひらと舞い、その間に配達トラックは地面から一メートルほど浮き上がると、通りを疾走していった。

「オラ、オラ、エイ！」とトンボ／魚型ドローンは小さな声で歌い、オラは思わず笑ってしまった。最初は気が張り詰めていたけれど、健康状態のチェックをした最初のドローンとのやりとりが穏やかだったおかげで、緊張はほぐれていた。「やれやれ！　あちこち探し回りましたよ！」ドローンは空中でシミーダンスを踊った。「旅程とプロジェクトのファイルをスキャンしています。ああ！　約束の時間に遅れていますよ。いいですか、今夜のアーティスト・レセプションには出席してくださいね」

ドローンの丸みを帯びた鏡のような表面に、オラの姿が映っていた。自分だけど、自分じゃない。今のオラと、未来のオラ。好奇心に駆られたオラは、付き合ってみることにした。

「ええと、あなたは？」

「忘れられてしまうほど久しぶりの間柄じゃないでしょう？　私ですよ、ロウォ、あなたのオルランロウォ。コンパニオンです」

「コンパニオンって、アシスタントみたいなもの？　私の個人秘書？」

ロウォは頷いた。オラは明るい悲鳴を上げた。「そのとおり」とロウォは言った。「あなたが私をデザインして、名前もつけてくれたんですよ。覚えてますよね？」

驚きと誇りでオラの胸はいっぱいになった。自分の手を見つめ、それからドローンを見つめる。今までドローンから逃げたことしかなかった。自分でドローンを作るなんて、考えたこともなかった。君は何だって修理できるし、何だって作れると、トレルとアーティスとには言われていた。

二人の言うことを本気にはしていなかったけれど、目の前に証拠がある――夢が何かの証拠になるというのなら。

夢を見ることで現実が動くのだと、彼女は信じ始めていた。

「レセプションの会場は？」と彼女は尋ねた。

「もちろん、センター・フォー・アート・アンド・ヒーリングです。ミズ・オラ、大丈夫ですか？　具合が悪そうですね」ドローンが不安定な首を傾げると、オラは気づいた――ドローンは自分の身振りをそのまま真似ているのだと。

「ええ、大丈夫。あ、でも」とオラは言った。「どこだっけ……ヒーリング・センター」

トンボ／魚型ドローンはオラの母のようにチェッと舌打ちをして、その翼をそわそわと動かしていた。「ここのドローンはみんな親切だけど、感情的になることもあるんだな」とオラは心の中で呟き、微笑んだ。このドローンが愛しく思えた。

「センターがどこにあるかなんて、オラ市長が誰よりも知ってるでしょう。あなたが設計に携わったんですから。あそこですよ」とロウォは答えると、右側の翼のひとつを使い、その黒い先端で方向を示した。

オラが振り向くと、水晶の塊のような形をした壮大な建物が見えた。緑豊かな屋上庭園を持つ家々を見下ろすように、斜めにそびえ立っている。琥珀色と紫色のライトが、周囲を照らしていた。

「凄い！」とオラは声を上げた。

「ですよね」とトンボ／魚型ドローンは応えると、彼女に微笑みかけているようだった。「でも、土木計画・技術構想の担当者との打ち合わせに向かわないと、遅れてしまいます。それから……」ロウォは内蔵リストを読んでいるかのように、ふと黙り込んだ。「レセプションの前に、ヘアセットの予約が入っています。車を呼びましょうか？　もしよければ、私がお送りしてもいいですし」

「ヘア？」とオラは恥ずかしそうに髪を触りながら訊き返した。「ええと、いや、すべて予定を変更してもらえる？」と彼女は口ごもった。「お詫びしておいて。私はレセプションまで歩くね」

「本気ですか？」

ちょっともう、頭も心も追いつかないよ。彼女は深呼吸をして、気持ちを落ち着かせてから言った。「うん、自分で何とかするから」

「わかりました、ミズ・オラグンデ」とロウォは言うと、反対方向に首を傾げた。一瞬、母のような口調になった。「あの小道を下って、子ども箱舟公園を抜けたところです」

オラは満面の笑みを浮かべた。「ありがとう、ロウォ」

「いえいえ、オラオラエイ！」

オラは歩きながら、目の前に現れたこの不思議な新世界の景色と音をすべてじっくりと堪能した。第七セクターや第九セクターのコミューンとは、似ても似つかない。でも、彼女がいちばん驚いたのは、この街にないものだった。疲労と不安と空腹に苛《さいな》まれた人々で溢れる不潔な通りがない。危険な路地に荷役台で作った仮設住宅が乱立していない。自分と両親は家を失った時、アーティスとバグの両親に助けられたけれど、ここには住む家のない人がいない。建物は移り変わる光の中で輝き、コミュニティは豊かな緑に溢れている——光沢のあるクロームメッキや、陰鬱と苦痛が染み込んだコンクリートに囲まれてはいない。街は優しさと思いやりを醸し出している。当局のために働く抑圧的なトーチを擁した〈光の街《シティ・オブ・ライト》〉と呼ばれる場所にはびこる恐怖と欠乏感もない。

誰もが常に清潔で安全に過ごすことができるよう、手を洗ったり、シャワーを浴びたりできる公共施設もあった。この新しいフリーウィールを歩いて目にした中には、お腹を空かせていそうな人も、路上生活をしている様子の人もいなかった。

さらに重要なことに、オラはすれ違う人々の顔に気づき始めた。あらゆるアイデンティティ、国籍、年齢の人々が幸せそうな顔をしている。家にも食べ物にも困らず、心に留められている。まるで存在しないかのように、存在すべきではないかのように、踏みにじられたり、ないがしろにされたりせず、純粋に認められ、注目されるというのは、素敵なことだった。オラはここでのびのびと歩く人々から、安らぎを感じることができた。彼らは単に許容されているだけでなく、尊重され、評価され、愛されていた。

ああ、自分を認め、大切にしてくれる世界に住めたら、どんなに素晴らしいことだろう！

ここではドローンも違っていた。神聖な設計哲学を用いたアルゴリズムでプログラムされていて、個人の尊厳や人間性が取り入れられている。オラが知っているドローンは、破壊と消去に携わるだけだった。コミュニティのなかで彼女が憧れ、愛していた人たち——たとえばバグとアーティスの両親――を規範当局《スタンダード・オーソリティーズ》に通報し、連行させていた。でも、ここでは違う。宝石のような光に照らされた、夢いっぱいの緑豊かなこの場所では。

彼女は、この安らぎと優しさ――思いやりが川のように流れる世界――をいつまでも覚えていたいと思った。

彼女はある店の中で本の表紙に目を留め、立ち止まった。フリーウィールの歴史を記した本だった。オラはページをめくり、ざっと目を通すと、ある一節に心を打たれた。

……悲惨だった「機械解体の時代」が過去のものであり、我々の未来でないことをありがたく思っている。あの暗澹《あんたん》たる時代を経て、自律システムと人間は、誰にとっても平和な比類なき繁栄を数十年にわたり享受してきた。新しい生きかたのために戦った者たちに祝福を。愛のテクノロジー《ALTAR》と再生の時代に貢献した人々に感謝を込めて。

オラは貢献者のリストを見ると、本を置いて走り出した。大切な仲間たちの名前とともに、自分の名前が大きく取り上げられていたからだ。

オラの思考は渦を巻き、アイディアと可能性の同心円を描いた。理解したと思えば思うほど、理解できないことが増えていった。言葉にならない希望、イメージ、声が彼女の中で沸き起こって胸が締めつけられ、胸から脳へと駆け巡ってゆく。彼女が走っていると、まだ生きていない自分の未来が目の前に浮かんできた。「まだの力」と配達員は言っていた。

〈夜明けの家〉《ハウス・オブ・ドーン》での絶え間ない保安捜査、拘留、「ネヴァーマインド」として知られる広範な思考洗浄《マインド・クリーニング》によってもたらされた混乱と、エスカレートする内乱から抜け出した自分の姿が見えた。トレルと一緒に高校を卒業し、バグのメンターを務め、大学寮に入り、サイバーシステム工学と都市計画、共同体のヒーリング、精神医学の上級学位を取って卒業する自分の姿が見えた。さっき見た歴史の本には、人と人、人と機械が他に類を見ないほど協力しあう新しい時代がやって来ると書かれていた。そして彼女は、自分がその新時代を作りだした一人で、これからも担い続けていくことを悟った。

オラは息を切らしながら、ロウォが教えてくれた公園の前に立っていた。美しいアーチ形の看板には、「子ども箱舟公園」と書かれていた。

古代の紋章やシンボルに似たデザインで飾られた古風な錬鉄製の門をくぐると、オラは子どもたちの笑い声に迎えられた。メリーゴーラウンドのような遊具に乗っている子もいれば、カラフルな障害物コースで飛び跳ねている子もいる。梯子を登ってツリーハウスに入る子もいる。シーソーや、ジェットパックのような飛行器具もある。それでも、オラの目を引いたのは、中央にある建造物だった。

オラは首を振りながら、いちばん近くにある顔の彫像まで歩いた。木々と美しい花園に囲まれたその場所には、バグが見つけた四つの不思議な彫像があった。子どものような手つきで彫られたBという文字を見た時、オラはここに来て初めて、自分がどこにいるのかわかった。

「ねえ、オラ市長がいるよ」と子どもが囁いた。歓声が上がり、オラの周りに小さな人だかりができると、彼女がよく知っている歌を優しく歌った。

「オラ、オラ、エイ」と、馴染みのあるトレルの声が心の奥底から聞こえてきた。

「オラ、目を覚まして。聞こえる？」小さな甲高い声は、バグのようだった。

すると突然、宝石や青々とした蔓《つる》で飾られた建物はすべて消えた。子ども箱舟公園も消えたけれど、オラの耳にはまだ楽しそうな笑い声や愛らしい歌が聞こえてくる。オラ、オラ、エイ！

瞬く間に現在のフリーウィールが未来のフリーウィールに取って代わり、オラは気がつくと線路のそばの箱舟の中に戻っていた。背後には高く伸びた草と川、遠くには不気味な龍《ドラゴン》のような〈夜明けの家《ハウス・オブ・ドーン》〉が控えるなか、オラは決意に満ちた目で姿を現した。

彼女の心と身体は、まだドクドクと脈打っていた。実体のない声やまとまりのない記憶が、彼女の核心を揺さぶっていたせいだ。電気を帯びたかのようにピリピリとした空気が、彼女の肩のあたりで道を譲るように二手に分かれた。

オラの身体は変わっていなかった。髪も爪も、目も。巧みにものを作り、人に惜しみなく与える手も。それでも、魂は変化していた。これまで見てきたことのすべてと、これから目にするであろうことのすべて。肉体はひとつで戻ってきたけれど、精神はふたつに分かれた——半分は過去の自分を覚えていて、もう半分はまったく新しい自分になっている。

まるで椋《むく》の木が木目に沿って割れるように、まったく別の二人。

オラは放心したかのように辺りを見回し、右側にバグとアーティスが立っていることに気づいた。ミクス・タンジーは二人の肩越しに覗き込んでいる。

「わあ、オラ、どうしてそんな顔してるんだ?」とトレルは尋ねた。

「すっごく綺麗だったの!」と彼女は答えて、バグに腕を回した。トレルとアーティスは顔を見合わせると、グループ・ハグに加わった。

「旅から戻って来たんだね」と、ミクス・タンジーは彼女の頰を撫でた。「何を見たのか、教えておくれ」

オラはブレイドに編んだ髪を揺らしながら、激しいジェスチャーを交えて、自分が目にした驚くべき光景を語った。


「何が起こってるのか分からんが、まあじきに分かるじゃろう」とトレルは言った。子どもたちが悪さをしているところを見つけた時に使うグランパパの声色を真似ている。

彼は長い腕を伸ばし、箱舟の中にもぐりこもうと身をかがめた。強がってはいたけれど、実のところ、もしみんなが見ていなければ、すぐに逃げ出していただろう。

「どうしてこんなことに付き合わされてるんだろう?」とトレルはぼやいた。狭い箱舟の中、目がだんだん暗闇に慣れてきた。バグに言われたように座ろうとしたけれど、トレルの脚は長すぎて、膝を曲げようとするたびに箱舟の中の壁にぶつかり、動けなくなってしまう。彼は顔をしかめ、小声で悪態をついた——暗闇の中に一人でいるのが嫌でたまらなかった。

「トレル、大丈夫だよ」と、オラはまるで彼の心を読んだかのように言った。トレルに姉はいないけれど、オラは姉のように、いつだって支えてくれる友だちだ。明るいふるまいと背の高さのせいで大人っぽく見えるけれど、トレルは心の内にたくさんの恐れを抱えていた。車椅子の父親を介助している時ですら、彼はドローンから目をつけられ、嫌がらせされていたために、自分は狙われているんじゃないかと、ビクビクしていた。学校では、発言することはもちろん、手を挙げることすら歓迎されない授業《クラス》があったために、自分はないがしろにされているんじゃないかと、ドキドキしていた。トレルは科学や生物学が大好きで、確実な答えを与えてくれる数学が好きだった。きちんと答えがある問題も存在するんだと知るだけで、心が楽になったのだ。家までの帰り道も心配だった。自分たちの気晴らしとお慰みのために、殴る相手を探している年上の子どもたちから絡まれて、喧嘩に巻き込まれるんじゃないかと、ハラハラしていた。

それでも、いちばん心配していたのは、父のことだった。病気が彼の免疫系を破壊し、かつては力強く逞《たくま》しかった手足が、長時間からだを支えることができなくなって以来、父の身体の重みがトレルの膝や背中にのしかかるように、果たせなかった夢までもがトレルの若い肩に重くのしかかった。食後に二人でくつろぎながら、父が若い頃のヴィデオを見ることもあった。彼はトレルに、困難を乗り越えて、勝利を収めた時のことを話した。遠くを見つめるような父の目を見て、トレルの目も潤んだ。目に見えないちっぽけな白血球に、自分の青春を中断されて、人生を妨げられたくない、とトレルは思った。

でも、病気が遺伝性かもしれないという不安や、父に最低限の医療を与えることすらままならない家計の不安より、トレルが何よりも恐れていたのは、時間を失うことだった。父だけでなく、母やトレル、身体的・精神的な健康問題に苦しみながらも行き場のないコミューンの人々から奪われた時間。この恐怖に怒りが募り、もちろんそんなことはできないけれど、自分のパンチで世界に穴を開けられるんじゃないかと思うほどだった。胸につかえた怒りがあまりにも重くなり、息ができなくなることもあった。自分の中に流れる血が火と毒に満ちていて、昔のアニメのように激しく爆発しているような気がした。

だから、トレルは笑った。冗談好きなピエロ、お茶目ないたずらっ子になった。いつも周りに気を配って場を和ませ、笑いをもたらした。「撃たないで、殴らないで、無視しないで」と言わんばかりに歯を見せてにっこりと笑い、みんなの気分を明るくして、みんなに癒しと安心感を与えた――彼自身はめったに味わうことのない感覚を。こうすることで、人々から向けられる刺々しい態度が和らぎ、見過ごされる屈辱が軽くなり、夜から朝まで彼の中でふつふつとたぎる怒りがゆっくり、じっくりと鎮められるのだった。

トレルはうめき声をあげ、箱舟の中でしゃがんでバランスを取ろうとした。身体を前に傾けたけれど足が滑り、何か固いものに額を激しくぶつけた。どんどん暗くなっていく空間に現れた何か、彼の目には見えない何かに。その衝撃で、彼の目の前には鮮やかな色の波が走り、まばゆいばかりの漆黒が空間を埋め尽くした。その闇は、手を伸ばせば触れそうで、しっかりと掴めそうだった。

思っていた以上の痛みだった。トレルは一人だったけれど、それでも懸命に涙を堪えた。いつだって、ほんとうの気持ちを抑え込んでいた。感情を思い切り解放してやりたいと思う夜もあった。トレルは傷だらけの拳で目をこすった。暗闇がさらに広がると思っていたのに、周りを見回すと、もう箱舟の中にはいなかった。

トレルは道の真んなか、自分の家の前にいることに気づいた。まっすぐ立ってはいない。身体を折り曲げて、前かがみになっていた。早朝だった。トレルが覚えているよりも街路樹が多くて、家の手入れも行き届いているように見えた。空気はいつもより甘く香っていて、春の終わりか夏の始まりのようだ。トレルの右手から、聞き覚えのある声がした。でも、そんなはずはない、だっておじいちゃん……そんなはずは……もうずっと前に……

「位置について！」その懐かしい声が言った。

「おじいちゃん！」トレルは叫んだ。

「よーい！」

トレルは左手に目をやると、驚きで飛び上がりそうになった。父が短パンとゆったりとしたジャージ姿で傍にいる。彼はトレルにウィンクをした。その顔はふっくらとしていて、かつては淡い月のように目の下を覆っていたくまも消えている。父は落ち着いていて力強く、舞い上がるほどの速さで走ろうと構えていた。

「ドン！」おじいちゃんが歩道から叫んだ。

手足の筋肉が波打っている。トレルの父は、日曜の朝みたいに明るい、輝くような笑顔を見せると、一気に駆け出した。いったい、どうなってる？　いつもは関節や骨に痛みが広がり、一日の大半をベッドで過ごしながら、良くなったふりをしているというのに。でも今、トレルの目に映るのは、父の踵《かかと》と足の裏だけだ。足を地面に打ちつけながら、疾走している！

「トレ坊、しっかり走れ！　これじゃあお前が追いつく前に、あいつは日陰でくつろいでるだろうな」とおじいちゃんが声を上げた。

トレルは笑った。「目にもの見せてあげるよ」と言うと、流れ星のように駆け出した。走ることをどれほど愛していたか、すっかり忘れていた。腕を振り、膝を上下して、空間を切り裂き、地上を翔けることが、どれほど気持ち良いことか。走っている時は、不安を忘れた。失望も怒りも恐れも忘れた。世間に合わせて行動している時に溜め込でいた感情や、隠そうとしていたことを、身体がすべて燃やしてくれているかのように感じた。走っている時は行動を制約されることなく、そのひょろ長い手足は本来の役割を果たすだけだった。彼は動いた。重力に縛られることなく、周囲の空気とひとつになるかのように、彼は動いた。

二人は一緒に走ることが大好きだった。でも、父が病気になってからは、それが叶わなくなった。父は病気によってゆっくりと、しかし確実に蝕まれ、まるで別人のような身体になり、すべてが変わってしまった。でも、トレルが心から恋しかったのは、一緒に走ることではない。失われた時間だった。昼も夜も、父は痛みと闘っていた。愛する人が苦しむ姿を目の当たりにして、どうすることもできず、トレルと母は身を千々に引き裂かれるような思いだった。さらに困ったのは、どこにも行き場がないという現実だ。医療なんて、コミューンには存在しないも同然だった。慢性疾患の治療どころか、歯を治すために必要なポイントすら、誰も持っていなかった。第七セクターと第九セクターで設備の整った地域に住んでいる者たちだけが、こうした治療を受ける機会に恵まれていた。

いちばん辛かったのは、苦しんでいる姿を見られないよう、父が必死になっていたことだ。元気なふりができる日には、父は最悪の激痛に耐えていないかのようにふるまっていた。

でも、かつて父が抱いていた夢は、いまやトレルに託された。トレルは毎日、自分がどんな危険に瀕《ひん》しているか、成功してコミューンから抜け出すには何をすべきかを言い聞かされた。とはいえ、トレルは自分がその夢に応えられるとはまったく思えなかった。それでもこうして、父がまた元気になり、止まらぬ勢いで動いているのを見て、それが可能な世界に興味を抱くようになった。

だからトレルは走った。その腕と脚にすべてを注いで、ついさっきまではこんなレース自体があり得なかったことを考えながら。

彼が通りの角まで走り切ると、父がストレッチをしながら待っているのが見えた。

「まだまだイケるって言っただろ」とトレルの父は勝利の雄叫びをあげた。「いいか、みんな飛べるんだ！　いつだって俺たちは炎のようなパワーを注ぐ！」

肩で息をしていたトレルは、話すのもやっとだった。父に身体を持ち上げられ、ハグされた時、彼は驚いた。父さんがこんなにも愛情表現してくれるのは、久しぶりだ。

でも、不安が忍び寄った。

「父さん、張り切りすぎはよくないよ。眩暈《めまい》がするかもしれないし――」

父は不思議そうな顔をした。「眩暈？　トレ坊、何の話をしてる？　負けたのはお前だぞ！

リベンジしたいなら、別の日に勝負してやろう。今ごろ、じいさんと母さんがグリルで美味しいものを焼いてるからな」

病気が父の身体のなかを暴風のように吹き抜け、肺を震わせ、筋肉を蝕み、食べることさえままならないほどに彼を衰弱させたことを、トレルは思い出した。父が嘔吐《おうと》せず消化できる程度に少しだけ味をつけて、トレルと母は交代でスープを作ることもあった。母がバスルームに閉じこもり、ドアの下から嗚咽《おえつ》が聞こえてくることもあった。病魔は、家族全員から時間以上のものを奪っていった。

「もう、病気は大丈夫なの？」トレルは遠慮がちに聞いた。

「病気って？　数年前に治ったじゃないか。再発もしていないし」

「でも、どうやって？」トレルは尋ねた。「どこで治したの？」父はトレルの手を取り、彼の目を覗き込んだ。「熱中症でも起こしたのか？　トレル、お前も母さんも、そばにいてくれたじゃないか。最高の主治医がついていてくれた」と、彼はウィンクした。「毎日、お前には感謝してるよ。さあ、家まで競走だ！」

二人は笑いながら走った。駆ける足音がほとばしる水の音のように響くまで、過去が遠い記憶となり、トレルの経験が幻に感じられるまで。トレルは走った。決して止まりたくない、決してこの瞬間が終わってほしくない、と願いながら。長い脚が動くかぎり、全速力で走ったけれど、過去を追い越すことはできないと思った。だから、未来に向かって走る道を見つけようと、彼は心に誓った。

「トレルが誰に会ったか、私にはわかるよ」とオラは言った。「顔じゅうに書いてあるもん」

トレルは穏やかで、落ち着いていた。まるで、尋ねることを恐れていた質問の答えを受け取ったみたいに見えた。自分が何を見たのか、どんな気持ちでいるのか、どう説明すればいいのかよく分からなかったけれど、それでも頑張った。言葉が彼の中から零れ落ちた。話を終えると、彼はオラに頷き、待っていたミクス・タンジーのもとへ歩いた。

「ありがとう、ミクス・タンジー」

「わたしに礼を言う必要はない。礼を言うなら大地に言いなさい。太陽と星に感謝しなさい。あの川に。お前は自分の真実の中に立っているんだよ」

「アーティス、乗り気じゃないのはわかるけど、中に入ってみろよ」とトレルは言った。

アーティスは目を逸らした。

「嫌なら無理することはないんだよ。箱舟は牢獄じゃない――開かれた扉だ。心から望んだ者だけが通れる。でも、入ってみたいなら」とミクス・タンジーは言った。「その前に、ひとつやらなきゃいけないことがある。わたしについて来なさい」

アーティスと子どもたちは、流れるような白い装束を着たミクス・タンジーの後を追い、四つの石像まで歩いた。

「西だ！　西だ！」バグは叫んだ。「アーティス、石に名前を刻んで」

「名前の頭文字を」とミクス・タンジーは飾りのついた短剣を手渡した。「何を作るにせよ、大いなる意図を持って作りなさい。しっかりと心を込めて。それだけに心を注ぎなさい」

アーティスは自分が彫ったAを見て笑った。「こんなに簡単にAをもらったの、初めてだ!」

トレルとオラが笑っているあいだに、バグは手のひらで石彫の顔をなぞりながら、石彫のまわりを歩いていた。

「画架《イーゼル》みたい」とバグは言った。

「ああ、そうだね。バグ、こっちにおいで」とアーティスが言うと、バグは手を伸ばした。「お兄ちゃんは、ずっとお前のそばにいるからな」

バグは頷いた。「言わなくても大丈夫。わかってるから」


暗闇とうだるような暑さに取り囲まれながら、アーティスは箱舟のなかに何があるのだろうと考えていた。バグとオラ、トレルにからかわれているだけなのかもしれない、と心のどこかではまだ期待していた。すべてが作りばなしなのかもしれない、とアーティスは思った。内部にドアが隠れているのかもしれない。とはいえ、自分の目も心も、真実に触れていたことは分かっていた。不思議な何かが明らかに存在し、たとえ一時的であれ、バグとオラとトレルは、〈光の街《シティ・オブ・ライト》〉のコミューンに住む試練や、ドローンと規範当局《スタンダード・オーソリティーズ》による絶え間ない監視から逃れることができたのだ。

まるで父の古い本から飛び出したおとぎ話だ。規範当局《スタンダード・オーソリティーズ》に連行された父は、たくさんの本を残していった。こんなこと、眠れぬ夜にバグを慰めようと自分が思いつきで作った話みたいなものだと思いたかったけれど、自分はグランパパが持っていたヴィデオに出てくる懐疑的な登場人物にはなれないことを、アーティスは知っていた。オラやトレルとは違って、アーティスはこの誕生日が来るずっと前に、バグの絵を見ていたのだ。廃墟となったフリーウィールで彼らが見つけたもの——奇妙な彫刻が施された石の顔、みんなで作った即席のクラブハウス（バグは「箱舟」と呼び、ミクス・タンジーは「祭壇」と呼んでいる）——どれもバグが物心ついた頃から描いていた絵の中に、さりげなく盛り込まれていた。どうして幼い子どもが、いつの日かこの最後の踏切にみんなで辿り着くことを知っていたのだろう？

玉の汗がアーティスの首筋を伝い、Tシャツがお腹に張りついた。アーティスは恐れを顔に出したくなかった。自分の恐れがバグの目に映ることを決して望んでいなかった。彼らはたくさんのことに耐え、たくさんの喪失感を味わってきた。彼とグランパパは、いつか勝利の日が来るとバグを日々励ましていた。アーティス自身は信じられるか分からなくなっていたけれど、それがこの日で変わった。アーティスがとうの昔に探すのを諦めていたもの——希望——をバグが見つけたのだ。

グランパパ、そしてアーティスの友達さえも、彼らの世界でもっとも危険なものは〈新たな夜明け《ニュー・ドーン》〉だと信じていた。でも、アーティスはそうでないことを知っていた。いちばん危険なのは希望だ。多すぎても、少なすぎてもいけない。打ちのめされることもなく、流されることもないよう、見えないバランスを保つのは骨の折れる仕事で、アーティスは常にそれができるほど、自分の心は強くないと感じていた。希望を抱くと、心が痛くてたまらなくなることもあった。ただ今を生きて、何が起ころうと、できるだけしなやかに受け入れたほうがいい。望むと望まざるとにかかわらず、どうせ起こることとなのだから。

アーティスは大きな手の甲で首筋を拭い、お腹に張りついていたTシャツを整えた。箱舟の中は真っ暗だ。彼は辺りを見回した。何かが変わった——骨の髄から震えるような変化を感じた。まだ子どもたちが箱舟の周りで駆け回る音が聞こえる。それぞれが目撃したことを囁き合っている。バグとオラの笑い声と、トレルのラップが聞こえた。ミクス・タンジーもフリースタイルでラップしている——なかなかのスキルだ。アーティスは顔をほころばせた。何が起こっても、子どもたちは挫《くじ》けず、明るかった。アーティスは、トレルがオラと箱舟の周りで踊り、バグがトレルの一挙手一投足を真似ているところを思い浮かべた。そんな心象風景に微笑み、自分も笑ってラップして、三人と一緒にいたいと思いながら、アーティスは前かがみになって、祭壇内部の暖かく暗い表面に耳を押し当てた。すると、まるでスイッチが入ったかのように、彼の中で何かが変わった。

バグ曰く箱舟、ミクス・タンジー曰く祭壇の中でかがんだと思ったら、次の瞬間には、やわらかなざわめきが聞こえてきた——

ジャズだ。

父が日曜の朝によく聴いていた音楽。思い出がアーティスの頭の中でどっと溢れた。静かにワインを飲む父の姿が浮かんできた。じっくりと楽しみながら、リズムと楽器の歴史と特徴を説明していたその姿が。ドラマーがリズムを刻み、全体をまとめるなか、トランペットとサクソフォンがその音色を加え、ピアノが独自のグルーヴを奏でていた。

アーティスは、芸術に没頭する父の姿を思い出した。父はシフトの合間を縫って、母の新しい詩を聞きながら、絵を描いていた。

彼の胸は締めつけられた。喉が詰まった。その瞳は悲しみと、唐突に奪われた生活への憧れでいっぱいになった。アーティスが音楽の美しさを理解しはじめ、芸術に興味を持ちはじめた矢先に、その生活は奪われたのだ。

彼はたじろいだ。自分が芸術に関わろうとしなかったのは、これが理由なのかもしれない。芸術家だった両親が、家族から、バグから、自分からいたずらに奪い去られるのを目の当たりにして、アーティスは創作がリスクに見合わないと感じることもあった。それでも、芸術に全身全霊を注ぐバグから、創る喜びを奪うことはできなかった。

音楽が大きくなった。何が起こっているか分からず、アーティスは箱舟の壁に手をついた。壁が少し動いて、彼は驚いた。箱舟に扉はないし、入口は反対側にあったはずなのに。柔らかな黄色い光が、目の前に広がる暗闇の隙間の輪郭をなぞった。喋り声と笑い声が、大きくなった。

驚いたアーティスは身構えて、夢の中にいるかのように動いた。這うように前進し、それから立ち上がると、周囲の空間が広がっていることに気づいた。戸惑いと好奇心に駆られてさらに前に進み、その目は暗闇の中で輝く一片の黄色い光を追った。隙間から覗き込むと、アーティスの前には驚くべき光景が広がっていた。

美しく着飾った人々――男性、女性、ノンバイナリー、そしてもちろん子どもたちが、小さなグループで談笑していた。高い壁には、目を見張るような作品が飾られていた。大胆な色合いと魅惑的なフォルム。その筆づかいと色づかい、何となく見覚えがある。不安になったアーティスは後ずさりしたけれど、背後にあった扉はなくなっていた。箱舟も、空き地も、彼が知っているあらゆるものが消えていた。

彼は引き戸を開けて、広々としたロビーに入った。その建物は巨大な宝石のようで、ひときわ目を引いた。左手には、黄色とオレンジの水が宙に舞う美しい噴水があった。タンジェリン・ウォーターズ、と看板には書かれている。

この場にふさわしい服装をしていないことを自覚していたアーティスは、人目を気にしながら歩いた。それでも周囲の人々は、彼を見て微笑み、頷くだけだった。まるで僕のこと、知っているみたいだ、とアーティスは思った。みんな僕の何を見ているんだろう、と自分の資質に気づかない彼は不思議に思った。

アーティスは、床から天井まで続く肖像画の前に行き、まぎれもなく自分の母親を描いたその絵を見て、喜びに目を輝かせた。

「綺麗な人ねえ」

「この絵が一番好きだな」

アーティスは箱舟に目をやった。実物ではなく、箱舟の絵に。どこにいても、アーティスにはわかった。緑の大地から伸びる四つの石の顔が、ダイヤモンドを形作っている。聖なる円から、たくさんの川が流れ出している。

ごく幼い頃から、バグは明らかに普通の子どもとは違っていた。「頭の中にあることを描いてるんだよ」と、箱舟を仕上げながらバグは言っていた。「あんたはまだこの世界に生まれていないものを描いている」とミクス・タンジーは応えていた。アーティスはその場にいなかったのに、なぜかその光景をはっきりと覚えていた。

その言葉のとおりだ。

この作品は、アーティスが目にした現実の箱舟と、バグが想像した箱舟を融合しているように見えた。目の前で起こっていることが、アーティスには信じられなかった。箱舟の中に立ちながら、同時に箱舟を見つめている。あまりにメタすぎて言葉にならない。今日はずっとそんな一日だった。

彼は急に疲れを感じると、ここから身を引いて、暗い箱舟の中に潜り込み、一日を巻き戻したいとも思ったけれど、背後の入口は閉ざされていた。

バグは母に会った。オラは未来の自分に会い、トレルは健康で昔よりも幸せそうな父に会った。箱舟が父に会わせてくれても、自分の期待する父とは違うかもしれない。アーティスはそれを恐れているのだろうか？　それとも、自分が父をがっかりさせる側かもしれないことを恐れている？

父がどう変わっていようと、その腕の中に飛び込み、抱き締めて永遠に離れたくない、と思う気持ちもあった。ここにいる見知らぬ人々は善意に満ちているけれど、それでも再会が叶うなら、人のいないところがいい。なぜ箱舟がこんなフォーマルな場に自分を連れてきたのか、彼には理解できなかった。彼はバグを誇りに思っていたし、バグの成功が嬉しかった。バグの才能を決して疑ったことはなかった。それでも、バグがありのままの、本当の自分でいることができて、それを祝福される世界があることに、安堵したのは確かだ。アーティスは、バグの友人たちがハグしあい、小さな子どもたちとお喋りするのを眺めていた。バグはもう、ひとりじゃない。バグにはコミュニティ、心で繋がる家族がある。アーティスの唇が震えた。彼はバグのために、それだけを願っていた。バグが安全で愛に満ちた、より大きな輪に包まれることを。

それが分かった時、アーティスの肩から荷が下りたような気がした。彼がもうその心配を抱えなくてもいい——ここでは、その必要はなかった。少なくとも、壁がアメジストの結晶のようで、人々がドローンや規範当局《スタンダード・オーソリティーズ》を恐れる心配などないかのようにふるまっているこの不思議な場所では、アーティスは感情の剣と盾を置き、必死にバグを守ってきた自分の努力が報われたという事実に浸ることができた。バグは無事だった。これからも、安寧《あんねい》に過ごせるかもしれない。

キャンバスに描かれた箱舟から名残惜しそうに目を離し、軽食を取りに行こうとした時、アーティスは別の絵に見入っている一団に出くわした。彼らはワインを飲みながら、手のひらほどの大きさの皿に載せられたオードブルを楽しんでいる。みんながカラフルなローブに身を包んだ人物をじっと見つめている。人々を招き入れ、同じ空間に迎え入れるような雰囲気の持ち主だ。

髪の毛はラベンダー色のシングルボブで、頭頂部からはユニコーンの角のように黒い髪の束が突き出ている。話しながら、ムシロ貝やタカラ貝、半貴石のブレスレットで飾られた手を大きく動かしている。色黒の丸顔に、ふっくらとした頬は、アーティスの父に似ていた。その驚きと期待で、アーティスは大きく目を見開いた。とうとう夢が叶ったのだろうかと、アーティスは心ひそかに思った。箱舟はバグを母さんのもとに返した。そして今、父さんを僕のもとに返そうとしている。

その時、アーティスはあることに気づいた。目が違う。父の目は鋭く深みがあり、洞察力と責任感に満ちていた。ここにあるのは明るく気まぐれで、母に似た夢みごこちな目だ。バグの目のように。アーティスは目を細めながら、人だかりに近づくと、どんどん分からなくなっていった。

「アーティス？」

その声を聞いて、アーティスは分かった。パッと明るくなったその顔には、両親が不在のなかでアーティスが懸命に世話をし、育ててきた幼い子どもの面影が覗いた。絵を描くのが大好きで、流れていく雲が燃えさかる星の光に代わるまで、空を見つめていた小さい子ども。砕け散った夢の原っぱだって元に戻せる、魔法は実在する、と信じていた子ども。

バグはアーティスに、希望と「まだの力」という未来の可能性を信じさせてくれた。

クリスタルの壁から柔らかくあたたかい光が降り注ぐなか、二人は抱き合った。

「本物の芸術家のお出ましだ」とバグは兄に微笑みながら言った。「小さな傑作も連れてきたんだね。この個展の主役を出し抜こうとしてる？」バグは笑った。

「小さな傑作？」アーティスは戸惑った。

「ババ・バグ！」二人の声がアーティスの両側から聞こえた。

アーティスが視線を落とすと、二人の子どもが左右に立っていた。バグはしゃがみこみ、二人を抱き締めた。一人はアーティスの母に、もう一人は父に似ていた。二人とも、デュマス家の微笑みを浮かべている。

「二人とも、パパに面倒かけてないよね?」バグは眉を上げ、子どもたちを交互に見つめた。

「あたちはいい子だったよ、ババ・バグ。でもおにいちゃん悪い子」と小さいほうの子どもが言った。

「嘘だよ、ババ・バグ。僕だっていい子にしてたもん」と背の高いほうの子どもは反論すると、振り返ってアーティスに話しかけた。「ダディ、僕もいい子だったって、ババに言って」

「ダディはどうだった? いい子にしてた?」とバグは悪戯《いたずら》っぽく笑いながら、アーティスに尋ねた。

アーティスはその問いにどう答えたらいいか分からなかったし、どこかに頭でもぶつけたんじゃないかと思われないように、自分の子どもの名前を訊く方法も分からなかった。もしかしたら、本当に頭をぶつけていたのかもしれない。バグに箱舟の絵について尋ねようと口を開いたその時、彼は別の光景に目を奪われた。

「父さん?」アーティスの声がうわずった。今度こそ、その目に間違いはなかった。

「よお、無事に着いたか。やあ、エステル。やあ、チップ。グランパパにハグをおくれ」

アーティスの目に涙が溢れた。彼は言葉を失った。

「分かるよ、アート。わたしも同じ気持ちだからな。バグの才能には、驚かされっぱなしだ。見てごらん、愛想を振りまいて、心から伸び伸びやっている。小さい頃はすごく恥ずかしがり屋だったなんて思えない。まあ、筆を握らせて絵を描かせておけば、絵を描き終える頃には、お喋りが止まらなくなってたけどな。お前はいつだって、小さなバグに優しかった。あの子の考えを理解するのは、なかなか大変だったが、わたしは二人のこと、どこまでも誇りに思ってるぞ。わたしたち家族は、本当に恵まれている」

うまい言葉が見つからない。アーティスの思考は、感情という言語のゆったりとした流れに引き込まれた。再会できたことに驚き、父から目を離すことができない。アーティスが覚えているよりも背は小さく、顎ひげもすっかり白くなっていたけれど、それでも父は、アーティスが幼い頃の記憶のままの、あたたかいシナモンの香りがした。今もこれからも、すべて大丈夫、とアーティスに思わせてくれた、おおらかなふるまいとユーモアもあの頃のままだ。

アーティスはその場に立ったまま、父の手を握りしめ、子どもたちが踊り、遊ぶのを眺めていた——彼は父になっていた。とはいえ、ずっと前から父親の役をしている気がしていたけれど——この時、ようやく探していた言葉を見つけた。

希望は恐怖を凌駕する。

流れていた音楽が終盤にさしかかるなか、アーティスは箱舟を背に、踏切に戻っていた。バグとオラとトレルは話していたけれど、アーティスに聞こえたのは父の声だけだった。「どこまでも誇りに思ってるぞ」と言っていた。アーティスは目を輝かせながら、決して離さないぞと言わんばかりにバグをきつく抱き締めた。それは、彼がこれまでに読んだどんな物語の結末よりも、素敵なものだった。

*

最初の兆しは、鳥の沈黙だった。虫までもが押し黙った。次に、ぞっとするようなざわめきが空気を満たした。トレルは反射的に身震いした。ドローンだ。

まだドローンの姿は見えない。それが恐ろしさを助長した。空中に浮かぶ黒と深紅の機体が視界に入る前に、まずは音が聞こえ、その敵意を感じるのだ。

「逃亡者1100１に告ぐ……〈夜明けの家《ハウス・オブ・ドーン》〉に出頭せよ！」

ミクス・タンジーは顔色を変えることなく、心の準備をした。「あたしのことだね」バグは体を揺らし、うめき声をあげた。すでに両親を失ってるのに。ミクス・タンジーとバグは心を通わせ、同じ言葉を話し、魂と魂で繫がっていた。お互いを理解しはじめたばかりだというのに、彼女までもが連れ去られようとしている。

アーティスはバグを抱きかかえて目を覆おうとしたけれど、バグは首を振って兄の手から離れた。

「助けなきゃ！」とバグは泣き叫び、ミクス・タンジーに駆け寄った。「バグ、心配しないで！」とオラは言うと、一緒に来てとトレルに合図した。「早く！　ブリキの木こりに細工するから、手伝って！」

二人は踊っているブリキの木こりまで走った。「ブリキの木こりは、独自の周波数を持ってる。

妨害は得意だよ」とオラは言った。「木こりにドローンの信号を妨害させよう。、時間を稼いで、ドローンを基地に送り返してやるの」

バグがミクス・タンジーに追いつくと、彼女は箱舟に入ろうとしていた。バグは彼女の袖をつかみ、ひらひらと揺れる白い服を引っ張った。バグが死に物狂いなのは、その目を見れば分かった。

「ミクス・タンジー、捕まる前に早く逃げて」とバグは泣きながら言った。「箱舟があなたを守ってくれるけど、置いていかないでほしい。取り残されたくないよ」

ミクス・タンジーはバグをきつく抱き締めた。

「バグ、あんたはひとりじゃないよ」と彼女はアーティスを指さし、アーティスはバグを抱き寄せた。彼女は、ブリキの木こりを必死に細工しているオラとトレルに手を振った。「あんたたちはずっと一緒だ」ミクス・タンジーは胸を軽く叩いた。「あんたはずっと、あたしのここにいるから」

「サヨナラするつもりだったなら、どうして来たの?」バグは箱舟の入口に立ち、涙を流しながら尋ねた。ドローンが頭上で命令を出している。「どうしてほしいの⁉」

「覚えていてほしい」

ミクス・タンジーはバトンを振り回して、空に掲げた。すると、彼女の合図で二羽の鳥が木々のあいだから舞い降り、ドローンの周りを旋回しはじめた。ドローンは突然、不安定に回転しはじめた。「未来はあいつらのものじゃないってこと。それを忘れないで」

バグは物陰から姿を現し、肩に巻きつくように吹くそよ風のように、静かな声で言った。「忘れないよ」とバグは言った。「たくさん、覚えてるからね」

「よろしい。ずっと忘れないで、未来に持っていくんだよ」とミクス・タンジーは言った。わたしたちの世界が進むべき道を、あんたたちはわかっている」

彼女は頭に巻いたブロンズ色のスカーフを耳の後ろで縛りなおし、手を振った。

「トレル、その笑いと明るさを忘れないで。いつかあんたは、太陽よりも明るく輝いて、みんなを癒すことになる」トレルは手を振り、微笑んだ。「オラ、あんたは大した子だよ。すでに凄いものを作ってる。未来には、そういう想像力が必要だ。アーティス、こんな若い身体に、どうしてこんなにも大きな心が宿ってるんだい？　あんたの愛は、時空を超える」彼女はバグの頭に手を置いた。

「旅人よ、あんたの芸術は、あんたの箱舟だ。常に疑問を持ち、理解しようと努力を続けなさい」

バグは目を伏せた。さまざまな思いと涙が、塵《ちり》の中で渦を巻いている。

バグの背後で、蛍が厳かに光っていた。「また会える？」

「いいかい、空の真んなかを高く飛んでいる鳥がいるだろ。大空にいる時、鳥は自由に飛べるという恩恵だけに没頭している。しかし、下りる時が来たら、地面に帰らなければならない。この豊かな緑の大地に。鳥が空高く舞っているのを見たら、それを思い出しておくれ。帰ってくるのだと」彼女はバグの小さな頬に手のひらを当てた。

「バグ、これは約束じゃない、事実だ」そう言うと、彼女は頭を下げた。ブロンズ色に輝くスカーフが肩のあたりでゆるやかに流れる。背の高い彼女は、身体を折り曲げて箱舟の中に入っていった。

空気はピリピリと電気を帯びているかのようだった。ドローンはブンブンと唸り、プスンプスンと音を立てると、墜落した。

オラ、トレル、アーティスが歓声をあげるなか、バグは錆びた線路の上で待った。中を見るまでもなく、ミクス・タンジーは消えていた。

滅多に見ることのない立派な羽を持った鳥が、空を横切った。一枚の白い羽が宙を舞い、バグの足元に落ちた。バグは待ったけれど、ミクス・タンジーは戻ってこなかった。岩のように重苦しく静かな三十分間が過ぎると、トレルは前に出て箱舟を覗き込み、彼女を探した。

「何が起こってると思う?」と彼は尋ねた。「俺たちの誰も、こんなに長くは消えてなかったぞ。何が起きてるんだ?」

三人はバグを見ていたけれど、誰もいちばん恐れていることを口に出そうとはしなかった。オラはドローンの残骸を注意深く調べていた。トレルは手のひらの生命線をずっとなぞっていた。アーティスはひとり呟くバグを見つめていた。バグのひとりごとは、色ガラスの万華鏡のように目まぐるしく変化していた。

「もし戻ってこなかったら?」バグは尋ねた。悲痛な思いが声ににじみ出ている。

「こんなひでぇ世界、俺だって戻ってこないよ」とトレルは言った。オラは彼を肘でつついた。

「彼女がどこへ行っても、幸せを見つけられることを願おうね」とオラは言った。バグは、ドローンがママを連れて行った日のことを考えていた。それでも、箱舟に入った時にママから言われたことも思い出そうとしていた。空間と時間は親戚のようなもので、家族のようなものだと。どちらも不変のものではなく、見方によって変えることができるのだと。心の中に灯った希望は悲しみとせめぎ合っていたけれど、いちばん大きかったのは安堵と感謝の気持ちだった。

アーティスは、愛しいバグが動揺する姿を見ていられなかった。こんな誕生日を思い描いていたわけではなかったのに。感情が激しく浮き沈みする、驚くべき発見に満ちた一日。朝目覚めた時に四人が思っていたよりも、世界がずっと大きいことを思い知らされた。規範当局《スタンダード・オーソリティーズ》が、大切な人をまた自分から奪うのを見ずにすんでよかった。

アーティスでも消化しきれないのに、七歳のバグならなおさらだ。

「僕がいちばん年上だから」とアーティスは、慎重に言葉を選びながら言った。兄まで失うかもしれないと、バグを心配させたくなかったのだ。「中に入って、ミクス・タンジーが行った場所に僕も行けるか試してみる」

オラとトレルは首を振った。「ダメだ」とトレルは言った。「そんな危険な真似はさせない。もし――」彼は口には出せない思いを宙に漂わせた。「俺が行く」

「トレル、行っちゃだめ」とオラは言った。「お父さんが耐えられないよ、もし――」「もし、どうなるの？」とバグは叫んだ。「みんな、いなくなっちゃう話ばっかり。ミクス・タンジーが戻ってこないとか、自分が戻ってこないとか。でも、みんなどこにも行かない運命だったら？　みんな、ここにいる運命かもしれないよ？」

「でも、ミクス・タンジーはいなくなったよ」とオラは指摘した。

「そうだけど」とバグは応えた。「それは、彼女の時間がまだここじゃないから……」

オラはなんとなく分かったような気がして頷いた。トレルはため息をついた。アーティスは首を振った。

「ミクス・タンジーが言ってたこと、見せてくれたこと、もう忘れたの？」バグは涙目を擦った。

三人は幼いバグを見つめた。

「覚えてて、って言ったんだよ」

「あいつらが父さんを連れて行った日のことを覚えてる。母さんを連れて行った日のことも。これも同じ思い出にはしたくない。そんなの嫌だ！」とアーティスは言った。心臓がドキドキしている。「あいつらが僕たちから、みんなから、奪って奪って、奪い続けてるなんておかしいよ。みんな息もできなくなって、ありのままの自分では生きられなくなってる。ミクス・タンジーは、逃げる必要なんてなかった。ミクス・タンジーは、隠れる必要なんてなかった。生きてるんだから！　汚れたものなんて存在しないんだ。そんなの、あいつらが自分たちの汚さを隠すためにでっち上げた嘘にすぎない」

「何の話をしてる？」とトレルは尋ねた。

アーティスはトレルとオラに向き合うと、訴えるように言った。「僕は自分が見たことを覚えてるって話だよ。君たちはふたりとも、未来にとってあまりにも重要なんだ」

「医師——ミクス・タンジーはヒーラーと言っていた。街の建設者——夢を築く者。心を変えて、思いを動かす芸術家」。アーティスは息を切らしながらも話し続けた。「オラ、出てきた時に言ったこと、思い出してくれ。『まだの力』を。僕たちが何を築こうと、それは君たち一人ひとりから始まるんだって、僕は確信してるんだ」

そして、三人が止める間もなく、アーティスは箱舟に潜り込んだ。彼は目を閉じて、腕をこわばらせ、指を引きつらせながら立っていたけれど、何も起こらなかった。困惑したアーティスは、目を開けて、体に力を入れた。「何をやるにせよ、大きな意図を持ってやりなさい」というミクス・タンジーの声が聞こえた。箱舟が自分をどこに連れて行くにせよ、行った先で見つけたいことに意識を精いっぱい集中させた。

それでも、影もなく、霞もなく、ほのかな甘さの混じった金属の香りもなく、人の声も音楽もなく、景色の変化もない。アーティスはぶつぶつ言いながら、拳を宙に叩きつけた。両腕で腹を抱え込むと、汚れたシャツが肌に触れた痒《かゆ》みを感じながら、大声で叫んだ。

アーティスがようやく箱舟から身を引きずり出し、よろめきながら外に出た時、誰も何も言わなかった。彼は静かにうめきながら、額をおさえ、涙に肩を震わせた——ずっと何年も、我慢してきた涙、永遠に流れる悲しみの川。

トレルとオラはアーティスの横にひざまずいた。バグはアーティスの手を握った。「アーティス？」

「バグ?」

「泣かないで。アーティスだって大事な人なんだから」

他の子どもたちも一人、また一人と大きな意図を持って箱舟に入ってみたけれど、ひとり、またひとりと失敗した。彼らがミクス・タンジーの空っぽの祭壇から出てくると、箱舟は黙ったまま、世界は変わらないままだった。

その目は涙でいっぱいだったけれど、バグの心は思い出で満たされていた。バグは誓った。ミクス・タンジーとの別れは悲しいけれど、彼女が見せてくれた魔法と優しさに、みんなでずっと感謝し続けよう。

それでも彼らは、星が夜空に円を描くまで待った。そしてとうとう、家に帰ることにした。「ありがとう、ミクス・タンジー」とバグは去り際に囁いた。頭上に雲が立ち込めてきた。「頭の中の箱舟を本物にしてくれて、ありがとう」

バグはアーティスが持ってきた絵を取り出した。バグはこんな絵を物心つく前から描いていたと、アーティスは言っていた。誰もそれが何なのか分からなかったけれど、それはバグの箱舟だったのだ。バグは鮮やかな色彩を見つめた。オラが空き地で見つけた七十八回転のレコードは黒い円で描かれている。車のホイールで作った銀の帽子を被って背景に立つ大きなブリキの木こり。変わりゆく世界に果敢に立ち向かい、四方向から愛を送る四つの石彫。誇らしい思いがバグの小さな胸を満たし、その瞳を輝かせる大きな笑顔の端から弾けた。

箱舟の横に立って笑顔を見せるミクス・タンジーの絵がバグに語りかけ、この特別な場所へと導いてくれたのと同じ呟きと囁きでバグを満たした。その瞬間、バグはこの絵を家に持って帰ってはいけないと思った。その代わり、ミクス・タンジーが老木から枝を借りた時のように、バグは祈りを捧げた。「古《いにしえ》のものよ、お守りいただきありがとうございます」と言って、箱舟の中にそっとその絵を置いた。

嵐の夜、子どもたちはたくさんの夢を見た。彼らが目にしたすべての世界を縫い合わせたビジョンボードのような夢だった。

朝が来ると、バグとアーティスはグランパパのホットケーキを慌てて頬張った。

「どうした？」とグランパパは食べながら尋ねた。「二人とも変だぞ。その慌ただしさ、まるで二匹の……」

二人が玄関から飛び出した時、オラとトレルはすでに外で待っていた。

いつもとは違って、今回のフリーウィールへの旅は静かだった。濡れた草を踏みしめながら、夜中に心配していたことを口にしようとする者はいなかった。四人は曲がりくねった道を歩き終えて踏切に戻ると、壊れた箱舟を見つけた。

嵐。カオスが空き地と踏切を覆っていた。彼らの箱舟、ミクス・タンジーの祭壇は壊れ、箱舟を飾っていた彼らのオブジェは散乱していた。風で箱舟はばらばら、ぐしゃぐしゃになっていた。世界は彼らから多くのものを奪った。なかには、決して取り戻せないものもあった。魔法まで奪われてしまったらどうやって生きていけばいいのか、彼らには分からなかった。

四人はすっかり意気消沈して、フリーウィールを後にした。足取りは重く、そこには何も――

「音楽？」

歌声が響き渡った。バグはアーティスから離れ、小さな脚をピストンのように動かして走り出した。三人も、バッタのような脚で走るバグを追いかけた。トレルの四角い膝は上下し、大股で走るオラの華奢な身体は空気を切り裂き、アーティスがそのあとに続いた。夢の欠片を引きずったままで疲弊した身体の中を、恐怖と興奮がさざ波のように駆けめぐる。彼らは、過去に奪われた年月を取り戻したことを理解していた。記憶は今も溶けた金のように、彼らの頭の中を流れた。見知らぬ子どもにまず気づいたのはバグだった。驚きに目を見張る。バグとさほど背丈の違わないその少年は、鮮やかなオレンジ色のポンポンがついた白いバトン隊のブーツを履き、鉄道用の犬釘をくるくると回しながら草むらに立っていた。

不思議な少年が手招きし、ポケットからくしゃくしゃの紙きれを取り出した。バグにそのプレゼントを差し出すと、彼は微笑んだ。バグはすぐにわかった。ミクス・タンジーの祭壇こと箱舟に残した絵だ。でも、裏側に新たなメッセージが書き込まれていた。その筆跡は、古いバースデーカードや、折りたたんでしまわれていた詩に書かれていた文字と同じだった。

美しいカーブを描くeに、音符のようなs。

ママ。

「何て書いてある？」

バグはその絵をアーティスに渡した。アーティスは手を震わせながら読み上げた。

バグ、お誕生日おめでとう。アーティス、あなたを誇りに思っています。私の子どもたちよ、星座のように目を輝かせて、無事に戻っておいで。しっかり理解していてね。私があなたたちを愛していること、年月、夜、秒、そのあいだのあらゆる空間が、私たちを作るということを。愛は私たちの経験――私たちの中を流れ、私たちの中から流れ出る。この愛は決して止められない。どんどん大きくなって――自由を求める。トレル、夢を見る時間は神聖なものです。夢は心を癒し、元気づけてくれます。オラ、私の子どもだけでなく、あらゆる子どもが夢を必要としています。私たちの世界が夢を求めているのです。未来を築くなら、まずは未来を夢見なくては。みんなで一緒に、目覚めたまま夢見ることを始めましょう。

その時、少年はくるりと回転し、身体をくねらせて踊り始めると、一人ずつ指さしながら名前を呼んだ。歌うようなその声は宙に響き、漂った。「バグ、アーーーーティス、トレル、オラ、オラ、エイ！」

「え？！？！」驚いたトレルは、口に手を当てて叫んだ。

オラはふざけてトレルをパンチした。バグは手を叩いた。笑いながら少年の後について空き地へと戻る野道を歩く三人を眺めながら、アーティスは首を振った。賑やかで、楽しくて、魅力いっぱいのパレードだ。バグはアーティスの手を握りながら、「スター・コア・メトロ」と書かれた古びた看板や壊れた車、錆びたヒーターの前を駆け抜けた。子どもたちは一緒に小道を行進し、犬釘はきらめく光のなかでくるくると回っていた。

箱舟はなくなってしまったけど、そのパワーは残っていた。

忘れないよ、とバグは心の中で呟いた。

それからバグは身をかがめて森の木々の下へと移ると、他の子どもたちも後に続き、深い緑の輝きに包まれた。

Acknowledgments

—謝辞

訳：押野素子

ファンドロイド、f.a.m《フリー・アス・マザファカズ》（自由な輩たち）、タイムトラベラー、そしてダーティ・コンピューターのみんな、『Dirty Computer』の世界《ユニバース》を拡張するにあたってサポートしてくれたこと、いくら感謝してもしきれません。みんなのおかげで、私は「見られ、聞かれている」と感じられる。だからこそ、みんながこの本の中に自分の一部を見つけられることを願っています。未来へと歩んでいく中で、私がこのコミュニティを想い、寄り添っていることをみんなが感じてくれますように。

クリエイティヴなコパイロット、N8・〝ロケット〟・ワンダーとチャック・ライトニング、今回の新しい挑戦を始めるにあたり、私に勇気を与えてくれてありがとう。私が人類に対する不安や恐れと闘っていた時、私たちこそが美の創造者であり、私たちの想像力が国をもインスパイアするパワーを持っていることを、二人が思い出させてくれた。光栄にも、二人と『Dirty Computer』のエモーション・ピクチャーの脚本の世界を一緒に作ることができ、それが本書の物語の概念的な基盤となりました。これらすべてが実現したのは、二人の熱い想いと、PYNK《ピンク》の夕焼けの下で交わした会話のおかげです。

ママ、小さな「ジャンゴ・ジェーン」だった頃からSFが大好きだった私の読書と執筆を応援してくれてありがとう。

今は亡きグランドマザーのベッシーにもありがとう。あなたが作ったチキン&ダンプリングを食べながら、『トワイライト・ゾーン』を観ていたことで、SFへの愛が芽生えました。

ワンダランド・アーツ・ソサエティのファミリー全員にも感謝を。マネジメント・チーム――

特にケリ・アンドリューズとミカエル・ムーア——私が抱く新たなビジョンを常にサポートしてくれることをありがたく思っています。編集担当のカイル・ダーガン、すべてをまとめ上げ、この本がスケジュール通りきちんと世に出るよう、たくさんの愛と時間を注いでくれて、ありがとう！　ウィリアム・モリス・エージェンシーのイヴ・アターマンとそのチームにもお礼を。ハーパー・ボイジャーのデイヴィッド・ポメリコは、私たちが新たな水域を自由に泳ぐチャンスを与えてくれました。

ありがとう、オクテイヴィア・バトラー。

そして最後に何よりも、参加してくれた作家のみなさんに感謝しなければなりません。この世界を私が望んでいた形で受け入れてくれてありがとう。私たちストーリーテラーのコミュニティは、あなたがたがその才能を未来が求める形で使ってくれたことに感謝しています。五人は世界がとても慌ただしい時期に「イエス」と言ってくれただけでなく、物語のスリルやセクシーさ、緊迫感を私ひとりでは表現しきれないほど大きくしてくれました。アラヤ、ダニー、イヴ、シェリー、ヨハンカ——私はあなたがたとコラボできたことを心から嬉しく思っています。そして、みなさんがこれからも、この「クレイジーでクラシックな人生」に輝きをもたらしてくれるのを楽しみにしています。

About The Author——著者略歴

ジャネール・モネイ

アメリカのシンガー・ソングライター、女優、プロデューサー、ファッション・アイコン、フューチャリストとして世界的に知られており、キャリアは10年以上にわたる。極めて劇場的でスタイリッシュなコンセプト・アルバムで10回のグラミー賞ノミネートを受け、自身のレーベル「ワンダランド・アーツ・ソサエティ」を主宰。女優としても大成功を収めており、『ムーンライト』、『ドリーム』、『ハリエット』、『グロリアス 世界を動かした女たち』、2020年のホラー映画『アンテベラム』など、高い評価を受けた映画に出演している。『ナイブズ・アウト／名探偵と刃の館の秘密』の続編『ナイブズ・アウト：グラス・オニオン』にも出演。本書が作家デビュー作となる。

About The Collaborators——コラボレーターについて

ヨハンカ・デルガド

２０２1年～２０２3年のスタンフォード大学ウォレス・ステグナー・フェロー。彼女の作品は『ベスト・アメリカン・サイエンスフィクション・アンド・ファンタジー（Best American Science Fiction and Fantasy）』、『ナイトメア（Nightmare）』、『ワン・ストーリー（One Story）』、『ア・パブリック・スペース（A Public Space）』、『ザ・パリス・リビュー（The Paris Review）』などに掲載されている。アメリカン大学でクリエイティヴ・ライティングのＭＦＡを取得。クラリオン・ワークショップの卒業生でもある。

イヴ・Ｌ・ユーイング

作家／教育社会学者で、人種差別、社会的不平等、都市政策、これらがアメリカの公立学校と青少年の生活に与える影響を研究している。代表作に『Ghosts in the Schoolyard: Racism and School Closings on Chicago's South Side』、詩集『Electric Arches』、『１９１９』、ミドルグレード（8～12歳）向けの『Maya and the Robot』（クリスティーン・アルメダ・画）など。マーヴェルのプロジェクトで『Champions』や『Ironheart』のシリーズで執筆を担当。また、作家で詩人のネイト・マーシャルとともに、ポエトリー・ファウンデーションの委託により、『No

Blue Memories: The Life of Gwendolyn Brooks』の舞台脚本も手がけた。シカゴ大学にて人種、ディアスポラ、先住民研究学部の学部教育ディレクター兼准教授を務めるほか、ヴィジュアル・アートと人文科学を通じてアーティストや研究者をステイツビル矯正センターの男性受刑者と結びつけるクラスやワークショップ、ゲスト講義を提供する「プリズン＋ネイバーフット・アーツ・プロジェクト」の講師を務めている。

アラヤ・ドーン・ジョンソン

作家として、ヤングアダルト向けを含む8冊の小説を出版している。『Trouble the Saints』は、2021年世界幻想文学大賞の長編部門で最優秀小説賞に輝いた。ヤングアダルト向けの『The Summer Prince』は全米図書賞のロングリストに入り、『Love Is the Drug』はノートン賞を受賞。彼女の短編小説は『ベスト・アメリカン・サイエンスフィクション・アンド・ファンタジー（Best American Science Fiction and Fantasy）』など、多数の雑誌やアンソロジーに掲載されている。メキシコ在住。コロンブス以前の発酵食品とその宗教的・農業的カレンダーにおける役割についての論文で、メキシコ国立自治大学メソアメリカン・スタディーズの修士号（優等）を取得。

ダニー・ロア

ハーレム育ちで現在はブロンクスを拠点に活動している黒人クィアの作家／編集者。現代的なスペキュレイティブ・フィクションおよびSF作品を『FIYAH』、『Podcastle』、『Fireside』、『Nightlight』、EFNIKS.comなどの媒体に掲載している。ヴォールト・コミックスの『Queen of Bad Dreams』、コミクソロジーの『Quarter Killer』、ダイナマイト・コミックスの『James Bond』、IDWパブリッシングの『Star Wars Adventures』などのコミック作品にも携わるほか、『Dead Beats』と『The Good Fight』に短篇コミックを掲載。さらに、『The Good Fight』のアンソロジーやブラック・マスク・コミックスの『The Wilds』の編集を担当し、ヤングアダルト向け散文アンソロジー『A Phoenix First Must Burn』（ヴァイキング・ブックス）にも作品が収録されている。

シェリー・リネイ・トーマス

初の創作コレクション『Nine Bar Blues: Stories from an Ancient Forever』は、ローカス賞および世界幻想文学大賞の短編集部門にノミネートされた。『The Big Book of Modern Fantasy（1945—2010）』（アン・ヴァンダーミアとジェフ・ヴァンダーミア編、ヴィンテージ・アンカー刊）にも作品が収録されている。マルチジャンル／ハイブリッドのコレクション『Sleeping Under the Tree of Life』と『Shotgun Lullabies』の著者でもあり、前者は2016年アザーワイズ賞のロングリストに選出された。

ケーブ・カネムのフェローで、ミレイ・コロニー・オブ・ジ・アーツ、VCCA、ブレッド・ローフ・エンヴァイロンメンタル、ブルー・マウンテン・センター、アート・オミ／レディグ・

ハウスのレジデンシーも授与された彼女の物語／詩はアンソロジーに広く収録され、エッセイは『ニューヨーク・タイムズ』などに掲載されている。

世界幻想文学大賞を受賞した『Dark Matter』2巻（2000年、2004年）では、編者としてW・E・Bデュボイスの短編をSFとして初めて紹介し、アンソロジー『Trouble the Waters』の共同編集も務めた。1975年に世界幻想文学大賞が設立されて以来、同賞を受賞した初の黒人作家でもある。『Obsidian: Literature & Arts in the African Diaspora』誌の副編集長のほか、1949年に創刊された『The Magazine of Fantasy & Science Fiction』誌の編集長も務めている。ファンタジー／SFのジャンルへの貢献を評価され、2020年世界幻想文学大賞の特別賞（プロフェッショナル部門）のファイナリストという栄誉を受けた。壮大なミシシッピ川とメンフィス・ピラミッドにほど近い、テネシー州メンフィス在住。

訳者紹介

・安達眞弓

海外ミュージシャンやセレブのメモワール、ミステリなどの翻訳を手がける。主な訳書に『この、あざやかな闇』『僕は僕のままで』『どんなわたしも愛してる』『死んだレモン』『悪い夢さえ見なければ』『ペインスケール』『闇と静謐』『オレンジ・イズ・ニュー・ブラック』（共訳）『ジミ・ヘンドリクスかく語りき』などがある。

・押野素子

東京都出身、ワシントンDC在住。主に黒人文化・歴史に関するフィクション&ノンフィクションの翻訳を手がける。訳書に『フライデー・ブラック』『THE BEAUTIFUL ONES プリンス回顧録』『ヒップホップ・ジェネレーション』『評伝モハメド・アリ』などがある。

・瀬尾具実子

ミステリ、サスペンス、SF&ファンタジーなどの翻訳を得意とする。訳書にバラク・オバマやビル・ゲイツも絶賛した『未来省（The Ministry for the Future）』がある。

・ハーン小路恭子

専修大学国際コミュニケーション学部教授、米文学者。著書に『アメリカン・クライシス』、訳書に『マッカラーズ短篇集』や、「マンスプレイニング」の流行語を生んだレベッカ・ソルニットの『説教したがる男たち』などがある。

・山﨑美紀

東京都出身。訳書に『この密やかな森の奥で』『森に帰らなかったカラス』「バイロン湿地の魔女」（『不気味な叫び』所収、三辺律子監訳）がある。

ザ・メモリー・ライブラリアン
『ダーティー・コンピューター』にまつわる5つの話

二〇二五年三月二十七日　第一刷発行

著者　ジャネール・モネイ
訳者　安達眞弓／押野素子／瀬尾具実子／ハーン小路恭子／山﨑美紀
発行者　加藤裕樹
編集　松田拓也
発行所　株式会社ポプラ社
〒一四一‐八二一〇
東京都品川区西五反田三丁目五番八号
JR目黒MARCビル十二階
一般書ホームページ　www.webasta.jp
校閲　株式会社鷗来堂
印刷・製本　中央精版印刷株式会社

Japanese text ©Mayumi Adachi, Motoko Oshino, Kumiko Seo, Kyoko Shoji Hearn, Miki Yamazaki 2025 Printed in Japan

N.D.C.933/476p/19cm　ISBN978-4-591-18312-0
P8008469

落丁・乱丁本はお取り替えいたします。

ホームページ（www.poplar.co.jp）のお問い合わせ一覧よりご連絡ください。

本書のコピー、スキャン、デジタル化等の無断複製は著作権法上の例外を除き禁じられています。本書を代行業者等の第三者に依頼してスキャンやデジタル化することは、たとえ個人や家庭内での利用であっても著作権法上認められておりません。


読者の皆様からのお便りをお待ちしております。

神さまの貨物

ジャン＝クロード・グランベール 著
河野万里子 訳

大きな暗い森に暮らすおかみさんは、「子どもを授けてください」と祈り続けていた。そんなある日、森を走りぬける貨物列車の小窓があき、雪のうえに赤ちゃんが投げられた——。モリエール賞作家が描く、人間への信頼を呼び覚ます愛の物語。

単行本